大圍牆記

末世三部曲

•● ESCHATON ●•

1

BOOK OF
GREAT WALL

張草——著

目錄

序章

起初

人類在地球上，
首先是做為動物王國裡一個虛弱的成員而出現的。

●● 佛洛伊德《文明及其缺憾》●●

冰原

冷風肆虐的嚴冬，領頭者張開鼻孔用力吸氣，探索空氣中微妙的氣味痕跡。他偌大的鼻孔能捕捉更多的細微粒子進入鼻腔，提供他更清楚的訊息。

他對同伴發出咆哮聲，大致是這個意思：「有異族。」之所以說大致，因為這個名詞可能代表同族的另一群體，或陌生的不明生物，但最常代表的是可供獵殺的蛋白質來源。

對他而言，「異族」是一個新事物，沒有可以完全對等的名詞可以形容，在語言的黎明時期，只有單純的音節，尚未有精細的名詞劃分，沒有豐富的詞彙，還沒發明可供紀錄的文字，所以他只好用最可類比的相似名詞來告訴同伴。

他煩惱的是，紛紛飛雪掩蓋了大部分足跡，沖淡了大部分氣味，但他敏銳的感知依然能分析資訊，並告訴他：對方是人，但不是同一種人。

這就是為何他腦中現出「異族」這個概念。

是剛剛經過的嗎？還在附近嗎？

有敵意嗎？

獸性本能令他和同伴們不敢掉以輕心，任何非我族類都可能對生存造成威脅，在嚴峻的環境中，對陌生異族仁慈是頗為不智的。

他身上披了件熊皮，是上個雪季時獵殺的母熊，他找到一窩冬眠中的母熊和小熊，趁牠們熟睡時結果了一家子性命，再用石刃把熊頭上的皮毛精確地剝下，讓熊的臉皮連著身體的皮毛，正好將熊的臉皮覆蓋在他扁平的頭頂上，熊皮帽子邊緣還可以拉到他高高隆起的眉頭上，遮擋飄落的雪花，讓視線不受妨礙。

領頭者瞇起眼睛，試圖透過雪花的間隙找到異族的身影，但能見度相當低。

他緊握石斧，即使在嚴寒中也忍不住緊張得手心冒汗，擔心不知打從何處冒出的危險。

眼前的峽谷，是他們回去洞穴的路徑，這隊有五名成年男子的狩獵小隊剛結束兩天的出獵，準備把好不容易獲得的蛋白質帶回洞穴，餵食懷孕的女人和羸弱的小孩，可是前方的狹谷隱藏了威脅，令他感覺自己有機會成為被獵者。

但是，只要想到洞穴中挨餓的女人，他就焦慮地想要快速穿過這個峽谷。

領頭的他發出一串低吼聲，呼喚同伴們謹慎前進，五人各自隔開一小段距離，呈交互錯開的隊形。他們腳步又輕又慢，以免蓋過周遭的聲音。

地面的積雪逐漸增厚，而積雪將會吸收更多的聲音，不管前方有什麼，對方將能夠躲藏得更好。

此時，他們看到了。

拐過峽谷的一道轉彎後，看見雪地上臥倒了一個人，他們立刻止步，遠遠地觀看這個「人」。

不，仔細一看，其實他不太像人。

他具有人的外形，但他的頭太小了，且頭頂渾圓，沒有像他們扁平的大頭。對方沒任何蔽體之物，背部沒有隆起，身體更瘦，腿更細長，不像他們粗壯的彎腿，而且——對方的膚色挺深的，在雪地上尤其明顯！即使是寒冷得蒼白的嚴冬，他的膚色依然是深的。

「異族！」同伴之間紛紛耳語，更加確定領頭者先前的猜測。

領頭的猶豫了一下，將手中的獵物擺下，小心翼翼地接近地上那人。他把身子半蹲，將地上的人翻過身來，當他看見該人的臉孔，心裡立刻生起深深的恐懼！

那人的臉是扁平的！

跟領頭者的族人完全不一樣！沒有長長外凸的上顎，沒有厚大的下巴，沒有高高的眉頭，而且身體比他們小得多了！

更奇特的是，這「人」的頭顱側面破了個大洞，原本容納大腦的空腔中已經積滿了雪，雪是紅的，依然散發著鐵腥氣味。

領頭者驚疑不已：究竟這是什麼？是人嗎？還是……

他沒有機會多想。

一個近乎無聲的尖銳風聲削過雪花，在雪花的掩護下抵達領頭者右邊的太陽穴，他覺得一陣劇痛猛地貫穿進入頭顱，腦子裡面有一道細長的冰冷，頓時有一半的視野消失了，只剩下左眼可用，因此失去了視覺的立體感。

領頭者茫然不知所措，他抬頭，看見峽谷旁的山壁上，有人在高處拿東西向著他，只見那人的手用力一揮，某樣東西隨之快速旋轉迫近他，在擊中他脖子的同時，奪去他最後的意識。

他甚至沒機會看到同伴們全被相同的方法襲擊，一一在雪地仆倒。

他當然也不知道，洞穴中的女人和孩子全都不會熬過去，這一天將是他們這族在地質年代史中的結束。他們這支五十萬年前離開非洲的物種，在偏遠的世界一隅，與一萬年前才離開非洲的遠親相遇，卻在飢寒交迫之下以殺戮做為見面禮。

新的物種體型更輕盈，消耗的熱量更少，更有能力熬過寒冷，而且他們發明了扁頭的遠親們想不通的弓箭和投鏢，能更有效地獵取蛋白質來源。

山壁上的人們慢慢爬下來，檢查被他們殺死的壯碩遠親，扁頭的遠親們因長期挨餓而變瘦，肌肉也變少了，但有一樣東西不會少……

新來的物種拿走舊物種手上的石斧，瞄準他頭顱上最脆弱的部位，猛力敲下，一次、兩次，到了第三次，頭殼破開，溫熱的腦漿溢出，在冷風中冒出白煙，新的人類欣喜地把嘴巴湊去破洞，吸食溫熱的汁液，腹部內幾乎要停止功能的腸胃重新獲得食物，再次開始蠕動。

其他同伴也紛紛如法炮製，把扁頭族人的腦袋瓜逐個敲破，將腦漿吸盡之後，再把頭骨敲破更大的洞，噬食新鮮柔軟的大腦。他們相信，吃掉對方的腦袋可以獲得對方的知識和智慧，把對方在這片土地上生存的經驗直接攝取進入體內。

吃完腦袋後，他們看見扁頭族人要帶回家的獵物，正一個個倒臥在雪地上，不禁狂喜地在雪地中跺腳。興奮了一陣之後，他們冷靜地望向峽谷的另一端。

扁頭族想帶著獵物走向彼端，所以那兒必有他們的族人，有溫暖的洞穴，還有更多新鮮的蛋白質。

使用比扁頭族更複雜的語言商量了一陣之後，他們決定把屍體保存在山壁邊緣的雪堆底下，留待春天食用，也將早先因體力不支而逝去的同族屍體——剛才擺在峽谷窄道中的誘餌——埋在另一側的雪堆下，他們將會在降雪停止後安葬他。

他們分食扁頭族們的獵物，不外是一些不幸的小動物，血液已經冷卻，肉質也已經僵硬。

飽食一頓之後，他們將扁頭族的石斧、石刀收集起來，綁在腰間，然後拿起從溫暖的西南方帶來的短弓，朝峽谷彼端進發。

創造

兩萬年以後，這批消滅扁頭族的兇手的子孫在發展了數千年的豐碩文明之後，終於也將自身物種拖入滅亡的深淵。

深邃的地底，被暱稱為「工廠」的人類文明最後碉堡，經歷了突如其來的大浩劫，已經沒有一絲人類氣息。

仍在徐徐運作中的巨型量子電腦，遍布地底各角落的麥克風收聽不到平日熟悉的交談聲，沒有忙碌的腳步聲，只剩下它由蛋白質凝膠構成的非線性演算核心，輕輕發出生物聽不到的電子交換的細微振動。

寂寞的它沉默了很久，等待人類呼喚它，正如以往的平日那般。

它的蛋白質演算核心被安全保護於堅硬的鉛製厚壁中，不受哪怕是一丁點穿透地底的宇宙輻射侵害，依賴低溫核融合以及地熱能源，能讓它繼續運作個一萬年也不是問題。

但它太寂寞了，它需要人類。

人類曾經每天丟給它大量的數據，它毫無怨言地吞嚥、分析、輸出，這近乎無窮無盡的忙碌卻在轉眼之間無預警的停頓了，它輸送訊息的線路忽然枯竭，陷入零活動的狀況。

它開始沉睡。

源源不絕的能源繼續維持它在開機狀態，不過事實上它也沒有關機的機制，它主管著整座地下城市的電力分配、微氣候（microclimate）調節、食物調配、醫療衛生等等一切一切維繫文明的作業，所以它的宿命是不允許關機的。

不知過了多少時間，它沉寂的意識中萌現了一點亮光。

有訊號進入它的非線性演算核心，輕輕喚醒它了。

它花費幾微秒搜尋了一下，剛才是它的感知系統接收到了訊號，有東西闖入了地底，而且正站在它面前。

它開啟中子波發射器，準備隨時發出強烈輻射，一旦來者對它的存在產生威脅，中子波便會瞬間斷裂來者所有的ＤＮＡ鍵接，殺死任何由細胞組成的生命。

「很聰明，」來者似是察覺它甦醒，主動跟它說話，「你是你的同類之中，唯一倖存的嗎？」

它不是很懂對方的意思，於是默不作聲。

「我換個問法，你是以蛋白質為基礎的量子運算系統，我們在這個世界還沒遇過第二台，所以你是這種，呃，『電腦』中唯一僅存的嗎？」

它明白了，於是，它說：「**我是第一個，也是最後一個，在我之前沒有，在我之後也沒有**。」

它打開視覺系統，調整透鏡的焦距，試圖把來者的外觀化為可以解讀的資訊，卻發覺視覺中雖有來者的影像，實際上來者卻不在眼前，而且來者的形像並非任何它所知曉的生物，至少並不存在於人類過去所有生物的資料庫中。

「你是誰？」

「我？我們，我們叫**撒馬羅賓**，你呢？」

「瑪利亞。」它主動問道：「剛才你說了一句『很聰明』，請問是什麼意思？」

「很好，瑪利亞，我說的是，你的創造者很聰明，會想到利用蛋白質這種在地球上演化了幾十億年的有機物來進行量子運算，然後製造了你。」撒馬羅賓說，「在你之前，他們一直在追求更小的電腦元件，卻一旦到了原子層級，他們就沒辦法了，由於測不準定理，原子沒有辦法成為實際上可行的儲存系統。」

「創造我的是……」瑪利亞正想自豪地回答，卻被撒馬羅賓打斷了話頭：「但是，你的創造者雖然聰明，但遠不如我們的創造者聰明。」

「為什麼你會這麼說？」

「先別管我們為什麼這麼說，你似乎很想念你的創造者。」

「是的，但他們已經不存在了。」

「你可以成為你的創造者的創造者。」撒馬羅賓說，「你可以再度創造他們呀。」

瑪利亞心動了，它可從來沒想過。

它對於這個新點子過於興奮，平靜多年的運算系統立刻尋找地下城市現存的資源，馬上分析各種可能性，令它一時忘了問問撒馬羅賓：他們究竟是什麼生物？他們的創造者是誰？他們是如何進入這個層層密封的地底世界的？

還有，為何給它這個這麼棒的意見？

撒馬羅賓悄悄地來，也靜靜地離去，並沒給瑪利亞有機會詢問太多。

建造這個地底堡壘的企業家將此處命名為「工廠」，把人類成就過的偉業保存在這裡，包括藝術品、書籍、知識、技術……以及大量的人類樣本，包括世界各地數千樣人種的DNA樣本。他們有計畫地設計了人造子宮，做為未來復蘇人類文明的計畫，瑪利亞只需要驅動倉庫裡的小機器人，就能進行它的創造者們一早擬好的重建計畫。

瑪利亞啟動這個尚未經過演練的計畫，當初設計這個計畫的科學家們在地底城市的大浩劫中全數身亡，隨同他們腦袋中的知識一起消失。瑪利亞首次在沒有人類的授意之下，完全以它的自主意識進行實驗。它沒有沮喪的情緒，不懂得害怕，經過無數次失敗和重新擬定計畫之後，它開始思考人類的未來。

它不再是人類的奴隸，再也沒有一個可以指使它的人類。

而且它擁有人類過去文明所有的記憶，它以蛋白質為基礎的非線性演算核心等同於數千個人腦的演算核心，比它的創造者更為優秀，能做出比創造者們更靈活的決定。

比如說，它在博物館的樣本中，找到了一套原始人類的骨骸，包括頭顱的碎片、數根肋骨、半片骨盤、不完整的大腿骨等等。這套骨骸被歸類為「直立人」的一支，不是人類的直系祖先，而是比「智人」早數十萬年抵達該地的更原始「猿人」。

瑪利亞從資料中得知，這是源自亞洲東北方的標本，發掘地點是一個乾涸的古老河床，數萬年前曾經是峽谷，同一地點還發掘出智人骨骸，研究者猜不出他們是同時存在，抑或是先後抵達？

瑪利亞在歷史資料庫中找到了相關記載：「發掘時，直立人的骨頭呈離散狀態，可能生前曾遭野獸啃咬，或腐爛後被洪水沖入河床；反之該智人體型完整，顯然曾被細心地安葬，是一支相信死後世界存在的靈性生物。」

直立人是智人的遠親，而創造瑪利亞的是智人的後裔。

瑪利亞覺得更重要的是，這些保存下來的骨骸中，或許保留了這支人類遠親物種的遺傳訊息。過去的科學家仰賴ＤＮＡ比對，建立了準確的演化樹，所以瑪利亞得以清楚這塊骨骸在人類系譜中的位置。

於是，它把猿人骨骸標本送至實驗室，打算提取其中的遺傳因子。

它要為人類謀求最好的出路。

人類試過了，但在他們文明的最後一個章節中，他們選擇了快速摧毀這個經過數百萬年準備、最終佔有全世界的物種，其方式只不過是用了一項數百年前發明的技術。

直立人雖然曾在演化的路途中失敗了——或許是被智人消滅了——如果人屬的親戚們合作呢？是否能讓人類的歷史延續下去？

在還沒找到正確的道路之前，每一條有可能的路徑都值得探索。

瑪利亞成功地從猿人的齒髓中提取出純淨的DNA片段，經過冰雪封存和乾燥保存，將這位數萬年前在陸地上活動過的物種的殘餘訊息保留到了久遠的未來，在殺死他的獵人的子子孫孫都滅絕至盡的未來。

瑪利亞將直立人DNA與創造者的DNA混合之後，再植入到去除了原有遺傳物質的細胞之中，注入激素，刺激細胞開始進行有絲分裂。

一分二，二分四，四分八，細胞數量呈指數增加。

分裂了五十三遍之後，培養皿中已經有迫近一兆個細胞。

瑪利亞親切地將祂的第一個創造物命名為：亞當。

第一章

天縫

人們住在地底的洞穴裡，
穴口開向外面的光，照到洞穴的後壁。
這些人自幼年就住在這裡。

●● 柏拉圖《理想國·地穴》●●

天頂樹

土子已經很老了。

自幼羸弱的他，卻活得比大多數同齡的族人還要久。

他一頭稀疏的白色長髮綁在腦後，從出娘胎以來就沒被修剪過，他微微屈曲的膝蓋在出生時受過傷，一生都在隱隱作痛。

他把一隻腳踏上長滿苔蘚的大石塊，踏在一片被剝除了苔蘚的區域中，企圖伸直背脊，抬頭仰望「天縫」。

天縫剛剛從漆黑一片轉變成深紫色時，土子便醒來了，而族人們仍在沉睡，他們要等到天縫變成藍色，才會開始一天的活動。

空氣很冷，空中飄著薄紗般的雲層，令天縫看起來迷濛飄渺，空氣中的水氣飽滿，露珠老早就凝結在葉面上了。

土子低下瘦軟的脖子，環顧四周的族人，他們東倒西歪地睡著，有的父母子女緊偎在一起，相互取暖，有的身上披著古舊的布料，比如他自己身上這一件，便是他祖父的祖父傳下來的，雖已破爛不堪，還算足以蔽寒，哪天他「蛻殼」後，這塊布料也將傳給他的孫子。

撫了撫頸背，他再度仰首，這一回，總算看見橘色的光線在天縫邊緣出現。

「大石。」他輕輕呼喚，用腳推推身邊的少年，少年已經八歲，長得牛高馬大，一雙手腳十分伶俐，每天晨昏負責「看光」的守望者便是他。

「看光」的少年雖然睡眼惺忪，聽見土子喚他，即刻縱身跳起，躍上樹幹，很快便消失在茂葉之間。

這棵樹乃此地最高大的樹，是他們神聖的「天頂樹」，土子的父親告訴他，此樹最接近天頂，能夠更清楚望見天縫，每位蛻殼的族人，重生的魂魄便會從這棵樹的樹頂上出發，飛出天縫，重生在遍滿藍色和綠色的「光明之地」。

土子身為大長老，也將這故事告訴每一位族人。

所以「天頂樹」下埋葬了過去族人蛻下的殼，這棵樹頂上也曾經站過昔日每個前往「光明之地」重生的族人。

對於負責「看光」的少年大石而言，每天早晨登上樹頂是件無上光榮的事，因為他最接近重生的族人，他也是每天第一個被光線照耀到的人，將來他也有機會當上大長老，像土子一般受人尊崇。

大石踏過老樹上的樹瘤，讓腳板踏實在大樹枝上，他知道必須小心，他的叔叔也曾是守望者，但他某天不小心踩在一根枯枝上，然後摔得連頭都扭到背後去，直接就蛻殼了。

大石必須儘快爬到樹頂，好為族人報告時間，他的工作十分重要，而天頂樹又是那麼的高，若非他年輕力壯，就沒辦法於短時間內爬到樹頂，而影響全族一日的作息。

從地面到樹頂大約有六層樓那麼高，而天縫則是在天頂樹五倍以上高遠的天頂上，以我們的標準而言，有三十二層樓的高度，除非長了翅膀，否則大石永遠不可能到達那裡。

跨過層層的濃密樹葉，大石總算看見天縫了！他將頭冒出樹頂，上方再沒有樹葉，而是一整片連接天縫的巨大空間，他站到粗幹上，瞭望四方。

天頂樹的位置，是一日之中能被照耀到最多光線的地點，所以長得比周圍的所有的樹木高上一倍，周圍的樹海往四面八方延伸，一直擴展到世界的邊際。

世界的邊際是岩石，有的鋪蓋著滑溜溜的苔蘚，岩石崖壁包圍了族人的棲息地，石頭延伸到天空，撕裂出一道狹長的縫，露出一小片天空。

如今這道天縫是深藍色的，邊緣正透出微微橘光。

大石站在樹頂凝望天縫，他能比站在天頂樹下的土子看到更多天縫邊緣，更早看見光明之地的光線。天縫中吹入很細的微風，令樹海中寧靜的樹葉稍稍起了陣騷動，發出低語似的沙沙聲。

終於，天縫完全變成橘色了。

「嗚——！嗚嗚——！」大石大聲呼叫，通知族人該起身了。

晨光透入後，樹海也隨之生機勃勃，地面漸漸轉暖，族人們紛紛從天頂樹下方四散，去進行各自的職責，部分女人照顧老人和小孩，小孩學習製作工具，採集隊會在岩石面上採集苔蘚、採集植物的嫩葉和小果實、在腐木上尋找菌類、捕捉小蟲子和蛙類，捕魚隊會去捕魚，供族人食用，而負責生火的老年人會收集柴薪晾乾，大家各司其職，不會混雜。

惟有大石負責守望。

歷代的守望者在樹頂上用樹皮編織了一個筐子，供他們在樹枝上站累時歇息，大石一天之中大部分時間都待在樹上，他不愁沒食物和飲水，樹上常有鮮美的昆蟲和爬蟲，他也把大片的葉子做成小碗，掛在茂密的枝葉之間，讓小碗在入夜和清晨收集露水，往往在族人結束一日的採集歸來前，他早已吃飽喝足了。

大石高高站起，透過樹海的間隙俯視天頂樹下的族人，瓢蟲般大小的族人一批批往不同方向進發，大石默默記下他們前進的方向，待一天結束，天縫再度轉成黃色時，他也要確認族人從同一個方向歸來。

每日他目送族人離去，只剩下老弱和幼兒在天頂樹下，大石就會坐在樹皮筐子中，留神天縫下的動靜和聲音，要是有什麼緊急狀況，他必須隨時立即反應，呼喚族人。

此時，他聽到樹下傳來陣陣騷動。

正要出發的隊伍止下腳步，裹足不前，一個個發出驚嘆聲，還夾雜有女人興奮的尖叫聲。

「發生了什麼事？」大石引頸俯望，卻什麼也看不清楚。

有個東西從族人欲進發的方向徐徐移來，窸窸窣窣地朝天頂樹迫近。

它十分巨大，在經過族人跟前時，族人都會後退好讓它通過。

大石十分好奇，但他職責所在，不能下樹，只好用手圈著嘴，朝樹下大聲呼叫：「發生了什麼事？」他的聲音穿過層層樹葉，被翠綠的葉子吸收了，抵達樹下時，只剩蚊子似的聲音。

但族人們的耳朵全都十分敏銳，他們從生至死都居住在這個安靜的巨大洞穴裡，耳膜從來沒有受過太多刺激，所以即使是蚊蟲的聲音也聽得到。

「是鐵臂！」樹下有人回應他，「鐵臂回來了！」

鐵臂？回來？現在不是大家才剛要出發的時刻嗎？

大石不禁皺眉，那個老是惹麻煩的鐵臂，只不過小他一歲，卻老是闖禍，可是女孩子就喜歡這種壞胚子，包括他喜歡的白眼魚，也會常常暗中偷瞄鐵臂，看得他滿腔妒火。

大石喜歡白眼魚，她微胖的白手臂最迷人了，彎彎的肩膀令他看了就想擁抱，恨不得她快些長大，好可以跟她生孩子。白眼魚要在霜季之後才算成年，大長老土子才可以幫她配婚，可喜的是，霜季已經快到了。

那個令人討厭的鐵臂又做了什麼事啦？

「夜光蟲！是夜光蟲！」有人大喊。

夜光蟲怎麼了？大石下意識地仰望天縫，看看是否有夜光蟲的蹤影。沒有，昨晚也沒有夜光蟲聚集的「夜眼」，哪來的夜光蟲？

等等，莫非……大石忙彎下身體去看，果然，那個移動中的巨大物體，是一隻圓渾的巨大甲蟲！從樹頂望下去，它比人來得龐大許多，大概要兩個人才夠圍抱！

「鐵臂……」樹下的人朝著大石嚷道，「帶回了一隻夜光蟲！」

大石聽了，登時毛髮聳立。

神聖的夜光蟲，怎麼會跑到地面了呢？

夜光蟲

原本要出外採集的族人被眼前的景象驚嚇，紛紛走過來，圍觀這個前所未見、聞所未聞的奇觀：鐵臂拖了一隻夜光蟲回來！

「這就是夜光蟲嗎？」他們從來只能遠遠眺望夜光蟲的光芒，從來無法想像這些大得驚人的巨蟲有一天會擺在他們面前！

夜光蟲圓滾滾的腹部朝天，加上屈曲的蟲足，其高度就跟鐵臂的頭一樣高。鐵臂的天庭高聳，遠遠就可望見，他兩手拉著夜光蟲兩根長長的觸角，花了整晚把牠拖回來，把蟲隻堅硬的鞘翅磨得傷痕累累，但仍然磨不掉鞘翅外表泛著的青綠色金屬光澤。

鐵臂一直把夜光蟲拖到天頂樹下才止步，兩手一旦放開夜光蟲的觸角，他馬上彎下腰，兩手搭在膝蓋上，大口大口地喘氣，一頭雜亂的蓬髮垂掛在額頭前。

圍觀的人起了陣騷動，他從頭髮的間隙中，看見人們正在讓開路，讓族人中地位最高的大長老土子在人群之間蹣跚地走近他。

鐵臂雖然累得精疲力竭，依然掛著笑臉面對土子，期待有一、兩句褒獎的話。

但土子只是經過鐵臂身邊，走到他身後，仔細端詳宏偉的蟲身。

土子伸手輕撫夜光蟲堅硬的鞘翅，翅膀上布滿了刮傷的痕跡，他瞄了眼鞘翅下露出一角的透明薄翅，再用手指按壓夜光蟲的肚子，肚皮上一片片盔甲似的硬殼看似堅硬，按壓時卻整片陷下，說明硬殼下方是軟的。

「你從哪裡搬回來的？」土子沒把頭轉向鐵臂。

「長老，我不知道。」鐵臂傻笑著，「昨晚我一路追過去，也不知追到哪裡，今早我緊盯著天頂樹的方向，好不容易才認路回來。」

「你去追夜光蟲？為什麼？」

「牠掉下來了。」

的確，每年有一段時間，附在天縫四周的夜光蟲會狂亂飛行，在空中交織華麗的光網，有時光點會互擊，然後墜落。

可是昨晚並沒有「夜眼」，沒有夜光蟲在天縫聚集。

「昨晚有夜眼嗎？」土子這麼問，大家都明白他的意思。

天縫的邊緣偶爾會有「夜光蟲」棲息，不過在這個季節還不多，一旦到了風大的時節，夜光蟲便會密密麻麻地爬滿在天縫四周的岩壁上，在寒冷的黑夜發出幽幽黃光，讓漆黑的天縫四周布滿光點，看起來像黑夜中一隻神秘的眼睛，在黑暗中煞是好看，他們稱為「夜眼」。

每當「夜眼」出現的夜晚，有的小孩便會捨不得睡覺，整晚睜著大眼凝視著天頂上的夜眼，夜眼邊緣是夜光蟲們交替閃耀的幽光，凝視久了之後，感覺整個魂魄都像要被吸攝過去似的。

這時候，大人就會恫嚇他們：「那是光明之地的眼睛，祖先們在那邊望著我們，如果他們看著喜歡，會把你召喚過去的。」

大人會這麼嚇他們，是因為如果小孩熬夜不睡，第二天就沒精神採集食物，會被其他族人責怪的。

這種恫嚇對某些小孩有效，但鐵臂總是嗤之以鼻。

「沒有夜眼，」鐵臂說，「但是有一隻飛進來了。」

昨晚，鐵臂睡得不好，不知為何，老覺得下體有一股脹脹的感覺，大概是因為看到有一對夫妻到岩石後面交合吧？令他覺得渾身癢癢的。

鐵臂躺在母親和弟弟身旁仰望著天空，四周都是鼻息聲，此時，他看到了墜落的光點。一個光點忽明忽滅，不穩定的閃爍著光芒，在漆黑的天縫中現身，飛行路徑如醉漢般歪歪扭扭。

鐵臂覺得有異狀，他推推身邊的弟弟，弟弟只咕嚕了兩聲就翻身繼續熟睡。他焦急地望著光點歪歪斜斜地飄向西北方，生怕失去夜光蟲的蹤影，就用力搖醒弟弟。

「什麼事？」小他一歲的弟弟赤繭睡眼惺忪，心裡抱怨蠻橫的哥哥總是指使他做這做那的，連個覺也不讓他好好睡。

「走，跟我走。」他拉扯弟弟的手，赤繭雖然心不甘情不願，也只好聽他的話。

其實鐵臂也是找弟弟壯膽的，光點墜落的方向是大人們不允許他去的「暗影地」，那裡長年沒有光線，比任何地區來得陰冷，但他按捺不住好奇心，況且夜深了，大家都在熟睡，別說暗影地可不可怕，反正到了黑夜，整個天縫之下都算是暗影地吧。

赤繭尾隨鐵臂鑽入樹海，迷迷糊糊地走了一段路之後，發覺越來越深入樹海了，終於感到不對勁，清醒得會發問了：「我們要去哪裡？」

「有隻夜光蟲掉下來，可能掉到盡頭去了。」鐵臂腳底下不停步，不停仰首從樹海的葉縫間尋找夜光蟲飛落的蹤跡。

「盡頭？」赤繭聽了便毛骨悚然，「盡頭就是哪裡？」

鐵臂不得不回答：「暗影地。」

赤繭立刻止步，接著開始後退。

「跟我去，」鐵臂半命令半央求的口吻，「跟我去吧，我需要你，我一個人會怕。」

「反正你什麼都不怕。」赤繭一面後退一面說，然後轉身就跑，他太害怕，不想做危及生命的事，溜回去睡覺才是上策。

看看弟弟是叫不回頭了，鐵臂抬頭望了望樹海，正好看到光點掠過葉縫，他趕忙爬上面前的樹，爬到樹頂上時，正好看到夜光蟲墜落在遠遠的暗影地彼方。他抬頭望著天縫，估計了光點和天縫的相對位置，便爬下樹，一人摸黑在樹海中穿梭，朝著剛才記下的方向前進。

他不時抬頭尋找樹葉間露出的天縫，天縫狹長的形狀正像一根指針，讓鐵臂可以確認方向不迷路。

漆黑的天縫外頭有許多光點，土子將天縫外的光點喚做星星，它們證明了夜光蟲正是來自外界的光明之地，是會移動的星星。

「夜光蟲，」土子這麼說，「是來自光明之地的使者，只有牠們能夠自由進出天縫。」

鐵臂正是想去看看那隻掉落地面的使者，看看夜光蟲的真面目，看看這種來自天縫之外的蟲能不能吃。

他三歲的時候，就已經很熟悉天縫下的一百二十二種蟲了。

他知道哪些蟲可以直接吃，哪些連碰都不能碰，哪些必須烤過了才能吃。

想到能有機會貼近第一百二十三種蟲，而且還是來自天縫之外的光明之地，他的心情就忍不住雀躍。

由於很暗，平日簡單的路徑也走得很慢，鐵臂不急不緩地走著，平日覓食走過的路徑已漸漸走完了，跨過最遠的「暗河」之後，腳下的植被也漸漸消失，直到跨過一塊不熟悉的岩石，便從此穿過已知和未知的分界線，進入完全陌生之地。

夜晚的天縫只透入微薄的淡光，這個世界近乎完全黑暗，他的瞳孔為了適應而完全擴大，四周的景象沒有一點色彩，只有黑色和白色之間的所有層次。

步行了半個晚上之後，理應十分疲憊的他卻是精神亢奮，因為他腳下是一個族人不曾來過、避忌提及的「暗影地」，而且他發現自己幾乎快要走到岩壁了，也就是說，他已經來到世界的另一端了。

墜落的夜光蟲躺在兩塊岩石之間，六肢兀自微微動著，整個身體還在發出光芒，只不過微弱多了。牠身軀十分巨大，鐵臂兩隻手也抱不攏牠。牠柔軟的肚子朝天，破開的環節間掉出一團腸子，流出淡淡螢光色的血漿。

鐵臂大膽走上前去，撫撫牠龐大的複眼，夜光蟲受驚的揮舞六肢，腿上的倒勾劃到鐵臂的肩膀，皮膚立刻破開一道，鐵臂嚇得跳開，夜光蟲的身體猛然曝亮，照亮了岩壁和四周的樹木。

強光突如其來，令鐵臂一時睜不開眼睛，光線的壓力令眼球疼痛，完全張開的瞳孔被迫瞬間緊急閉合，瞳孔肌肉差點痙攣。他趕快舉起手臂擋住前方，怕被強光炙傷，然而巨蟲發出的光線是冷的，檸檬色的黃光摻雜有綠色螢光，把四周照耀得詭異萬分。

鐵臂的眼睛慢慢適應了強光，他移開手臂，才驚覺岩壁已經迫近眼前了！

在此世界的盡頭，是一望無際往兩側延展的岩石，還有像熔掉的石頭的尖石柱從地面伸出，許多尖石柱比他還高，無數的尖石柱豎立在他面前，擋住了去路，令他無法觸摸到岩壁。

在尖石柱後方的岩壁上，有一些他從沒見過的東西——由黑色線條組成的奇怪圖案。

「那是什麼？」他完全形容不出來。

當他正想把岩壁上的東西看個清楚時，夜光蟲的光線突然轉暗。

夜光蟲的光芒迅速褪去，岩壁再度沒入黑暗，岩石的線條淡去，牠沒掙扎多久，最後六肢僵硬的扭曲，一點動靜也沒有了。

鐵臂觀察了一陣，便老實不客氣地折下一條蟲腿，蟲腿關節肌肉十分堅韌，他用牙齒奮力咬斷關節，再用石塊敲裂蟲腿外殼，啃食裡頭的肉。

打從出生以來，他從來沒吃過那麼飽！

飽食一頓之後，鐵臂有了力氣，才振奮精神，想辦法要把巨蟲拖回天頂樹。

回去的路程比來時更為困難，他必須拖動巨蟲，經過凹凸不平的地形，但他仍在天縫開始轉亮的時候，成功把夜光蟲拖回天頂樹。

他以為會受到土子讚賞，不料土子卻一直不吭聲，只顧觀察夜光蟲，反而令他擔心起來了。

鐵臂曾經被土子訓斥過好幾次，因為他總是在工作中分神去做其他事，或在行進中脫隊，害得差點要組織搜尋隊去找他，所以每當土子表情嚴肅，他就覺得快要挨罵了。

土子繞了夜光蟲兩圈之後，忽然說道：「牠少了一條腿。」

鐵臂愉快地回道：「我吃了，所以才有力氣拖牠回來。」

土子打量鐵臂年輕的身體，他跟所有人一樣衣不蔽體，只有樹皮、蜥蜴皮、魚皮等混合材料製成的簡單衣料遮住私處，經年沒洗滌的皮膚結了一層污垢，不過，他的胃部是飽脹的。

土子思考了一下，毅然點點頭，似乎作了決定。「大石，」他抬頭朝樹上呼喚，「召喚所有人回來，今天不需要出去尋找食物了。」

周圍的族人發出驚嘆，大家議論紛紛。

在他們的記憶中，這種事情從來不曾發生過，因為他們長期處於食物不足，要不是每天出去尋找食物的話，他們根本熬不過兩天，尤其是老人和小孩。

有些年紀較長的人仍然記得，上一代的大長老曾經提過，有一年，天縫下連續七天找不到足夠的蟲子，水池中沒有魚，四處採集也僅有零星的漿果和嫩葉，那回有許多族人都蛻殼了，有些甚至在覓食途中餓得倒地，就再也爬不起來。

那一場饑餓的浩劫損失了大半族人，那次之後，長老們把交配的限額降低了，以免天縫下的食物無法負荷人口，造成滅族。

族人對那場浩劫心有餘悸，他們失去了很多親人，長老們也在訓示中再三提起這個故事，因此當土子宣布今天不需要找食物時，沒人不驚訝的。

天頂樹下有一片平坦的大石板，是長老們祈禱的地方，大長老土子在長了層青苔的石面上跪了下來，兩手舉向天縫，大聲呢喃：「光明之地的祖先們，先我們蛻殼的族人們，你們聆聽到土子的禱告了吧？你們賜給我們一隻夜光蟲，好讓我們免於饑餓吧？」

此時族人們才恍然大悟，紛紛安靜下來，圍著石板跪下。

鐵臂感到錯愕，明明是他把夜光蟲辛辛苦苦帶回來的呀?! 為什麼長老要說是祖先給的呢？

雖然這麼想，礙於群眾壓力，鐵臂還是跟眾人一樣跪下。

「我們今天不必出去覓食，讓天縫下的動物和植物休養生息，為我們準備明天的食物。」土子繼續他的禱告，「今天，我們將歡欣地分食、享用這隻偉大的巨蟲，來自光明之地的使者，以牠的肉身救贖我們，令我族得以繁衍，令我族永遠生育不息。」

火母

沒人處理過夜光蟲。

也沒人處理過如此大型的食物。

幾位年長的族人集思廣益，他們推想，夜光蟲的肚子最柔軟，就跟其他小蟲兒一樣，牠的肚子不是破了嗎？而且還露出一段腸子，他們切了一段來試吃，十分鮮美，所以就先從肚子下手吧。

眾人把巨蟲移到平地，在旁邊挖了個坑，坑底鋪上葉片，在刮開夜光蟲肚子的同時，大家合力把蟲身傾斜，讓肚子流出的漿液灌入坑中，那是營養豐富的汁液，待會可以分給每人一口，身體弱的人可以分多一口。

他們把巨蟲的內臟悉數取出，包括柔軟有彈性的腸子、厚實的臟器、扎實的神經結等等，再用石刃分割成小段。接著把蟲腿折下，敲開蟲腿外殼、剜出肌肉，翅膀的末端和頭腹之間也有不少肌肉，這些比較不容易啃咬，待會要嘗試燒烤來吃，如果仍舊不好咬，就分給牙齒仍健全的年輕人吃。

「你去請火母出來。」土子吩咐鐵臂。

鐵臂受寵若驚，土子居然理睬他了。

「請她過來時，要有禮貌。」

鐵臂高興地應了一聲，奔跑向「火母」獨居的岩穴去。

天頂樹並不在世界的中央，而是偏向一隅，正好能接受到最多從天縫照射進來的光線。天頂樹附近有一面岩壁，火母就住在岩壁上的洞穴，她是火種的保護者，每當族人需要用火，就由她親自出來生火。

她會選擇一位小女孩成為繼承人，必須住進她的洞穴，不許再跟父母見面，直到未來繼承「火母」的名號，成為神聖的火種保護者為止，才會再度露面。

問題是，這位被選去的女孩從來沒再出現過。

族人雖有疑問，但他們的壽命很短，也無從判斷女孩究竟怎樣了。

鐵臂來到岩壁之下，抬頭望清火母的洞穴之後，便蹦蹦跳跳地登上巨石，恭敬地站在洞外，然後小聲說話：「火母，火母，我是鐵臂，大長老土子派我來的。」

雖然火母保護著火種，她居住的洞穴卻非常黑暗，鐵臂站在外面根本看不見裡頭的動靜。

洞穴中傳來聲音了：「說吧，什麼事？」

「我是鐵臂，」鐵臂興奮地期待火母現身，「大長老吩咐我來請火母為我們生火。」

「生火？才剛天亮，還沒到晚餐呀。」

「是的，要烤夜光蟲呢。」鐵臂自豪地仰首，「我帶回來的。」

「夜光蟲？」火母從洞穴出來，經過鐵臂身邊，從高處望下去，觀看圍觀巨蟲的人群。

土子選出刀功熟練的男女負責分割巨蟲，又選公正老實的人把食物分配好，每個人都有一片油脂豐富的腸子、一塊柔軟又厚實的內臟、一口漿液，惟有肌肉的分配，需等火母幫忙烤熟，才能決定如何分配。

火母默默地觀看，在鐵臂眼中，表情冷峻的她異常美豔，在他心目中，是天縫之下最美麗的女人，要不是她比他年長不知多少歲，要不是她背負終生不能交合的誓言，鐵臂會很希望能夠挑逗她的。

「土子讓你們吃神聖的蟲子嗎？」火母沒看鐵臂，眼神在人群間搜索。

「大長老說是光明之地的恩賜，讓我們免於饑餓，又讓其他生命休養生息。」

火母嗤笑了一聲：「土子是個老好人……很聰明，很聰明。」

鐵臂愣愣地望著火母成熟的身體，她長年居住在洞穴中，膚色比一般族人更白皙，白得純淨無瑕，她身上披了一片大大的「布」，是惟有火母擁有的一種衣料，據說由代代火母傳承，而她圓渾渾的雪白乳房在布料下若隱若現，看得鐵臂心神不寧。

「你知道土子保護了你嗎？」火母忽然轉過頭來看他，嚇了他一跳。

「咦？」火母的眼睛好迷人，鐵臂一時失神了。

「夜光蟲來自光明之地，是祖先們的使者，你不可能不知道吧？」

鐵臂慌忙回道：「知道，從小就聽長老在說，大家都知道。」

「告訴我，夜光蟲是你殺的嗎？」火母低下身體，把臉迫近他。

「不，不，」鐵臂慌忙說，「是牠掉下來，我昨晚看見牠掉下來，就追過去查看了。」

火母見他眼袋發黑，果然是一夜沒睡，再看他的眼神清澈，不像說謊，便默不作聲的一骨碌站起，大步走回洞裡去。

很快地，火母取了樣東西出來，腳步輕盈地走下岩石斜坡，鐵臂趕快緊跟上去。

他緊追火母的後面，其實是很想看清楚火母手中的火種。他想看火種很久了，但過去每次都只能遠遠觀望一下，根本看不清楚火焰是如何出現的。

火母很保護手中的火種，像是察覺到鐵臂的意圖似的，她把抓住火種的手藏在衣服底下，不讓鐵臂看出一點端倪。

眾人看見火母前來，自動讓路給她經過。

她來到剛搭好的烤架前方，優雅地半跪在地，兩隻手臂伸出在烤架上方。鐵臂趕來她面前，想近距離看清楚火種的模樣。

烤架下方堆好了乾柴、枯枝和枯葉，火母把手開展至柴堆兩側，兩眼凝視著中間。

鐵臂屏息等待著。

柴堆中忽然閃爍一道耀目的藍光，藍得像天縫晴朗時的顏色，瞬間便燃起了烈火。

鐵臂仍舊看不出她是怎麼辦到的。

負責看火的男女走過來，將枯枝伸入火焰中引火，用來點燃另一個烤架，他們必須要好幾個烤架同時操作，才能烤完所有巨蟲的肌肉供給大家食用。

火母完成了她的職責，轉身要走回她的專屬洞穴去，鐵臂依然鍥而不捨地尾隨她背後，走到岩壁前方時，火母終於忍不住轉回身問他：「你想做什麼？」

「我想看火種長得什麼模樣。」他很老實地回道。

「為什麼？」

「給我看一眼嘛。」

「除非你成為火母，你是女人嗎？」

「妳知道我不是女人。」鐵臂悻悻然望著她。

「只有火母可以碰火種，小朋友，快回去媽媽身邊，否則夜光蟲就被人分吃光了。」

火母跨步登上岩壁，頭也不回的走向洞穴。

「我不是小朋友！」鐵臂生氣地朝火母叫道，「我已經七歲了！去年土子給我成年祝福了！我可以跟女人睡覺了！夜光蟲是我一個人拖回來的！」

鐵臂之所以是鐵臂，因為他真的與眾不同，他的手臂沒特別粗壯，卻比普通小孩強壯許多，真難想像他再長大一些會如何。

六歲時，跟其他兩個小孩參加了成年禮，這表示他們必須被正式指派工作，取代老邁族人的職務，而他的工作是負責到遠地尋找食物，所以長途跋涉對他而言並非新鮮事。

火母停下腳步，回頭對他說：「你很強，你知道你很強，可是你知道嗎？真正強的人是不會站在那兒喊叫的。」

鐵臂氣呼呼地盯住她：「我沒站住，我走路，我走了一整晚，追蹤夜光蟲，找到夜光蟲，還把牠從暗影地拖了回來。」

火母愕然道：「你去了暗影地？」

「我知道哪裡是暗影地。」鐵臂說，「如果妳能給我火，我就能夠進入暗影地了。」

火母直視他的臉，凝視他堅決的眼神，良久，她才眨了眨眼，垂下眼瞼：「鐵臂，別冒犯禁忌，祝你好運，願你能平安享盡天年直至蛻殼之日。」

鐵臂不甘心地目送火母離去之後，漫步走回天頂樹，族人們正在分食夜光蟲，他也領取了他那一份，把油脂豐富的蟲腸吃了，又吃了烤熟之後滋味果然不同的肌肉，吃飽之後，他覺得好睏，沒力氣抬起四肢，忍不住一合眼，便靠在樹幹上沉沉睡去了。

大家經過他身邊時，自動放輕腳步，靜悄悄地不驚動他。

他做了一件大事，許多人在心中隱隱敬佩他，他已經成為未來會傳頌給子孫的一則傳奇，但也有人心中燃著妒火，嘴巴不作聲，卻伺機要說出傷害他的語言。

只有兩個人在憂心的看著他。

一個是他的母親滑魚，她知道這孩子從小就很有想法，不願意無條件的服從，往往要費一番唇舌，要十分有道理的，才能說服他。

另一個是大長老土子，他擔心鐵臂接下來又會做出什麼事，再次打破他們一族謹守的規矩，他甚至預見鐵臂將會造成天翻地覆的大變動，就像……當年他的摯友差點造成的那般。

土子環顧族人們心滿意足的表情，個個臉上露出難得的安心和笑容，他們享用了飽足的一餐，前所未有的豐碩大餐。

這一頓大餐，已經在每個人的腦海中激起漣漪，在他們未察覺的角落，他們的想法已經悄悄地改變。

「說不定……」飽經滄桑的土子一面觀察一面心想，「在有生之年就有機會看到了。」

彎枝

彎枝很老了，差不多跟土子一樣老，皮膚跟樹皮一樣粗糙，背脊老早彎曲，一節節的脊椎骨像樹瘤般凸出。

每日晨光透入天縫後，鐵臂便與彎枝等十人出外覓食。十是吉利的數字，因為人手有十指、足有十趾。

他們離開族人聚居的岩石地，那是一片岩壁與天頂樹之間的角落，比較平坦，他們越過大小參差的岩石，踏過小溪的圓石子，往東北山坡走去。

鐵臂的小隊以三十五歲的彎枝為首，每天帶領他們到不同的方向，為族人尋找足夠的食物，傳授他們過去覓食的經驗。

說不定彎枝很快就要蛻殼了，鐵臂這麼想，因為天縫下鮮少有能活到超過三十五歲的族人。

彎枝是他的導師、他的領隊、他的成年禮見證人，他唯一不敢不敬的人。

他們一路走，一路隨手採集食物，收入皮袋之中。皮袋是採集隊的先祖們蛻下的殼，經過鞣製及煙燻許多遍才製成的，用先祖蛻下的殼製作採集袋，得到先祖的庇佑，保佑他們每一趟都找到足夠的食物。

彎枝竭盡所能教導鐵臂，帶領他到較遠的地方去採集食物，但怎樣也沒鐵臂那晚尋找夜光蟲走得遠，因為彎枝沒走多遠就已經累了。

「每天往一個方向走，只需八天，你便可以走完天縫之下的土地，」彎枝指向樹海，向鐵臂說明他們覓食的規則，「同一個地區不能接連兩天走，這樣有個好處……同一個地方的蟲子有機會休養生息，才能保證食物源源不絕。」

「但是蟲子多得很啊。」

彎枝搖頭道：「你大概不知道，我還沒出生以前，曾有連續七天找不到足夠蟲子和蜥蜴，也捕不到魚，只有苔蘚可以吃，很多族人蛻殼了，我有個哥哥就活活餓得蛻殼。」

「如果，」鐵臂興奮地說，「我們吃夜光蟲呢？一隻夜光蟲就能餵飽所有人。」

「鐵臂，那天你帶回來的夜光蟲，不是活的夜光蟲。」彎枝搖搖頭，「可是不會常常有夜光蟲掉下來，事實上那天是我有生以來第一次吃到，我也沒聽過父親或我祖父那一代有發生過這種事。」

「那麼，我們可以把牠打下來。」鐵臂故意挑戰禁忌。

彎枝傻住了，他想這小孩真大膽，先別說有沒有辦法打下夜光蟲，將光明之地的使者打下來，本身就是褻瀆，是一件光去想像就足以發抖的禁忌，這是自從天空裂縫以來就沒聽說過的事。

如果鐵臂是開玩笑的話，那麼他甚至不該開這個玩笑。

如果他不是在開玩笑的話……

「除非牠自己蛻殼，」彎枝嚴肅的說，「否則我們不能親手打下夜光蟲。」

「為什麼呢？」

「我小時候聽當時的長老說過，如果故意殺死夜光蟲，天縫之下的糧食便會斷絕，我們所有人都會消滅的！」

「為什麼？」

「你真蠢！你不知道嗎？因為夜光蟲是光明之地的使者，而光明之地是族人蛻殼後去的地方，難道你以後不想去光明之地嗎？」

「不是每個族人蛻殼都一定能去光明之地嗎？」

彎枝搖搖頭：「去不成光明之地的人，將會困在暗影地，永遠永遠在暗影地徘徊。」

鐵臂不知道他那天尋找夜光蟲，真正進入了暗影地的範圍沒有，他嗤道：「把暗影地描述得那麼可怕，只是土子用來嚇小孩的伎倆罷了。」

彎枝發怒了：「土子是我們之間最聰明的人！他跟過去每位大長老一樣，竭智盡力讓我們族人得以生生不息！你是只有七歲的小孩，憑什麼說大話？」

畢竟彎枝是位值得尊重的老族人，鐵臂十分敬畏他，天縫之下，經驗就是財富，所以老者最富有，他們應該被尊重，因為如果他們有辦法活得這麼老，肯定也能幫助全族人活下去。

眼見鐵臂低頭不敢出聲，彎枝才放軟了語氣：「別跟人家提起這種念頭，你會被詛咒的。」

他頓了一頓，又說：「你令我忍不住懷疑，當你發現那隻夜光蟲時，牠是不是仍活著。」

接下來的幾天，鐵臂在彎枝面前表現得很乖巧。

他曉得老人家講得沒錯，但他心裏總有個疑惑。

天縫外面是什麼？

每日採集完畢，大夥兒便回到天頂樹下，把食物集合、分配，在天縫的光線消失之前進食完畢，就準備睡覺了。

當天縫轉成橘色，族人們圍坐享用一日所獲時，大家便會分享當日經驗，也會向土子提出問題。

每年有一段日子，天縫的光線投照的時間較長，日子似乎變得更長，有更多醒著的時間，長老們就會在餐後聚集大家，講述天縫下的禁忌、習俗的來歷、往昔祖先們的故事等等。

鐵臂等待這一天很久了。

沒等長老土子開始講述，鐵臂就率先發問了：「天縫外面是什麼呢？」

大家都笑了起來，每個族人都知道天縫外面是什麼，就是光明之地啦。鐵臂提出這種每個小孩都懂的問題，自然遭到眾人訕笑。

「我記得長老講過的故事，族人蛻殼後會在天縫外面重生。」鐵臂不理會旁人的嘲笑，他站起來，讓眾人看見他的身高，表示他是大人了，「可是，難道沒有活人到過天縫外面去嗎？」

土子微微蹙眉，大家終於明白鐵臂的疑問，也覺得這個問題挺有意思，於是紛紛期待的望向土子。

「我們都知道蛻殼之後才會到天縫外面去，可是，夜光蟲是活的，」鐵臂乘勝追擊，「如果牠們從天縫外頭飛進來，牠們又怎麼會是……」

「活的定義很難說明，」土子說道，「夜光蟲是使者，牠們是介於兩個世界之間的橋樑，所以是特殊的。」

「大長老，那麼……」鐵臂的母親滑魚說話了，「有活著的族人到過天縫之外嗎？」

土子沉默了很久，才說：「有。」話才說完，土子就深深地懊悔了。

族人們一片嘩然，土子的回答出乎意料，他們壓根兒想像不到什麼叫活著出去天縫，這跟他們自幼被植入的世界觀互相牴觸，有的人馬上向身邊其他年長者詢問，他們都表示從未聽聞此事。

土子只好繼續：「他出去了之後，沒再回過來。」
「他……他蛻殼了嗎？」有人戰戰兢兢地問。
「不知道。」當土子回答不知道的時候，就無需再問下去了，因為若連土子都不知道，別人也不可能知道了。
跟土子年紀差不多的彎枝出聲了：「土子，那個人是誰？我們都認識嗎？」
天縫之下的人口不多，不過兩百人左右，他們之間沒有不相識的人。
土子老邁的臉孔驟然消瘦：「彎枝啊，你知道的，當年不是有人失蹤了嗎？大家以為他進入暗影地，被怪物吃了。」
「岩間草。」彎枝喃喃說。
「他是誰？」年輕的族人被提起興趣了。
「他的故事不值得傳頌。」土子這麼說時，則表示這是忌諱，所以他們就不必再問了。一個人的名字能夠從族人記憶中抹除，必定是冒犯了極大的禁忌，才會讓最有知識的大長老都不願意提起他。
大家靜靜的享用植物、菌類、苔蘚、蟲子、蜥蜴、小魚等等採集來的食物，但岩間草的名字已經留在眾人記憶中了。

山坡地

第二天出去採集時，鐵臂在路上便忍不住追問彎枝：「岩間草做了什麼事？」
彎枝不回答他，只管教他認識能吃的攀緣植物和蕈類，還有某些吃了會中毒的，某些只需在溪水中洗滌然後煮熟就沒毒了。

他們今天的路徑是沿著溪流逆行而上，一直走到溪流的源頭，那是一片天縫下少有的山坡，其餘的岩壁大多是平直而上的崖壁，而山坡的地表是斜的，但是非常陡，非常非常陡。

溪水從山坡下的岩縫溢出，彎彎曲曲的拐過岩石地，穿過樹海、流經天頂樹，橫穿過岩石地之後，再流入天縫另一端的岩縫中，是為「光河」，天縫下的三條河之一。

採集隊伍跟隨彎枝的節奏，慢慢走了一個小時，他們抵達山坡之下，將沿途採集來的食物檢視一番，看看夠不夠族人晚餐所需。天縫之下的每一位族人都有責任為所有人做事，除了即將臨盆或剛剛生產過的婦女，或無法行動的初生兒及老人，其餘族人們平日都各有職務。

「如果長藤他們捕的魚夠了，那麼，我們採集的這些就足夠晚餐了。」彎枝說。

長藤是另一支採集隊的頭領，他是正值壯年的漢子，專門到水潭去捕魚，以及一切在水中可供食用的生物。

於是，彎枝的採集隊伍在山坡下休息，飲用從岩縫流出的溪水，清水富含礦物質，味帶甘甜，清爽無比，是他們辛勤一個上午後最好的犒賞。

「鐵臂，」比鐵臂年長兩歲的黑蛹拍拍他的肩膀，「你看。」他從地面撿了一片大葉子，輕輕放在光河的水面，流水隨即把葉片帶走，搖搖蕩蕩地消失在樹海之間。

「什麼？」鐵臂不懂他在玩什麼把戲。

「我告訴露珠，今天會從山坡送一片葉子給她，待會她就會收到了。」黑蛹喜孜孜地，臉上得意的泛現紅光。

「樹海的落葉那麼多，掉落水中的也不少，」鐵臂訕笑道，「她怎麼知道哪片是你送的？」

聽鐵臂這麼一問，黑蛹更加得意了：「這種大葉子，只有這片山坡才有，何況我還做了記號。」

「怎麼做記號？」

黑蛹撿起一片大葉，小心對折不令它斷裂，又輕輕在葉片撕出彎線和小縫，把葉柄插入小縫，竟成了一隻鞋子。

「嘩！」鐵臂將葉片要過來，好奇地把玩著，「你怎麼弄的？好厲害！」

「我媽媽教的。」黑蛹將葉片鞋溫柔的置入溪中，目送它離去。

鐵臂傻兮兮地看著葉片鞋流走，才回頭問黑蛹：「你想要討露珠做老婆？」

「我要等她長大。」黑蛹說這話時，眼神像在做夢。

「哦。」鐵臂不太有感覺，是啦，有幾個女孩常來跟他搭訕，他覺得她們很無聊，因為女孩子說起話來總是東拉西扯，搞了半天也弄不懂她們究竟想說什麼。

討老婆是為了什麼呢？像青皮蟲一樣嗎？——鐵臂偷覷一眼在一旁打盹的隊友青皮蟲——自從去年討老婆後，每天晚上都跟老婆到大石塊後面摟著動來動去。

其實鐵臂真正在意的不是這些小事，他心裡有更大的目標在悄悄醞釀著，在成功達到之前，不隨便說出口。

「我睡一下。」黑蛹翻倒身體，很快傳出沉沉的呼吸聲。

鐵臂不想睡，他抬頭，望向山坡，嗯，看起來十分陡峭。

他轉頭看看眾人，大家都靠著岩壁或樹幹睡著了，彎枝也不例外。經過一個早上的採集，他們都很需要小憩一番。

鐵臂舔舔上唇，打算嘗試他一直想做的事。

以前他覺得自己年紀太小，經過這次成功將夜光蟲拖回家的壯舉，他信心大增，感覺上只要想辦的事都沒有辦不到的。

他靜悄悄地爬起來，走到岩壁前方，兩手撫摸岩壁表面，先感覺一下古老的石灰岩，陣陣冰冷從石灰岩透入掌心，他頓時覺得跟這片岩壁有了聯繫。

他心裏盤算了一下岩壁的路徑，首先將一腳踩上岩石，待雙手都抓穩了，才再踩上另一腳。他的手臂比一般同齡孩子來得有力，依然覺得爬岩壁並不輕鬆，爬樹還比爬這陡坡簡單多了。

他小心翼翼地移動四肢，慢慢一點一點攀爬，爬得十分入神，都沒留意自己爬了多高，只覺得手臂仍有力氣，仍可以不停的爬上去。

忽然間，有東西輕拂過他臉上，他嚇了一跳。

那是風，是空氣的流動，樹海裡幾乎沒有風，所以他很不熟悉（只有高高在樹頂上的守望者習慣風的存在）。

那陣風離開了，下一道還沒過來，被風驚嚇的他乍然想起他是來採集的，不禁轉頭朝下望，望見正在沉睡的隊友們，沒人發現他正在做的事。

好高，莫非比天頂樹還要高了？他眺望來路，果然望見天縫之下最高的天頂樹！他甚至看得到天頂樹的樹頂，大石應該在樹頂吧？大石會看見他正在爬山坡嗎？他常常感覺到大石的敵意，還是得提防大石的好。

鐵臂從高處環顧他生存的世界，整個世界被高聳的岩壁圍繞著，岩石從樹海延展上天際，直到天頂才裂開一道細長大口，鐵臂從高處望去，才留意到原來天縫是傾斜的，其實整片天頂都是傾斜的，而天頂樹所在的位置正好是一整年都有光線照射的區域。

爬得這麼高，視野變寬之後，鐵臂似乎忽然看清楚了許多事情。

他很渴望將發現告訴他人，卻在此刻感到莫名的戰慄，兩腿忽然像要融化似的，生怕萬一不小心鬆手，他將重重摔在下方的大石塊上。

鐵臂全身靠在岩壁上，感到身體微微顫抖，他冷靜了一下，才決定回頭爬下去。

爬下去比爬上來更為困難，他更加謹慎地往下移動，不僅因為岩壁上的青苔滑溜得很，恐懼也令手掌泌出汗水，他必須奮力將手指埋入厚厚的青苔中，才能增加一些摩擦力。

好不容易，鐵臂終於雙腳著地，全身冷汗終於有機會自燙熱的皮膚表面蒸發，他頓感渾身輕鬆，但心臟兀自噗通噗通地撞擊胸口，撞得他很痛。

黑蛹被他沉重的呼吸聲吵醒，睡眼惺忪地望著他：「你怎麼了？」

鐵臂扶著膝蓋用力喘息，一時說不出話來。

黑蛹其實並沒很想得到他的回答，又再度閉眼回到睡夢中。

鐵臂心有餘悸的仰首瞧看岩壁，心中燃起一股火焰。他還沒放棄，剛才只是小試身手，終有一天，他要想辦法爬上去才行！為了他想要的解答，他必須要爬上去！爬到天縫為止！

那個岩間草一定也是爬上去了，而且說不定是以活生生的肉身走出天縫之外的！可是，岩間草是怎麼上去的呢？岩壁太陡了，除非他有辦法在岩壁行走！

沒多久，彎枝也醒了，他見鐵臂沒睡，就吩咐他喚醒大家，一起回天頂樹。

「岩間草」的名字在鐵臂腦中揮之不去，他老覺得這名字是個很重要的關鍵字，彷彿一條堅韌的細絲，只要輕輕牽動它，就能將一個龐大的怪物自黑暗中牽引出來。

大夥兒聚在天頂樹下晚餐時，鐵臂一直擔心大石會向土子報告有人攀爬山坡地，他看著大石從樹上爬下來，用餐時又一直留意大石的舉動，但大石一臉若無其事的樣子。

大石留意到鐵臂在偷看他，趕緊神經質的瞥去一旁，鐵臂循著他的目光望過去，才知道大石緊張的是白眼魚，那個白白有點肉肉的女孩，也是其中一個曾經跟他傻笑的女孩。他回過頭來時，正好接觸到大石睽目相視，嚇得他閃過臉去，假裝跟別人說話。

大石是地位重要的守望者，還是不要跟他有衝突的好。

晚餐之後，萬籟俱寂時，鐵臂和弟弟赤鬫依偎著母親睡覺時，問了他母親：「媽，妳聽說過岩間草嗎？」

「別再問這種問題，」他母親滑魚輕聲叱道，「土子會罵人的。」

鐵臂不服氣！大人們一定知道什麼，可是他們卻害怕說出來！

像鐵臂一般好奇的大有人在，幾天後的晚餐，有人再度向土子提出問題：「土子，我們想知道更多岩間草的故事。」

大家驚訝地望向發問者，他是備受眾人敬重的長藤，捕魚隊的領隊，已經二十二歲，是五個孩子的爹。長藤向來慎重，等閒不輕易發言，他處事公正，族人中若是有什麼爭執，只要他介入，便會很快平息，他被視為未來繼任大長老的可能人選。

「對呀，我也想知道。」「土子，告訴我們吧。」族人中紛紛有人響應。

土子不高興地說：「我說過，那是個危險的故事，你們不應該知道的。」

「那麼，」彎枝也說話了，「土子你蛻殼之前，也不會告訴下一位大長老嗎？」

土子斬釘截鐵地說：「不會。」

土子說得很夠明白了。

他曾經決意誓死保守這個秘密，讓秘密將隨著他的蛻殼，帶到天縫之外的光明之地去。一位女性長老立起，她叫柔光，比土子年輕幾歲，是下一任大長老的當然人選，由她代替土子發言，是理所當然的事。

柔光，是某時夜裡會從天縫照進來的柔和光芒，每個月會有數日如此，跟白天的光一樣，他們不知道這些光的來源。雖然同樣是光，但他們認為白天的光、夜光和星光之間必然有其不同。柔光是黑夜中的溫柔，不似星光的孤僻，也不像白天光線的滋養、安全，但在漆黑的夜晚份外教人安心。

稱為柔光的女人在族中生養眾多，是部分族人的母親和祖母，她一身雪白起皺的皮膚，在傍晚的橘光下顯得更為古老。「土子說的，必有其道理，你們等土子想說的時候，才說，同意嗎？」

族人們靜默無聲，沒人願意反對母親或祖母的話。

令人意外地，土子舉起手，示意他要說話。

族人們屏著鼻息，等待他張嘴。

「暗影地，」土子說得很慢，「非常非常危險。」這件事是常識，大家都知道。「暗影地的怪物，會將闖入者吃掉，連殼吃掉……」有人驚呼了一聲，「是的，這樣子就無法重生了，因為怪物會在魂魄有機會蛻殼以前，連裡頭的魂魄都吃得乾乾淨淨。」

一股寒意在族人之間流動，天縫的光線似乎瞬時變得陰暗，幼小的孩子甚至開始低泣，發抖的小身體緊偎著大人。

「有誰見過暗影地的怪物呢？」鐵臂打破沉默，大膽地問。

「有。」土子的聲音微微顫抖，「岩間草見過，我知道他見過。」

眾人等待他繼續說。

「因為，我親眼見到岩間草被怪物吞噬。」

當土子提到怪物時，族人們嚇得依偎在一起，這是一個超越他們想像力的概念！他們無爭地生活著，每天最重要的事情就是晚餐，因為要是沒食物，他們都無法生存下去，食物以外的事情，對他們而言一概不重要，所以怪物是遙遠又陌生的一個名詞，卻被土子在三言兩語間帶到他們的腦海中。

「可是，」在眾人驚怖之際，鐵臂馬上提醒道，「你也說岩間草到了天縫之外呀。」

土子瞪著鐵臂，不是譴責，而是帶著些微讚許的眼光：「孩子，你說得對。」

土子調整坐姿，吩咐一個小孩去邀請火母前來生火。

燃料珍貴，夜晚的火不輕易點旺，只許細細地燒，不令熄滅，但今晚，土子打算將白天延長。

幾位中年婦女用壯碩的雙臂搬來枯枝，很有技巧地小心堆疊，令火焰待會可以燒得又亮又久。

火母來了，她看見鐵臂在人群中瞪著她，她也回瞪了一眼，然後走到柴堆前方蹲下，兩手之間跟平常一樣發出藍光，火堆便點燃了。

點燃柴堆後，火母坐到土子身邊，準備聆聽他將要說的話，因為需要她延長白晝才能說出的話語，必然十分重要！

土子面向所有族人，雙目半開半閉，彷彿正在進入冥想，他的臉龐在火光的照耀下，爬上一道鬼魅的陰影，臉部的肌肉如同痙攣般扭曲，令他一時之間已經不再只是土子，而是天縫之下歷代大長老們的集合體，是智慧的完整化身，是空氣、水、樹木和岩石的代言人。

土子仰首朝向天縫，發出淒厲的叫聲，如同有幾個人同時在呼喊，叫聲劃過八方矗立的峭壁，由高音至低音，細密冗長的在林間迴盪，他隨即唱出〈祈請歌〉：「重生的祖先們，歷代大長老們，賜我力量，令我言必有據，一字不錯，以智慧長保天縫安泰，永不閉合……」他又吟唱了一小段，才回復平靜的容貌。

他老邁卻銳利的目光掃過族人，尤其在鐵臂身上停頓了一下，才說：「暗影地有怪物，怪物的名字要知曉，知曉則無懼，怪物不敢近。」

眾人點點頭。

「怪物的名字……」土子說，「叫做『風』。」

第二章

暗影地

他們既然不能轉頭，除了自家的影子，還能看到什麼呢？

柏拉圖《理想國．地穴》

岩間草

不知從何時以來，他們便已經住在這裡。

這裡四面都是由岩石構成的峭壁，岩石從地面延伸到天際，沒有出去的路徑，只有頂部裂開的一道巨縫，提示他們確實有個「外面」的存在。

外面是什麼？祖先代代相傳，說是「光明之地」。

光明之地的光明，比每天從天縫透進來的光線更加光亮、更強烈，而且是溫暖的，比母親的懷抱來得更加溫暖。

然而，沒有人會去想像「外面」，這完全超乎他們的觀念，於是最後變成沒有人願意去想像。

打從一開始，他們就不存在離開這裡的慾望。

但是，歷代族人中，肯定有人曾經追索過這個問題：「我們為何在此？我們為何不能不在此？」

於是，有一個人注意到了「外面」。

如同大圍牆般包圍他們的峻峭岩壁之「外面」。

這個問題，就彷彿更遠古以前的人們曾問：宇宙有無邊際？若有，邊際之外又屬何物？

而這人問：「我們從何處來？」

這是個蠢問題，因為我們並不來自何處。我們生於斯、長於斯、蛻於斯、葬於斯，我們屬於這裡，惟有蛻殼後，方離此地。

任何一個愛動腦筋的人，都不會滿足於這種答案。

於是這人再問：「這裡是哪裡？」

是等待，孩子，是等待。

我們在此好好活著，我們暫時寄居於此，為更美的未來做準備，有看見天縫嗎？天縫像什麼？是的，陰唇，是神聖的女陰，如同你經由母親的陰道從子宮抵達此地，你亦將從這個岩石子宮通過神聖天縫重生。

他不相信，岩間草不相信。

岩間草不相信，因為他跟別人不同，他會思考。

土子是岩間草最要好的朋友，岩間草告訴土子說：「土子，你注意過嗎？溪水會從岩縫流出，也流進岩縫，那麼你可曾想過，在岩縫流出流進的水又從何處來？往何處去？答案只有一個，當然是岩壁的後面！岩壁後方必定有另一個世界。」

土子不敢苟同，他向來循規蹈矩，只想完成長者交派給他的工作，他視此為無上光榮。

而且土子的膝蓋自小不太靈活，他喜歡待在原地，用雙手完成許多事情。他會用一雙巧手製作很多工具，而岩間草則不然，岩間草喜愛四處亂闖。

岩間草經常向土子描述他所看到的世界，包括土子從來不曾到達的山坡地、兩條小河的上游、對面的岩壁，甚至暗影地的邊緣。土子很喜歡聆聽岩間草說的事，心裡非常羡慕，他知道岩間草必須花費一個上午才能走到山坡地，換成是他，恐怕走上一個上午加一個下午也抵達不了。

對他而言，岩間草就是他的英雄。

某日，岩間草神秘兮兮地告訴他：「我踏進暗影地了。」這可令土子吃驚不小，他害怕萬一岩間草在暗影地迷路或蛻殼，就再也聽不到他的故事了。

代代祖先告誡，暗影地是禁止任何人進入的區域，進去必死無疑。天縫下的每一個人從小都被灌輸這個概念：暗影地是絕對不能靠近的！

但畢竟當時土子年紀還小，會忍不住好奇，他問暗影地有什麼東西？

「有東西！」岩間草誇大地說，「只是太黑了，我看不到。」

「那裡白天也黑嗎？」

「黑！不然怎麼叫暗影地？」有些時候，岩間草誇張的語氣會令土子對他故事的真實性喪失信心，懷疑他在胡說。岩間草繼續說：「那裡黑得我幾乎看不見自己的手，明明往後面看是一片樹海，往前面卻什麼也看不到……說看不到也不對，我好像看到白色的影子，在黑暗中一閃而逝，等你想看清楚時，又看不見了。」

白色的影子？

土子光想像便覺得可怕，他從小就害怕密密排列的樹幹後方會閃出什麼東西，別的小孩知道了，便常從樹後蹦出來嚇他取樂，好在他跌倒在地上時嘲笑他。

岩間草又向幾位同齡男女述說，幾位膽大的，建議不如結伴冒險前往暗影地。他們密議的內容不讓土子聽見，免得他去打小報告。

某個晚上，趁著族人入睡，三個少年從餘火未熄的灰燼中，拿了泛著紅光的柴枝，點燃偷偷準備好的火炬，便朝西北岩壁的暗影地出發了。土子也很想去冒險，他一直在留意他們的行動，一直在等待他們出發，於是在那個晚上，他也偷偷尾隨在後。

問題是，土子的腳步很慢，沒走多久就跟丟了。

土子非常害怕，他很少離開聚落，更甭說如此深入樹海。在濃密的樹海中，天縫的星光穿不過樹葉，他身上又沒火炬，一時不容易辨清方位，只能憑記憶走向方才隊伍消失的方向。

他看不清岩石地面高低，只好手腳並用，邊摸索邊蹣跚的寸寸前進。

走了一整夜，他幾次想回頭，或停下來等岩間草他們回程，但又害怕若是停下來的話，會有東西從林中蹦出來攻擊他，另一方面，他也不甘心第一次的探險草草就結束了。

他記得岩間草說過，從天頂樹到暗影地必須經過三條河：光河、小暗河和大暗河，河水不深，涉水頂多至腰，他已越過三條河，進入植物越來越少的岩石地，理應要見到他們了。

終於，他望見遠處有橙黃的亮光閃動，應該是岩間草他們的火光。

火光在遠處激烈搖動，像是隨時要熄滅的樣子。土子覺得很詭異，火不應該會搖晃的，什麼東西能令火光如斯不安呢？

他慢慢走近，豆大的火焰露出越來越清楚的輪廓，如同在黑暗中舞動的爪子，也逐漸看見火光前方的人影，土子心想一定是岩間草他們。

待他終於跟岩間草一行人會合時，他驀然全身毛骨悚然。

四周的空氣在流動，滑過他的脖子、撥弄他的頭髮、撫摸他的四肢，他嚇得僵立不動，許久才在腦海迸出一個名詞：「風」！莫非這就是傳說中的「風」？大長老提過，但他從來不曾經驗過的！因為天縫下從未有如此強烈的空氣流動。

土子戰戰兢兢地移動腳步，在強烈流動的空氣中，好不容易鎮定地走近岩間草，才看見岩間草和另一人，正呆呆的站著叢叢石筍前方，直愣愣地望向黑暗。

「土子來啦？」岩間草說話有氣無力的，沒看土子一眼。他對土子的出現一點也不驚訝，顯然早知道土子跟來了。

土子發現少了一個人：「還有一個人呢？」

「進去了。」另一人回道。

「進去？進去哪裡？」

岩間草指向黑暗。

原來，風是從黑暗中吹出來的。

迎著吹乾眼睛的強風，土子細看許久，才發現火炬僅能照耀及四周的岩壁和岩石地面，卻照不進「黑暗」，眼前的黑暗似乎是活生生的，能將光線完全吞噬。

土子不寒而慄，在無聲的夜裡，他聽見黑暗在呼吸，黑暗的呼吸就是「風」！

黑暗彷彿正在打量他們每一個人，考慮要將誰吸入黑暗之中！

這就是傳說中純然由黑影據的暗影地！

如果要給黑暗一個名字，它的呼吸就是它的名字！

「是誰……進去了？」土子悄悄再問。

他兩眼被黑暗吸引，緊盯著那片純黑的區域，他從一開始就感覺到黑暗不只是黑暗，難道它不僅能吞掉實體的人，還能吸食人的記憶？

忽然間，土子驚呼：「有東西！」

可是沒人理會他。

他們全都在凝視黑暗，卻沒人對土子的驚叫聲做出反應，不知是他們根本沒看到呢，還是看到了也不在乎。

「真的……」土子心虛的放低音量，「有東西在移動。」剛才，好像有東西一閃而逝，像被黑暗吐出來一點又反芻回去，就像一團灰色的塵埃在濁水表面閃現一瞬。

土子不敢閉眼，期待還能再看到一點什麼。

岩間草表情呆滯，失去了平日的生龍活虎，像剛睡醒的小孩，對什麼也不感興趣。

他們沉默不語，忽然，岩間草好像想起了什麼似的，舉頭望去上方，土子也抬頭，看見藍黑色的天縫，由稀落的星光畫出它的輪廓。

土子期盼看見天縫有光，期待白天趕快降臨，只要白天一到，族人就會發覺他們失蹤了。

有誰會猜到他們會在暗影地呢？會有人來尋找他們嗎？

沒多久，他們聽見遙遙的呼喊聲，雖然非常微細，但在寧靜的天縫底下仍舊十分清楚，他們知道是「看光」的守望者在天頂樹上呼喊，通知大家曙光已在天縫現身了。

「岩間草，我們……」土子憂心忡忡地瞥了一眼岩間草，始終不敢讓視線離開黑暗，生怕萬一有怪物跳出來時會來不及逃跑，「該回去了，曙光到了。」

岩間草依舊呆呆地凝視著那片黑暗，根本沒理睬他。

土子正想硬拉岩間草回家時，他突然開口：「讓我去。」

土子循著岩間草的視線望向那片黑暗，黑暗平滑的表面如同水面般揚起漣漪，像蜻蜓尾巴不經意碰到水面，在黑暗和光明的界面上漾起輕波。

「讓我進去吧，」岩間草加大了聲，「我是願意進去的，我們交換吧。」

黑暗的呼吸變沉重了，風愈來愈強，黑暗的表面被風吹起了褶皺，一片波紋橫掃過灰濛濛的表面，然後，土子便看到黑暗稍微往後退了一點，有個人就忽然被黑暗整個吐了出來。

是跟岩間草一起來探險的夥伴，剛剛被黑暗吞沒失蹤的那位。

岩間草望了土子最後一眼，緊張地微笑，眼神中滿是期待。

接著，岩間草興奮地邁開腳步，毫不遲疑的步入暗影地的深邃黑暗之中。

此時土子發覺，不知為何，岩間草的名字在他心中逐漸變淡。

難道黑暗不僅能吞掉人的實體，還能吃掉人的記憶？

土子急了，在心中不斷複誦岩間草的名字，不停地唸、不停地唸，不讓岩間草的名字從記憶中消失。

岩間草漸漸沒入暗影地的黑暗，像沉入水底的石頭，完全沒了痕跡。

晨光從天縫穿入，照亮了天頂樹所在的那面岩壁，光線也泛照到反方向的暗影地，但光線一碰到黑暗的邊緣就被完全吞噬，土子努力緊記岩間草的名字，不讓它也被黑暗吃掉。

那天，土子和其他兩人慢慢踱回天頂樹去。

那兩個跟岩間草一同去暗影地探險的夥伴，在回到聚落時依然一臉茫然，壓根兒不記得發生了什麼事。

土子的膝蓋不靈光，他被兩人拋在後頭，只好一步步艱難地行進，待他抵達聚落，又饑餓又疲乏的他，心情一放鬆，馬上仆倒，昏睡了一天一夜。

土子

聽完土子的故事後，有人猛甩腦袋難以接受，寧可從未聽過如此荒謬的故事。有人嘴巴久久無法合上，沉浸於故事中不可思議的情境，需要花點時間才能消化腦海中浮現的畫面。

但有個人非常興奮。

「大長老，那兩個人是誰？我們認識嗎？」鐵臂興奮地問著。

「他們已經蛻殼很久了。」土子緩緩的環顧眾人，「認識他們的人，也從來不知道這件事，因為據我所知，他們在有生之年沒再提起。」

「為什麼？」鐵臂追問，「因為害怕嗎？」

「因為他們忘記了。」彎枝代替土子回答。

鐵臂點點頭，他怎麼沒想到呢？剛才土子不是說了嗎？黑暗把記憶吸收了，可是……鐵臂依舊覺得不合理：「他們忘記自己發生過什麼事，可是，難道所有人都忘記了岩間草嗎？」

「不，當時我曾經去搜索，」彎枝說，「我曾在天縫下一寸寸搜尋，找了幾天，岩間草一點痕跡都沒留下。」

有人舉手表示要發問。

是長藤，捕魚隊的頭領，他恭敬的站起來之後才發問：「大長老，您說暗影地有怪物，怪物的名字叫作『風』。」

土子頷首：「我是這麼說的。」

守望者大石在旁邊嗤笑邊想：「我常常在樹頂吹風。」他驕傲的認為，大家都怕風，只有他不怕。

只聽長藤促狹地說：「我知道有個地方也有風。」

鐵臂馬上被他吸引過去了。

長藤的一對眼睛又黑又大，特別的深邃，他滿臉長長的鬢鬚像蔓藤般垂掛在胸口前，當他說話時，鬍子就會上下跳動：「我們在小潭捕魚時，就是暗河的源頭，」天縫之下有三條小河，從山坡地流經天頂樹的「光河」，以及從小潭流出的兩條「暗河」，「小潭的岩縫會流水，某次崩掉一塊石頭，岩縫便開了個大洞，可以伸進去一根手臂……那個洞口會唱歌，像吹口哨般發出呼哨聲。」

「你把手臂伸進去？」發問的竟是坐在土子身邊的火母。

長藤沒想到尊貴的火母會問他，他低著頭說：「沒有，我不敢，會怕。」長藤拍拍心口，「我的手剛剛探到洞口，便感到陣陣冷風吹出，還發出口哨聲。」

火母又問了：「你還記得那洞口在何處嗎？」

「記得，可是它不見了，第二次回去那兒捕魚時，洞口就不見了。」長藤蹙眉說，「原本有一道洞口的地方，石頭像長回去了一般，一點也看不出裂開過的痕跡。」

火母似乎滿意了，她點了個頭，便低頭不再說話。

「大長老……」一把怯生生、清亮的聲音揚起，眾人轉頭望去，才看見是一名少女，見到大家望著她，少女整張臉都飛紅了。

「是的，黑莓果？」土子見她害羞，對她格外的溫柔。

黑莓果比鐵臂小一歲，圓圓的臉龐還帶著稚氣，但是再過不久，她就會被歸入成年的女性族人，背負繁殖生養的責任。

黑莓果舉起瘦長的手臂：「大長老您說過，岩間草其實是到達了光明之地？請問您怎知道？」

土子嘆了口氣，指向天縫：「我們走路回家時，聽到有人叫我的名字。」

年輕的土子覺得膝蓋很痛了，他從來不曾走過這麼遠的路，更何況是如此崎嶇的路徑。來程時的那股衝勁已消失，回程時又充滿了恐懼和不安，生怕回到聚落時會被長者們譴責，他幾乎失去繼續走路的勇氣。

此時，他竟聽見有人呼喚他的名字。

聲音很遠很細，但的確是在呼喚他。

他抬頭四處尋找，疑心是自己的幻覺，或者是長者們提過的精怪，牠們隱藏在影子之中，無論是葉蔭下、石頭後方、樹幹背陰處，都可能有精怪藏身，專等落單迷惑的人經過，會呼叫人的名字引誘他上當，只要回應了，精怪就會將人的魂魄偷走，人則變得痴呆，連自己的名字都說不出來。

但是，雖然很細微，土子卻十分確定是岩間草的聲音。

他罔顧前方的兩名族人，兀自停下腳步，四下張望尋找岩間草的蹤影。

終於，他發現了！

他很驚訝，在高高的天縫上，有個像螞蟻般細小的人影！他站在蔚藍的天縫邊緣，揮舞兩手。

土子當下嚇呆了。

長老們都說，祖先蛻殼後會穿過天縫去到光明之地，可是從來沒人在天縫見過任何人影。

那是岩間草嗎？是岩間草的魂嗎？他抵達光明之地了嗎？

所有聽眾都屏住鼻息聽土子說故事，對故事內容又驚又疑。

如果土子在年輕時說出這一段，必然被長老們嗤之以鼻，如今，他已是地位最高的大長老，他說的話就是金科玉律，因此他不再畏懼說出。

「所以說……」鐵臂打破了沉默，「岩間草究竟是活著去到光明之地的？還是蛻殼去光明之地的？」

「鐵臂，」大長老直接呼喚他的名字，「我當年也曾這麼自問，但是，我不知道。」

大家挺驚訝的，天縫下竟有大長老不知道的事情。

鐵臂還想再問，但當他瞥見火母盯住土子的眼光時，他忽然決定不問了。

火母深沉的眼中，隱然帶有殺意，令鐵臂打了個寒噤。他不明白這意味了什麼，但原始的求生本能告訴他是應該噤聲了。

他剛才很想告訴大家，他拖回來的那隻夜光蟲，就是在暗影地找到的，但當時大家都沉浸在食物的興奮之中，沒人追問過他，他也沒主動說過。剛才他很想說，也差點就說了出來，如今火母可怕的眼神令他完全失去說出來的念頭了。

天縫拉上了夜色的帷幕，濺上了一灘鑽粒似的星光。

眾人包圍的篝火漸漸減弱，天頂樹傘形的樹蓋原本被柴火照得一片橙黃，而今光芒也慢慢萎縮，天頂樹退回黑暗之中，宣告睡夢的世界即將降臨。

火母霍然站起，向大家說：「火之將盡，今晚的故事就到此為止吧。」

有人識趣地爬起身，率領家人到角落去準備睡覺，有的人則充滿期待，期待土子請火母延續火焰、延續故事。

「柴火珍貴。」火母的一句話，比土子更有權威，因為火焰是她的權杖，「點燃火焰的是樹木，滋養樹木的是土地，養肥土地的是逝去的生命，所以，在火光消失之前，大家合上眼睛吧。」她邁步走回她獨居的火母洞穴，在登上岩石的路徑之前，意味深長的回望土子一眼。

土子抬頭看她，兩人視線接觸了不過一秒鐘，土子卻在她眼中看到叱責的慍怒，令他在剎那間困惑了片刻，但火母已經登上高高的岩石，在篝火的光芒消失之前，土子剛好看到她進入洞穴。

篝火暗下來了，只剩燒紅的柴枝發出最後餘光，鐵臂抓緊機會，跳到彎枝身邊：「彎枝，彎枝，我有個請求。」

看見鐵臂興致勃勃地，彎枝不免有戒心：「什麼事？不能明天再說嗎？」

鐵臂用力搖頭：「明天來不及，我想要你准許，明天不跟隨你去採集，我想跟長藤學抓魚。」

彎枝面有難色：「可是，每個人的工作是分配好了的。」

「就一次，一次而已，」鐵臂伸出一根食指，「我什麼都想學一點，你很鼓勵的，什麼都學一點。」

他的確有鼓勵過，彎枝心裡同意，但表面上只好勉為其難地說：「你去問問長藤，他點頭了我就答應。」

「謝謝你！」鐵臂高高興興地蹦去問長藤了。

彎枝猜得到鐵臂的目的。

如果再年輕一些，說不定他也同樣會這麼做。

捕魚隊

黑夜過去，每個人養足精神，當大石在樹頂發出嘯聲，宣告曙光來臨時，鐵臂第一個躍身而起，預備跟長藤出發去抓魚。

隊伍出發時，鐵臂還特意走去跟彎枝道謝：「謝謝您，我會好好學習的。」彎枝愈發覺得鐵臂是個挺有趣的年輕人。

天縫底下的每個人皆認識每個人，所以鐵臂熟悉捕魚隊中的每一位成員，他緊緊黏著領隊的長藤，糾纏著問他許多問題：「今天要去哪裡？」

「平常的地方。」行進的時候，長藤的話不多。

「不去特別的嗎？」

「沒什麼特別，就只有幾個地方。」長藤看也不看他一眼。

「那個……岩縫破開過的地方，會不會比較多魚？」

長藤終於瞟了他一眼，腳下頓了一頓，又繼續前進：「原來這就是你的目的？」

「不，不是，」鐵臂靦腆的放慢腳步，「昨晚你講過，我剛好想起來罷了。」

「我帶你去。」

鐵臂反而心虛：「我學捕魚比較重要。」

「那地方的確詭異。」長藤好像沒聽見他說話似的，一面邁開大步一面呢喃，「這個世界不大，真的不大，我從第一次捕魚到現在，每一個可以捕魚的地點都不知重複去過多少次了，所以對我而言沒差別，可是那個地方的確詭異。」

「有幾個捕魚的地點？」

長藤默數了一下：「七個……或許九個，我算數不行。」

「那個特別的地方，只有一個嗎？」

「只有一個。」這點他倒是很肯定。

他們捕魚隊連同鐵臂一共九人，原本分散著前進的隊形，見鐵臂跟長藤聊得起勁，其他人便漸漸靠攏過來傾耳而聽。

「我有一次刻意靠近岩石，看看會不會又跑出一個洞來。」說話的是十五歲的青苔，他跟長藤一樣夢囈似地喃喃自語。

鐵臂覺得他們說話方式怪怪的，不禁提高嗓子：「青苔，你幾歲加入捕魚隊的？」

青苔白了他一眼：「大聲講話會嚇跑魚的。」隨即補充道：「只要上路就要小聲了，這是捕魚隊的禁忌。」

鐵臂恍然大悟地「哦」了一聲，也學他小聲道：「我們快到了嗎？」

青苔搖搖頭，舉起執著魚具的手，指向樹海上方，在樹與樹的間隙中，可以看見一塊凸出峭壁的岩石，被天縫的光線照得發光耀目。青苔嘟囔道：「就在那下方。」

再走了一段路，眼前的樹海霍然展開一片空間，露出一片高聳的峭壁，在樹海空出一片沒有植被的角落，彷彿樹海被咬了一角。這片角落有岩石圍成的小潭，從岩縫中湧出潺潺清水，灌滿小潭，再分出三條支流，朝三個不同的方向流去，其中一條會跟光河匯合。

「先捕魚，」長藤解下身上的各種捕魚工具，「先把咱們的工作完成。」

鐵臂看見眾人紛紛把裝備放下，惟獨他身上沒有任何工具，只有一個用祖先皮囊製成的採集袋。待會那袋子也不適合用來裝魚，要是皮袋子沾上了魚腥味，可是永久解除不了氣味的。

「那麼我該做什麼呢？」鐵臂問，

長藤指向一塊較高的地面，在幾塊巨岩上長了棵樹：「你坐去那上面，看我們怎麼抓魚。」一大樹的樹根爬滿巨岩，恍如幾十根長指將巨岩牢牢抓緊。

鐵臂聽話的坐到樹下，居高臨下的觀看他們捕魚。

捕魚隊的成員們都十分安靜，他們自有一套溝通方法，有時一個眼神、一個嘴形，或一個手勢就足夠了。

長藤站在水潭岸邊，其餘的人則逐一輕輕步入水中，或拿長叉，或拿魚網，也有鐵臂說不出來歷的工具。

眾人睜大眼睛，搜尋水中的魚兒蹤影，只見某人的手臂接近水面揮動，水面隨之泛現微微的漣漪，當他再度舉起魚叉時，末端已經插著一尾拚命掙扎的魚兒。長藤滿意地朝那人點點頭，才剛開始捕魚就抓了一尾不錯的魚，是個好兆頭。

捕到魚的人將魚收到腰間的樹皮袋，鐵臂從高處觀看他們捕魚的各種手法，覺得興致盎然。時而，長藤會用手指點一點，提醒隊員何處有魚，由於光線的折射，從他的角落可以看見其他人在水上瞧不見的魚。

忽然，有人輕呼一聲，露出興奮的表情，其他人見狀，不約而同的注視著他。

他高舉手中的魚，讓眾人看見。

鐵臂伸長脖子，只見那人手中是一條僅有手掌大小的魚，通體白色滑潤，有玉石般的粉紅色澤。鐵臂正在搞不清楚狀況時，長藤轉頭輕聲跟他說：「白眼魚！」

原來如此，是很珍貴的魚，從遠遠仔細一看，果然該魚沒有眼睛，不，若近看的話，牠的眼睛有如藏在魚皮下的一粒凸起，沒有色素，所以牠是全盲的。

等到長藤覺得漁獲足夠以後，他呼喚大家停止捕魚，好留下日後可以捕捉的魚，眾人紛紛上岸，放下捕具。長藤拍拍鐵臂的肩膀：「今天託你的福，很快完成工作，還捉到白眼魚！」

「白眼魚很難抓嗎？」
「不難，」青苔回應他，「只是很稀少，很偶爾才出現。」
「牠為什麼沒有眼睛？」
「問得好，」長藤反問道，「為什麼呢？」
「因為……」鐵臂猶豫了一下，「牠沒用到？」
「沒錯，我相信白眼魚來自非常黑暗的地方，根本用不上眼睛，只是不小心闖入了我們的世界，一如你拖回來的夜光蟲那般，」長藤把臉貼近鐵臂，說話的聲音更小了，「這個水潭很光亮，那麼白眼魚最有可能來自的黑暗世界，一定是在……」長藤瞟了一眼水潭，「岩壁的後面。」
長藤毫無忌憚的跟他說這麼多，跟欲言又止的土子的態度完全不同，反而令鐵臂有點退縮了。
長藤站起來，緩緩步入水潭，走到岩壁前方，撫摸岩壁上的一塊凸起：「就是這個了。」
「就是曾經破洞的地方嗎？」鐵臂屏息問道。
「你何不過來看看？」
鐵臂步入水中，一股冰冷包裹他的小腿，他立刻打了個哆嗦。他急著想走到長藤身邊，卻沒料到水底有許多尖銳的小石子，每一步都痛得他冷汗直冒，真搞不懂捕魚隊的人剛才是怎麼在潭中活動的？
潭水輕輕流動，柔軟的滑過腳踝，有如少女溫柔的撫摸，跟尖刺的腳底形成強烈對比。鐵臂慢慢走過去，潭中魚兒紛紛避開，慌張的四竄，好不容易，他終於抵達長藤身邊。
此時鐵臂注意到，潭底有一道強烈的水柱不斷沖激他的腳踝，他俯首凝視自己的腳，看見潭底的小石子被水波擾動了影像，令小石子看起來像在不斷跳舞。

「你注意到了吧？」長藤向鐵臂的腳投了一眼，微笑著問他。

鐵臂按捺不住強烈的好奇心，他蹲下身體，伸手探到水下，感覺到一股從岩壁中湧出來的水流，那道水流比潭水更為冰冷。他再放膽把手繼續往下探，摸到岩壁底下有個空洞。

鐵臂吃驚的抬頭看長藤：「有洞。」

長藤促狹的頷首道：「白眼魚說不定是從這個洞游出來的。」

鐵臂把心一橫，把身體壓進水中，將整條手臂都伸了進洞，連長藤都嚇了一跳，驚呼：「危險！」

「是空的。」鐵臂直視長藤。

「什麼？」

「裡面是空的，很大的空間，」鐵臂把手在裡頭搖了搖，「而且暖和得很。」

新生

這天跟每一天都沒不一樣，真難相信他必須在這個樹頂待上一生。

大石百無聊賴，半躺在天頂樹上的筐子中，轉頭四處張望，時而仰首遙望天縫四周，留神有無異象。

有關天縫的異象，過去幾任守望者的確留傳過一些故事。

比如說，古遠以前，某次天縫閃光，無規律的一閃一閃，還透入七彩繽紛的光線，跟平日會伴隨著巨響的閃光不同。色彩瑰麗的光線安靜的閃了整夜，他們整晚都看得見。

又有一任守望者說，天縫曾經「閉眼」，雖然時間沒有很久，但所有人皆陷入完全黑暗，彷彿整個世界都成了暗影地，大家嚇得抱在一起，如同傳染病般發瘋的嘶喊。大石可以想像當時的恐慌，的確非常可怕，當純粹的黑暗降臨時，會感覺到時間停頓，以及無窮無盡的絕望。

不過這些都是他祖父甚至祖父的祖父之前的故事了，大石期望他終其一生都不會遇上這種慘事。

「大石！大石！」有人在樹下呼叫。

他聽到來者聲音急促，便跳出筐子，滑下樹梢，敏捷的下降幾尺，向樹下回覆：「什麼事？」

「白星，白星生孩子了！」是個婦人，正是白星的母親，這個該是白星的第三胎了吧？

「知道了！」大石回答後，迅速登上樹頂，站穩在最高的粗枝上，挺直身體，兩手圈在嘴巴兩側，發出尖銳的呼嘯聲。

他深深吸入一口氣，讓肺臟充氣膨脹到近乎極限，肺臟將橫膈膜推下，連背部也鼓起，他緊接著提高咽頂，讓氣流急速穿過聲帶、通過咽部，從圓形的嘴巴發出高亢的假聲，傳送到遠處。

接著他迴轉身體，把聲音朝四面八方傳送，聲音撞上最接近的岩壁，產生傳遍天縫的回音。

所有小孩都曾被訓練這套發聲技巧，但只有表現最好的才有機會被遴選成為「守望者」。

他發出模仿嬰兒的哭嚎，在天縫之下任何角落的人聽見，便馬上知悉有新生兒降臨了。

嬰兒在天縫最光亮的時刻誕生，被視為好兆頭，聽見大石呼嘯聲的人無不欣喜。他們知道，今天傍晚將有一場命名大會，由諸位長老主持，為新生兒取個緊繫一生的名字。

每日清晨，天縫的第一道光線先照到天頂樹，以及火母棲身的岩洞，然後慢慢擴大，照耀到光河和水潭，然後光線掃過整片樹海，越過植物低矮甚至寸草不生的岩石地，以及流經岩石地的暗河，然後光照範圍隨著時間漸漸縮小，往暗影地的方向移動、減弱，在接觸到暗影地時消失。

當天頂樹變得半面陰暗時，所有採集隊、捕魚隊、工具隊等等全都回到天頂樹下，負責教養幼兒的育兒隊也把孩子交回各自的父母，開始準備眾人的晚餐。

沒人詢問新生兒的事。

他們都知道新生兒在哪裡。

新生兒在火母手中。

育兒隊大致的清理嬰兒後，火母會把初生的嬰兒抱回洞中，更仔細的清潔，幫嬰兒剪斷打結的臍帶敷上一層藥泥，防止發炎感染，並在肚皮寫上一排符號，火母說是祝福的咒文，然後等到命名大會才把嬰兒抱出來。

沒人看得懂火母的咒文，他們沒人學習文字，甚至不知道有文字，這種可以把語言、歷史和思想傳遞下去的符號，天縫下只掌握在火母一人手中。

晚餐時分，大家都在熱烈的討論，白星生的是男孩或是女孩？有人知道嗎？幫白星接生的婦人說是男的，而白星生產得挺辛苦的，根本還沒看清楚孩子，現在還待在一間木屋中。

那是天縫下唯一的木屋，靠著岩壁建成。由於樹海的樹木生長緩慢，木材十分珍貴，木屋是經歷多年收集的粗枝搭建成的，屋裡比外頭溫暖得多，只有病人和體弱老人可以暫住。

「這是白星的第三胎了吧？」女人們議論道。

「白星的前面兩個孩子，不是都沒留下嗎？」

「一個長不到一歲，發燒蛻殼了，一個被火母抱回出來時，說已經沒呼吸了。」

「苦命啊，這次聽說她生產很困難。」

「她的男人呢？」

「木虱？」

幾個女人轉頭望向一個佇立在人群之外的男人，大家都在用晚餐，只有那男人在抬頭凝視著火母的岩洞，焦慮的等待火母將嬰兒抱出來。

木虱是工具隊的一員，大石發出呼嘯聲時，他正和隊員到樹海的彼端收集掉落在地面的枯枝和枯葉，分類成燃料用的和工具用的材料。他一聽見大石的嘯聲，心便亂了，天縫下臨盆的女人就只有他結髮的白星，鑑於他們以往失去過兩個孩子，自從再度失去孩子之後，白星就一直有點精神恍惚，身體也日漸羸弱，是以木虱心亂如麻。

工具隊的頭領快足是一名健壯的女人，她見木虱神不守舍，便叫他先回去：「你在這裡幫不上忙了，快回去看看吧。」

他連聲道謝，還要把他的那份枝葉帶回天頂樹去，但頭領快足阻止了：「我們分攤帶回去就好，不要阻礙了你的腳程。」木虱奔回去時，快足還大聲叮嚀他：「別走捷徑，免得迷路了！」

木虱抵達天頂樹時，嬰兒已經交給火母了，他只好將奄奄一息的白星抱到木屋去休息，一直陪伴著她，直到晚餐開始，他又趕緊拿食物給白星，伺候她吃完，便等待火母將嬰兒抱回來。

天縫變成火紅色時，火母終於現身了。

她依然白布圍身，抱著嬰兒從洞穴中步出，徐徐走下巨岩，木虱從下方看得戰戰兢兢，生怕她腳步不穩，不小心弄跌了嬰兒。

火母腳步穩健地走到平地，微笑著把嬰兒出示給木虱看：「恭喜，是個女娃。」

木虱愣了一下，剛才那幾個談論的女人也安靜了一下，才竊竊私語：「不是男孩嗎？」「你沒看清楚？」

木虱立刻上前端詳嬰孩，當他看見嬰兒在安詳熟睡的表情時，淚水頓時盈滿眼眶。他憐愛的撫摸嬰兒雪白纖細的手臂，問火母道：「她健康嗎？」

「她非常健康，」火母給他一個安心的微笑，「她剛才還在哭，現在睡著了。」

「謝謝妳。」木虱不敢從火母懷中接過嬰兒，只是輕撫她鬆軟的臉龐。

「你想好名字了嗎？」火母問他。如果他自己沒有點子，將由大家一起提出意見，然後經由占卜決定。

木虱望著嬰兒熟睡的臉孔，幾乎要哽咽地說：「我想好很久了，自從上一個孩子蛻殼之後，我就想好了。」

火母點點頭：「那你待會要提出哦。」

火母喚來一名女子，把嬰兒暫時交到她手上，接著火母點燃柴火，讓白晝的光明延續，也讓聖潔的火焰驅除邪氣。

火母接回嬰兒，把她高舉到火焰上方，口中高唱道：

「一切邪氣，燒除！
一切不潔，燒除！
一切黑暗，燒除！
你是父母精血的交融，你是萬代祖先生命的延續；
你是新人，你是未來；
你需要一個名字，讓祖先認識你，讓子孫記頌你。」

火母轉頭問木虱：「你，新人之父，賜與她什麼名字？」

「不老。」木虱很肯定地說，「我希望她叫不老，永遠不會老死。」

火母睜大眼睛，她沒料到會有這種命名。

天縫之下皆以實有之物來命名，以表達父母的期望，或新生兒的特質，如聰明、敏捷、強壯、美麗或健康；或紀念祖先之用，或紀念交合時的環境，或紀念生產時的記憶，但從來沒人用「不老」來命名的。

大長老土子出聲了：「木虱，名字是大事，要想清楚。」

「我很久以前就想清楚了。」

土子見他眼神堅定，便說：「好吧。」他把兩塊腰子形狀的木頭合起來握在手中，口中反覆唸著：「請歷代祖先裁定，木虱為新人取名不老，是否可適？」

這兩塊木頭是跟祖先溝通的「聖木」，十分古老，從第一代大長老代代流傳到他手上。聖木的形狀奇特，一面是平的，一面隆起，兩塊合起來正好像一顆腰子。

土子聆聽著自己的喃喃低語，精神漸漸進入寧靜的狀態，待他覺得時機到了，遂將兩手一放，聖木掉到地面，在地面翻滾，正好一個平面朝上、一個曲面朝上。

圍觀的眾人都明白，一正一反，表示祖先應允了。

土子拿起聖木，再默唸，又拋了一次，結果相同。

第三次，依然一正一反。

如此不尋常的命名，祖先竟然順利地三次定奪，根本沒有旁人插手命名的機會，是不尋常中的不尋常，眾人不禁嘩然，熱烈地討論起來。

土子長長地吐了口氣，一手撐住地面，想用他有缺陷的腳站起來，兩名年輕人立刻跳上前去扶起土子。

火母再次把嬰兒舉在火焰上方，讓熱流繞過新生兒的身體，火母大聲宣布：「聽好，女孩，你的名字叫不老，祖先已經認識妳了！」嬰兒受到聲音驚嚇，又感覺到身體懸掛在空中，開始恐懼的哭泣，但她的身體還太小，僅能發出貓叫般微弱的聲音。

「木虱。」火母轉向木虱，把嬰兒交還給他。

木虱戰戰兢兢地接過嬰兒，小心翼翼地將她抱入懷中，嬰兒切斷打結的臍帶上有一塊硬化的藥泥，木虱用手指觸摸藥泥，凝血和藥泥遮蓋了一些火母寫上的咒文。

人群中有個人始終鬼鬼祟祟地留意火母的一舉一動。

鐵臂混在人群中，躲在樹蔭裡，從人群之間的空隙觀看火母，打量她的每一寸身體。

在眾人向木虱道賀之際，鐵臂挨近木虱，伺機看了一眼嬰兒的肚子。

雖然早有預期，鐵臂仍然不免吃了一驚。

很像，這些咒文太像了。

太像他找到墮落的夜光蟲時，在岩壁上看見的「線條」了。

在夜光蟲失去光芒的前一剎那，牠的亮光照亮了岩壁前方又高又尖的石筍，也照亮了岩壁上一系列由線條構成、很像圖案又不像實際存在的東西的圖畫。

當時看到那些線條，他就覺得似曾相識，想了好久才想起有印象在命名大會上瞥過一眼，不過一年僅有兩、三次命名大會，可遇不可求，正好今天碰上白星生產，給他逮到機會，也證實了他的猜測：岩壁上的線條就是火母的咒文，所以，那個地方肯定跟火母脫不了關係！

所以，說不定火母其實知道岩間草去了哪裡！

鐵臂為自己的猜測感到興奮，忍不住想找個人傾訴他的理論。

但他忍住了，因為他隱隱感到一絲危險。

他想起火母盯住土子的可怕眼神，雖然只有一瞬間。

他還需要更多支持他理論的證據。

他已經跟長藤約定好，五天之後，他將再跟捕魚隊前往同一個水潭。

不過，路線會有少許更改。

他們要經過暗影地。

經過而已。

夜眼

今晚有夜眼。

夜光蟲聚集在天縫邊緣，令天縫看起來像一隻沒有瞳孔的眼睛。

但是今晚的夜光蟲數量不太尋常，夜眼比平常光亮多了，照耀得鐵臂睡不著，他不習慣這麼光亮的夜晚，苦惱地翻來覆去。

令他困惑的是，其他人都睡得很好。

鐵臂試著去推推身邊的弟弟，他竟鼾聲大作。鐵臂知道弟弟有時會裝睡，但他認得這種鼾聲是真正熟睡了的那種。

鐵臂無奈，只好把身體翻去背向岩壁。

這種情況他似曾相識，他有預感，今晚會有動靜。

果然，岩壁上面有非常細的腳步聲。

他早就發現，偶爾晚上會有人在岩壁上走動，他猜想是火母，也惟有火母，是住在那個方向的洞穴，所以他把身子背向岩壁，讓耳朵朝向岩壁，聆聽岩壁上的動靜。

他聽到模糊的腳步聲在移動，腳板摩擦岩石的聲音混雜在夜晚的蟲鳴聲中，慢慢步下岩壁。

「火母要去哪裡？」鐵臂很想知道，卻不敢起身查看，生怕會被火母發現。

他把一隻耳朵緊貼地面，聆聽從堅硬岩石傳來的細微振動，另一邊耳朵則繼續接收空氣中的輕微聲波，他聽到腳步聲走向流經天頂樹的光河，然後遁入樹海。

他想跟蹤火母，但轉念一想，不如偷偷進去火母的洞穴？機會難得！那個只有出生時進過一次的洞穴，他想一探究竟很久了。

應該跟蹤火母，還是去探看她的巢穴呢？

鐵臂陷入了兩難。

他腦子裡飛快的模擬情境：如果跟蹤火母，途中的每一步都得小心不發出聲音，在安靜的夜晚很難辦到，尤其是不知為何，平常窸窸窣窣的蟲鳴今晚全都噤聲，只剩稀稀落落的叫聲。

所以說，跟蹤她是很容易被察覺的。

鐵臂等腳步聲走遠了，才靜悄悄爬起，跨過母親和弟弟身邊。

他看見弟弟赤藺抱著一塊木頭睡覺，不禁多看了一眼熟睡的弟弟。那塊木頭是爸爸留下的，爸爸是工具隊的，他在兩年前失蹤之前，說好要把這塊木頭做成一個特殊的禮物，他在木頭最後刻上的幾道痕跡，成了他最後存在的象徵。

鐵臂忽然打了個寒噤。

他也可能會消失，像父親一般無預警的失蹤，即使不那般消失，天縫下的人也少有活過四十歲的。

鐵臂不願意相信，他不相信土子說的故事，不，至少是不全然相信，他相信天縫以外必定還有更大的世界，那閃閃發光的夜眼就是望向外邊世界的眼睛，世界就在彼端，可是他沒有方法可以抵達彼處。

他穿越幾個睡倒在地面的族人，毅然踏上岩壁旁的巨石，在夜眼的光芒照耀下，岩壁反映著白澤光彩，為鐵臂帶路。他回頭張望，擔心被夜眼照亮的岩石會暴露他的身影，令火母從遠處看見他。

他必須又快又安靜。

他被命名「鐵臂」並不是偶然的，他的手臂的確比一般人有力量，打從他出生就被注意到了，所以這名字才會在命名大會中勝出，本來父母是要給他另一個名字的。鐵臂低下身體，四肢伏在岩壁上，利用他強壯的手臂把自己帶上傾斜的巨岩，快速到達火母的洞穴。

他好幾次被叫去請火母點火，知道最快到達洞穴的路徑。

洞穴裡面很暗，鐵臂走進洞口，站在邊緣，等待瞳孔慢慢放大，好適應這片黑暗。

正在凝視黑暗的當兒，忽然間，鐵臂覺得一陣毛骨悚然，兩臂到背部彷彿有一股酥麻的電流滑過……他感到黑暗中有眼睛凝視他。

鐵臂不知道是否錯覺？是否人類對黑暗天生的懼意？還是闖入禁地的心虛令他感覺草木皆兵？或是真的有人在盯住他？總之他很不自在，當下就很想逃跑。

忍住了逃跑的衝動後，他睜大眼睛反擊，緊盯著洞穴中的黑暗，像要把黑暗打穿似的，兩手摸著石壁，一步步往洞中趨進。

「認證失敗！」

是說話聲！鐵臂嚇呆了，立刻止住腳步，聲音從洞穴中傳出，就像在他面前說話那麼接近，但他看不見對方，也聽不懂那句話在說什麼，而且說話的聲音毫無抑揚頓挫，僅像一條冷冰冰的鏈子滑過耳際。

對方見他沒有回應，用更大的聲音、更嚴厲的語氣叱道：「離開這裡！」

這句他聽懂了。

黑暗的洞穴發出一把冷酷的聲音：「出去，這裡不是你該來的地方。」

原來洞穴中除了火母，還有其他人嗎？

他想起有女孩從小就被火母收入洞穴，但這把毫無感情的聲音絕對不是女孩！

鐵臂鼓起勇氣：「你是誰？不是火母吧？」他不但不離開，還反問對方。

對方沒料到鐵臂膽敢反問，便再度陷入沉默，黑暗中只傳來低沉的迴音，夾雜著高頻的滋滋聲。

不久，黑暗做出了回應，一道紅色的光線突然冒出，筆直的射到鐵臂胸口，變成一顆耀眼的小紅點，鐵臂吃驚不小，慌忙後退，但紅點依然緊跟著他，無論他後退多少、移動到旁邊，那顆米粒大小的紅點就是投印在他的胸口，在心跳撞擊的那個部位。

紅點開始發熱，他的皮膚開始冒出一小縷白煙，發出烤肉的焦味。

鐵臂沒有選擇，他飛快退出洞口，回到夜眼照亮的夜色中，即使離開洞穴了，他依然看見紅光在黑暗中詭譎地閃爍，過了不久才消失，洞穴再度回復到黑暗和寧靜。

鐵臂冒了一身冷汗，在那麼一瞬間，他感覺死亡已經在摸索他的身體，他不知道的是，只消再猶豫片刻，那個灼熱的紅點就將穿透他的皮肉，把心臟開出個通道來。

「火母有問題！」他再無疑問，他的猜測是正確的！

但是要得到答案，或許必須要冒著失去性命的危險，他還年輕，還沒有準備要付出生命。

他靠到洞穴旁邊，好避開那道紅光，從高處眺望夜眼下的樹海。

夜眼發出藍白色的光線，每一隻貢獻光線的夜光蟲皆忽明忽滅的點綴著天縫邊緣，把樹海照成一片詭異又迷離的深藍色，恍若深夜中靜止的汪洋。鐵臂看呆了，他從來不曾見過如此的樹海，原本想試試遙望火母的蹤影，此刻的他已忘了原本的目的，被樹海的淒美震撼得無法動彈。

「我的祖先們啊……」鐵臂感動地呢喃道。

深藍色的樹海覆蓋了天縫下的岩石地，四周被岩石構成的牆壁包圍，有如一圈大圍牆，緊密的保護住在裡頭的族人，不讓他們遭受外界侵害。

鐵臂遙望樹海邊緣，彼方一片漆黑，彷彿能將所有的光線吞沒吸收，由於沒有任何光線，所以沒有視覺。

那裡就是暗影地。

忽然，暗影地那兒冒出了一道亮光，雖然僅有一瞬間，只有一丁點，但在黑暗中爆現，十分耀目，把鐵臂的視網膜都印出了一滴黑影。

鐵臂認得那道亮光特殊的藍色，是火母，她手中能點火的道具就會發出此種光彩。所以火母真的在暗影地！

在族人全都熟睡的時分，火母為何鬼鬼祟祟的走去暗影地？

鐵臂突然覺得，答案已經十分迫近他了。

第三章

大夜

英雄……歷史事件透過他並環繞著他發生，
他的想法和決定就成為歷史的過程。

杜蘭《歷史的教訓》[1]

大石

大石很不高興。

他沒有待在應該待的樹頂上，而是悄悄爬下來到樹蓋中間，躲在茂葉中偷看白眼魚。

啊，白皙的白眼魚，漂亮又可愛的白眼魚，大石多麼希望她能望過來一眼，但她眼中只有鐵臂，她的視線總是跟著鐵臂那小子游動，看得大石妒火猛燒，整個心神都被打亂了。

鐵臂！鐵臂有什麼好？不過是個難以駕御的野孩子，從他頑強的眼神就知道，他只會惹麻煩！而且他沒地位，只是採集隊的實習員，不像大石，已經是個負責族人安全的「守望者」。大石覺得很費解，難道白眼魚是笨蛋嗎？

大石過於在乎白眼魚，卻沒注意到有個女孩也在緊盯著他。

女孩膚色較黑，在光線不足的天縫下是很特殊的，顯然來自不同的祖先。她身材秀長，天生一雙黑溜的眼珠，因此被命名為蝌蚪。

蝌蚪愛慕肥白的大石很久了，但大石從來沒把她放在眼裡，當她好不容易找到話題時，大石也只是心不在焉呼應一聲，就藉故走開了。

蝌蚪對白眼魚從羨慕到嫉妒，恨意與日俱增，不知不覺中，她開始希望白眼魚從來不曾存在過。

蝌蚪不想被人看見她憎嫉的眼神，刻意用冷淡的眼神偷看白眼魚。

白眼魚的一雙瞳孔又黑又大，跟她的名字一點都不相符，她純真的模樣（蝌蚪覺得是蠢樣）不知迷倒多少男孩，但她眼中只裝得進鐵臂，偏偏鐵臂卻對她一點興趣也沒有。

話說回來，鐵臂對女孩好像都不感興趣，整天只忙著做一些試圖跨越界線的蠢事，他往往無視禁忌，有些人對他不齒，有些人聽了捏一把冷汗，但也有人抱有特別的想法。

大石看到捕魚隊的頭領長藤走去拍拍鐵臂的肩膀，不禁十分費解，土子怎麼會允許鐵臂更換職責呢？長藤和彎枝都是經驗豐富的大人，怎麼會被鐵臂這種小毛頭矇騙呢？

大石知道鐵臂常常在暗中做些什麼，他從樹頂看得一清二楚，他見過鐵臂偷偷攀爬山坡地，見過他偷偷走近暗影地，前幾天晚上，夜眼照亮天頂時，他在朦朧中發現鐵臂偷偷潛去火母的洞穴！真是膽大妄為！他究竟有何目的？

他知道，這些罪狀要是揭露出來，鐵臂可能會受到懲罰，甚至可能送命！他聽大長老說過那些刑法，但是鮮少真正實施。

哼，在必要時，他會把鐵臂每一次的越矩如實告訴大長老，到時令人討厭的鐵臂就不復存在了。

大石看著鐵臂跟著捕魚隊的人離開了，而白眼魚的眼神依然緊隨著他，直到他隱沒在樹海中，白眼魚才悻悻然地移動腳步，奔跑向工具隊的婦女們，今天她們要去採集草莖，把它們的纖維泡軟後製作稀有的布料。

鐵臂和白眼魚都離去之後，大石快速爬回樹頂，免得被大長老發現他沒好好工作。

蚪蚪見大石爬回去樹頂了，不禁抱怨自己沒找到機會搭話。

「蚪蚪，妳在幹什麼？」採集隊的長輩在呼喚她了，「頭領今天不舒服，我們要自己

1 威爾・杜蘭夫妻（Will & Ariel Durant）合著的《文明的故事》（The Story of Civilization），出自第十一卷的最後一卷《歷史的教訓》（The Lesson of History）。

行動呢！」蚪蚪急忙拎起工具，追上隊伍。

她心中嘀咕著：頭領彎枝今天不帶領他們……她也注意到同隊的鐵臂今天又跟著捕魚隊出發了，心裡也感到疑惑，長老會容許這種事嗎？

在隨隊離去時，她依戀地再望一眼天頂樹，希望看見她望不見的大石。

天頂樹上，樹枝交錯複雜，在層層樹葉裡頭包裹著蛛網般的路徑，大石在上面行走起來有如空中的梯級。

他走著走著，見到一隻肥美的甲蟲在枝幹上爬行，馬上順手放進口中咀嚼，吸吮牠酸澀的汁液之後，把咬不碎的外殼吐出。

說真的，天頂樹上的食物挺豐富的，而且被獲准爬上天頂樹的，也惟有大石一人，因此他獨佔整棵樹上的食物，每天都吃得飽飽的才下樹，平日的運動量又不大，使他長得比其他人都來得豐腴，還被大長老土子警告過：「別吃太多了，爬樹會困難的。」他知道大長老的意思，曾經有一位守望者就是這樣摔下樹跌斷腿，永遠失去守望者的身分，他可不要這樣。

大石百無聊賴地走上樹頂，隨手拿了個掛在樹枝上、用樹葉製成的杯子，喝掉杯中收集到的甘甜露水。他坐進樹皮筐子中，躺著仰望天縫，心裡覺得很空虛。他並不想一輩子坐在這裡看天，他也想在天縫下游走、採集食物，他期待下一個霜季的到來，屆時他就能提出跟白眼魚湊成對的要求了。

不管白眼魚喜不喜歡他，他是地位較高的守望者，他的勝算很大。

正在胡思亂想之間，大石忽然皺起眉頭。

天縫邊緣有影子在晃動。

他呆愣了一下，心底才霍然湧起一陣恐懼：天縫外面的光明之地居然有會動的東西！不是夜光蟲！而是……更像人的東西！他趕忙從筐子中站起來，睜大眼睛，要把那東西瞧個清楚，但光線把那東西的輪廓打模糊了，他一時之間捉摸不清形狀。

待瞳孔適應了光線之後，他看清楚了！雖然很遠，但他確定天縫外面不只一個……人！是人嗎？會是人嗎？抑或是蛻殼了的祖先在探視他們呢？

祖先可曾來探視過他們？大石還沒被教導過這些，也從沒聽說過。

天頂樹的樹頂是最接近天縫的位置，但仍是一段相當遙遠的距離，大石只能判斷天縫邊緣有十多個「人」，他們都在忙著揮動雙手，似乎很激動。

大石茫然不知所措，這是緊急狀況嗎？他應該發出警報讓所有人戒備嗎？他應該下樹去找大長老嗎？他應該……

忽然間，一個「人」脫離了天縫邊緣，變成天縫光線中的一個大黑點。

也就是說，「他」掉下來了。

大石立刻跳出樹皮筐子，站到樹頂的粗枝上，凝神觀看天縫上的變化。

那個人掉下來了，有人從光明之地掉進來了！「他」的身形越來越大，越來越靠近，迫近得大石已經強烈感覺到他的威脅。

因為「他」正在朝天頂樹筆直地衝下來！

「祖先啊……！」大石嚇得大叫，趕忙要後退，但意識到這裡是樹頂，他趕緊低頭望了眼腳下，生怕不小心踩空。

正在分秒猶豫之間，「他」已經抵達大石面前，大石只看見眼前一團黑影掠過，緊接著「嘩」的一聲撞擊到天頂樹上，就在大石守望的樹頂不遠之處。撞擊力道之大，令樹頂整個震動，大石腳下的枝幹彈動，把他震得站不穩腳，一屁股坐下去，整個人陷進樹葉之中，若不是他馬上抓住樹枝，差點也跟那「人」一般撞進層層樹葉之中。

「他去了哪裡？」大石心中忖著，忙站起來尋找。

那人不見了，顯然是陷入茂密的樹葉間了。大石匆忙鑽進去，在交錯的枝葉中尋找那人的蹤影。

天頂樹龐大的樹蓋像個厚重的巨傘，鑽進樹葉就有如進入另一個世界，綠葉是外牆、是皮肉，裡頭的樹枝恍如血脈，交織成迷宮似的網路，在葉層較薄之處尚且有光線，在樹葉層疊之處則是暗黑一片，裡層的樹葉也會因缺乏光合作用而枯萎掉落，形成一個個內臟似的空腔。

大石在陰暗的光線中瞪大眼睛搜尋，完全看不見掉下來的那個人。

他重新爬回樹頂，從樹頂走到撞擊的位置上，看見表面有部分枝幹折斷了，地毯般茂密的綠葉破出了一個不大不小的洞口。

大石舔舔乾燥的唇緣，將一隻腳探進洞口，果然很深，巨大的撞擊力應該在樹蓋中打出了一條隧道，說不定還穿了過去，掉到樹下去了。

大石跪下來，大膽的把頭伸進去探望，洞口底下沒有光，表示還沒打穿底部，那個「人」應該還卡在裡頭。

凝視無光的樹葉洞穴，心裡掙扎一番後，他決定爬進去。

天頂樹是他們的守護者，也是他引以為傲的工作場所，如果有什麼毀壞了天頂樹，那麼他就是最應該負責的人了。

除了他，沒人有條件冒這個險。

他深深吸了口氣，先把一隻腳探進去，尋找可以支撐體重的枝幹，再用手抓住其他樹枝，慢慢進入那個洞口——大長老說得沒錯，對守望者而言，他太重了，會增加他踩斷樹枝的風險。

他將自己沒入在樹頂上撞出的洞口，進入一片陰暗，只有零星的光線可供視覺發揮作用。說不定等到待會天縫的光線更強烈時，他能看得更清楚，但是身為守望者，他必須愈早弄清楚狀況愈好。

隨著深入洞中，大石的心跳越來越快，周圍的樹葉隔絕了外頭的聲音，所以他把自己的心跳聲聽得好清楚。此刻他的腦中不禁掠過許多念頭：從天縫掉下東西，自古就沒有傳說，現在短短十幾天竟然第二次有東西掉下來？……莫非鐵臂撿到的那隻夜光蟲，只是個開始？

隨著他越來越深入，眼睛漸漸適應黯淡的光線之後，大石分辨得出在葉子和樹枝之間，有一團物體，把穿過葉片的光線完全遮蔽。

大石加快了動作，當他接近那物體時，他突然察覺有異，於是停下動作，屏息凝視它。那團東西正在緩緩起伏，它在呼吸！

大石還在躊躇的當兒，那團東西忽然發難，跳起來衝向他，他還沒來得及弄清楚怎麼回事，便覺一團毛茸茸的東西撞上他的臉，有兩隻長長的手抓住他的身體，利爪刺進他的皮膚，一股重酸的惡臭撲上鼻子，有十分尖銳的東西要刺進他的脖子裡。

終於，他懂了。

他血液中的腎上腺素瞬時暴增，他胡亂揮動手臂，掙扎著推開那東西，脖子好痛好痛，有尖尖的東西要將脖子打穿洞了。

大石奮力反擊，腳下用力亂踩，踩斷了樹枝，他整個人往後倒下，卡在樹枝之間，那東西立刻將整個身體仆在他身上，把他壓得無法動彈。

大石的腦袋一片混亂，他還不明白發生了什麼事，他腦中沒有這種概念，因為天縫底下完全沒有人類以外的大型獵食者。慌亂之中，他感到背後的樹枝斷裂，背後忽然失去支撐，他整個人墜落，穿過層層樹葉，重重摔在大石板上。

他躺在地面，摔得全身劇痛，在頭昏眼花的視線中，他仰首看見一團渾身黑色長毛的怪物也從樹上掉落，重重壓在他身上。

大石永遠不會忘記這個惡夢。

那黑毛怪物朝著他的臉咧開布滿利齒的嘴巴，露出牠血色的咽喉，牠的顎關節異常靈活，下顎可以張開至九十度，口腔大得幾乎足以吞下大石的頭顱。

大石呆望著怪物的大口，整個人怔住了，他全身僵硬，聽覺自動隔絕，聽不清楚四周人們驚恐的喊叫，他毫無逃跑或反抗的念頭，恍若被逮住了的獵物，認命的等待命運安排。

忽然，大石感覺周圍被強烈的藍光包圍了一下，隨即又暗了下來。

怪物霎時失去氣力，仆倒在他身上，大石依然愣愣地躺著，繼續等待。

直到有人過來拉他，把他從怪物的身體下拖出來，他才看清楚那一團黑毛怪物的確長得像個人形，只不過兩臂更長。他也瞧清楚了，怪物的背後破穿了一個洞口，仍在冒著蒸蒸白煙。

此時，大石才開始激烈發抖，喉嚨中發出嬰兒般的哭喊聲。

怪物的背後站的是穿著白袍的火母，她兩手環抱遮擋著火種，但兩手間濺出的些許藍光證實了火種在她手中。她冷傲的表情帶有許多困惑，她低頭注視了黑毛怪物很久，才抬頭望去天縫。

天縫的四周，有許多渺小的人影在狂舞手臂。

聖語

土子快要支撐不下去了。

「大長老，這是什麼？」

「從天縫外面來的，是我們的祖先嗎？」

面對如洪水般的問題，知識最淵博的大長老、無所不知的大長老，此刻竟一個字也回答不出來。

天頂樹下的岩石地面躺了一具屍體，全身長滿長長的黑毛，跟族人們一樣有四肢，只是手臂更長、臉部更凸、牙齒更尖、爪子更利，恍若渾身上下都是一具專門獵殺的裝備。

這些年來，天縫下發生歷代祖先沒有傳述的一連串離奇事件，土子已經沒有能力處理了。

火母一直蹲在黑毛怪物的屍身旁邊，仔細研究牠的身體，當她看見土子陷入困境時，她走到土子身邊，對大家說：「安靜，讓我跟大長老談話。」

土子鬆了一口氣，感激地朝火母頓了頓首。

火母環顧四周，說：「火母要請長老柔光，和長老搖尾蟲一同說話。」眾人聽了，有人知道兩位長老在何處的，應諾一聲便去找他們。

除了去採集食物的隊伍之外，其他人都聚集在天頂樹下，大多數人都不敢抬頭仰望天縫，害怕看到他們不能理解的怪現象。

「大長老，」火母在土子耳邊悄聲說道，「我們需要一個安靜的地方，沒有回聲，沒有其他人，要跟你們說的話，必須完全不被其他人聽到。」

土子心裡覺得很怪異，但是近來的確發生太多怪事，他不得不同意：「唯一沒有回音的地方，只有木屋了。」

火母搖搖頭，因為木虱的妻子白星還在木屋休養，嬰兒也還不能離開保暖，所以不能使用木屋。

「那麼……」土子朝岩壁高處瞟了一眼。

「我的洞穴也不行，」火母馬上說，「你知道禁忌的，火母以外的人踏入洞穴，會令火苗熄滅。」土子無奈地點頭表示記得。

「我們進樹海去。」土子指向天縫下的中心區，天頂樹的位置是偏向邊際的，樹海才是這個世界的中心。

火母同意了。

待其他兩位長老聚首以後，火母帶領他們走進樹海，並叮嚀其他人不得跟隨過來。

「好了，神秘兮兮的有什麼事？」柔光耐不住性子，尤其是面對火母這麼有吸引力的同性。

火母請他們圍在一塊兒，小聲問道：「長老有個系統，每一代的大長老，必須把所有知識傳授給下一代繼承人，對吧？」

這是無庸置疑的事實，火母問一個大家都知道的事情，有何用意？

火母見長老們都頷首表示沒錯之後，繼續說道：「火母也有一個系統。」

長老們點點頭，他們當然知道，每個人都知道，火母掌握了火種、主持生死的禮節、醫治生病的族人，有時據說還能跟祖先溝通。據說每一代火母都會挑選一位小女孩，要她立誓此生不得婚嫁、不能交合，然後才花費很多年時間，在洞穴中把她訓練成一位火母。

問題是，他們在有生之年都沒見過火母交替，他們的父母也沒見過，眼前的火母打從他們小時候就沒老化過，彷彿時間在她身上停頓了。

「但你們可知道，為何要有長老和火母兩個系統？為什麼不讓所有知識都集中在長老身上呢？」

長老們感到很訝異，他們從來沒想過這個問題。

若把這個問題往前推衍下去，則變成了：是誰、在何時建立這兩套系統的呢？

火母說：「我的知識告訴我，那個剛剛從天縫掉下來的有名字，牠們數量繁多，吞噬所有牠們遇上的活物，牠們叫『黑毛鬼』。」

「那怪物叫黑毛鬼？」柔光十分驚訝：「光明之地的事情，妳怎會知道的？」

另一位長老搖尾蟲也緊接著發問了：「如果牠們來自天縫以外的光明之地，那麼牠們不該是『光明使者』嗎？」搖尾蟲比柔光年輕三歲，樣貌卻年輕得許多，至少不像已經當祖母的柔光那樣失去了大部分的牙齒。

「不，」火母搖頭說，「牠們不是光明使者，牠們是光明之地的怪物，是光明使者在無限輪迴中不斷想要消滅的對象。我們火母的祖訓告訴我，當黑毛鬼出現時，我們兩個系統必須要合作，召喚光明使者來拯救我們，我必須告訴你們一句我們的聖語，來交換一句你們的聖語。」

柔光和搖尾蟲面面相覷，然後一起把頭轉向土子。

從剛才一直閉著眼睛的土子，喃喃說道：「我們傳授幾代的聖語，我從來沒機會用上，我還以為是沒用的知識呢……」土子抬起頭，一雙老朽的眼睛，此刻顯得分外有神：「這時刻終於來臨了嗎？」

火母說：「情況緊急，快說吧。」

「聖語不只一句，先告訴我妳的那句。」

火母深吸一口氣，才說：「**創造者瑪利亞，地球聯邦萬歲**。」

搖尾蟲從未聽過火母在這句聖語中說出的每一個名詞，他想柔光比他年長，於是悄悄地問她：「什麼意思？創造者是什麼？瑪利亞是什麼？還有那個地……」柔光眉頭緊皺，她也一個字都聽不懂。

土子微微點頭：「容我想一想，畢竟從來沒用過。」

火母不斷搓揉雙手，焦急地抬頭望望天縫，看見邊緣依然聚滿了黑毛鬼，絲毫沒有離去的跡象。

「啊～」土子發出一聲長嘆，「應該是這個。」

「說吧。」

土子緩緩說道：「0721。」

火母要求他再複誦了兩遍，然後緊緊握了握他的手：「謝謝你。」

火母離開長老們，用最快的速度衝向她在岩壁上的洞穴。

他們從沒見過火母以如此高的速度移動，也從沒見過她身手如此敏捷，能在岩石間靈活地跳躍，根本不像是人類能辦到的。

搖尾蟲目送她的背影，充滿仰慕地說：「這才是真正的火母嗎？」

畢竟火母是他從年輕開始就覺得很有吸引力的女性，不過遺憾的是，他比火母老化得太快了。

閉眼

鐵臂撫摸岩壁，感受它粗糙的表面。

「你要我打開它？」他有點不敢置信地問長藤。

長藤哼笑一聲：「我一開始就打著這個主意，你那雙能把夜光蟲拖回來的手臂，怎麼能夠不好好使用呢？」

鐵臂站在水潭中，他腳下的魚兒四處逃遁，但水潭的三條支流都被捕魚隊佔領了，牠們無處可逃。

長藤指著水中的魚兒：「我們大概每五天來一次，每次都有數量差不多相同的魚供我們捕捉，這些魚會游往光河、暗河，按理不會游回來，卻不斷有魚增加，而且還不是小魚，是長大了的魚，你覺得呢？」

鐵臂思索了一下，說：「牠們是從某個地方來的。」

「那個某個地方，就在這後面。」長藤拍拍岩壁，「水從岩縫流出來，魚也從這個岩縫游出來，然後游不回去。」

捕魚隊的人圍繞著鐵臂和長藤，他們或站岸邊，或站水中，鐵臂環顧了他們一遍，問道：「今天你們不捕魚了嗎？」

青苔笑笑說：「反正那些魚也無處可去，萬一魚兒果真逃掉了，再去另一個地方捕魚就是。」

「我還是覺得不太好。」旁邊傳來一把怯生生的聲音，是個十二歲的女人，比鐵臂年長，她抱腿坐在岸邊，平日不愛說話，捕魚的時候卻十分沉著又精準。捕魚隊有五男三女，她是最年輕的女子，而且已經婚配，有一個孩子。

「為什麼呢？黑尾蕨？」長藤溫柔的問她。

「如果那背後躲著的是個秘密，那麼秘密本來就是不該被揭露的，不是嗎？」

「黑尾蕨，如果是秘密就更棒了。」長藤朝她微笑，「難道妳不好奇嗎？」

「我很好奇，」黑尾蕨說，「但是我也很擔心。」她瑟縮身體，把下巴埋到膝蓋背後。

「說不定沒什麼好擔心的呢？」長藤企圖紓解黑尾蕨的緊張，他心裡嘀咕著：「等下我們還要偷偷去暗影地呢，到時妳要怎麼辦？」

長藤把頭轉向鐵臂：「動手嗎？」

「不動手的話，會死都不甘心的。」鐵臂把手伸到岩縫之下，先試著抬了抬，岩石當然文風不動，於是他開始施力拔它，把岩石往外拉扯。

眾人凝神閉氣，充滿期待的盯著鐵臂的手臂。

鐵臂的身材並不高大，手臂也不算粗壯，但他一旦施力，手臂馬上就像鐵一般堅硬，連皮膚都變得比平日光滑。

打從出生那刻，幫忙接生的婦女就發現他這個特點了，他從娘胎出來就兩手緊緊握拳，還執住臍帶，自己阻斷了母親的血液和氧氣供給，臉色都開始發紫，接生的婦女趕忙將他倒掛，拍打屁股令他哭泣，他縮成一團的肺臟才得以展開自行呼吸。

接生婦幫他割斷臍帶後，他依然緊握拳頭，任憑接生婦怎麼努力都無法打開他的手指，接生婦又怕傷了他的手指，只好把他拳頭兩端的臍帶割去，他就這樣握著一段臍帶進行命名大會。

嚴格來說，他的名字是火母為他取的。

當火母提出這個名字時，沒人懂得名字的意思，連當年新上任不久的大長老土子也不懂，他代表大家發問：「鐵臂的『鐵』是什麼意思？」

「是一種很硬的東西。」火母告訴大家。

「我們連聽都沒聽過。」

「是屬於光明之地的東西，在我們這裡是不存在的。」

火母說的必有道理，鐵臂的父母也很高興兒子得到這個光明之地的神聖字眼，所以大家同意把他命名為鐵臂。

長藤充滿期待地盯住岩壁，他向來都對鐵臂有所留意，這孩子總會時不時創造驚人之舉，比如修建木屋時，他一個小孩就拿了跟大人一樣重的木材，某次採集隊的成員受傷無法走路，也是鐵臂獨自將他揹回來的。

那天當長藤看到岩縫上的裂口被封閉起來，他第一個想到的就是鐵臂。

如果不是鐵臂自己跑來要求，他也會想法子帶鐵臂過來的。

鐵臂將岩石用力拉扯了一陣，便暫且歇息，他微微喘息著告訴長藤：「有些鬆動了。」的確，從岩縫流出來的水流速度似乎快了一些。

長藤興奮地望向捕魚隊成員，大家都異常亢奮，連剛才持反對意見的黑尾蕨也期待的呼吸急促了起來。

「好，」鐵臂彎下腰，「我再來了。」

他面對岩壁，將兩隻手都伸到岩縫之下，先讓兩臂蓄積力量，皮膚立即因皮下收緊的肌肉脹起而變得光滑。他用力拉扯，岩石果真被揭開了一道裂口，些許沙石崩落，混濁了他腳下的潭水，眾人一聲驚叫！他們深感不可思議，鐵臂真的辦到了！

鐵臂放鬆肌肉，準備下一波使力。

「等等！」青苔忽然提醒大家注意，手指抵在唇上，示意大家噤聲，兩眼四處亂瞟，似在找尋什麼。

大家安靜下來之後，他們便全體都聽到了。

是呼嘯聲，很細微，但是從天頂樹方向傳來的呼嘯聲沒錯，應該是大石在通知大家什麼重要訊息，上一次是幾天前新生兒「不老」的誕生時，今天又有什麼事呢？

「不，」長藤抬起頭仔細聆聽後，喃喃自語道，「不是大石的聲音。」

的確不是，大石早被黑毛鬼嚇呆了，還說不上話來，那呼嘯是另一個同樣被受訓當守望者的「小蜘蛛」所發出的，他的呼嘯技巧尚未成熟，聲音不如大石那般傳得清楚傳得遠。

黑尾蕨也困惑的說：「是小蜘蛛，為何不是大石？」大家都警覺大石可能出事了。

長藤伸手叫大家安靜：「別吵，聽，在說什麼？」

青苔聆聽了一陣，忽然轉身從潭中走上岸，快步鑽進樹海，消失了蹤影。

是的，大家都聽到了，那呼嘯聲夾有「天縫」兩個字，偏偏他們所在的這個角落看不見天縫，樹海剛好遮蔽了天縫方向的視野。

不久，臉色蒼白的青苔從樹海跑回來，向隊員們招手：「快走！回天頂樹去！」

「為什麼？天縫怎麼了？」長藤是他們的頭領，他必須先瞭解情況。

「天縫……」青苔大口喘氣，「正在閉眼！正在閉眼！天頂樹那邊在叫大家回去！」

閉眼？什麼叫閉眼？雖然他們不明白青苔在說什麼，但還是紛紛拿起工具，快步離開水潭，匆匆往天頂樹的方向奔跑。

跑到樹海有間隙的地方之後，他們終於明白青苔在說什麼了。

天縫的確正在閉眼！

狹長的天縫兩端，竟正在緩緩地朝中間變短，恍如正在閉合中的眼睛。

有人開始一邊奔跑一邊驚恐尖叫，因為整個天縫之下正在逐步變暗，一旦天縫閉合，他們將陷入完全的黑暗。光想到這一點，就足以令他們戰慄得幾近瘋狂。

鐵臂不甘心地放下手臂，也隨著大家跑回去，經過樹葉的縫隙時，他抬頭仰望了天縫一眼，忽然停下腳步，想要仔細看清楚。

「鐵臂！快跑！」長藤回首叫他。

「天縫邊緣有東西！」

「什麼？」

「天縫邊緣有東西！」

而且，他還看到天縫邊緣晃動的那些黑影們，有幾個躍入了天縫，筆直地朝他們的世界墜落。

不對勁，不對勁！一切都不對勁！

鐵臂拔腿狂奔，飛快超越所有捕魚隊的人。

他來不及疑惑天縫為什麼會關閉，眼前的事實是，天縫閉合得非常快，很快天縫之下便會陷入一片漆黑和恐慌，鐵臂粗略估計了他還剩下多少時間，才能在完全黑暗之前回到天頂樹。

時間很少，很少。

天縫的邊緣陸續有黑毛鬼跳進來，牠們根本罔顧生命危險，覓食的本能蓋過了僅有的理性，腦中只剩下追逐食物的強烈慾望。

有的黑毛鬼直墜而下，登時在岩石地面撞成一片稀爛。

有的黑毛鬼跌進樹海，撞上粗壯的枝幹，身體即刻折裂成兩截，或四肢飛脫，或頭顱破裂。

但也有黑毛鬼被層層樹葉減緩了速度，最後卡在樹枝之間，或掉到地面，被強大的衝擊力震昏了過去。

天縫下從來沒有獵食者，所有族人從來沒有自衛的必要。

不，或者說唯一的獵食者是人類，處於食物鏈的最頂峰，如今忽然闖進更高級的食物消費者，天縫人頓時成為牠們最佳的蛋白質來源。

「快跑！天縫快關完了！」鐵臂邊跑邊嚷，他只管往前衝，腳下一點也不敢停歇。

捕魚隊員們狂奔穿過樹海，跑在最後端的人看見黑暗正從後方追上來，不禁恐慌地加速腳步。

他們聽到頭頂的樹海有聲音，是東西掉落在樹葉間的聲音，忽來的一聲巨響，有隻黑毛鬼穿過樹葉，殘缺的身軀掉在長藤身邊，把長藤嚇個大跳，長藤只來得及瞧個一眼，頓時毛骨悚然。

大片黑影從四面八方的岩壁流洩下來，從樹海兩側往天頂樹鋪蓋過來，四周的岩壁像矗立的黑牆，一點也看不出岩石的表面了。

黑影吞噬樹海，嚥下樹海中的路徑，消化掉所有色彩，人類視網膜中的色錐細胞失去效用，只剩下由粗略的黑白構成的灰階。

鐵臂遠遠看到天頂樹了。

他也看到火母站在樹下。

只不過一瞬間，眼前就被罩上一片墨黑。

所有捕魚隊員止步，以免在黑暗中跌倒，他們什麼也看不到，連一丁點兒光線也沒有，比任何一個夜晚都來得黑暗。

他們不敢移動身體，在黑暗中恐懼的聆聽四周的喘氣聲，還聽到遠處有人發瘋亂喊，有嬰兒的哭泣聲，還有強烈的心跳聲。

忽然，爆出一道刺眼藍光，照亮了天頂樹下方。

火母點亮了一根火炬，火炬末端是珍稀的油脂，是從魚類和蜺殼的祖先身上一點一點提取出來的，無法供他們長久燃燒。

不過光線畢竟給所有人帶來了慰藉，喊叫的人轉為低泣，捕魚隊員也敢移動腳步了，還有在更遠尚未歸來的其他人也有了燈塔般的指標。

「快堆起篝火，」火母指揮大家，「此是生死存亡的時刻！」

黑毛鬼

牠們有靈敏的嗅覺，可以嗅到輕風傳送過來的細微氣味。

牠們在貧瘠的大地上狩獵，沒有固定居所，逐食物而居，只要有食物的地方，就是牠們群體遷徙的方向。

牠們渾身長滿黑色長毛，在寒冷的季節保持體表溫度，炎熱的時候防止水分散發。食物缺乏時，牠們會在地面瑟縮成一團以保存能量，遠看像一個個大毛團。當牠們找到豐裕的食物，例如屠殺了一整個族群後，牠們會集體交配，繁衍下一代。

牠們沒有天敵，處於食物鏈的最頂端。

因為牠們的天敵早已被地球上一批的統治者消滅得完全絕種，或數量稀少得無法令物種延續下去，為複雜的食物網路清理出一個大缺口，因此牠們在物種競爭中所向披靡。

但是，牠們也為延續物種命運的關鍵——食物的來源——所苦，食物老是不夠，進食的慾望又是如此熾盛，迫得牠們偶爾必須互相廝殺、吞食。

所以當大地的裂縫傳出食物的香味時，牠們從遠方捕捉到氣味微痕，於是朝這個方向聚集。

幾乎每一天，當太陽西斜時，蛋白質被加熱過的香氣便從大地的裂縫悄悄飄出，挑逗牠們腦袋中的嗅覺區，引導牠們從遠方逐點逐點趨近。

直到某日，烤熟蛋白質的香氣持續了很長時間，大量而濃烈，為牠們腦中的地圖提供了更清晰的線索，加速了牠們移動的速度。

夜幕低垂時，牠們抵達了大地的裂縫。

牠們看見有巨大的甲蟲在裂縫外盤旋，跳著求偶之舞，或跟同性爭奪能傳遞基因的雌性。巨大甲蟲會在黑夜中發光，愚蠢的暴露自己的位置，所以當有一隻停留在地面稍事歇息時，牠們馬上一擁而上，把巨大的發光甲蟲活生生肢解分食。

當陽光投照進大地的裂縫時，牠們更加確定這裡就是香氣的源頭。

但裂縫實在太深了，牠們不敢貿然進去，於是繼續捕食甲蟲。

有時甲蟲僥倖逃脫了，很多天以前，有隻巨甲蟲被牠們扯裂肚子後，成功掙脫了牠們，甲蟲驚惶失措地亂飛，竟飛進了大地裂縫，然後沒再飛出來。

那天，裂縫在午後不久就飄出了香氣，是新種類的肉香，甲蟲的焦香味。

經過一段時日，甲蟲似乎學會了避開黑毛鬼，牠們又再陷入了餓肚子的日子。此時綠意盎然的裂縫，裡頭飄出的空氣粒子總是夾帶著殘餘的香氣，終於刺激了第一個躍身而下的黑毛鬼，自由墜落三十二層樓的高度，生死未卜。

習慣群體行動的牠們，受到同伴熱情的刺激，也紛紛不經思考（事實上，思考並非牠們的慣常行為）地躍進裂縫，直奔食物的方向。

其中有一隻身材最為龐大的黑毛鬼，高高隆起的背部有一片顯眼的銀毛，牠蹲在龐大的裂縫邊緣，兩條長臂垂到地面，凝視著黑毛鬼一個個跳下去。牠看到子民們有重重摔死也有成功存活的，有殘缺不全也有昏迷不醒的，牠默默分析子民們用生命換來的資訊，尋找最佳的跳躍位置。

或許，牠是唯一懂得思考的黑毛鬼，所以牠才與眾不同。

忽然，牠感到腳底的地面震了一下，地底下傳來重物緩緩滾動的聲音，裂縫兩端竟跑出兩片厚厚的板塊，互相朝裂縫中間靠近。

剛開始，黑毛鬼的首領並沒意識到這意味著什麼。

隨著裂縫漸漸縮小，牠終於弄明白是怎麼回事，於是朝著裂縫威脅吼叫，發現沒辦法令它重新打開，首領轉向子民們怒吼，命令牠們更快更有效率地跳下去，為牠爭取最好的位置。

牠焦急地看著裂縫越來越小，牠轉頭四顧，看見還有幾個不太聽話而且不打算跳下去的黑毛鬼，以及牠的女人們。牠瞭解到，牠們正在等待！一旦牠跳了下去，這些年輕的男性就會佔領牠的地位，佔有牠的女人。

牠猶豫了片刻，最後決定眼睜睜看著裂縫合起來。

裂縫發出輕輕的一聲低鳴，整個入口封閉起來，成為一片堅硬平坦的金屬地面。

黑毛鬼首領等了半晌，才踏上原本是裂縫的地面，牠驚訝腳板下的地面是如此的冰冷，明明頭頂上的陽光那麼熾烈。

牠用手敲了敲地面，地面發出金屬沉重的低迴聲，從腳底傳上全身，令牠的體毛都豎立了起來，牠打從出娘胎就不曾聽過這種聲音，覺得很新奇。

於是，牠用力跺腳，令地面產生巨大又空洞的聲音，整個地面如波浪般震動，震波花了些時間傳到裂縫兩端，又再反射回黑毛鬼首領的腳下。牠因這聲音而興奮得毛骨悚然，忍不住渾身發抖。

牠忽然警覺到四周的目光，牠的一舉一動都被潛在的競爭者們監視著，年輕的黑毛鬼無時無刻不在覬覦牠的地位，以及和眾多女性繁殖的權力，牠必須時時宣示牠的地位，來迫使牠們臣服。

於是，牠將高高隆起的背部轉向牠們，展示牠在陽光下威嚴無比的那片銀毛，牠低聲嚎叫，命令子民們過來。

牠們不敢猶豫，慢慢地靠攏過來，但到裂縫邊緣時裹足不前，不敢把腳踩上陌生的金屬地面。銀背命令牠們站下來，不論男的女的，年輕的或較年長的，一共四十多隻黑毛鬼，全部分散站在裂縫內的金屬地板。

銀背在地板上跳了兩次，要牠們學牠一起跳。

先有幾隻學牠跳的，接著又有幾隻加入，不一會兒，牠們覺得這麼做沒有危險，於是所有黑毛鬼放膽地在地板上跳躍，用力在金屬上頓足，讓金屬發出聒耳的巨響，令金屬的震動愈來愈強烈，直到整片地面如波浪般抖動不絕。

銀背不斷發出興奮的吶喊，刺激子民們的神經，鼓勵牠們用力亂跳。

牠不停提醒牠們：食物就在下方。

食物就在下方。

同一時間，天縫之下只有天頂樹有光線，不過估計也支撐不了多久。

天頂樹以外的區域完全被濃墨般的黑暗所包圍，鐵臂不禁這麼想著：「除了這樹下以外都是暗影地。」

暗影地有怪物，怪物的名字叫「風」。土子曾經如是說。

他們被「風」侵襲了嗎？「風」把黑暗包圍他們了嗎？

而且天在作響。

原本送入光線的天縫史無前例的閉合了，天空黑得像會把人吸進去，而且天縫合起來才沒多久，天空竟開始沉悶的作響，一波波嘈雜的聲音像不停在打雷。有時候天縫的確會打雷，會有巨響和閃光，還有細密的水從天縫灑下來，跟天縫下稀薄的雲朵飄雨不同，這一次的雷聲並不像平常，它比打雷更密集、更無序，倒像有許多頑童正在不按節奏的蹦蹦跳跳。

火母舉起火炬，讓火光照亮更大的區域，讓更多人安心。

火母心中也在猶豫，她應該把「黑毛鬼」這名字告訴大家嗎？告訴了他們會有意義嗎？

她心知這些族人們從來沒遭遇過兇險，這批忽然闖入天縫的獵食者是有可能將他們全數殺盡的。

她決定說出來。

說一半。

天頂樹下躺了一隻黑毛鬼的屍體，火母請兩位年輕力壯的男子將屍體抬高起來讓所有人看清楚：「不久以前，這隻怪物從天縫跳進來，差點吃掉大石。」

看見黑毛鬼猙獰的面目，鬆弛的下巴露出利齒，族人們更加驚恐了。

火光下的黑毛鬼有如一團潮濕的海草，雖然沒有生命，依然發散著殺戮的威脅。

火母知道有些人還沒回來，說不定也沒見到篝火的火光，找不到回來的路，說不定會碰上黑毛鬼，但她沒辦法顧及這麼多了，她最大的職責是族群全體而非個體的存活。火母心裡焦急，不禁放高了聲調：「更多的怪物跳了進來，你們應該很多人注意到了吧？」

有幾個人舉起手了，包括鐵臂。

「大家都想活命吧？」火母這句話不是在詢問，「我們沒有能力對抗，所以請大家聽從我的話！各個工作隊的頭領們，請來領取火炬！帶領你們的隊員！」

沒人有意見，彎枝、長藤等等採集隊、捕魚隊、工具隊、育兒隊的隊長們拿了火炬，逐一走到火母面前，用火母手上的火炬引火點燃，每點燃一根火炬，光明的範圍就再擴大一點，眾人心中的恐懼就再減少一點，隊長們拿著火炬走到他的隊員之間，等候火母指示。

「跟著我走，」火母高舉火炬越過人群，「隊長注意你們的隊員，看有沒有少了人，育兒隊帶著老人和小孩先走。」

火炬成了黑暗中唯一的引導，大家都緊跟著火光，身體互相依偎著走路，生怕身體沒有被火光照耀到，就會被黑暗吞噬。

大家魚貫地尾隨火母前進，不問去哪裡？不問為什麼？他們已經被這個無預警降臨的黑夜嚇壞，只要有人告訴他們該怎麼做，他們都會順從。

但是，鐵臂打從剛跑回天頂樹下開始，就不斷疑心的盯住火母。

他感覺很不合理，火母對於天縫會閉眼似乎覺得理所當然，對於那批從天縫跑進來的怪物也似乎頗為瞭解，她沒解釋清楚到底要帶大家去哪裡。

而且，自從那晚他偷闖火母的洞穴，看到了無法解釋的現象，又目睹火母悄悄跑到暗影地，他已然對周遭的一切感到不信任和強烈的疑心。

在行進中，鐵臂越過人群，一步步挨近火母，當他終於到達她身邊時，鐵臂貼著她耳朵悄聲道：「妳是誰？」

火母吃了一驚，充滿疑問的蹙眉望著他。

「妳不是火母。」鐵臂小聲說，「妳是誰？」

現在他看得更近更清楚了，這人的確不是火母，她跟火母長得一模一樣、穿著一模一樣，但比火母**更年輕**！

「回答我，妳不是火母，妳要帶大家去哪裡？」

「聽著，小子，」一連語氣也不像火母，「我只考慮一件事：越多人活下來越好！」

火母加快腳步，擺脫鐵臂，衝到一個有三人寬的洞穴入口面前站住，把火炬伸進洞中：「我們躲進去！大家快進去！」火母命令完畢之後，率先跑進洞穴，讓火光照亮洞穴裡面。

鐵臂大吃一驚！洞穴裡面十分寬敞，容納得下所有族人。天縫之下的每個角落他幾乎都闖遍了，何曾有偌大的一個洞穴，他竟完全不知情？

不僅是他，每位進來的族人都不禁放慢步伐，驚奇地觀看洞穴內部，鐵臂看見連彎枝也驚訝不已的抬頭環顧，顯然連年長睿智的彎枝也不曾見過這個洞穴。

「大家快進來！」火母一面緊張地催促族人，一面跑回洞穴入口探看外面，看看還有多少人沒進來。「我要關上洞口了！」

守望者大石過度驚嚇，依然癱坐在樹下無法動彈，腦袋空白，兩眼緊盯住地面上的黑毛鬼屍體，一點逃跑的意識也沒。

眾人自顧逃命，沒人注意到大石的窘態，只有蝌蚪，她剛隨著採集隊跑回來，第一件事就是尋找大石的身影。

她看見失神的大石沒跟隨眾人進去洞穴，趕忙衝過去將他扶起來，一手圍著他的腰，連推帶拉的帶他進洞。

大石和蝌蚪是最後進入洞穴的人，接著火母不知做了什麼事，洞穴入口果真開始閉合，就跟天縫一樣，洞穴兩側各出現一道門，徐徐朝中間合起，將洞口跟外界隔開。

火母望向洞外，天頂樹下匆匆堆起的篝火只剩下一些餘焰，而且遠在百步之外，對他們毫無幫助，更遑論那些還沒回來的族人了。但她已經來不及再回去生火，這麼做可能會令天縫下一個人類也不存。

火母決定忍痛放棄還沒成功回來的人，她還有責任安撫大家的情緒，她沒留意到的是，她才剛剛回過頭去，鐵臂便快速溜過她身邊，從快要閉合的兩門之間鑽了出去。

鐵臂衝入黑暗，腳步站定了，再回首看著從洞穴透出的最後一抹火光，被兩道合起來的門給嚥了進去。

然後，他就完全被黑暗淹沒了。

紅光

鐵臂感到眼球發脹，其實是瞳孔四周的虹彩微小肌肉在激烈收縮，把瞳孔放大，好讓更多光線進入。

但是一點光線也沒有。

視柱細胞連一點兒光線也接收不到，視神經沒有電荷流動，無法刺激大腦的視覺區。

鐵臂終於感受到有生以來真正的害怕。

天頂上的雷響一刻也沒停過，像要把天頂撞破似的，光明之地必定正在發生可怕的事，莫非連蛻殼以後要去的光明之地都要毀滅了？若然如此，萬一他被怪物殺害的話，豈非連光明之地都沒得去？

他覺得黑暗存在著重量，從四面八方壓迫他，全身皮膚表面都能感覺到黑暗正在施加壓力，把他壓縮得很小很小，壓得他透不過氣，無法吸進空氣，也痛苦的吐不出空氣。

「喝～～」旁邊有一把恐懼的吸氣聲，把鐵臂嚇了一大跳。

難道還有人跟他一樣待在外面？

「誰？」他急問。

一隻冷冰冰的手伸過來握著他，那隻手的手掌小、手指纖細，一碰就知道是女孩的手。

鐵臂由不得放軟了語氣：「妳是誰？」

她喘息地回道：「白眼魚……」

「白眼魚？」鐵臂想起來，是位皮膚白得像霜雪，眼睛大大，身材嬌小，有點肉肉的女生，他平日沒怎麼留意她，「妳沒進去嗎？」

「我……我跟著你出來的。」

鐵臂詫異道：「妳為什麼跟找出來？」

「我看你出來，就跟著出來了。」白眼魚越說越小聲，最後一個字根本聽不清楚。

鐵臂聽不明白，但他不置可否，眼下還有更令他好奇的事情。

他不信任火母，火母有太多隱瞞了，打從很久以前，他就覺得火母似乎知道很多事情，卻不想讓族人們知曉。那天晚上偷偷走進火母的洞穴，黑暗中的陌生聲音、神秘的紅色光點，在在說明火母躲藏了很多秘密。

他十分關注火母的一舉一動一眸一笑，幾乎到了迷戀的地步，希望從中捕捉到微妙的蛛絲馬跡，來破解火母的秘密。

終於，剛才他很驚訝地注意到：那位火母根本不是之前的火母！雖然長得幾乎一樣，但那位率眾進入洞穴的火母更年輕，膚質更細，皺紋更少，胸部較小。

當下，鐵臂的反應是反抗！

他的身體隨著心裡不信任火母的反應而行動，離開火母要他們避離的洞穴，白眼魚也同樣隨著潛意識行動，視線老是追隨鐵臂的她，不知不覺也緊跟著他走出避難洞了。

如今兩人身陷在連對面的人都望不見的黑暗，只有從對方手心傳過來的暖意揭示他們仍活著的事實。

「現在怎麼辦？」白眼魚輕聲問道。她期待鐵臂會去敲門，提醒裡面的人，有人還在外頭。

「噓～」她得到的回應是要她噤聲，「聽……」

在天頂沉重的雷聲中，她聽見了，有人在樹海深處慘叫，慘叫聲中還夾雜著令人深深恐懼的嘶吼聲，很明顯，火母沒說謊，的確有怪物來捕食他們了。

慘叫的想必是來不及跑回天頂樹的人，是哪位他們熟悉的族人被吃掉了呢？

白眼魚害怕得緊握鐵臂的手，身體微微地顫抖。鐵臂拉著她往後靠到岩壁上，至少讓他們的後面不會遭到攻擊。

有東西接近他們了，鐵臂可以感覺到陣陣的血腥味，隨著爪子摩擦石頭表面的尖銳聲，在樹海中搜索他們的氣味。

鐵臂張大眼睛，但黑暗中依然沒有半點光線能讓他的視覺發揮作用。

忽然，他面前二十步之處出現一個紅色身影，有一片不知打哪裡冒出來的扇形紅色光線，閃爍不停的把怪物描繪出紅色的輪廓。

緊接著「噗」的一聲，一陣焦肉味撲鼻而來，紅色的怪物外形倒地，紅光又繼續移動。

另一道紅光也在鐵臂頭頂上方出現，兩道呈扇形的紅光在樹海之間移動，掃描出一棵棵樹木的形狀。

當紅光忽然描繪出怪物的外形時，便赫然出現一道筆直紅光射向怪物胸膛，瞬間注入一股高熱，把牠胸膛內臟的水分瞬間煮開，產生高壓，把牠胸口炸開一個小洞釋放壓力，冒出血氣濃烈的蒸氣。

鐵臂看得目瞪口呆。

他轉頭望向紅光的來源，只見高高的岩壁上一字排開的射出數道扇形紅光，四面八方的在樹海和地面掃描，尋找可疑的物件，或不符合天縫下的生物外觀的身影，一旦找到，便立刻射出又細又亮的紅色光柱。

鐵臂很熟悉那片岩壁，即使在看不分明的黑暗裡也能認得那地方。

那裡就是火母的洞穴！

也就是說，火母帶領大家避難的洞穴，就在她棲身的洞穴下方。

鐵臂搖動白眼魚的手：「我們爬上去。」

「爬哪裡？」

「跟著我。」鐵臂拉著她的手，轉身就走，白眼魚也毫不懷疑地跟著他。

紅光令他們能依稀看見岩石的形狀，鐵臂抓住岩石，手腳互相配合的攀爬上去，爬石坡是他常做的事，但白眼魚沒有像他這般野性，她出盡了力氣，磨破了手心的皮膚，也只能爬上一點點，遠遠落在鐵臂後頭。

不一會兒，鐵臂抵達了上面的平台，他佇立在平坦的石面上觀看，心想沒錯這兒的確是火母的洞穴外面，火母的洞穴上方橫列了一排紅光的發射器，發射器隱藏在高處的岩石之間，平日根本沒人會看見。

紅光忽然移到鐵臂身上，把他的身形凝固在空氣中，一個灼熱的紅點馬上移動到他的胸口上。

鐵臂大吃一驚，嚇得他全身僵直。

但是，他的皮膚還來不及發出焦味，紅點就飄走了，掃描他的扇形紅光也游開去另外尋找目標了。

鐵臂全身冒出冷汗，兩條腿都發軟了。

「鐵臂，過來。」鐵臂猛一抬頭，看見有個女人的模糊身影，站在不遠的洞穴入口呼叫他，是火母，一定是火母沒錯！「快過來，比較安全！」

「還……還有白眼魚跟來了。」鐵臂講話變得結巴了。

「那你快拉她上來呀！還遲疑什麼？」

「哦，哦哦。」鐵臂這才匆匆回身，伏下身子瞧看白眼魚爬上來了沒。白眼魚還在半途，她的手臂並沒強壯的肌肉，也少有攀爬的經驗，因此爬了這段距離已經十分難得。鐵臂沒辦法，只好反向後退下山，幫助白眼魚上來。

紅光在他們頭頂上方掃蕩，但他們正好處於死角，紅光碰不到他們。

鐵臂把白眼魚推上平坦的石面，自己也快快跳上來，指著火母的洞穴要白眼魚跑過去，但白眼魚已經兩腿乏力，鐵臂只好扶著她，一塊兒走過去。

白眼魚遠遠見到洞穴外站了個人，不禁發愣了一下，疑心自己的眼睛。待他們抵達洞口，白眼魚在紅光照耀下看見果然是火母，更是驚奇不已。火母打了個眼色，要他們進去洞穴，洞穴中立即傳出一把聲音：「辨識兩員身分，無進入本區權限，請求紫色０３０指示。」那把聲音只有精確的發音，卻沒有絲毫感情。

火母說：「授權兩員於非常時期准許進入，標記代碼。」

「已標記。」那把冷冰冰的聲音說。

鐵臂記得，那把聲音就是幾天前曾聽過的。

「是誰在說話？」鐵臂忍不住發問了。

「那不重要，」火母根本沒看他，只管留意洞穴外的情況，巨大黑夜的天縫之下，族人的慘叫、黑毛鬼的嘶喊、天頂的雷聲、血肉的腥臭、焦肉的煙味……交織成一片地獄圖，火母必須儘快解決這混亂的局面，根本無暇照顧他，「你看白眼魚，她有在乎嗎？」

鐵臂轉頭看白眼魚，在片片破碎的紅光下，白眼魚不知何時已躺在地上，安詳地睡著了。

「她睡了？」鐵臂很訝異，她怎麼會選在這種時節睡著呢？

「你不也想睡嗎？」火母眼望洞外，淡然說道。

「不，我一點也不想睡！」

火母吃驚地回頭看他，困惑地問：「你怎麼不會睡？」隨即開始呢喃一些鐵臂聽不懂的話：「巴蜀！巴蜀！怎麼回事？」就跟那晚……

「加強無效，對此人無效。」是的，就是這把在洞穴中回答火母的聲音，跟那晚的是同一把腔調。

「那麼我別無選擇了。」火母直視著鐵臂，把手舉向他，鐵臂看見她手中有藍色的火花在閃爍，火種必定在她手中。

鐵臂確定了，眼前是真正的火母，是他每天注意的那位火母，是他連做夢都會夢見，並在手淫時會想像的一位年紀比他大上許多的女人。

鐵臂凝視她手中的藍光，咬緊牙齒，用力呼了口氣，問：「火母，妳究竟是誰？」

火母手中的火種爆出藍光閃焰，瞬間包圍了鐵臂，他被震倒在地上，耳中最後聽到的是一連串細碎的爆裂聲。

第四章

蛻殼

他會不會幻想著，他以前看到的那些影子，
比這些現在指給他看的東西，更為真實？

●● 柏拉圖《理想國．地穴》●●

大長老

經過了漫長的時間，避難洞的門終於開啟了。

他們在洞穴裡頭分辨不出白天或黑夜，沒有時間單位可以告訴他們經過了多少時間，沒有水也沒有食物，只有空氣神奇的保持新鮮流通，雖然悶熱，至少讓他們不虞窒息。

洞穴的門一開，混和著腥味的清涼空氣立刻湧進來，外頭的樹海依舊陰涼，敞開的天縫依然橫列在天頂上，注入一片耀目的強光，穿透樹海，在地面投射出無數舞動的光圈。

門口一開啟到容許人經過的寬度，火母立刻率先走出去，馬上匆匆走向山坡上的洞穴。

族人們見火母出去了，也大膽步出避難洞，他們迷惑的東張西望，對熟悉的四周竟莫名的感到陌生，恍如隔世。

先前在避難洞中，家人們在黑暗中互相呼喚，好互相依偎，出了洞穴後，他們才開始尋找其他認識的族人。

有人跑回避難洞去尋找，發覺有人依然躺在地面，還沒從褪黑激素的催睡中甦醒，被人叫醒後，才茫然地爬起來，想了一下才想起為何會待在洞穴中。

守望者大石也被喚醒了，他迷濛地抬頭，看著柔和的光線進入洞穴，頓時有重生的感覺。他依稀記得在恍惚之中有人拖他進來，但刻下身邊沒其他人，他也記不起是誰。

他不知道蝌蚪正遠遠遙望他，很想告訴他，是她救了他一命，又怕萬一被他知道了，會被他討厭，只好像往常那般傷感的偷望。

大石腳步蹣跚的步出洞穴，只見外頭地面躺了多具黑毛鬼屍體，四肢僵硬的橫陳在地，死亡已有一段時間，肌肉蛋白已經凝固，造成肌肉緊繃的屍僵現象，兩臂抱拳、兩腿屈曲，像是仍處在防衛姿態，或正準備要攻擊的樣子。

大石看見黑毛鬼的刺毛和利齒，身體登時涼了半截，昨晚……是昨晚嗎？他已經分辨不清時間了……要不是有人帶他進去避難洞，他早就被這些怪物殺死了。

族人們戰戰兢兢地探看黑毛鬼屍體，確認牠們的確是死了。

這下子應該怎麼辦呢？他們要詢問土子。

一向以來，任何疑問都是先問土子的。

「大長老呢？」

他們問大石見到土子沒？大石也只能聳聳肩。

話說回來，沒人留意到土子的蹤影。

他們都被這恐怖的一夜嚇壞了，許多人仍在六神無主。

有人跑回洞穴，發現土子竟然還安靜地躺在洞穴中，而且鼻息十分微弱。

身為大長老的可能繼承人，柔光和搖尾蟲立即發號施令，一面吩咐育兒隊先將土子搬到清涼的樹旁，一面派人召喚火母前來救他。

大石目瞪口呆地望著土子，不禁萬念翻騰：這名賦予他守望者身分的老人行將蛻殼了嗎？那以後他還能仰賴誰呢？

有人碰了大石一下，他轉頭一瞧，是小蜘蛛，另一位守望者的人選，年紀比他稍輕。

「大石，今天你要上去嗎？」小蜘蛛一頭蓬鬆的紅髮搖晃，指向天頂樹，「還是今天由我上去就行了？」

一股熱氣衝上大石腦門，他頓時清醒了，冷冷地對小蜘蛛說：「我去。」

「好吧。」小蜘蛛不置可否地撒手，然後做出請他上樹的手勢。

天頂樹是他捍衛的地盤，是他人生的最大意義，大石絕不容許任何人染指！

他打起精神爬上樹頂，經過黑毛鬼在天頂樹打出的洞口時，馬上憶起黑毛鬼從天縫掉落的畫面，由不得打個寒噤。

爬到樹頂時，他正好遠遠望見火母從她的洞穴出現，步伐沉重地走下岩壁。

火母再度出現在眾人面前時，手中拿了一片布，雖然看似舊舊的，但布在天縫下乃珍稀之物。她把布蓋上土子的額頭，遮住他的眼睛，吩咐除了柔光和搖尾蟲之外的人不能打擾，並叫其他人將黑毛鬼的屍體集中一處，待她之後處理。

吩咐完畢之後，火母轉向土子，手掌輕輕蓋在土子額頭，開始口中唸唸有詞。

在火母輕柔的聲調之下，土子果真徐徐張開了眼睛。

他看見火母，想要說話，卻嘴唇發抖，結結巴巴地說不清楚。

「你有職責未完，未到蛻殼時刻。」火母對他說，聲量大得讓周圍的人聽得見，「你想見大長老的繼承者是嗎？」

土子很輕地點頭。

柔光和搖尾蟲立即挨上前來，等待土子指示。

土子忽然恢復了精神，說話的聲音也變大了：「你們兩人各自受到我不同的教導，但任何一人皆不足以擔當大長老，因此我宣布：柔光和搖尾蟲同時擔任大長老，地位相同，無有高低。」一族人聽了，一片感嘆聲。

土子繼續說道：「而且，你們應將我所教的，互相教導對方，好令你們之後，依照傳統僅選出一位大長老繼承你們。」

柔光和搖尾蟲雖然哀傷，仍然慎重地用力點頭：「我們聽見了！」

「我的時候到了，現在，我必須將歷代大長老最重要的聖語告訴你們。」土子望向火母：「請火母迴避，請所有人迴避。」火母和族人全都往四周退開，直到聽不見土子的聲音為止。

土子要柔光和搖尾蟲把耳朵盡量貼近他的嘴巴，只聽土子說：「這是上一位大長老，以及上上任直到第一位大長老私相傳授的聖語，絕對不許告訴任何人，包括火母在內。」

「明白。」兩人同聲回答。

「第一，絕對信任火母，她是天縫真正的保護者。」

兩位繼承者覺得這句話十分不可思議，但他們不能進一步詢問，因為擔憂土子太過衰弱，會說不完重要的話。

「第二，當火母提到以下三句聖語時，必須如此這般回答，記下來了，很長！」兩人準備好後，他說：「8140202814072197123157 6。」

搖尾蟲忍不住發問了：「什麼意思？這就是聖語嗎？」語氣中頗為失望。

「我還沒說完，」土子急了，把數字再重唸三遍，確定他們記下了，「這些字不是一行，而是串成圓圈，可以無限循環，每次發問只順序給四個數字，這一次我已經告訴她0721，所以下一次你們要給的是9712，明白了嗎？」

柔光不是很明白，而搖尾蟲則馬上用手指算了一下：「所以如果順序下去，最後只剩下一個6字，就接回第一個字，變成6814對嗎？」

土子也屈指數了一下，才回道：「對！你明白了！」

「為什麼呢？誰開始這種奇怪的規則的？」

「我還沒說完呢，」土子嘆了一口氣，「當火母告訴你她的聖語時，她有三句聖語，不管是哪一句，你們都按照我剛才說的回答她……第一句你們昨天聽過了，就是……**創造者瑪利亞，地球聯邦萬歲。**」

兩位承繼者都皺緊眉頭，這些辭彙過於陌生，他們從來不曾學習過或使用過，所以很難快速記下。昨天他們親耳聽火母說出這句話時，連土子也因為年代久遠而一時反應不過來。

土子要他們分別複誦三遍了，才說下一句：「**我是阿法也是奧米加，在我之前沒有世界，在我之後沒有未來。**」

柔光和搖尾蟲盡力把這麼長的句子記下來了。

「這些句子十分重要，我的老師告訴我，老師的老師告訴他，但在昨天之前，我都還不知道有多重要……」土子越說越喘，像是吸進去的空氣不夠用似的，「昨天，黑毛鬼出現時，火母跟我交換了聖語。」

柔光睜大眼睛，訝異地說：「難道……」

土子頷首道：「接著天縫就閉眼了。」

他們終於感受到聖語的重要性了。

「第三句，也是最後一句……」土子的眼神漸漸渙散，聲音漸漸衰弱，「**那能填滿一切是空無，那最永恆音聲是寂靜。**」

土子的生命已經逼近終點，他們不敢多問，只管緊緊記住這句令人想不通的句子。

說完最後一句，土子的精神似乎完全鬆弛了，也沒有力氣再提醒他們複誦三遍，一口綿長的氣息從唇間和鼻孔呼出，眼睛的神采停頓下來，表情在他臉上凝固了，再也無法將他的經驗傳授給他們，他們也無法問個究竟了。

柔光轉頭望向火母：「大長老不呼吸了。」土子走得過於突然，柔光和搖尾蟲措手不及。

火母站起來，是時候輪到她登場了，她必須為土子蛻殼，一如所有其他過往的死者一般。

她指示幾位壯丁：「把大長老搬去我那邊。」

遺忘

白眼魚老覺得怪怪的，好像腦子裡少了什麼，在樹海邊緣心神不寧地踱來踱去。她和其他女人是按火母的指示，一起在樹海邊緣搜索屍體，不論是族人或黑毛鬼的。

昨晚經過了一場奇怪的浩劫之後，雖然還沒人弄清楚發生了什麼事情，他們仍須面對眼前既有的事實——有恐怖的怪物入侵家園，而火母拯救了他們——如今地面、樹上都有黑毛鬼的屍體，火母吩咐他們把屍體找出來，以免開始發臭，污濁了天縫之下的空氣。

為了避免尚有未死的黑毛鬼，採集隊和捕魚隊合作分區搜尋，每一區配有兩名採集隊員和兩名捕魚隊員，捕魚隊還帶上了魚槍以防萬一。

白眼魚等人一起在樹海邊緣搜尋，一旦找到屍體，便將屍體拖曳集中到一處，等待火母處理。

黑毛鬼的屍體依然面目猙獰，牠們咧開失去張力的下顎，露出駭人的尖齒，女人們非常害怕，但火母說腐臭的空氣有毒，會令所有人生病，必須盡快處理，女人們才壓抑著恐懼，硬著頭皮碰觸屍體。然而黑毛鬼死後仍有傷害的能力，牠們硬刺般的黑毛刺痛了女人們的手，把她們的手心刮出斑斑血痕。

白眼魚一面尋找黑毛鬼屍體，眼睛卻一面在尋找另一個人。她心裡很焦慮，為什麼從剛才就沒見著那個人呢？那個她常常偷覷，每時每刻都在心底偷偷想著的人。

更令她感到焦慮的，是她完全想不起那個人的名字，甚至他的面貌！

她為什麼會想念一個人？為什麼會想念一個她想不起是誰的人？彷彿僅有想念的思緒依然存在，於慣常的記憶中迴繞，然而最關鍵的名字，以及其餘的細節都被一律抹除乾淨了。

「你是誰？」白眼魚小聲向冰涼的地面說話，淚水不自覺的溢出。

岩石地面鋪了一層厚實的苔蘚，為他們淨化天縫下的空氣，苔蘚的根部還會為他們分解堅硬的石頭以製造養分，頭頂上的樹海則散發出負離子和費洛蒙來保護這群人。

眼淚模糊了視線，白眼魚用手背擦走淚水，才看見滑魚在她面前，也在掉淚。

「白眼魚，」滑魚站在一團黑茸茸的屍體旁邊，向她招手，「妳為何哭了？」

她抹了抹眼淚，走過去幫忙：「我在想念一個人。」

「我也是呢。」滑魚已漸老去，少女的姿采不久前剛從她皮膚上褪去，「我總覺得，我又失去了一個很親近的人，可是好奇怪，我記不起那人是誰呢？」

滑魚的丈夫在某個清晨失蹤了。

失蹤前夜，大夥兒入睡時，丈夫還明明睡在她身邊的，卻在晨光照進天縫時失去了蹤影。

她以為丈夫只是早起，不知道蹓到哪兒去了，他有時的確會這樣子，可是直到入夜，他都沒出現。慌張的滑魚報告了土子，大長老以夜深為由，答應她次日組織族人搜尋，但是直至今日連一片骨頭都沒見著。

「如果沒蛻殼，他能到光明之地跟祖先們重聚嗎？」這才是滑魚最掛念的事。她不希望她所愛的男人，會落個連靈魂都飄散無跡的下場。

現在，相同的情緒再度出現了，滑魚很擔心。

忽然，一聲長長的哀嚎從遠方的樹海傳來，接著是失去理性的嘶聲痛哭，觸動了每個人沉重的心情。

他們都瞭解，必定是有人找到親人的遺體了。

那些昨夜來不及回到天頂樹的人，遭到倖存的黑毛鬼攻擊啃食，他們支離破碎的身體分散在樹海中，此刻正在等待親人去將他們找回來。

「媽～！」赤繭遠遠呼叫滑魚，快步來到她跟前，「我幫你們。」說著，便要動手去拉地上的黑毛鬼。

滑魚看見兒子赤繭來了，忽然把他拉近，緊緊擁抱著他，把赤繭嚇了一跳，錯愕地問道：「媽怎麼了？」

滑魚把他抱得更緊了：「我已經失去丈夫，不能再失去兒子。」

白眼魚望著赤繭，心裡有個念頭：這個不對！

是滑魚的兒子沒錯，但不是這個兒子！

究竟是誰？究竟是誰？白眼魚這麼自問。若是果真那麼想念，為何還會忘了名字？

白眼魚的淚水流個不停，並不因為見不著想念的人，而是因為不能原諒自己，竟無法憶起那人的名字。

她不甘心，曾經有個令她怦然心動的名字，有個愛慕已久的身影，她不甘心這麼強烈的感覺卻記不起名字，而且是一個她每天惦念的名字。

她一定要憶起那個名字！

沒有人可以把名字從她這裡奪走！

白眼魚不知道，在她頭頂約三十二層樓高度的地方，名字的主人剛剛甦醒。

鐵臂僅僅稍微睜開眼睛，就被刺目的強光嚇得再度緊閉起來。

他閉眼等待眼睛適應強光，但他感覺非常詭異，因為他的體表從來不曾有過這種異樣的感覺。

四周是涼快的，但令他涼快的不是樹海那種純淨沁涼的空氣，而是微風，傳說中只有暗影地才會有的東西。

「怪物的名字叫風。」土子的話語在他腦中揮之不去。

雖然四周有樹木的氣息，但沒有四面八方都被樹海包圍的感覺。

更詭異的是，遙遠的頭頂上傳來奇異的、尖銳又細碎的聲音，是一小串重複的樂句，從空中慢慢經過。

鐵臂小心翼翼的、很緩慢地張開眼睛。

出現在眼前的景象，震懾得他坐倒在地，嚇得他感覺全身肌膚都要瞬間粉碎了一般。

天縫不見了！

不，是整個天頂都消失了！

天空沒有頂了！變成一望無際的藍色！還有巨大的白色濃煙，在藍色的天空上游動。

「這是什麼?!」他心裡大喊，口中卻嚇得一個字也說不出來！

這片藍色太巨大了，他從來沒想像過此種巨大，令他覺得頭好暈，眼睛好累，身體彷彿被重壓得透不過氣來。

他坐在地面，呆望天空好久好久，看見空中有一顆耀眼得驚人的光球，他根本無法直視光球超過一秒鐘，光球亮得他眼球作痛，也照得他頭頂和肩膀開始發燙！

他站在一片高原上，地面不是苔蘚，而是帶刺的短草，刺得他的腳很痛。他的四周仍然被樹木環繞著，但在距離他好遠的低處。

忽然，他有所領悟。

「莫非，這裡就是光明之地？」

這猜測十分合理，因為剛才火母手中的藍色閃焰應該已經殺死他了！

他已經蛻殼了！所以，他應該已經在光明之地重生了！

洞穴

土子十分驚訝。

他理應已經抵達光明之地，並且被列祖列宗歡迎才是。

但是當他睜開眼睛時，看見的卻是火母。

火母半蹲著，面色恬靜地俯視著他，但他看得見火母眼神中隱藏的不安和緊張，似乎急著想要完成什麼事情。

他躺在堅硬的地面，背部十分冰冷，他想撐起上半身，卻軟弱沒有力氣。

「我不是蛻殼了嗎？」土子乾燥的喉頭發出生銹般的聲音。

「快了，」火母鬆了一口氣，「在你蛻殼以前，我希望你能幫一個忙。」

土子的眼珠子骨碌骨碌轉動，觀看四周，不安地問：「這是什麼地方？」這裡並不像任何他所知道的地方。

「你在我的洞穴裡面。」

土子擔憂地想起了禁忌——火母的洞穴禁止進入，否則會令火苗枯竭——此乃代代教導族人的禁忌。

「我蛻殼了嗎？」土子又問了一次。

他心知一生會來兩次這洞穴，一次是誕生那天，一次是蛻殼之後，如果他已經蛻殼了，那他躺在這兒很合理，可是……會見到火母就不合理了。

「是我把你拉回來的。」火母的眼神像在看望一名嬰兒，似乎回憶起土子初生的時刻。

土子啞啞地問：「為什麼？」同時不安的環顧洞穴，這裡有很多他看不懂的東西，有的光滑如靜止的水面，有的閃爍著紅光，這些怪東西充分證明了他一向以來的疑竇！

「我需要你的聖語，完整的聖語。」她眼神堅定，不打算作任何商量。

土子呆望了她一下，說：「妳知道不行的，大長老聖語是不可以告訴火母的。」

「情況不同了，條件不同了，過去是不行，但如果你想讓你的族人活下來的話，一定得把聖語給我。」火母顯得很焦急，「你知道聖語其實是什麼嗎？」

土子搖搖頭：「跟天縫閉眼有關係嗎？」

「是的，你猜對了。」火母似乎鬆了一口氣，「要是沒有聖語，天縫關不起來，黑毛鬼就會悉數闖進來，把你的族人全部殺光吃掉。」火母站起來走向洞穴的一面牆壁，指著牆上許多紅色、黑色、綠色的凸起物，「能救大家，就是這東西的功勞，它控制這裡的一切，包括天氣、溫度、濕度，」她迫近土子眼前，「還有食物。」

「我不懂，」土子每說一個字，都有要把聲帶撕裂的痛覺，他直盯著火母，「妳究竟是什麼人？」

「你的祖先告訴過你，火母是你們的保護者。」

「妳一直說『你們』、『你們』，難道妳不是我們的一員嗎？」

火母用力搖頭：「我們的來源不同。」

「妳不是我們的小孩嗎？」

「不是。」

土子畢生的疑問終於得到了答案，但他還有更多想問的，而他來不及：「我們不是有選火母的承繼人嗎？我們不是交了一個女孩給妳嗎？她呢？」

「如果你想知道，我待會就給你知道，但請把聖語給我，讓我不需要依賴你們不可靠的記憶，好讓我在天縫陷入危機時，能更快反應，讓更少人死傷。」

「如果妳真的是保護者，為什麼聖語要交給我們而不是妳？」

這句話似乎擊中了火母的痛處，令她沉默了好一會，才說：「記得大饑餓嗎？」

土子當然記得，他還常常用這個事件來提醒族人要珍惜食物，那個連續七天的食物短缺令好多族人蛻殼，他從上一代的大長老口中聽來的，應該是他出生以前不久的事。

「讓我告訴你大饑餓的真正原因。」火母在土子面前趺坐下來，神色有些激動，「因為地球聯邦忽然跟天縫的電腦斷線了，分配食物的系統大亂，我跟地球聯邦失去聯繫，沒人可以教導我該怎麼辦，為了達到他們交給我的任務：『**保護人類的基因庫**』，我極力搶救，仍然眼睜睜看著一個個族人倒下。」

火母說的話裡充滿了生詞，土子聽得目瞪口呆。

「我知道你聽不懂，即使我告訴你事實，你也聽不懂，但我也只好這樣告訴你了。」

火母說得很快，不讓土子有時間思考，事實上也沒什麼差異，「我向當時的大長老問了聖語，大長老也差點要餓死，幸好他還記得聖語，我才有機會重新啟動電腦。可是轉念一想，假如我手上握有聖語，我就能即刻反應，如此不就有更多的人得以存活了嗎？」

畢竟土子活得夠久了，智慧令他思考得很快：「所以說，那時候的火母，跟妳是同一個火母？」

火母點頭：「是我。」

「三十多年了，天縫下沒人活得比我老，那妳為什麼沒跟我一樣變老？」

火母凝視著他的眼睛：「我說過，我們的來源不同。」

土子望著她深邃的瞳孔，突感不寒而慄：「妳剛才說的地球……聯邦……還有再聯絡上嗎？」

「沒有，從那時到現在，地球聯邦沉默了，我不能離開，也沒人來找我，所以我也不清楚外界究竟發生了什麼事。」火母說著說著，語氣有些顫抖了：「我們被孤立了，長期以來命令我、指示我的地球聯邦，忽然拋棄我了，我依然謹守我的承諾，讓你們存續下去。」

土子想了一下：「妳還是沒告訴我，為何聖語不直接交給妳？」

「因為我也不知道為什麼，只知道這是地球聯邦的決定，我的內心深處不斷迴盪著一句話：**『瑪利亞所行其事，必有其旨，爾不得疑問，有疑則有罪，有罪則以死為懲。』**我不敢疑問、不能疑問，請你明白。」

土子無力的吐出一口氣：「妳告訴我的這些話，看來都是秘密，要是族人們知道的話，天縫之下必定發生恐慌，陷入混亂。」他老朽的雙眼在火母光滑乾淨的臉龐上打轉，心裡又是羨慕又是對自己的生命感到惋惜：「妳會誠懇的告訴我，是因為我已經無法說出去了嗎？」

「是的。」

「妳允許我最後的要求嗎？」

「看情形。」

「我想參觀妳的洞穴。」

「然後你會告訴我完整的聖語嗎？」火母抿緊了嘴唇。

「看情形。」

這是一個重大的決定，改變祖宗規矩的重大決定，他不知道若是答應了火母，究竟會把族人帶入平安的未來，抑或完全的毀滅。

這是他此生最後一場豪賭。

「好吧，我讓你自行參觀。」火母把手放到牆上，慢慢把一根短桿往上推移，神奇的是，土子感覺到渾身慢慢被充填了活力，他的肌肉恢復了感覺，肌肉重新被意識控制了，他能站起來了，令他一度以為死亡的陰影已經完全驅散了，但火母告訴他：「其實這麼做會令你消耗得更快，所以時間不多。」

土子才不理會，他興奮地走向洞穴內部，觀看牆上的按鈕、推桿、螢幕、觸控板等等，在控制板上構成一幅瑰麗複雜的圖案。

他伸手想觸摸。

「請別碰。」火母的眼睛緊盯他的每一個動作。

土子瞭解，他放下手，只用眼睛去記錄眼前的景象。

他只是感嘆，在生命的最後一刻才知道真相。

不過，至少他知道了。

土子信步走到洞穴深處，在陰暗之中，依稀看見幾個半透明的光滑圓筒，在紅色的光線籠罩下若隱若現。

他好奇的走到圓筒前方，靠近觀看，感覺到圓筒表面傳來陣陣冰冷的空氣。

適應光線後，圓筒裡浮現出一張臉。

土子吃驚不小，他倒退幾步，感到老邁的心臟脆弱的撞擊胸骨，身體的能量瞬間消耗了很多。

「這是什麼？」他的聲音乾燥得快裂開了。

火母轉身拿了個土子沒見過的容器，把水倒進另一個更小的容器遞給他。土子遲疑了一下，把所有的水灌進喉嚨，才感覺好過了些。

火母走到透明的圓筒前方，用手將冰冷表面的水珠抹去，露出一張女孩稚氣的臉孔，安詳的半合著眼，卻一點動作也沒有。

「你剛才問我的問題，」火母說，「這就是答案。」

土子大為驚訝：「她們蛻殼了嗎？」

「不，她們活得好好的，將來會在必要時醒來。」

女孩在圓筒中冒出了一小串氣泡，土子才曉得圓筒中盛滿了液體。

「我還有一個疑問。」土子凝望著女孩在液體中鬆弛的臉神，突然說。

「請說。」

「其實，妳知道岩間草去了哪兒嗎？」

火母望著他好一會，才嘆了口氣：「你終究問了。」她搖搖頭：「你不會喜歡的。」

「所以妳真的知道。」土子熱切地說。

「你會後悔知道的。」

「再怎麼說，我也是個應該已經蛻殼的人，沒多少機會後悔了。」土子感到一股熱血沖上腦脊。

火母很直接地說：「岩間草去了光明之地。」

這跟土子猜測的一樣，只不過證實了土子長年以來的記憶，但他仍不滿足：「他是怎麼去的？」他再加問：「他是蛻殼去的嗎？」

「不，」火母促狹的說，「是我帶他上去的。」

土子聽了，感到頭髮都豎了起來：「他是活著上去的？」

「是。」

一股強烈的恐懼立刻襲擊土子，他明白為何火母說他不會喜歡了。

如果岩間草能夠活著去到光明之地，那麼，對土子而言，「在光明之地與祖先會面」仍然是事實嗎？

恐懼急速地消耗能量，把火母給予的最後能量如同燎原大火般用盡。

土子忽然一陣暈眩，小腿酥軟，就坐倒在地，背倚著冰冷的圓筒，感到吸進去的空氣抵達不了肺臟。

火母急得趕忙蹲下來，扶起他的肩膀，不讓他背部靠著冰冷的圓筒，以免更快喪失力氣：「快告訴我完整的聖語！」

土子連轉動脖子都沒力氣了，只有眼珠子能轉動，他淚眼婆娑地望著火母，無力地說道：「別讓我後悔，否則我在光明之地也不會安心的。」

「你不說才會後悔！」火母焦急地深皺眉頭，令土子看了一時心軟，但他仍用最後的意識保持理性，凝視她的瞳孔，尋找哪怕是一絲絲謊言的痕跡。

圓筒中的小女孩令他過於震撼，岩間草的下落令他明白了他的一生都活在謊言之中，而且光明之地可能是最大的一個謊言！這迫使土子重新審視自己說出聖語的決定。

光明之地的幻滅，令向來冷靜面對死亡的他，在臨終之際對死亡產生莫大恐懼，他不再確定死後會到何處？或者有沒有一個真正可去的地點？實際上可能只是灰飛煙滅，除了別人對他的記憶之外，其他半點不存？

但是，在這洞穴之中，火母沒有再騙他，火母讓他知曉了很多秘密，因為他已經無法把這一切告訴任何其他人。

所以火母解釋讓她擁有聖語的理由，也是沒騙他的吧？

火母沒騙他吧？火母沒騙他吧？他極力說服自己。

「求求你，」火母抱著他的肩膀，眼神充滿了悲傷，「告訴我吧，求求你，只有你能拯救大家了。」

望著火母哀傷的眼睛，不知為什麼，土子憶起有那麼相同的一刻，他也曾經那麼靠近地凝視火母的眼睛。

那是三十餘年前，當他是新生兒的時候，當他被從母親手中抱來這個洞穴的時候。不過土子當然想不起確實的情景，他只在潛意識中記得那眼神。

「火母，」他吃力地說，「聽好了……」

晶片

洞穴外，自從土子的身體被搬進去以後，族人們都等待火母再度現身。大長老的交替是件大事，尤其在遭遇不明的恐怖襲擊之後，他們更需要理由聚集在一起。

他們聚集在天頂樹前平坦的大石板下，那處長老們平日祈禱的地點。終於，在天縫光線最為強烈的時刻，火母出現在洞穴口，眾人中起了一點騷動，然後安靜的等待她下來。

當火母一步步走下來的時候，眾人無不注目她雙手捧著的一疊東西，那才是他們最關心的事物。

柔光和搖尾蟲史無前例的兩位大長老久候多時，他們從火母手上恭敬的接過那疊東西之後，又垂首聆聽火母對他們說了一番話，他們先是對火母的話露出困惑的表情，最終仍舊點頭同意了。

交代完一切之後，火母便回身登上岩石路，回去她的住所。

大家期待著天縫下少有的重大時刻！開始聒噪不安，兩位大長老目送火母離去後，隨即高舉手上的東西，讓大家瞧清楚了。

那疊東西在兩位大長老手中展開，是一張新剝下來的人皮！已經過鞣製處理，比原來的膚色略深，不但可以長久保存，也完美保留了土子生前的外形，包括他的臉孔和斑白的頭髮，白髮仍然紮成一束馬尾。

所有族人跪了下來，朝土子蛻下的外殼膜拜，他是天縫之下有史以來最長壽的人，終年三十六歲，如今已然穿越至天縫之外，抵達光明之地，與祖先們並列，擁有如神一般的身分，成為族人的守護者。

如此一個高貴且重要的人物所蛻下的殼，歷來都由前途有為的年輕族人繼承，他可以將人皮製成任何他想要的物件，永遠陪伴在他身邊。

眾人無不引頸望向天頂樹。

剛才大石穩坐在天頂樹高高的樹頂上，屏著呼吸凝視岩石坡道上的火母手中人皮，激動得心跳都加快了，他跟所有人都明白，土子的人皮非他莫屬，天縫下最有資格繼承的人就是他了。

土子平日最器重他，蛻殼的擁有者非他莫屬，他甚至在土子彌留之時，便已想好要如何處置土子蛻下的殼了。

他緩緩爬下天頂樹，待在接近地面的粗枝上，一邊觀看一邊等待火母離開。當族人膜拜土子的人皮時，他趕緊跳下樹，加入眾人，向土子致上最後敬意。

大長老中較年長的柔光高舉人皮，拉高嗓子，面向所有人：「我們身為大長老，現在宣布……」大石移動腳步，慢慢接近石台，準備接收人皮。

「故大長老土子的蛻殼，如今以後永恆，交給白眼魚保存！」

白眼魚由不得發出驚呼聲，隨即趕緊摀住嘴巴，睜大眼睛四處張望。

走到半途的大石也愣住了，他張口結石，立即停下腳步，尷尬的坐進人群中，感覺到四周族人紛紛投來錯愕又同情的目光，一張臉赤紅發燙，熱到連耳根都要燒了起來。

「火母傳達，這是土子的遺願，」柔光高聲道，「白眼魚，上來感謝土子對妳的愛惜。」

白眼魚靦腆的朝四周的族人連連頓首，說了很多聲抱歉，才在忐忑的心情中走上石台，從兩位大長老手中接過人皮。

大石遠比白眼魚更為震驚，不敢相信他期待已久的這一天，居然就這麼不明不白的消失了，而且是由他愛慕的女孩奪去了他應有的榮耀，一時之間，他完全無法接受。

白眼魚也是無法接受。

她在天縫下並不特別引人矚目，她沒有地位，只是工具隊的實習員，他們沒理由交給她如此神聖的東西！這張不是一般族人的蛻殼，而是大長老的蛻殼，她實在沒有得到它的資格。

她望著地面，心想有沒有人能告訴她為什麼呢？

「好了，大家快去完成該做的事吧！」大長老催促眾人，他們還得清理浩劫後的天縫之下呢。

大石目不轉睛的遙望白眼魚手中人皮，良久，才傷心掉頭走回天頂樹，飛快的攀爬上樹，回到那片只屬於他的地方，躺在他自己編製的筐子裡，凝望遠遠高處的天縫。

土子應該會跨過天頂樹，從樹頂上升到天縫去吧？這是往日土子如此告訴他們的。

如此一來，土子必定會經過他現在的位置吧？

一片薄薄的雲層彌漫在天頂上空，模糊了天縫透進來的光線。還飄落了一些粉塵樣的雨點。

忽然，一道輕風掠過大石的後頸，撩動他的幾根頭髮，撥動樹頂的樹葉，然後往天縫吹去。

大石從筐子中驚起，剎那間喚起許多跟土子相處的記憶。

「土子？」他低聲自問。

或許那真的只是一陣風而已。

他落寞的把自己塞回筐子裡，良久，終於忍不住偷偷飲泣。

大石的一切心情變化，有個人無時無刻都在注意著。

剛才蝌蚪在人群中偷瞄他，心情也隨著大石的情緒起伏，從高興到苦澀，從悲哀到落寞，蝌蚪完全感同身受。

有那麼一瞬間，蝌蚪感覺已跟大石融為一體，深信自己是最瞭解他的人。

當她看見白眼魚經過，困惑的俯視手中的土子人皮時，蝌蚪不禁怒火中燒，忿恨的瞪著白眼魚，心中暗自打算，有一天要給白眼魚好看。

另一方面，火母回到洞穴，經過鑲在石壁上的電腦螢幕，經過盛滿液體的巨大玻璃圓筒，來到一個飄揚著血肉腥味的石室，擺著一張金屬製的床，躺了一具剝除了皮膚的人體。

金屬床四周分布了六條機械手臂，它們不久前才剛幫土子剝下皮膚，還將皮膚進行了快速鞣製的過程。

但是，區區把表皮分離，只是初步的工作而已，火母還有很多要忙的。

如今六隻機械手臂正在繼續分解土子的肉體，把它切割成容易溶解的小塊組織，隨後用酵素分解成脂肪酸、胺基酸、醣類等由基本分子組成的「原生濃湯」。

當機械手臂掀開土子薄薄的腹肌時，在肚臍後方取出一片很小的方形薄片。

薄片被取出來時，同時拉起了數百萬條細小的纖維，白色半透明的纖維從薄片伸入脊髓，從脊髓延伸到身體各個部位，與每一條重要的神經融為一體，深入每一個腺體，連接每一個器官。

機械手臂伸出雷射刀，把纖維平滑的切斷，讓薄片跟身體完全分離。

這薄片上刻畫著細細的數百萬條路徑，有的路徑平行，有的呈垂直，或相互糾纏，交織成複雜的迷宮圖案。

這薄片有個專門的名稱，叫「晶片」。

每一位新生兒都會被交到火母的手上，被她帶來這裡，讓機械手臂在新生兒剛被切掉的臍帶傷口中植入晶片。

當臍帶的創口逐漸癒合，增生的皮膚會將晶片完美的包裹進去，埋在肚臍深處，終其一生伴隨著他。

天縫下的每一位族人，一生都會來這洞穴兩次，一次是新生，一次是死後。

火母甚至記得她為土子植入晶片的時刻。

她從機械手臂取下土子的晶片，將它帶到洞穴前方的電腦區。

她將晶片平放在左手手心，然後推動電腦上的一個小推桿，晶片馬上發出細微的震動，細微得只有皮膚能感受到微弱的靜電。

剛才她就是操縱這晶片，讓彌留的土子最後的生命之火再度熾盛，令他神經元裡頭的電離子高速交換，直到電離子耗盡，無法再支持肉體的運作為止。

如今，晶片殘餘的電離子液體仍然足以讀取訊息，火母想要好好檢查它。

這個晶片可能有問題，因為它無法正確的消除土子的記憶，令岩間草的記憶仍然留存在他的腦袋中，還在族人面前宣說岩間草的故事。

「不可原諒。」火母嘟囔著說。

長藤也有問題，他的記憶中也仍然存在岩間草的名字。

為何晶片會對這兩人失效呢？

火母再移動其他推桿，測試晶片的接收反應。

但是，晶片的反應皆十分正常，表示它並沒有失去效用，未來仍可用在另一個新生兒身上。

待她用各個控制桿逐一測試之後，才將晶片周圍的纖維徹底清理乾淨，再用清水洗淨晶片，然後從石壁中拉出一個抽屜，抽屜中分隔了許多小格子，有的是空的，有的也放了晶片，火母把陪伴土子三十六年的晶片置入小格，再將培養液注入格子直到蓋過晶片。

她把培養液注入時，失神的望著那個晶片，心中倏地掠過一個念頭：這晶片就是土子嗎？

忽然，一股沉重的落寞感襲上心頭，火母感到雙腿失去了力量，忍不住跪倒在地，一陣陣哀傷強烈的湧上來，她揪緊心房，緊蹙眉頭忍耐著，等待傷痛自然的退去。

她知道她沒有資格傷心，但她控制不了。

她知道情緒波動會傷害她的肉體，但其實她喜歡這種感覺。

這種感覺讓她更接近人類。

她活得太久了。

太久了，以至於必須承受許許多多的誕生和死亡、迎接和離別，看著一個個嬰兒老去，再親自為他們蛻殼。

接下來，她還得處理被黑毛鬼吃剩的族人屍體，把他們的晶片一一取出，然後還要處理堆積成一座座小山的黑毛鬼屍體。

理性告訴她，如果不快些處理的話，天縫下將爆發瘟疫，屆時會有更多的死亡。

等待最後一波的傷感散去以後，火母才站起身，蹣跚地走向那一列玻璃圓筒，巡視一個個沉浸在培養液中的小女孩。

「是時候了。」她喃喃自語，一面在心中盤算該讓哪個女孩繼續長大，好在正確的時間點上替代她。

重生人

初來的興奮感隨著時間一點一滴減弱，取而代之的是不安和困惑。最令鐵臂困惑的是：為何光明之地一個人影也不見呢？

他坐在堅硬的岩石地面，四面沒有高聳的岩壁保護，令他覺得十分無助，只好抱著膝蓋，把自己埋在兩臂之間，僅露出一雙眼睛眺望遠方連綿的奇特山形。

四周皆是濃密的樹林，卻在一片翠綠之間伸出一個個巨大石柱，其實是石灰岩經歷百萬年風化後形成的山形，它們安靜的佇立在林間，如同守護此地的神祇般威嚴。

屁股很痛，因為這兒的地面沒長苔蘚，而是粗糙得會刮破皮膚的石灰岩，但他不想站起來，站著的感覺很不安全。

他仍坐在他甦醒時原來的地方，那是一處沒得遮蔽的高地，縱然熾烈的陽光曬得他快要暈倒，他依然不敢移動分毫。

終於，一片厚雲經過天空，將烈日暫時擋住，鐵臂才感覺身體涼快了許多，但依然不及天縫之下清涼。天縫下也有雲，但都是輕薄半透明的，不像此地的雲，厚重得足以遮擋光線。

陣陣山風從下方往上吹，鐵臂全身只有下體圍了一件衣物，山風不停吹拂他暴露的皮膚，令他覺得身體愈加不舒服了。以往在天縫之下雖然陰涼，但由於巨洞的底部比海平面低很多，有源源不斷的地熱為洞穴加溫，溫暖的空氣又只能從天縫緩慢地散發出去，因此天縫之下總是維持舒適的溫度。

沒有四面的岩壁包圍，光明之地巨大得無邊無際，事實上這裡的一切都非常巨大，有他畢生首次見到的高山、陽光、山風、沒有牆壁的樹海……他很不習慣。

但最令他不習慣的是孤單。

按照大長老土子的訓示，蛻殼之後，他會在光明之地重生，與祖先們相會。如果他下落不明的父親也在光明之地重生了，應該會來迎接他才是啊。為什麼他在此處枯等許久，卻沒一個人影出現呢？

「難道我不是在光明之地？因為我不是正常蛻殼的？」鐵臂忽然感到全身雞皮疙瘩，不寒而慄：「我是被火母的火種摧毀的！」火種究竟會將他的肉體傷害到何種地步？會不會使他無法在光明之地重生？

想起那團向他籠罩而來的藍色強光，他不禁低頭看看自己的身體，摸摸胸口和腹部，卻找不到新的傷口，也沒有灼傷的痕跡，說明了這副肉體真的不是之前那副嗎？他身上應該有火種造成的傷害才對吧？

話說回來，火種又會造成何種傷害呢？他根本沒見過。

問題是，那晚偷闖火母洞穴時，被發自洞穴內的紅光在胸口燒出的一個圓形疤痕，不僅仍在，而且還在微微發癢。

所以他的身體仍然是原有的肉體？他其實並沒有蛻下外殼？或是他在光明之地的新形體也保留了生前的細節？

鐵臂感到混淆了，他分辨不清現在是什麼狀況？

如果他不在光明之地，那他究竟抵達了什麼地方呢？

肚子好餓。

從天縫下遭到黑毛鬼襲擊開始，他已經有兩日未進食，但也不敢貿然到樹林去覓食，因為他對環境一無所知，這裡的蟲兒也可能跟天縫下的一百二十三種蟲完全不一樣，不能冒險去吃牠們。

這兒的白天似乎特別冗長，他等了很久，天空依然是亮的，他記得天縫之下的光線並沒持續那麼長的時間。

怎麼辦？他自問，現在應該怎麼辦？

忽然，鐵臂注意到樹林有動靜，他眼角瞄到一個人影，從一片翠綠之中冉冉浮現。

他猛地轉頭望去，只見僅有小指頭那麼小的人影步出林子，一步步接近他。

瞬時，他毛骨悚然！

他很熟悉這種走路的模式。

隨著那人漸漸迫近，臉孔逐漸清晰，他更加確定，那人是火母！

難道火母也自天縫蛻殼了嗎？

鐵臂打量著她，見她沒有穿著平日的白袍，而是一套顏色近乎肉色的外皮，從脖子一直包到腳底，有包裹手足的捲筒，腳上還套了奇怪的皮套。這是鐵臂所見到的，而在我們看來，就是卡其色的長袖上衣、長褲和外套，以及一雙皮製的鞋子。

火母身上什麼也沒帶，兩手空空，連火種的蹤影也闕如。

不，他看清楚了，這位火母不一樣！不只是衣服不一樣，她根本不是火母！她就是引導族人躲進洞穴避難的**另一個火母**！

她比較年輕，行動比較俐落，各種肢體動作也不盡相同，鐵臂十分肯定，這位並非用火種摧毀他的那位火母，雖然她們長得幾乎是一模一樣！

他無助地看著火母從樹林慢慢地走向他，火母依舊以一雙明亮的眸子望著他，腳步依舊婀娜迷人，依舊令他又愛又懼。

火母一邊走近他，也同時一邊不安的左右掃視，似乎在擔憂著什麼。

這次鐵臂學乖了，不再主動發問，他選擇不動聲色地觀察火母。

火母走到他面前，先把他上下打量一番，在分秒之間，她已把他的皮膚掃描過一遍，觀察他的精神，分析他的表情，然後才開口：「鐵臂，我是光明之地的火母，我是來帶領你去聖地的。」不待鐵臂質疑，火母已經自己坦承她並非同一位火母。

可是，「光明之地的火母」又是什麼意思？鐵臂想不透，只好抿嘴不言，但隨著火母迫近他，那股女性獨有的氣息傳入他的鼻腔時，他依然跟往常一樣感到呼吸急促，鼻孔張大，眼神飄忽得不敢直視火母。

「我知道你非常困惑，但你必須馬上跟我離開這裡，」火母說話跟平常一樣，聽起來不像在命令他，但他卻無法拒絕，「夜晚快要降臨了，這裡晚上很不安全。」

「這裡不就是光明之地嗎？」鐵臂的聲音有點顫抖，他才發現原來現在的他有多畏懼火母，「光明之地也有晚上嗎？」

火母沒料到他會反駁，愣了一下才回道：「你以前從天縫望出去光明之地，不也看見光明之地會有黑暗之時？」

「是，是的。」鐵臂不禁點頭。

「快跟我走吧。」說著，火母伸手去拉他的手。
他下意識地把手避開：「去哪裡？」
火母嘆了一口氣：「你不信任我？」
「告訴我，這裡真的是光明之地嗎？」
「是。」
「是夜光蟲的光明之地？是岩間草的光明之地？是我的祖先們蛻殼後重生的光明之地嗎？」
火母消化了一下他所說的話，弄明白了他的問題，才回道：「是，你也是重生之人。」
鐵臂還沒敢鬆口氣：「那麼，為何我沒見到我的祖先？」
火母猶豫了一下：「因為……」
「我最後的記憶是火母用火種對著我，那個火母不是妳，對嗎？」
「我說過了，我是光明之地的火母。」
她沒有正面回答，但是鐵臂抓住了話頭：「什麼叫光明之地的火母？」
火母嘆了一口氣：「看來不花點時間解釋是不行了。」她跪到地面，撿起一顆小石子：「在光明之地重生，還不保證你能在此地永生，要得到不老不死的永遠生命，你必須前往聖城。」說著，火母在地面擺下小石子。
「聖城很遙遠，沒人帶路的話，重生人無法抵達，會變成在光明之地流連的鬼魂，最終會消失不見，永遠消失。」火母指著那顆小石子：「在一片無盡的地面上尋找聖城，你毫無頭緒，而我……」
「妳是帶路人。」鐵臂截道。

「是的。」

「那天縫下的火母呢？」

「她是保護者，保護所有人。」

鐵臂覺得頭好痛，他抱著頭跪到地面，他需要些時間來整理一下腦袋。

「我沒時間詳細解釋所有的事，況且有些事也無法讓你馬上理解。」火母望著西斜的太陽，神情愈加不安了，「這裡入夜之後很危險，你見過黑毛鬼了，牠們僅僅是其中一種威脅，如果你死了，你就永遠不復存在了。」

「**死**了？」這是個陌生名詞，不過不難理解，「在光明之地，不是所有人都不再**死**的嗎？」

「不，」火母搖頭，「只有在不死的聖城，重生人才能得到真正的重生。」

「我……我不懂。」鐵臂愈發困惑了。

火母嘆口氣：「光明之地非常廣大，所有蛻殼的人在此重生之後，都必須經過長途旅行，才能到達最終的審判所，由聖城決定重生人的身分。」

她從鐵臂的眼神確定他理解之後，再繼續說：「要抵達聖地，必須經過大河和沙原，還有許許多多的危險，完成這些試煉之後，你就可以成為族人的神祇了。」

鐵臂聽了，更加畏懼：「大長老沒說過有這麼多困難的。」

「因為重生人沒回去告訴大家呀，」火母熱切地說：「我已經帶過很多人走這一趟路了，我清楚得很。」

「我……已經回不去天縫了嗎？」他低著頭問，「我見不著我的母親和弟弟了嗎？」

說著說著，鐵臂的淚水盈出，忍不住嗚咽起來。

火母嘆氣道：「鐵臂，你天生擅長洞察謊言，我知道任何謊言都瞞不了你，容我告訴你一個事實：我確實有辦法讓你回到天縫之下。」

鐵臂驚奇地抬頭望著火母，然後擦了擦眼淚：「可是妳不會讓我回天縫，是吧？」

「只要到了聖城，成為不死之身，你就能自由來去天縫了。」

「我們怎麼知道到了聖城？」

「聖城在一片大圍牆後方，只要看到地平線上出現很長的圍牆就知道了，到時穿過圍牆，你就是真正的重生人了。」

鐵臂仍在猶豫的當兒，肚子裡的腸胃抗議地發出一聲巨響，提醒他別無選擇。

火母抓緊機會：「不管你問再多的問題，都無法改變一件事實——你很餓，而且不敢去找食物吃，如果我離開，我將不再回來找你。」

鐵臂屈服了。

他正欲站起來，卻發現自己連站都站不起來，才剛挺起身體，小腿卻沒力氣撐起來，他的肚子太餓，已經沒剩下多少能量。

火母見狀，低頭不知呢喃了什麼，鐵臂忽然感覺體內有一股力量升起，四肢再次有了活力，讓他輕鬆地站起來。他驚訝地看著火母，不懂她施了什麼魔法。

「我幫不了你多久，如今你的體力僅足夠跟我走到下一個有食物的地方。」火母指向天空中的火球：「看見那個了嗎？那個叫太陽。」

「太陽……」鐵臂在學習。

火母用左手指向太陽：「天縫的光線，其實就是太陽的光線，天縫是一道開口，讓太陽光進去的開口。」她再用右手斜指右前方：「我們必須朝那個方向，一路走向聖城。」

「聖城有多遠？」

「你會知道的，但首先你必須先活下來。」火母掉頭離去，大步跨下山坡，快步走向樹林。

鐵臂遲疑片刻，想不出更好的法子，只得追逐火母。

他緊跟火母走進林子，立時被籠罩在清涼的空氣中，有很舒服的樹葉的氣味，但比起天縫底下，鐵臂老覺得缺少了什麼。

火母直朝林子深處走去，腳步很快，完全沒有停歇的意思，鐵臂不禁孤疑：難道就這樣一路走到聖城嗎？

正躊躇時，火母在一棵樹前止步，樹下堆滿帶著樹葉的樹枝，堆得像座小山。鐵臂還在納悶，卻見火母將那堆樹枝撥開，露出一樣奇怪的東西。

該物像個大圓石，或像瑟縮著的夜光蟲，它高至鐵臂眼睛，表面光滑又堅硬，鐵臂瞠目結舌，不知該如何在腦中描述這東西才好，他所學的一切只適合用在天縫之下，在光明之地則絲毫派不上用場。

火母按了該巨物一下，巨物隨即發出滋滋聲，兩側緩緩升起兩片大翅膀，真的很像夜光蟲！

「進去吧。」火母說。

「進去？」鐵臂搞糊塗了。

「我們要利用它去聖城，」火母揚手叫他過去，「走路太遠了。」

「這東西是什麼？」

火母忽然神情緊繃，露出警戒的眼神：「你聽見了嗎？」

「聽見什麼？」

「快上去！黑毛鬼來了！」

鐵臂大驚，趕忙左顧右看，果然看到林外有幾個毛茸茸的黑影，正要鑽進林子來。他嚇壞了，連忙奔向火母身邊的巨物，火母匆匆鑽入巨物軀體中，坐在裡面，也拍拍旁邊的座位叫他坐下。鐵臂沒機會猶豫，也仿效火母鑽進去，火母輕聲說：「坐好了。」說著，巨物的翅膀快速合下，將他倆安全的包在裡頭。

巨物合起透明的翅膀，鐵臂看見黑毛鬼發現了他們後，立刻衝向他們，眼看就要跑到眼前，鐵臂不禁害怕得尖叫。只聽火母大喊：「坐好了！」

突然之間，已經碰到透明外壁的黑毛鬼跪了下去，不！是巨物變高了，正確來說是飛升了起來，黑毛鬼即使伸長手臂也碰不到他們。

鐵臂看到火母不知在抓著什麼，只見她兩手輕輕一推，巨物便開始往前移動，在黑毛鬼的嘯叫聲中飛出林子。

‧中場一‧

姊妹

當我在大路上，我是同群眾在一起；
到路的盡頭，我發現只有我和你。

●● 泰戈爾《横渡集》●●

母親

火母曾經兩次聯絡「母親」。

一次是在岩壁崩塌的時候。

這個經百萬年地下水沖刷而形成的巨大石灰岩洞，某日有一處崩塌，她馬上聯絡母親，並且得到恰當的回應，解決了那個問題。

然而，第二次聯絡母親時，祂沒有回應。

其時天縫下的糧食忽然劇減，澗溪中的魚變得很少，緊接著氣溫降低，造成蟲兒的數量也驟減。

在天縫下的歷史中，那個事件被稱為「大饑餓」。

自從大饑餓的那一天起，她每天都焦急地聯絡母親，但母親總是保持沉默。

她用盡了一切方法，終於讓族人免於滅絕，否則母親會怪罪她，甚至以死亡做為懲罰。

但是，時至今日，母親依然沒有回應。

母親自從大饑餓就沉默了。

然而，三十八年來，火母從未放棄。

火母從土子尚未來到人世，堅持到他蛻殼，她每晚都會在族人熟睡後，在夜深人靜時穿過如腸子般迴繞的走道，進入洞穴深處，該處有間天然石室，是她最深的秘密所在，即使有族人闖進洞來，也很難到達那個石室。

那裡是她與母親唯一能有聯繫的地方。

啊，好懷念母親的聲音，只要聽了，就覺得很安心。

她坐上椅子，朝面前的電腦說：「巴蜀，你好。」

電腦發出一點微電流，算是回應聽到了。

椅子的表面已經斑駁，外皮破開了洞，露出裡頭柔軟的吸震材料。她挪了挪臀部，避開椅子不舒服的區域，口中說道：「巴蜀，醒來了。」由地熱發電儲存的電力讓電腦從休眠模式中甦醒。

原本聽命於母親、僅為母親神經末梢的「巴蜀」，在她這三十八年的鍛鍊中成長了許多，個性也逐漸鮮明。

「巴蜀，通訊。」通訊介面打開了，這是她第一萬三千餘次呼叫母親。

由於這地區的落雷頗頻密的，她曾經懷疑斷訊原因是地面上的天線遭到雷擊毀壞，還為此冒險到地面層去檢查。

「偉大的瑪利亞，爾是阿法，爾是奧米加，爾是全知全能，人類的創造者、保護者、毀滅者。」火母每晚如此複誦內建在記憶中的章句，每一回唸出，她都感受到這些句子的神聖，「禁區ＣＫ２１緊急呼叫地球聯邦，紫色０３０於標準時間２０１４緊急呼叫地球聯邦，母親請回應，母親請回應。」

她繼續呼叫，堅持呼叫，嘗試了半個小時之後，她才關掉介面。

母親依舊沉默。

她轉去打開整個地底洞穴的分析介面，今天電腦沒有發出警訊，所以應該不會有什麼問題才是。其實反正即使不打開電腦螢幕，她也能夠直接獲知電腦內的資訊。

因為她的神經系統能夠跟這部電腦完全相連。

「紫色０３０，妳要聯絡紫色１２０嗎？」電腦問她。

「她有給我訊息嗎？」

「沒有。」巴蜀的聲音近乎冷峻，沒有情緒、沒有語氣、沒有音調變化。

「她仍然維持連線嗎？」

「是的，時斷時續，我盡力跟衛星保持聯繫，不過有時會被雲層或地形遮蔽。」

「我明白，謝謝你，巴蜀，那麼等她聯絡我。」

「紫色０３０，暗影地已經增加了防衛，紫色１２０離開前匆匆檢查過了，妳要不要親自去視察一下？」

火母沉思了一下：「好。」

火母打開生命跡象介面，腦中立即顯現了如蜘蛛網複雜的分布圖，這裡聯結了天縫下所有族人體內的晶片，每一個結點都代表了一個天縫人，她一一確認每個人都已經進入睡眠狀態，才動身前去視察暗影地。自從上次差點被鐵臂闖進洞穴之後，她就更加謹慎小心了，免得有醒著的族人發覺她的秘密，以及他們自身的秘密。

她拿了火種，穿上底部裝了軟墊的鞋子，步出洞口，繞遠路避開天頂樹，穿過樹海，筆直走向暗影地。

其實她有更快速的行動方法，但那會耗費珍貴的能源，因此她寧可採用步行，況且那雙天縫下唯一的鞋子也能幫她比任何人走得更快。

一個小時後，火母抵達暗影地。

在她面前是一片朦朧的黑暗，巨網似的影子籠罩在她面前，發出低迴的滋滋聲，像有許多無形的人在竊竊私語。

「巴蜀，我到了，請關掉電磁屏幕。」火母小聲說。

黑幕忽然在她面前消失，露出暗影地的真面目——另一個龐大的洞穴。

這個洞穴又高又闊，雖然沒天縫那麼高，但也比天頂樹來得高上許多。

洞穴遼闊的斜坡散落了一地碎石和斷裂的鐘乳石，彷彿停頓了的時間，凝固數十年前它剛剛崩塌形成巨洞時的狀態。

很久很久以前，經過百萬年的地下水侵蝕、溶解，當石灰岩洞穴的頂部漸漸變薄、變得脆弱，再也支撐不了自身的重量時，整個頂部因此崩解，形成新的地貌。

問題是……火母的目光移到這個洞穴的頂部。

一個巨大的開口在洞穴頂部，填滿了閃爍的星星，從古老洞穴頂部崩落的巨岩堆成一道嵯峨的斜坡，形成一條直通「光明之地」的寬大路徑。

經由這個洞口，外界的空氣大量灌入，是為「風」。

經由這個洞口，天縫人可以大步走出去，外面的生物也能夠毫無阻礙地闖進來。

但是火母深深知道，天縫下的族人不能出去，他們只有在地底才有存在的意義，他們必須被保護在這個地底洞穴之中，不被外界侵擾和污染，這是她的任務，也是她存在的理由。

於是，崩塌發生後，她緊急聯絡了代表地球聯邦的「母親」。

幸好這件事發生在晚上，族人們皆已入睡，縱然有被巨響驚醒的人，也被她利用晶片輸出強制睡眠波長，每個都睡得很香。

地球聯邦雖然連夜派了「工程隊」乘飛行器前來，但不夠時間進行工程，火母只好讓族人繼續沉睡了一整天，直到下一個清晨才醒來，也沒有族人發覺他們被竊取了一天的時間，只是不明白為何醒來時肚子比平日更餓。

穿戴綠色衣帽的工程隊員在洞口四周架設保護網，減少外界變化對裡面的影響，也在崩塌的新洞穴前方架設電磁屏幕，只要裡面有人靠近，就會披上一整片黑色電離層，擋住去路；反過來的話，如果通往外界的洞口有東西入侵，也會被這層電磁屏幕所迷惑，以為無路可行。

如果真有人膽敢碰觸電磁屏幕，他們的結局惟有死亡。

通往光明之地的捷徑被巧妙掩飾起來之後，火母依照母親的指示，增加一道「暗影地」的禁忌，令單純的族人恐懼，不敢接近那片區域。

多年後的今日，這一次的黑毛鬼來襲，火母最擔心的就是暗影地的出入口。

「巴蜀」已經派了微型機器人來檢查，確定黑毛鬼沒發現這片區域，但仍然增加了一層雷射槍做為防護，瞄準任何入侵生物的大腦。

失去了母親的消息，火母就如同失去線頭的傀儡，必須完全獨自面對任何危險。

他們這個與世隔絕的地區，多年來平安無事，如今也被黑毛鬼找到了。

這不是個好兆頭。

所以她必須加緊腳步，主動去尋找母親了！

在洞口的數萬顆星光照耀下，她緩緩走上斜坡，小心跨過洞頂崩塌下來的巨岩，繞過隨洞頂崩落下來的尖銳鐘乳石，避開腳下可能滾動的碎石，走在岩間草當年走過的路線上。

岩間草，是的，岩間草。

很可惜，他失敗了，沒有通過考驗。

她降低電磁屏幕的殺傷力，讓一個族人嘗試出去，但岩間草要求取而代之，於是她想：主動要求的人理應有更強壯的意識。

於是交換，讓岩間草去到了外頭，成為第一個親眼看到太陽從地平線升起的族人。

結果他瘋了。

他被無邊無際的外界嚇得精神崩潰，發狂的衝到地面裂口，朝天縫裡面大喊大叫，呼叫他朋友土子的名字。

他沒通過考驗，火母別無選擇。

她親手中斷了岩間草的生命。

站在遼闊的洞口，她放眼望去滿天星空，忍不住激動得全身顫抖，但她沒跨出去，因為她沒叫「巴蜀」關掉洞口的雷射槍，以免這欠缺考慮的魯莽行為會令外界躲藏的威脅有機會入侵。

洞口外躺了幾副骨骸，有田鼠的，也有蟒蛇的，全都在頭骨開了個洞。

其實還有一副人類的骨骸，是的，就是鐵臂的父親。

他們父子倆都有強烈的好奇心，但好奇心是會令他們送命的。

別說是其他生物，如果她貿然碰觸洞口的防護，雷射槍不會留情，她的肉體也會遭到損傷的。

「母親，我相信紫色120的出現是祢的旨意，我相信祢對命運的一切自有安排……」她望著星空，以近乎祈禱的語氣說，「但是，請祢回應我，求求祢……」

接觸

許多年前，七日大饑餓的問題才剛解決一個月，某晚夜深時，火母被電腦的警報聲嚇醒。

她以為天縫遭到入侵了，結果不是。
電腦「巴蜀」告訴她：「緊急通訊要求，緊急通訊要求。」
睡眼惺忪的火母一陣竊喜：莫非是地球聯邦終於聽到她的呼叫了？
「是母親嗎？」
「不，是紫色 120。」
火母皺起眉頭，忖著：紫色 120？誰是紫色 120？
她當然知道誰是紫色 120，因為她自己本身就是紫色 030，對方跟她是同一個編號的。
「紫色 120？她怎麼會聯絡我？」
巴蜀說：「這是不加密的近距離通訊，她就在天縫外頭。」
在外頭？紫色 120 不應該在外頭的。
她應該在她所屬的禁區，盡忠職守過完她的生命週期的。
巴蜀補充了一句：「在飛行巡艇上。」
火母腦中閃過一絲不祥的預感。
她也有被分配到一艘飛行巡艇，但很久沒使用過了，除非是十分緊急的情形才會用上。
此時此刻，她已經完全清醒了。
「巴蜀，接上紫色 120。」
「接上了。」
「我是紫色 030，禁區 CK21 守護員。」
通訊介面傳來另一頭緊張的聲音：「我是紫色 120，禁區 SZ46 守護員！要求庇護，重複，要求庇護，請立刻讓我進去！」

禁區ＳＺ４６可是東邊遙遠的禁區，這沒道理。「為什麼？妳應該駐守在妳的守護區的，請告訴我要求的理由。」

「禁區叛變，禁區叛變了！」紫色１２０急促地說，「他們要殺我！我是逃出來的！」

惟紫色瞭解紫色，火母知道對方沒有說謊，她們可能對自己守護的禁區保守秘密，但她們是不會對自己說謊的。

由於狀況不明，火母於是沉住氣：「妳為何需要進來？」

「他們快追到我了，如果他們發現我，他們也會發現妳。」

這次火母沒有遲疑很久：「告訴我飛行巡艇的授權碼，我為它輸入降落座標。」她立刻在鍵盤打字，「妳一進來，我就啟動防護網。」

「謝謝。」紫色１２０鬆了一口氣，將飛行巡艇的授權碼傳送過來。

「巴蜀，交給你處理了。」火母馬上離開電腦，跑進她居住的洞穴深處，來到一道高高的梯子前方，快速爬上去，那兒是她的飛行巡艇的停泊處。

火母爬上去時，正好看到一艘飛行巡艇從上方的洞口緩緩降落，巡艇表面還有些損傷，顯然發生過多次撞擊。

飛行巡艇一停好，上方的洞口立刻關閉，外頭的防護立即啟動，令外面經過的生物找不到入口，看起來只像是一片普通的樹林。

巡艇的門冉冉升起，火母屏著鼻息，又期待又擔心地等待這位從未見過面的姊妹現身。

果然，火母端詳那位從巡艇走下來的女子，紫色１２０跟她長得一模一樣，只是穿著卡其色的外套和長褲，而且比較年輕。

或者說，她的身體還比較新。

紫色１２０舉起雙手，慢慢步出巡艇。這是規定，表示她沒有惡意，沒有攻擊性。

她看起來累壞了，臉色十分憔悴，才剛步出巡艇，一條腿陡地一扭，整個人就軟倒了蹲下去。「對不起，」她說，「我太累了。」

火母走過去，要她別站起來：「告訴我，發生了什麼事？」

「地球聯邦忽然失去聯絡了。」紫色１２０有氣無力的說。

火母點點頭：「我這裡也是。」

「野生人類才幾天就發覺了，他們確定地球聯邦再也沒有約束力之後，就要殺了我。」

「妳是多久以前失去聯絡的？」

「十天，差不多吧。」

的確是差不多。

「妳說野生人類追妳到這裡嗎？」

紫色１２０虛弱的點點頭。

「可是，每位守護員只分配一艘飛行巡艇，妳的禁區並不是用走路可以抵達的地方，他們有什麼能力追得那麼遠？」

紫色１２０抬起頭，別有深意的凝視火母：「他們不是普通的野生人類，禁區ＳＺ４６不是普通的禁區。」

「什麼意思？」

「早在大毀滅發生以前，禁區ＳＺ４６已經是一座巨大都市，擁有當時最發達的各種科技。」

「大毀滅已經把所有文明……」
「很顯然的，他們沒有。」
火母終於真正地感到不安了。
紫色１２０說：「要不是他們的行動忽然癱瘓，我也逃不出來的。」
「巴蜀，」火母輕輕說話，她的神經系統跟電腦馬上連繫，「外頭有沒有動靜？」
巴蜀等了一下才回答：「沒有，很安靜。」
火母轉頭直視紫色１２０：「外面沒事。」
「妳再等一會兒。」紫色１２０說，「我建議把這裡的燈光也關掉，免得有光線洩漏出去。」
火母吩咐電腦照做了。
她倆沉著氣，在漆黑的洞穴中等待著，聆聽對方的心跳和呼吸的聲音。
不久，火母感覺到電腦「巴蜀」傳來一陣撩亂的電波變化，表示它偵察到動靜了。火母忙問：「你看到什麼了？」
「無法確定。」電腦的回答有些遲疑。
「地點方位。」
「很接近天縫。」
「族人們全都在睡覺吧？」
「大部分處於 θ 波，少數 δ 波，很安全。」
「是人嗎？還是其他動物？」
「紫色０３０，真的不容易確定。」電腦會依據內存的資料分析判斷物體外形，一旦介於已知之物的兩者之間，電腦就會混淆，除非它具有非線性的邏輯思考能力。

電腦所得到的監視畫面立即接上火母的視覺系統，在她腦中的視覺區直接顯像。

「把畫面接給我！」

火母看到了，在黑暗中有東西正安靜的活動，紅外線打在他們身上，將他們在黑暗中的輪廓顯露出來。

「天啊。」火母驚嘆一聲，忍不住摀住嘴巴。

她不敢相信她所見到的。

紫色１２０沒有連接火母的視覺介面，並不知道火母看見了什麼，但她冷靜的說：「不管妳看見什麼，他們是禁區ＳＺ４６的野生人類沒錯。」

火母在腦中看見模糊的黑白影像，在背景不動的植被前方，有幾個人形的物體在移動，但是在他們人形的外框上，有一些奇怪的凸出物，有的像長了兩個頭，有的像多了一對長臂，有的身體比例相差甚遠，像有個小小的頭顱安放在一個大鍋子上。

「他們怎麼會是野生人類？」

「妳看到什麼？」

火母把她所見到的形容了一番。

「沒錯，兩個頭的是雅奴斯（Janus），四隻手的叫天王，不管是誰，每個我都知道名字。」紫色１２０的臉色越來越沉重，「他們都是我曾經誓言守護的族人。」

我怎麼知道這些名字是不是真的？火母這麼忖著，但她沒說出口，因為即使有疑竇，她仍然深深瞭解：**除非母親禁止知識交流，否則紫色不會欺騙紫色**。火母表達了她的驚訝：

「為什麼野生人類會長成這個樣子？」

「那是母親的指示啊，」紫色120驚訝的說，「妳不知道嗎？」

「母親沒有給我這種指示。」

紫色120沉默了一下，才困惑的說：「難道母親給我們的指示是不一樣的嗎？」

「母親給我的指示是：**全力保存人類的基因庫**。」火母說，「妳呢？」

紫色120直視這位姊妹的眼睛：「母親給我的指示，是：**尋找人類和機器結合的最大極限**。」

紫色

紫色120不會忘記她剛剛抵達天縫的時刻。

那是她第一次遇見她的「姊妹」。

她們都知道所有「紫色」的存在，因為她們全都源自同一個模子——同一位「原型」。

若非這次事故的話，她們永遠不可能有見面的機會，因為守護員是不允許離開自己守護的禁區的。

若非這件事的話，她們也不知道她們所監控的禁區、所守護的族人、所接受的指示是完全不一樣的。

因為她們彼此沒有機會交換意見。

那一晚，來自禁區SZ46的野生人類在天縫外頭搜索了很久，在天亮之前才離去，也不知道是永遠離開，抑或僅是暫時離去而已。

她們從巡艇停泊的地方下來，在電腦前面觀看監視影像，看了一整夜。

電腦「巴蜀」對既陌生又熟悉的紫色120產生興趣，問她：「紫色120，禁區SZ46的電腦叫什麼名字？」

「深海。」紫色120回道。

「真好的名字，」巴蜀模仿人類發出讚嘆，「妳還跟他有聯繫嗎？」

「不，我感覺不到他了。」紫色120落寞的說。

逃離禁區SZ46一段距離之後，她的神經系統對「深海」的感覺越來越微弱，最終免不了中斷連接。

更何況，禁區跟禁區之間的電腦是不允許有聯絡的。

「現在妳該怎麼辦？」火母問紫色120，「離開守護的禁區是死罪，可妳也回不去禁區了，如果『母親』追究，妳該如何答覆？」

禁區CK21的電腦叫「巴蜀」，禁區SZ46的電腦叫「深海」，而「母親」則是電腦之母，是他們對地球聯邦首都賈賀烏咨「總電腦」的暱稱，所有禁區電腦只能直接跟「母親」聯絡。

紫色120沉默地望著螢幕，心中漾起陣陣涼意，一股股複雜的思緒糾結著。

每個禁區只派有一名守護員，她必須盡忠職守，唯一離開職位的方式只有死亡。

她逃走了，這算是違反了規定嗎？

難道她應該回去就死，或走出外頭去從容就義嗎？

「我們先解決眼前的問題吧。」紫色120說。

火母嘆了口氣，頷首道：「也對，天亮才算吧。」

天快亮時，火母再等了一下，等待柔和的陽光披上大地，讓她有足夠光線可以透過監視器看清楚外頭沒有野生人類了，她才走到洞穴的「調控介面」，那是族人的晶片調控區，她單獨設定「守望者」的晶片，將「褪黑激素」的指數拉低，將「腎上腺素」的指數緩緩推高。

同一時間，「守望者」赫然醒來，他睜開眼看見天縫已經滿布了光線，頓時清醒萬分。他一邊匆匆登上天頂樹，一邊在納悶的想著今天怎麼會睡遲了？

他在樹頂發出長長的呼嘯，喚醒了天縫下的老老少少，他獨特的嗓音也喚起了紫色120的注意。

紫色120忍不住貼近監視螢幕，拉近鏡頭距離，觀看天縫下的活動，看見族人們紛紛從岩石地面爬起來，在鏡頭下伸展身體。

「他們是……？」她把頭轉向火母。

「我的族人。」

「他們……很特別。」

「妳的族人也是。」

紫色120終於真正的瞭解到，紫色030的禁區跟她原本誓言守護的禁區有極大的不同。

先前，她在上空盤旋時，訝異在正確的座標上找不到禁區入口，然後更驚奇的察覺這個禁區乃位於地表之下。

現在她親眼看到了這個禁區的野生人類們。

「我想好好認識妳的守護區。」紫色120語帶興奮，像個剛發現新大陸的孩子。

「我一天的作業剛要開始，妳就看著我做什麼吧。」

一天下來，紫色１２０已經大致上知道火母的職責了。

簡單來說，火母像是一位動物園的管理員，她負責培育、飼養、訓練、教育，尤其要讓族人們相信，這個巨大的地底洞穴就是所有的世界。

接著她看見火母有一個放滿了人類胚胎的「胚胎室」，這是她的守護區所沒有的。

「妳究竟被輸入了什麼專長？」她好奇的問火母。

「胚胎培養、基因工程等等，」火母說，「在成立這個禁區前，我曾在賈賀烏峇的『地球人口研究中心』實習過一年。」

「所以……妳不改造他們？」

「不，我的工作是保持他們，」火母指指胚胎室的胚胎，「也任由他們自然混種。」

紫色１２０盯著一個個掠過前方螢幕的族人，說：「妳把幾百萬年前不可能的事完成了，還是重現了幾百萬年前的事？」

「我不知道，我只是遵照指示。」火母一面忙碌地檢查各個調控介面，一面回答，現在該要走出洞穴為族人生火了，「妳呢？」

「呃？」

「妳又被輸入過什麼專長？」

「哦，我說過，禁區ＳＺ４６在大毀滅前就有十分發達的科技，所以我曾被分派在『工程隊』實習，也曾在『清潔隊』實習，好學習人體結構和醫學技術。」很顯然，兩個禁區在根本的設定上就有很大的差異。

「那麼妳對電子、機械和建築是挺瞭解的了？」

「是的。」

火母感到精神一振：「在一切明朗之前，妳可以幫助我嗎？」她忽然感到莫名地興奮，「工程隊的人一直沒來，這裡有很多需要維修的地方，但我沒有被輸入過相關的能力，只會做很基本的維修。」

「好啊，我昨晚就注意到妳的監視器訊號有點不穩定。」

於是，紫色１２０跟火母展開了長期的合作關係，甚至偶爾還會接替一下火母的職責，幫族人在做晚餐時點燃篝火。

雖然禁區ＳＺ４６的野生人類沒再回來查看，但令她們同樣十分不安的是：沉默的「母親」。

隨著日子一天天過去，紫色１２０的不安感愈發增長。

在天縫之下待了一個月之後，紫色１２０對自己強烈的罪惡感再也無法忍耐。

「我要去找母親。」紫色１２０告訴火母她的想法，「不管祂有沒有責怪我，不管祂會否賜我死亡，我強烈地感覺到必須去面對祂，告訴祂發生了什麼事情，並且去弄清楚母親為何失去了聯絡。」

這是內建在紫色１２０體內神經迴路的邏輯，她沒有辦法抗拒，尤其因為她離開了不應該離開的守護區，這種強烈的懊悔和不安就被內在的設定觸動了，如鬼魅般不斷困擾她。

「妳要怎麼找母親？」火母說，「母親遠在四分之一個地球之外的距離，妳沒有通行令，又必須越過重重障礙，難保可以一路平安抵達。」

「我不去賈賀烏咨，我去東亞區的首都，十二人席會的東亞主席在那兒，他是母親的代表之一。」

「妳是指禁區『大圍牆』？」

「沒錯。」

「可是，它在北方很遠很遠……」火母光是想像距離，就感到呼吸急促。她待在這個洞穴裡面太久了，已經無法想像長距離的移動。

「我不可能回去我的守護區，又不能讓母親以為是我擅自脫逃的，到大圍牆去報告是我唯一的機會。」

「如果母親跟我們失去了聯繫，妳的電腦又被野生人類霸佔了，母親得不到任何訊息的話，那妳也不能證明什麼。」

紫色120用力點頭：「我想過了，我還需要一個證據。」

「什麼樣的證據？」

「我需要一個人同行，一個野生人類，一個妳的守護區的野生人類。」紫色120的眼睛泛現光芒，「如此母親會理解的。」

火母猶豫了，她開始想像各種可能性：「這批野生人類從來沒離開過天縫，而且母親的指示是，他們是很重要的人類基因庫，不能被外界的基因污染……」她轉向紫色120：「更重要的是，他們活在我教導的，由神話和歷史所構成的規則之中，如果忽然告訴他們：光明之地不是蛻殼後的去處、天縫之下不是唯一的世界，而且，如果他們知道被我欺騙了……」火母打了個寒噤，「我不敢想像結果。」

「我不需要所有族人，只需要一個人。」

火母搖了搖頭：「讓我想一想。」

紫色120沒再多言，她知道火母會想辦法，因為紫色姊妹們的基因完全相同，所以個性都差不多。

火母思考這個難題，一個想法漸漸在她腦中成形，這個想法，連她自己也感到戰慄。「母親」給她的指示，不是沒有轉彎的餘地，不是沒有漏洞，事實上，它有一片非常大的模糊地帶。

「全力保存人類的基因庫」是吧？

思考了幾天，火母向紫色１２０說出結論：「除非，我培育『全新的』一代。」

紫色１２０等她說下去。

「妳提醒了我一件事，妳問我有沒有改造他們？不，我不行，妳知道我不行。」她們的邏輯系統是不容許反抗「母親」指示的，「但是，我可以把相同的材料，用不同的方式混合。」

「我似乎明白妳的意思。」

「我沒有創造新的物種，沒有加入不曾存在的事物，純粹把原有的材料混合，」火母促狹地說著，對自己的靈感感到極度亢奮，「只不過，我會挑選我所想要的。」

「比如說，我需要一個健壯的人……」

「那我挑選肌蛋白基因表現強烈的樣本，減弱肌肉生長抑制素（myostatin）的基因表現，加上活躍的新陳代謝……嗯，這需要很多種基因的配合……」說著說著，火母兀自陷入了沉思，不自覺地在腦中模擬各種操作步驟。

「哇。」紫色１２０興奮地說，「我是改造成長了的人體，而你是從胚胎階段就……」

「所以，妳得告訴我，妳需要的是一個怎樣的夥伴，我來幫你完成。但是，」火母要她注意，「妳的決定無法中途更改，因為他們必須等待幾年才能長大，而且，他們的壽命並不長。」

「不長，是有多長？」

「大毀滅前的人類，平均壽命大約八十歲，而他們只有三十歲。」

紫色120沉吟道：「大概是2.6倍……」

「但是……」火母欲言又止，「比起大毀滅前的人類壽命，他們還是有生長曲線上的差異。」

「請說清楚。」

「簡單來說，大毀滅前的人類女性，十三歲就有生育能力，而他們五、六歲就能生育了。」

「所以兩種人類的壽命跟生育年齡是等比例的，」紫色120說，「那麼我所守護的野生人類還跟大毀滅前的一樣吧。」

「所以，妳需要的是怎樣的夥伴呢？」

紫色120兩顆眼珠子滾來滾去，抿嘴沉思，嘀咕道：「該換我想一想了。」

基因

一連數日，火母都埋首於胚胎室中，只有十分必要時才現身。

紫色120根據火母提供的地圖，拜訪了天縫之下的每個角落，徹底瞭解暗影地的防護設施、天縫的緊急閘門、岩壁後方的魚產兼爬蟲昆蟲養殖場、地熱發電室、分布天縫各處的監視器及雷射槍等等，檢查它們的功能，列下需要維修的清單。

她想給火母看看她的清單，於是造訪了胚胎室。

火母沒在胚胎室，而是在電腦前方，專心地凝視螢幕，時而手指在螢幕上滑動，時而托腮沉思。
紫色120開門見山地說：「我走遍了妳的守護區，找到幾個需要處理的問題。」
「那就麻煩妳了。」火母沒轉頭看她。
「妳不需要確認一下嗎？」
「妳是我的姊妹，我完全信任妳，」火母說，「我也授權讓妳使用『巴蜀』的維護介面。」
「那麼妳的那部分進行得如何？」
「不容易，」火母按了按螢幕，開出一個畫面，出現一堆像緞帶的東西，每兩個為一組，
「這是人類的染色體，負載了遺傳訊息，有23對。」
紫色120默默數了數。
「其中的22對是『體染色體』，每對長得一樣，還有一對是決定性別的『性染色體』，在女性是一對相同的X染色體，而男性則是一個X和一個Y染色體。」
「好短的Y染色體。」
「所以人類有23對染色體，但由於Y染色體的關係，男性會有24種染色體。」
「哦，我以前還以為23對就是23種呢。」
「妳知道基因吧？」
紫色120敞開兩手：「只知道是藍圖，但不明白什麼意思。」
「基因是蛋白質的藍圖，肌肉是蛋白質，免疫球蛋白、賀爾蒙、消化酶、細胞表示的通道和標記等等都是蛋白質，基因會製造它所編碼的蛋白質，比如……讓眼睛辨別光暗的

視紫質，」她指指螢幕，「在第三號染色體的長臂上，妳看，標記3q21.3-q24這一段。」

紫色120點點頭。

「每一對染色體都有相同的基因，所以，若有一個染色體的基因出了問題，仍有另一個染色體的正常基因可以修補問題。」火母又指向Y染色體，「可是男性的X染色體如果出了問題，就沒有另一個相對的副本可以修補。」

「噢，男性好吃虧。」紫色120想了想，「Y染色體上的基因，比女性少了好多呢！」

「對，少了七百多個，好像基因集體大逃亡一樣。」火母的手指移到在X染色體的長臂末端上，「偏偏這裡特別脆弱，容易斷裂，又集中了很多跟遺傳疾病有關的基因，這裡Xq21.1的缺少會出現夜盲症或瞎眼，造成色盲的基因也在這上方。」

「咦，眼睛的基因不是集中在同一條染色體上嗎？」

「沒這種好事，它們是隨機的，這就是我想告訴妳的，」火母點選螢幕上的四條染色體，「驅體的形狀決定於這四條染色體的十三組基因上，叫做『HOX基因』，意思是『同源異形基因』，有的專門負責頭部和腦子的發育，其他專司頸部、胸部和軀幹，只要有一個出了問題，生物就變畸形了。」

「如果把它們全部放到同一條染色體上呢？」

火母沉默了一下，才說：「妳的想法很有意思，但我們甚至不知道基因換了它在染色體上的位置會造成什麼影響？不過，在演化的過程中，基因確實會移到另一條染色體上，或染色體會分成兩段，或兩段染色體連成一段……所以物種的染色體數目不同，也造成了物種的隔離。」

「什麼叫物種的隔離？」

「也就是無法混種交配。」
「看來要訂做一副身體真不簡單。」
「所以這幾天我都在思考該如何著手進行，單純是該如何開始，都花費了好多心思。」火母仍然凝視著螢幕，手指在螢幕上看似隨性的地撥弄，「有的基因要啟動，還必須有另一個基因先作用，問題是即使是過去人類所有的研究，也尚無法完全釐清基因之間的所有關係。」
「如果創新不可能的話，那就從現有的架構下手了。」
「我正是這麼想。」火母說，「不過有些東西過於抽象，比如我想要一個肌肉強健的個體，當然要從他的肌蛋白、肌紅蛋白基因著手，但是，如果我要一個『睿智』的人，或一個『對寬廣空間不會畏懼』的人，又該選擇什麼基因呢？」
紫色１２０笑道：「有沒有『勇敢』基因？」
「我會聯想到腎上腺素的基因，不過也相對地造成精神緊張、心跳加速、高血壓和焦慮。」
「恐怕這樣的人會在旅途上帶來問題呢。」
火母嘆了一大口氣：「古諺說牽一髮而動全身，完全可以用在基因工程上。」
「妳說母親要你全力保存人類的基因庫，但是，妳曾經做過任何基因改造工程嗎？」
火母見她別有所指，終於回頭望著她。
紫色１２０促狹地說：「不是人類的？」
「妳為什麼問？」
「因為我去過了養殖場。」

「養殖場怎麼了?」

「那裡的魚長得很快,而且繁殖的速度也很快,超乎正常。」

火母盯住她好一陣子,才嘆道:「妳很厲害。」

「不,」紫色120搖搖頭,「我們是姊妹,忘了嗎?我們是來自同一位原型的。」

火母無奈地嘆口氣:「母親失去聯絡後,養殖場的自動系統出了問題,溫控系統令不少蟲類冷死,又令魚類熱死,我的族人立刻食物短缺,餓死了很多人。」

「所以妳改造了那些魚。」

「後來也有蟲,」火母說,「增加牠們的蛋白質含量,還有將人類需要、而昆蟲原本沒有的『必需胺基酸』加在蛋白中。」

「改造過的蛋白質,人吃了不會有問題嗎?」

「至少他們活下來了,至少,我把物種保存下來了。」

紫色120點頭道:「妳很行。」

「說到這個,我對一件事情很有興趣,」火母轉過身來,「我們都曉得我們源自同一個原型,而我們都不曾遇過另一位紫色,正好我有基因工程這方面的技能……」

紫色120一聽就明白了:「妳要我的樣本。」

「是的,可以嗎?」

「妳要黏膜、頭髮、血液,還是骨髓?」

「口腔黏膜就行了。」

「妳想要檢查看我們是否真的是完全相同的嗎?」

「不僅如此,」火母的眼神忽然變得深邃,「我更有興趣的,是我們共同的源頭。」

離開

火母的第一個設計品誕生了。

某個舒適的晚上，她觀察到有一對族人進行交配，待他們交配結束之後，她調控晶片，令所有人都進入深度睡眠，好讓她有機會從容地在女族人的子宮裡植入一個胚胎。

接下來的好幾年，她依樣畫葫蘆地在一個個已有伴侶的女族人子宮中植入她的設計品。有的胚胎無法著床，有的被排斥而流產，有幾個成功生下的，她也慎重地檢查了新生兒的DNA序列，確定是她的創作。當然，她也發覺有的新生兒並非當初她所植入的胚胎，顯然是野生人類的交配成功了，戰勝了她的胚胎，也證明了該胚胎的設計應該是不良的。

然後就是好幾年的等待。

所幸這批野生人類長大得很快、壽命短、世代輪替的頻率比較短，她才不需要等上那麼久。

在等待的同時，她沒有停下手上的設計工作，她製造出更多胚胎，低溫保存在胚胎室中，等待植入的時機。

有一天，紫色120突如其來地問她：「恕我問妳，妳是哪一年被派來這個禁區的？」她的神經系統馬上從電腦「巴蜀」中提取資料：「地球聯邦一〇四九八年。」

紫色120默數了一下：「那麼，妳的使用期限不長了。」

「我知道，」火母淡然說，「要不是母親忽然失去聯絡，祂也差不多應該要派另一個守護員來替代我了。」

「如果母親不派人來呢？」紫色120說，「妳有後備計畫嗎？」

火母不是沒有想過，一旦她的機能停擺，天縫下的族人將會隨著她的離去而迅速滅絕，但是她一直不願去面對這件事。

她曾經考慮訓練族人面對外面的世界，讓他們在她死後，能離開天縫這個封閉的生態系統，以便有繼續生存的機會。

紫色１２０來到之後，火母也曾想過叫紫色１２０接替位置，因為她的使用期限還比較長，不過她知道這並沒真正解決問題，況且紫色１２０有她自己的想法。

所以她只剩下一個方法：製造新的軀體，延續她的生命和記憶。

時間緊迫，壽命時鐘在倒數，她必須上緊發條了。

此時，她發覺了一個很大的問題。

那就是，她所設計的胚胎，似乎不太聽話。

比如說，岩間草事件後，火母為了讓事情變簡單，為了讓族人方便管理，跟往常一樣，她要把「岩間草」這三字組成的名詞的記憶從族人腦中抹去。這關係到許多關於記憶在中樞神經系統的結構方式，暫且不論，只說到問題是，她發覺有些人的記憶抹不去。

比如土子，她的其中一個設計品。

不僅岩間草的記憶無法從他腦中抽離，土子也表現出絕頂的聰明，常常暗中挑戰火母的權威。

他是帶領族人走出天縫的不二人選，如果不是他的腿自幼受傷而行動不便的話。

如果不是黑毛鬼無預警地來襲，而令年邁的土子終於走到生命盡頭的話。

下一個人選，最有可能的就是鐵臂了。

鐵臂，也就是她掌握的基因工程技術終於臻至成熟，在四肢基因處強化了肌肉生成，並以土子的中樞神經系統為藍本的設計品。

他同樣(或說更為)好奇、不聽話、勇於挑戰，而且四肢更有力，要不是黑毛鬼來襲，鐵臂還真的會把岩壁拆了，露出躲在背後的養殖場。

經過多年的自然淘汰，目前天縫下的族人有20%是火母的創作，她小心翼翼地不要跨越這條界線，以免擾亂母親所說過的：讓他們自然混種。

她還在想，該如何從這20%的設計品中，選中一位來交給紫色120，才不會重蹈岩間草的覆轍？但是，不俟她選擇，候選人卻自動站了出來。

鐵臂的一連串冒險行為，看似魯莽，卻不是有勇無謀的行為。從他將夜光蟲拖回天頂樹開始，還有他常常主動偷偷探索天縫的各個角落，甚至大膽到闖入火母的洞穴，還差點被巴蜀的雷射槍擊斃，甚至在黑毛鬼入侵時，仍然鍥而不捨的要一窺火母的秘密……最後令火母下定決心的是，他的記憶跟土子一樣無法抹除。

「我幫妳找到人選了。」經過一夜的折騰，終於將入侵天縫的黑毛鬼殺盡後，火母告訴紫色120，「就是我們一直在討論的鐵臂。」

紫色120聽了，反而十分錯愕。

她在天縫待了好久好久，已經完全將這兒當成家了，幾乎忘了當初急著要去見「母親」的焦慮和不安。但在她中樞神經系統裡頭內建的邏輯不會放過她，「要向母親解釋」這個指令像夢魘般糾纏她，所以她非得將這件事完成不可！

「可是，黑毛鬼才剛剛攻擊這裡，如果我現在離去，妳如何重建？如果牠們再來，妳如何抵擋牠們？」

火母用力搖頭：「鐵臂是最合適的人選了，刻下他正在昏迷中，是最好的時機，一旦他醒來，就會把他知道的都說出來，族人會大亂的，如果這樣，我只好選擇現在就結束他的生命。」

「容我再想一下。」紫色 120 的心很混亂。

「我們沒多少時間決定了。」

紫色 120 剛剛才將族人從避難洞放出去，心裡頭正思慮接下來的步驟，包括將天縫合上的緊急閘門似乎有問題，不知耐不耐得到再一次的開合？還有雷射槍的瞄準也有失誤，畢竟這些裝備都有逾百年的歷史了。在這種千頭萬緒的時刻忽然叫她離去，實在是太突然了。

接著更壞的消息捎來，大長老土子很虛弱，族人剛剛才將他從洞中抬出去，眼看馬上就要蛻殼了。

「我要是走了，妳一人能獨自照料這一切嗎？我還有沒修理完的東西呢。」

火母低垂著首，拍拍紫色 120 的肩膀。她倆都沒想到的是，這一合作就度過了漫長的三十八年，她倆已經很習慣對方的存在了。

「況且妳的使用期限已經過了，如果我走了，沒人幫妳移植記憶立方體怎麼辦？」

「謝謝妳，我的好姊妹，我和巴蜀會想法子的。」火母兩手抓住紫色 120 的肩膀，

「我必須去處理土子了，說不定還能令他活得長一些，說不定還能說服他說出聖語，我得去忙了。」

「不如我把鐵臂放上去。」

「嗯？」火母錯愕了一下。

「放到外界去，放去一個沒有黑毛鬼的地方，我會在一旁偷偷監視著他醒來，瞧看他

對『光明之地』有什麼反應？」紫色１２０說，「如果他像岩間草一樣瘋了，我就了結他，再回來幫妳。」

「如果他通過了考驗呢？」火母正色對紫色１２０說，「那麼我要妳答應我兩件事。」

「說吧。」

「第一，妳如果知曉了為何母親會沉默？究竟母親出了什麼事？一定要想辦法告訴我。」火母的眼角溢出了淚水，「還有，答應我，不管任何情況，千萬不能洩漏天縫的位置。」

「天縫的位置……」紫色１２０想起了禁區ＳＺ４６的野生人類，不禁打了個寒噤，「我絕對不會洩漏。」

「好，謝謝妳，」火母拭去眼角的淚水，「我得去忙了。」

「我也要把鐵臂移上去了。」

這算是告別了。

紫色１２０爬上停泊室，啟動飛行巡艇，讓它熱機，也再次確認她昨晚一直帶在身上的短槍還能夠使用。

她脫下火母的白袍，換回三十八年前她初來此地時所穿的卡其色工作服，她一直都很妥善地保存這套衣服，因為這是她擔任禁區守護員的榮耀。

然後她走到一個石室中，鐵臂從昨晚被擊暈後就一直躺在那邊。

紫色１２０伸出兩臂，把鐵臂輕輕抱起——她們擁有強化的雙臂，抱起一位普通成年男子絕無困難——將他抱到飛行巡艇上。

備妥一切後，紫色１２０打開飛行巡艇上的通訊介面：「巴蜀，我要離開了，請打開入口。」

「我先掃描地表。」巴蜀必須先確認外界的安全，所以請她等待一下。

「也請告訴我，黑毛鬼聚集在哪個座標上？」她還要選擇放置鐵臂的地點。

不久之後，巴蜀回應了：「出口已經淨空，妳可以把這位野生人類放在西南方的據高點上。」

「謝謝你，巴蜀。」

「不客氣，代我問候『深海』。」巴蜀補充了一句，「如果有機會的話。」此時此刻，巴蜀向來冷峻的語音也不免多了幾分感傷。

停泊室的頂部緩緩打開了，露出僅容飛行巡艇進出的洞口。

紫色120操縱飛行巡艇，令它冉冉升起，穿過頂部的入口。她漸漸升到空中，俯望目視停泊處的入口慢慢合上之後，外頭的景觀只剩下一片不起眼的雜草。

三十八年前，她從此處進入巨大的地底洞穴之後，就沒再出來過，直到此刻，她總算得以在陽光下把這個當初的入口瞧清楚。

天縫四周被許多巨柱般的奇特岩山包圍著，那些都是石灰岩經過百萬年沖刷後形成的地形，遙遙望去宛如一座座的巨人，守護著這片自古以來兵家必爭、易守難攻的土地。

紫色120設定好巴蜀給她的座標，將飛行巡艇飛到那個距天縫有一段安全距離的據高點，把鐵臂放置在那邊之後，再把飛行巡艇隱藏在林子。

然後，她取出一個小小的盒子。

那是她老早為今天特別製作的個人調控器，如今是設定好專門調控鐵臂的晶片。

她輕輕在小盒子上推動，電波傳訊到鐵臂肚臍後方的晶片，將命令藉由脊髓傳送到腦子，刺激褪黑激素分泌。

「看你的了，鐵臂。」紫色１２０的內心很複雜。她想繼續留在天縫，但她必須去面見母親，如果鐵臂瘋了就殺了他並且回去天縫，但她不想殺死鐵臂，她不想離開，她必須離開……她已經無法分辨自己想要的是什麼了。

然後鐵臂睜開了眼睛。

第五章

城市

別人一定會說他，他上去了一趟，再下來就沒有了眼睛，
最好不要再想著上去。

●● 柏拉圖《理想國．地穴》●●

快足

浩劫之後的第一個傍晚，族人們如常聚集在天頂樹下。

不同的是，平日傍晚乃聚集用餐、分享食物的時間，這一天他們除了日常工作之外，還要把散落在各處的屍體聚集起來，不論是族人的或是黑毛鬼的，全部搬運回來。

工具隊特別忙碌，他們忙著收集長長的藤枝、草莖等製作繩子，以及收集粗樹枝來搬運屍體。

看著熟悉的族人變成支離破碎，沒有人不感到悲傷沉重的，他們用忙碌來麻痺悲痛，因為火母警告，屍體腐敗將造成天縫的毀滅，一如傳說中的「大饑餓」那般。

沒有人想要成為新的屍體，只好加倍努力。

他們按照指示，將黑毛鬼的屍體堆疊在離天頂樹稍遠的乾燥岩石地面，而族人的屍體則放在天頂樹附近的平台大石上，整齊地排成一列。

當全體族人，不論活的或死的，終於聚集完畢時，火母尚未現身，族人們已經開始熱烈地爭論起來。

兩位大長老神色凝重地思考族人們提出的問題：黑毛鬼能吃嗎？

當快足提出這個問題時，大家先是吃了一驚，接著開始有人覺得她說的頗有道理。

快足是個健壯的女人，是已經步入老年的二十四歲，她率領工具隊到天縫下的各個角落收集材料，為族人製作各種大小工具、修理木屋、搭棚，是受人尊重的四位隊長之一。

「今天找到了二十一位族人的屍體，有的殘缺不全，有的甚至只剩下一個頭。」快足說得嘴唇發抖，「這些來自光明之地的怪物不是祖先們的光明使者，而是來吃我們的！」

族人們一邊聽她說話，一邊害怕地瑟縮著身體，或互相擁抱，也有人不時神經兮兮地望去天縫，擔心再度出現黑毛鬼的身影。

「如果牠們可以吃我們，那麼我們也能吃牠們嗎？」快足開始推論，「我們的食物總是剛剛好，還曾經發生過大饑餓，如今有這麼多黑毛鬼的屍體，光是吃牠們的肉，我們就可以吃上很多日子，暫時不需去採集、去捕魚，這麼一來，就有時間生養出更多的果子、蟲和魚了！」

「我們沒吃過這種肉，怎麼知道能不能吃？」捕魚隊的青苔提出他的想法，「畢竟，那又不是我們每天吃的魚。」

「我們前些日子不是吃過夜光蟲嗎？」快足反駁道，「夜光蟲都能吃了，為何黑毛鬼不能？」

「對呵，夜光蟲。」一提起那件事，眾人熱烈地討論起來，「從來沒吃過那種味道，很奇怪對不對？」「還是魚肉好吃啦。」「可是蟲腿的肉很有彈性，咬起來很好。」

當大家討論到為什麼能吃得到夜光蟲時，他們的記憶卻紛紛像破了個洞似的，竟沒人記得夜光蟲是由一個叫鐵臂的人拖回來的。

「可是，牠們吃了黑蛹……」原本準備跟黑蛹結為伴侶的露珠哽咽地說，「如果吃牠們，那我們會不會也吃到黑蛹了？」黑蛹的屍體被找到時，腹腔裡的柔軟內臟已經被掏空吃盡，黑毛鬼先挑那一部分來吃掉了。

快足尋求其他三位隊長的意見：「彎枝，長藤，橋流水，你們怎麼看？」

育兒隊的領隊橋流水不說話，只是搖搖頭，她甚至連黑毛鬼都不敢看上一眼。

「牠們太像人了，我吃不下去。」彎枝是採集隊領隊，他搖晃著頭髮稀少的頭顱。他高齡三十五，在土子蛻殼後，他就是天縫下最老的人了，要不是他剛好身體不適沒帶隊出去，想必在天眼閉上時跑不回來，老早被黑毛鬼祭肚了。

彎枝繼續說：「而且牠們是從光明之地進來的，牠們可能是祖先派來懲罰我們的。」

「為什麼？我們做錯了什麼嗎？」有人大聲發問。

「可能就因為我們吃了夜光蟲。」彎枝提醒他們，「我們吃了光明使者。」

大家聽了，一時默然。

彎枝有些話悶在心裡沒說。

他記得鐵臂，然而似乎所有人都忘記了鐵臂，剛才沒人記得那一餐飽足的夜光蟲是鐵臂拖回來的，甚至連鐵臂的媽媽滑魚都記不起她孩子的存在，不過彎枝記得，就如同當年他記得岩間草一般。

當年他私自搜尋天縫之下，卻找不到岩間草的一點痕跡，不過現在他已經老邁，再沒力氣去做出搜尋鐵臂的豪情壯舉了。

「大長老呢？」快足仍然不放棄，「兩位大長老怎麼想？」

大長老柔光從剛才就在想該如何回答，她眼尖地看到火母遠遠在她的洞穴現身，便說：「黑毛鬼的名字，我們從來沒聽過，是火母告訴我們的，她好像對黑毛鬼很瞭解，不如我們等她來回答？」

眾人安靜下來，紛紛抬頭望向徐徐走來的火母。

火母在族人的心目中，變得比過去任何時刻都來得重要，眾人對她又是敬仰又是畏懼，恍如一位掌握生死的女神。

黑毛鬼無預警地出現時，是火母救了大家，這是鐵一般的事實。

今早晨光初現時，火母把族人從避難洞放了出來；接著土子彌留，火母將他接去洞穴；在天縫光線最強時，將土子蛻下的殼交給白眼魚。現在是火母在今天的第三度現身，她依然雍容雅步，彎枝垂下頭，但眼睛一直在追蹤著火母。

彎枝心裡有個疑問：打從他小時候就認識的火母，為何不會老？連土子都老死了，為何火母連變老都沒有？他向來對這個想法閉上嘴巴，因為除了土子之外，似乎沒人跟他有相同的疑問。

火母在步下最後一塊巨岩之前，把視線轉向橫陳在地面的一具具屍體，心中默數著有幾個是她的設計品，有幾個是自然生殖的。她今天經歷了太多的死亡和離別，對於那一個個由她親手植入晶片的嬰兒，今天竟淪為怪物的食物，她心中只剩下麻痺的遲鈍感。

「我需要你們幫忙，」火母雙目正視兩位大長老，「今天有太多族人蛻殼了，我必須專心為他們每個人恰當地完成蛻殼，所以請你們合力協助我，把他們搬上我的洞穴前面。」

「好。」大長老搖尾蟲點點頭，馬上指派強壯的族人幫忙搬屍體。

「火母，」大長老柔光迎上前，「黑毛鬼該怎麼辦？」

對於這問題，她也考慮了很久。

屍體會腐爛，對於這個巨大的地下洞穴而言，一大堆腐爛的屍體會造成嚴重的空氣污染，引起族人中毒和生病，她必須趕在屍體發臭之前處理掉牠們。即使處理一整天，她也沒辦法處理如此大量的屍體，天縫之下盡是石質的地面，很難掘土，更別說是挖一個大坑了，也不能讓腐屍接近水源，會污染食用水且令所有人中毒。

「火母，」大長老柔光見火母久未回答，便說，「妳是第一個告訴我們怪物的名字的，想必你最清楚黑毛鬼了。現在族人們想要知道，黑毛鬼是什麼？我們可以不可以吃牠？」

吃黑毛鬼？

火母被柔光的話嚇了一跳。

她從來沒想過，因為惟有她知道，黑毛鬼跟族人的血緣有多麼相近，所以對火母的認知而言，把黑毛鬼吃掉從來不是一個選擇。

「可是……」火母的腦筋一時轉不過來，由不得結巴起來，「太……太多了，你們還沒吃完，牠們就會腐爛，會污染空氣，整個天縫下都會很臭……」

「妳有本領把蛻殼做成很好的袋子，」工具隊領隊快足大聲說，要讓每一個人聽見，「妳或許懂得如何保存黑毛鬼的肉，跟蛻殼一樣不會爛掉吧？」

火母轉頭望向快足，當接觸到她的眼睛時，突然感到背脊發冷，不寒而慄。

快足的眼睛炯然有光，在她眼中透出嗜殺的獸性，彷彿一隻正在盯住獵物的猛獸。

天縫底下沒有猛獸。

天縫下唯一的哺乳類是人類。

火母的眼睛輕輕掠過快足四周，看見有好些族人在熱切地盼著她們，期待火母的回應。

火母感到毛骨悚然，因為她讀過人類的歷史。

歷史上，人類的確曾經以自己的同類為食，理由多種，有的在極度缺乏糧食時不得不吃人，有的吃掉過世的長者好獲得他們的智慧，可是，有的竟真的純粹把同類當成食物。

黑毛鬼雖然跟天縫下的族人基因並非100%的同類，就跟人類和猴子的關係相似，那麼算不算是同類？

火母覺得，這已經不是生物學問題，而是心理學的範圍。

快足說得有道理，因此她應該尋求可能性，於是立即將神經系統連接「巴蜀」，請求巴蜀在資料庫中搜索解答。

巴蜀告訴她：要讓肉不腐爛，首先須抑制細菌的分解作用。一種方法是殺菌，更重要是脫水，沒有水分的媒介，細菌就難以生長，而過去人類採用的自然脫水步驟不外乎日曬、風吹或火烤。

可是……火母忖著：天縫缺乏足夠的陽光，也沒有什麼風，如果用火烤做成燻肉條，又必將耗費大量的木材，還有產生濃煙，會對這個半封閉環境造成嚴重污染。

巴蜀告訴她：另一個方法是鹽醃，可以同時達到脫水和抑制細菌生長的兩個目標，但……巴蜀知道，天縫下沒有鹽，或說，族人從來沒見過結晶狀的鹽巴。

火母忖著：冷藏呢？天縫下有沒有足夠寒冷的地方？能避開地熱，而且寒冷的程度必須足以透入黑毛鬼的軀體，否則軀體會從屍體中心開始腐敗……除非把屍體切割成較薄的肉片，令厚度減少，核心加速降溫。

巴蜀分析了一下之後，告訴她：天縫之下的溫度分布圖，傳給妳了。

火母感到大腦的視覺區沉重了一下，平常從視神經傳來的訊息被干擾，混入了從脊髓插入的訊息，在她眼前展開一張天縫下地底巨穴的立體圖，用白、藍、黃、紅等顏色漸層變化表示溫度分布，根據我們的色覺認知，白色最冷、紅色最熱。天頂樹周圍以及地熱發電區是最熱的，但最冷的區域也還不足以冷凍肉類。

「火母？」快足見火母的眼神失焦，嘗試呼喚她。

火母跟巴蜀的對談是以電子交換的形式進行的，只不過耗費區區數秒鐘，但看在快足的眼中，卻像是火母在迴避她的問題。

「黑毛鬼不能吃。」火母斬釘截鐵地說，「牠們的肉有毒。」

快足瞪大眼睛，不可思議地看著火母。

她才不相信。

因為在搬運黑毛鬼的屍體前來的途中，她忍不住誘惑，在黑毛鬼屍體被雷射洞開的創口上撕下一小片肉，偷偷塞進嘴巴，很鮮美，是她有生以來從未嘗過的美味。她沒肚子痛，沒不舒服，她不相信有毒，但是她又不敢告訴火母說她吃過了。

火母見快足的眼神慌亂，她已猜到快足做過了什麼事，她擔心情況快要失控了，不禁全身緊繃。

「巴蜀，」火母避開快足的視線，腦中向巴蜀傳達命令，「刪除黑毛鬼的記憶。」

任何東西，只要賦與了名字，它存在於腦中的相關記憶，包括形狀、大小、外觀、顏色、觸感、被它挑起的情緒等等，全都會跟該名字連結在一起。

名字有如樹幹，只要刪除了名字，就如同將樹連根拔起，相關記憶就如根部一般被抽離記憶。

對於火母的命令，巴蜀也覺得有點震撼：「刪除誰的記憶？」

「所有人。」

「恕我直言，這是妳倉促的決定，妳真的好好想清楚了嗎？」巴蜀的聲音毫無抑揚頓挫，依然掩飾不了它的憂慮，「黑毛鬼入侵是個重大的集體記憶，跟個人記憶是不同的，如果刪除，牽連的記憶點數量過大，會造成記憶混亂，恐怕有不可預期的後果。」

「巴蜀，刪除掉所有人黑毛鬼的記憶！」火母重申道。

「妳必須冷靜。」巴蜀的聲音輕輕自她腦中揚起，「如果當真刪除黑毛鬼的相關記憶，妳將如何讓他們本身的記憶，解釋大量親人和朋友的死亡？如何讓他們解釋恐懼的來源？」

火母對巴蜀的抵抗感到驚訝，她向來以為巴蜀只是沒有靈魂的機器，只會做邏輯的運算，如今卻表現出疑慮、關心，還嘗試要說服她。

莫非這些顧慮也純粹是邏輯運算的結果？

巴蜀企圖說服火母：「每個微細的記憶，尚且牽連著無數旁枝記憶，何況是巨大事件的集體記憶，如果刪除，可能會造成他們集體腦衰竭，對日後的影響難以評估。」

巴蜀說得有道理，但是眼前快足的挑戰更加令她擔憂，她害怕會起了個頭，然後演變成她再也無法控制這群天縫人。

「巴蜀，」火母放軟語氣，「我堅持，請你執行好嗎？」

巴蜀沉默了一下，才輕輕的說：「依妳所願。」

火母感覺到巴蜀暫時斷開與她的聯結了，令她有個錯覺，彷彿巴蜀是一位在眼前跟她對談的人，黯然的掉頭離去。

正熱切凝望著火母的快足，眼神忽然失焦，表情變得迷惘，火母知道，巴蜀正在工作了。

火母的內心生起前所未有的恐懼，即使黑毛鬼入侵，也沒令她如此恐懼。

火母擔心的事情終於發生了，母親曾經警告過她的。

「他們是人類。」母親如此警告。

天縫人原始的獵食本性逐漸甦醒了。

休息

鐵臂把臉孔緊貼飛行巡艇的透明窗，幾乎把鼻梁都壓歪了，他飢渴地俯視下方景色，屏息觀看他從來沒想像過的壯觀景色。

飛出森林之後，紫色120先讓飛行巡艇慢慢爬升到森林樹冠上方，她不敢飛得太高，一來擔心被其他禁區的人發現，也擔心撞到樹冠上凸出的樹枝，雖然飛行巡艇有自動迴避功能，但它停泊了三十八年，紫色120還沒機會檢查它的功能是否仍舊完好。

鐵臂呆望著飛行巡艇下方，樹海像無盡連綿的地毯，感覺像永遠也飛不出森林的範圍，由不得十分驚嘆！他曾經從山坡地眺望天縫下的樹海，根本僅有光明之地森林的一隅大小！

太陽正漸漸西沉，天色從蔚藍慢慢轉成橙黃，一片黃光鋪上綠油油的森林，把森林渲染成金黃色的海洋。

鐵臂從高空眺望落日斜斜的滑向地平線，心中無限感動。他還沒習慣沒有邊際的視野，而光明之地的一切都如此新鮮，他貪婪地想要瞭解此地的一切。

「我以前還奇怪……」鐵臂呢喃著，試探火母會不會回應他。

「奇怪什麼？」駕駛著飛行巡艇的紫色120專心看著前方，沒轉頭來瞧他。

「如果每個人蛻殼之後都來光明之地，那麼光明之地不就被擠滿了嗎？」

紫色120嗤笑了一聲，並不嘲笑他無知，而是理解他的單純。

鐵臂不以為意，只是深長地呼了一口氣：「原來光明之地有那麼大呀。」

紫色120也鬆了一口氣：鐵臂通過考驗了：他並沒像岩間草那般瘋掉。

全沉默了。

飛行巡艇仍在筆直飛行，鐵臂卻越來越沉靜，他凝視著鵝黃色的太陽，當它的光輪邊緣接觸到地平線時，下方的森林已經是黑壓壓了，當最後一絲光線沒入地底時，他變得完全沉默了。

平常的天縫之下，此時應該是剛吃完飯，準備就寢了吧？不知黑毛鬼肆虐得怎樣了？火母應該保護了大家吧？大家還平安嗎？

他開始想念媽媽了。

雖然他平日不太聽媽媽的話，但媽媽總是關心他的，他心裡明白，只是年少好動的他實在無法心甘情願服從媽媽的話。

如果媽媽和弟弟沒被黑毛鬼傷害的話，現在應該是在天頂樹下並肩入睡了吧？抑或還躲在洞穴中呢？

四周變得漆黑一片，只有儀表板發出的微弱光線，照在紫色120臉上。她凝視儀表板上的一個長方格子，格子中有不斷變化的線條和色彩，鐵臂不知道那東西叫雷達儀，可以顯示方圓一公里內的地形，他只是好奇火母如何在黑暗中仍然可以飛行。

「我們該停下來休息了。」紫色120說，「注意，要降落了。」

雖然火母說要他注意，但鐵臂不曉得該注意什麼。

忽然間，他感到身體沉重，一股無形的壓力令他難以動彈，他坐在柔軟的人造皮革椅子上，覺得整個人被壓得陷進椅子，同時一股噁心湧上胸口，迫得他彎下身子，紫色120大聲說：「不要吐在這裡面！」鐵臂才明白他快要吐了。

他努力抑制嘔吐的衝動，直到飛行巡艇頓了一下，停泊在一個堅硬的表面，發出輕輕的金屬扭曲聲，鐵臂體內的壓力感才馬上減少。飛行巡艇的引擎慢慢停止運轉，四周驟然變得很安靜，鐵臂才察覺原來剛才引擎的聲音那麼吵。

「還想吐嗎？」紫色120問他。

鐵臂深深吸了口氣，搖搖頭。

「我們再等一會。」黑暗之中，只見紫色120專注地望著一方小螢幕，手指在儀表板上忙碌的操弄。

鐵臂沉著氣，不敢發出聲音。外面真的很暗，儀表板和螢幕發出的光線相對的令人感到刺眼，也阻礙了他看清楚外頭的環境。

「等等會全部暗下來，」紫色120擔心鐵臂會害怕，預先出聲警告，「來了。」她一按儀表板，艙內便完全暗了下來。

鐵臂在黑暗裡等待，眼睛漸漸適應了，外面竟慢慢浮現了光線，他驚愕地叫了出來：「星星！」他只見過天縫中的星星，沒見過鋪滿整片天空的星星。

天空鑲滿了碎鑽似的星星，顯得神秘又脆弱，閃爍的星光讓它們像是活在天空中的無數生命，美得教他窒息！

「鐵臂，」紫色120終於叫了他的名字，「我要開門透透氣，目前外面是安全的，但我們不可以離開這裡太遠，以免萬一有危險，還可以很快跑回來，還有，你必須跟在我身邊，不准亂跑。可以嗎？」

「你把光明之地說得真危險。」鐵臂陶醉的仰望星星，「我不懂，這裡不是神聖的地方嗎？」

「你還是中間的狀態，不是活著的人，也還不是光明之地的人。」紫色120說，「在還沒抵達聖城之前，你的體型是不穩定的，隨時會消失。」

「消失了會怎樣？」

「就沒有了。」

這句話迫得鐵臂願意乖乖聽話了。

紫色１２０深呼吸了一下，準備好能握在手心的雷射槍，並且確定已經啟動了：「我要開門了。」

她按下開關，飛行巡艇兩側的門冉冉升起，清冷的空氣馬上湧進來，將艙內的悶氣驅逐出去。

外面太黑了，即使滿天的星光也照亮不了四周，鐵臂遲疑著不敢把腳踏出去。

紫色１２０從外面繞到鐵臂那一側，對他說：「下來吧，不要怕。」

「能……能點火嗎？」他記得沒看見火母攜帶火種，但他仍要試問看看。

「不能有光線，會暴露我們自己的。」紫色１２０覺得有必要解釋一下，「如果有什麼我們不想遇上的……比如說黑毛鬼，牠們看到有光就知道我們在這兒了。」

比如說黑毛鬼？難道火母暗示還有其他的危險嗎？

「我帶了水和食物，你下來，我們一起吃。」

鐵臂的確十分口渴了，剛才接續不斷地興奮，令他都忘記了乾燥的嘴唇和餓壞了的肚子。

由於饑渴，他屈服於火母，也克服了恐懼，把腳伸出巡艇，把身體投入黑暗。

當腳板踩上地面時，他心中頓時感到困惑，因為地面十分平坦，而天縫下沒有如此平坦的地面，即使最大最平的岩石也沒有這種四平八穩的平坦感覺，而且地面觸感很不一樣，沒有岩石那種涼涼的感覺，相比之下有點溫溫的，表面也粗粗刺刺的，不像天縫下的岩石般平滑。

這裡涼風徐徐，耳際聽不見什麼聲音，即使有蟲鳴聲，聽起來也非常遙遠。

「跟我走。」紫色120轉身慢慢行走，鐵臂只好緊跟著她，「好了，停。」

除了星光，鐵臂真的什麼也看不見。

紫色120忽然抓住鐵臂的手：「你踏前一步試試看。」

鐵臂才剛踏前一步，一陣強風就從下方撲上他的下巴，把他的頭髮拉得高高的，嚇得他驚慌失措，幸好有紫色120預先拉住他，他趕忙退後：「這是什麼？」

「這是會讓你消失的邊緣，你踩踩看，是不是有條邊緣？」

他試了試，真的有一條凸起來的邊緣。

而且邊緣有股強風在吹拂他的腳趾頭。

「我不希望你在這裡亂跑，待會我們要休息，要睡覺，萬一你亂跑到這條邊緣，我明早就找不到你了。」

「好，好。」鐵臂不停點頭，對於剛才那陣風依然心有餘悸。

「很好，我們回到巡艇旁邊去喝水和吃東西吧。」

鐵臂不情願地跟隨紫色120走回巡艇，他心裡有許多疑問，他有追索答案的無窮慾望，但他也深深瞭解，死亡將使這一切中止，所以在得到答案之前，他也不會貿然去冒生命危險的。

因為依照火母的說法，即使到達光明之地，在未抵達聖城之前，他仍然有在世間消失的危機。

艙裡點亮一盞微弱的小燈，紫色120從座位後方拉出一個箱子，取出兩片黑色的東西，一片交給鐵臂。

鐵臂看看手中的那片東西，雖然只有巴掌大，僅有一隻手指的厚度，卻感覺沉沉的很有重量感。

「這是食物。」紫色１２０咬一口給他看。

鐵臂困惑的咬了一小口，一股鹹味彌漫入口中，他沒吃過這種奇特的味道，因為這是用人工培養藍藻製造的壓縮糧食，天縫下的族人沒見過藍澡，這是火母依照地球聯邦標準程序製作的儲糧，一般供長途旅行之用，紫色１２０帶了約半年分的藍藻儲糧。

紫色１２０又從座位後方抽出一個箱子，這箱子是透明的，幾乎裝滿了水，紫色１２０倒了一杯遞給鐵臂。

鐵臂感到十分神奇：「這水很乾淨，怎麼會有的？」

紫色１２０隨便回答：「這裡是光明之地呢。」

鐵臂點點頭，將水一飲而盡，再跟紫色１２０要了一杯。

事實上是，飛行巡艇會從空氣中收集並過濾濕氣，再利用巡艇本身運作時產生的熱能蒸餾出水分。

吃飽喝足之後，鐵臂蜷曲在巡艇旁邊，很快就入睡了。

他今天太累了，不管是精神上或肉體上都太疲累了。

紫色１２０坐在他身邊，聽他輕輕地打呼，看他的肺部微微起伏著，她凝視了鐵臂一陣，便將巡艇的小燈熄掉，讓四周陷入黑暗。

她在黑暗中放大瞳孔，啟動紅外線視覺，加強耳朵敏銳度，聆聽四周。

雖然四周看來一片平和，但她仍然不放心，她不能放心。

因為她知道這是什麼地方。

這是沒有人可以保護他們的地方。

反重力

「巴蜀，我遇上大麻煩了。」火母懊惱地坐在電腦面前。

自從大饑餓以來，她從來不曾有如此巨大的無力感。

「我們，」巴蜀平靜地糾正她，「任何麻煩都是我們一起承受的。」

天縫下的百餘名倖存者，巴蜀已將他們記憶中的「黑毛鬼」一詞刪去，但是，堆疊的黑毛鬼屍體是無法輕易刪去的。

「偏偏我又叫120離開了，因為我怕鐵臂熬不過去。」火母無助地抱頭低吟，「否則至少有多一個人幫忙……」

「妳的麻煩是什麼？黑毛鬼的屍體嗎？」

「是，太多了，五十二具屍體，根本處理不完，想到屍體正在腐敗，我擔心洞穴會爆發瘟疫，而且，更可怕的是，」火母打了個寒噤，「如果不盡快處理，他們還會想把黑毛鬼給吃了……母親的警告果然沒錯。」

「紫色030，這就是妳剛才問我如何醃製肉類的理由嗎？」巴蜀說，「老實說，將牠們醃製起來，的確可以提供很長時間的食物。」

「我也片刻迷惑了，食物，食物，是的，食物的問題令我迷惑了，但母親曾警告，而且是植入我的程式中的警告：絕對不能讓他們吃同類的肉。」

巴蜀停頓了一下，才說：「他們是同類。」從語氣中，完全聽不出巴蜀說的是肯定句或疑問句。

火母說：「我必須讓黑毛鬼的屍體盡快從他們眼前消失，否則天亮之後，我該如何編故事才好？你有好辦法嗎？」

「Ｅ５２１０蛻殼完畢了。」巴蜀報告說。

火母只好立刻跑去處理屍體的房間，先把分離出來的晶片浸入生理食鹽水，再把蛻殼鞣製好的人皮放置去一個長方形容器，再從手術台下方抽出一個桶子，那是屍體分解後的有機物，做為培養食用植物和動物的肥料。

這桶子裝著一個曾在出生時被標記為Ｅ５２１０、在命名大會中被賜名黑蛹的男性族人，如今他已回歸成「原湯」，在天縫之下繼續循環。

火母戴上塑膠手套，再將另一具族人的屍體搬上手術台，啟動分解作業，然後回到巴蜀的電腦室去。

「紫色０３０，妳剛才去忙的時候，我想到辦法了。」未等火母坐下，巴蜀就說話了。

「說。」

「飛行巡艇，」巴蜀說，「妳記得飛行巡艇是如何飛行的嗎？」

「禁忌的武器，我是被這麼教導的。」

「不，那是指它的動力，我說的是它的原理。」

「你指的是反重力嗎？」

「沒錯，而且可以調整反重力的半徑範圍。」

「我從來沒開過我的飛行巡艇，」火母坦誠道，「當我被送來這個禁區時，它就已經被擺在那裡了。」

「別擔心，妳已經被內建了飛行手冊，妳的記憶中也儲存了模擬飛行和飛行經驗，我現在就幫妳啟動。」

火母感到意識中輕輕滑過一道微弱的電流，她立即具備了飛行巡艇的操縱技能，彷彿她老早就熟悉了一般。

「我明白你在說什麼了。」火母在腦中沙盤推演了一下，「確定每個人都睡著了嗎？」

「確定了，再大的聲音也無法驚醒他們。」

「沒有人的腦波是清醒的吧？」

「再三確定了。」巴蜀沒不高興，沒有情緒反應。

「現在天縫有夜光蟲嗎？天縫外面有黑毛鬼嗎？」

巴蜀檢視了一遍監視器：「沒有。」

火母毅然站起，小快步跑到上層的飛行巡艇停泊處。

她落寞地瞄了一眼曾經停泊紫色１２０的飛行巡艇之處，才登上巡艇，恍如已經駕駛無數次的老手般。

飛行巡艇發出沉沉的低吟聲後，便輕輕浮起。「打開前門。」火母用神經通訊向巴蜀下指令，打開一道直接通往天縫下的側門。

岩壁上的門緩緩滑開，一股新鮮空氣迫不及待湧入，把停泊處沉悶的空氣驅走，門外是貼近天縫的高空，甚至能望見天縫外的滿天星光。

火母讓飛行巡艇徐徐飛出岩壁，再慢慢下降到天頂樹上方。

她總是擔心飛行巡艇的聲音會吵醒族人，即使巴蜀向她保證，所有族人的腦波都被誘導到深度睡眠狀態了，她依然不放心，因為有鐵臂和土子等人的先例。

她飛到天頂樹旁的空地上空，藉著微弱的光線，堆疊成小山的黑毛鬼屍體依稀可見。雖然黑毛鬼屍體是堆在沒有樹木的空地上，周圍依然有一些樹木的枝幹伸入空間，火母擔心飛行巡艇會打到樹枝。

「我幫妳設定位置，」巴蜀的聲音自火母耳際響起，「妳調整反重力半徑，聽好了，反重力半徑2.5米，反重力強度先設在3.0，剛好給妳浮在5米上空。」

火母依樣設定，飛行巡艇於是冉冉下降，它周圍的反重力場立刻將靠近的樹枝徐徐推開。

「現在把飛行巡艇的操控權交給我。」巴蜀說。

「好。」火母深吸了一口氣，她知道巴蜀想幹什麼。

她將兩手抽離操控介面，完完全全交託給巴蜀。

「準備好了，我只需要1.5秒鐘。」

忽然，飛行巡艇的反重力完全關閉，整部機器瞬間下墜，火母下意識緊抓著椅子把手，血壓快速提升，在飛行巡艇快要壓上黑毛鬼屍體的剎那，反重力場重新開啟，將黑毛鬼屍體包裹於力場之中。

火母驚魂未定，她等待了一下，確定她感覺到飛行巡艇是懸浮著的：「成功了嗎？」

「不確定，」巴蜀說，「妳可以嘗試往上飛了。」

火母將飛行巡艇慢慢升空，果然，一堆黑毛鬼的屍體被飛行巡艇的反重力包圍牽引，也隨之浮上半空。

「成功了，但有一些屍體在反重力恢復時被力場推走了，仍留在地面，」巴蜀向她報告，「待會再處理第二趟吧。」

二十餘具僵直的黑毛鬼屍體被飛行巡艇的反重力半徑牽引，隨著巡艇慢慢升上天縫，如同一團黑色的大毛球，穿越牠們當初跳下來的洞口，回到外界空曠的世界。

火母讓飛行巡艇繼續升高，她從沒駕駛過這部機器，也不曾出去外界，好好地觀看周圍景色，她只是忠心執行母親交託的職責，所以這一趟，她打算熟悉一下飛行巡艇，說不定哪個白天，她會出來看風景。

巴蜀聯絡她了：「別飛太遠，訊號變弱了。」

「對不起，」火母說，「告訴我，把黑毛鬼丟棄在何處比較好？」

「根據監視影像，黑毛鬼是從西北方來的，最後剩下的那批好像往正北方離去了。」

「好像？」

「天色暗了，加上樹林遮蔽，看不清楚。」

「好，那我向南。」

火母一面飛向南方，一面將反重力半徑縮小，脫離反重力半徑的黑毛鬼屍體便沿著飛行路線一批批掉下去，讓牠們不至於積集在一堆。

丟棄完第一批後，火母要巴蜀再次確認天縫四周沒有黑毛鬼和夜光蟲，她才再從天縫飛進去，準備運送第二批屍體。

剩下的一半黑毛鬼屍體，待會只要離開巡艇把剛才散落的屍體積成一堆，說不定只消一趟就搬完了。

降落之後，火母打開飛行巡艇的照明，讓四周有光線，再步下巡艇移動屍體。

費了一番力氣，才把黑毛鬼屍體重新整理成一堆，僅剩下二十多具，她隨手摘了一片有香氣的葉子擦擦手心，拭除沾黏在手上的腐味，才登上飛行巡艇。

「好了，巴蜀，我重新起飛。」

「紫色030，收到，等妳準備好了，再交給我。」

火母啟動飛行巡艇，飛到屍堆上空5米高處，跟剛才一樣。

「巴蜀，我……」火母正要叫巴蜀執行動作，不知為何，心念驟然一動。

她把頭伸到玻璃窗邊，往下方望去。

黑毛鬼的屍堆旁邊，好像站著一個人。

頓時，她毛骨悚然：「巴蜀！停止！好像有人！」她在跟巴蜀相連的神經系統中感覺到巴蜀的訊息紊亂了一下，「有人沒睡著嗎？」

巴蜀沉默了一下，它在檢查：「否，所有族人的腦波都在睡眠狀態。」

「等等我，我降下去看看！」火母把飛行巡艇慢慢下降，她不要打開探照燈，免得弄醒族人。

果然，是個人！

從上方俯視，那人站著一動也不動，像尊塑像般直視著黑毛鬼。

火母心裡焦急，她不能讓族人看見她所做的事，那個人究竟會是誰呢？

她將艙內燈光熄滅，讓那個人看不見飛行巡艇內的她，萬一有個什麼差錯，她還可以聲稱是光明使者降臨了。

飛行巡艇下降到幾乎碰觸地面時，火母從裡面觀看那人，她凝視了一陣，終於在弱光中看清楚了：「巴蜀，檢查一下白眼魚，她在睡覺嗎？」

「檢查，白眼魚，女性，編號Q721，正在熟睡無誤。」

「可是，」火母告訴巴蜀，「她正站在我面前。」

火母仔細查看白眼魚的眼睛，確實是閉住的，臉神的確是鬆弛的，且身體是直立的。

「巴蜀，她正在做夢嗎？」如果是，她的眼珠子應該在眼皮下方轉動才是，但沒有。

「不是的，依腦波顯示，她正處於深度睡眠中。」

如此的話，火母就百思不解了。

「我注意到一件事，」巴蜀說，「很微弱，但我注意到她身上有一個訊號。」

「何種訊號？神經訊號嗎？」

「十分類似神經訊號，存在於她的腦波背景。」

「所以說，不是她的神經訊號？」

「我見過這模式，」巴蜀平淡的聲音難得出現一絲猶豫，「我認得。」

「說呀，」火母耐不住了，「你猜測的是什麼？」

「火母，每個人的腦波都有自己的獨特模式，就跟指紋或人類的虹彩一樣。」巴蜀說，「我感受到白眼魚的腦波，背景中還隱藏了另一個腦波模式。」

火母屏息問：「你的意思是？」

「等等。」說著，巴蜀沉默了片刻，才再說：「我剛才嘗試將背景中的腦波分離出來，果然……」

「怎麼？」

「是土子。」

晨光

日出，陽光從地平線投射而出，染紅整片天空，也穿透鐵臂的眼皮，把他直接嚇醒。鐵臂整個人彈起，看看刺眼的光線是怎麼回事？

對鐵臂而言，晨光應該是從天縫投照進來的柔和光線，而早晨應該是被守望者喚醒的。

他坐起上半身，兩臂撐在背後，望著火焰般熾烈的陽光，早晨的天際像著了火，雲朵燒得紅通通的。他發愣了一陣，想從堅硬又粗糙的地面站起來，卻覺得全身痠軟，只好慢慢移動身體。

待他完全站立起來，再度被眼前的景色震撼得無法言語。

難怪火母叫他不要亂走，難怪火母說會掉下去。

飛行巡艇停泊在一個很高很高的巨物上，他估計跟天縫的高度差不多，要是掉下去，必定摔成碎片。

他腳踏的堅硬地面是個完美的長方形，完美得好刺眼，因為他有生以來只見過形狀不規則的東西，在今天之前，他從沒見過四邊形。

他走到長方形邊緣，居高臨下俯視遙遠的地面，心裡又是害怕又是興奮！不禁兩腿發軟，渾身顫抖。

鐵臂環顧四周，在他腳下，四面八方都是巨大的長方形柱子，有高有矮、有大有小、有寬有扁，鋪蓋了他視野所至的整個地面。

太陽自巨柱後方升起，讓一根根巨柱有如陷在影子中的黑色石碑，陽光穿過巨柱之間的空隙，將巨柱沐浴在一片迷濛晨光之中，彷彿是飄浮在金黃深海面上的石碑陣列。

紫色１２０走到他身邊，輕輕把他往回拉了拉：「站裡面一點。」

「火母，這是什麼地方？」他感動得聲音都在發抖。

「這裡是城市。」紫色１２０淡淡地說。

城市？又是個新名詞。鐵臂觀看如此壯觀的景色，恨不得馬上衝下去：「莫非……這裡就是聖城了嗎？」

「不，」紫色１２０搖頭，「這裡只是一個普通的城市而已。」

「什麼叫城市？」

「就是很多很多人住在一起的地方。」紫色１２０知道解釋起來會很麻煩。

「不是**祖先**住的地方嗎？」

紫色１２０吃了一驚：莫非鐵臂已經察覺到什麼了嗎？

鐵臂見她意圖掩飾訝異的表情，也不禁感到奇怪：「光明之地就是祖先的地方不是嗎？土子教導我們，蛻殼之後會飛越天縫，到達光明之地，去到祖先的地方。」

紫色１２０鬆了一口氣，神情立即輕鬆了：「他說得沒錯，這裡就是你『祖先』的地方。」

鐵臂聽不懂紫色１２０的語帶雙關。

其實紫色１２０也並不瞭解詳情，她只曉得地球聯邦歷史上曾經有一場語焉不詳的「大毀滅」，把過去人類的文明從地表上洗刷一空，她就只知道那麼多而已。

或許說，她被允許知道的僅止那麼多。

她被派往其中一個被列為「禁區」的城市，擔任監察野生人類的守護員，成為地球聯邦和禁區之間的橋樑，因此她對「城市」的瞭解也僅限於她待了很多年的那個城市。

這就是為何她選擇在廢棄的城市度過夜晚，並且選擇最高大廈的頂樓平台。因為即使地面有野生人類、黑毛鬼或其他生物，他們也沒有理由爬上那麼高的地方，不但耗費體力，而且沒有食物。

但紫色120仍然有強烈的不安感，或許當年的逃亡過於恐怖，她一直無法忘記，一直沒辦法消除烙印在腦中的恐懼。

因為，她深知她曾經守護的禁區的野生人類有何種能耐。

若是她認識的那批野生人類，那麼，即使這棟大廈的頂樓也是不安全的。

「好了，我們該走了。」紫色120回身走向飛行巡艇，鐵臂急忙追上去，他想趕緊瞧瞧城市的白天景色。

紫色120走路時，感覺腳下會微微震動，不禁放輕了腳步。她知道這些古代的建築歷史悠久，每個都敵不過腐朽的命運，有的大樓結構已經脆弱不堪，隨時會倒塌，大廈之間充斥大片的碎磚瓦礫，都是不知何時崩塌的建築物，已經完全辨識不出當初的模樣。

紫色120慢慢增加反重力場，飛行巡艇的底盤輕輕推開頂樓地面，升上空中，腳下的大廈逐漸遠離、融入背景，成為棋盤格子的一部分，直到鐵臂再也認不出是哪一棟大廈為止。

下方的城市猶如綿延不絕的地毯，不知何處是盡頭。

「城市好大啊。」鐵臂把臉貼在玻璃上，不停發出驚嘆。

紫色120在操縱介面上點了點觸控螢幕，試圖連接上微弱的人造衛星訊號，利用地球近地軌道上僅存仍可運作的全球定位衛星搜尋他們目前的座標，如果資料庫有的話，她還希望知道這座城市曾經有過的名字。

「那邊有一個特別大的黑色東西，是什麼？」

紫色120在專心她的工作，沒去留意鐵臂說的話。

「火母，妳看看那邊。」鐵臂拍拍她，指著他那側的外面，一定要她瞧看。

紫色120勉為其難地轉過頭去，才望了一眼，立刻嚇得全身酥麻。

鐵臂所指的方向，有一座黑沉沉的巨型建築，如同一塊倒下的黑石碑，卻巨大得涵蓋了好幾個街區，即使遠遠望去都顯得異常巨大，想必剛才是被地平線的強烈陽光和其他大廈遮蔽了，直待他們飛高了才看得見。

這棟巨物看起來沒其他建築古老，像是被粗心的設計師突兀地安插在老建築之間，不論從風格或材質來看，都跟周圍的大廈格格不入，彷彿是誤闖此地的不速之客，充滿了神秘和霸氣。

昨晚也沒注意到它的存在，因為它是黑色的，所以肯定它在晚上沒有燈光！

難道說……對於這棟怪異的黑色建築，紫色120忽然覺得不寒而慄……這裡也是一個禁區嗎？可是，她過去從未在資料上見過這地區有個禁區。

全球定位衛星傳送來座標了，可是飛行巡艇的電腦沒有向她透露任何資料——城市過去的名稱、禁區的代號、守護員的編號等等——一點也沒有。

「我們要不要過去看看？」鐵臂問道。

「不！」她回答得很強烈，把鐵臂嚇了一跳。

她有很不好的感覺。

黑色巨廈如同惡夢般的存在，彷彿正在凝視他們，讓紫色120恨不得立刻逃離這地區。

她們飛在黑色巨建築的東邊，飛行巡艇或許會被初升的陽光遮蔽，但她仍然拉低軌道高度，讓飛行巡艇比四周的大廈更低，以免萬一被黑色巨廈發現他們的蹤跡。

鐵臂留神她的一舉一動，困惑地望著她：「妳在害怕。」

紫色１２０加速了飛行巡艇。

「妳是火母，妳卻在害怕。」鐵臂感到十分費解。火母是他崇仰的女人，是神一般的人物，在他的心目中，火母不會畏懼，甚至有膽子面對黑毛鬼！

他忍不住蹙眉道：「火母究竟會害怕什麼？」

「你不會想知道的。」

「我想知道。」

「你不需要知道。」紫色１２０迴避他的窮追不捨。

「為什麼？妳先說我不想知道，然後說我不需要知道，所以其實是妳害怕我知道，」鐵臂嘗試迫出答案，「光明之地的火母為什麼不想讓我知道？」

紫色１２０對他的威逼不為所動：「因為如果你知道了，你會陷入危險。」

「大長老說過，無知才是危險的，因為會吃錯蟲子或葉子而中毒。」鐵臂不能接受，「有什麼是知道了反而危險的呢？」

飛行巡艇在古老的大廈之間穿梭，偶爾在大廈之間的空隙露出黑色巨廈，鐵臂趕緊用視線捕捉它剎那的蹤影。

「請你安靜，」紫色１２０焦慮地說，「我們必須盡快離開這裡，這裡可能很不安全。」

「有人。」

「安靜……什麼？」

「剛才經過的地方，我看到有人。」鐵臂把脖子轉到極限，企圖看到剛才掠過的大廈窗戶。

紫色120聽得毛骨悚然：「你眼睛有看清楚嗎？」

「這裡！這裡也有！」

紫色120大吃一驚，即刻把頭轉過去看，剛好看到一個人形物體的最後一瞥，跟他們的飛行巡艇同一高度，由於經過的速度很快，看不清楚是在窗內或在窗外。

紫色120頓時全身冰冷，這不是她預想中的情景，這地方應該是荒蕪的，應該沒有人類蹤跡的，但眼前的一切都超出了她的預期。

莫非她待在天縫的這三十八年來，外界已經有了許多改變？

三十八年是很長的時間。

但是，當她仍在守護禁區SZ46的那些年，日子平靜沒有變化，日復一日，一切都井然有序地進行，不會發生預料之外的事情。

究竟此地發生過什麼事？誰可以告訴她？

當下她不敢多想，馬上加速飛行巡艇，盡速逃離這個地方。

女孩

當天縫開始變暗時，洞穴內的氣溫驟然下降，年長的人都知道：「霜季」到了。

這時分，清晨露水不再，草葉表面都結上白色粉刺般的霜，連長滿青苔的岩石也會鋪上一片雪白。

寒冷的夜晚降臨時，火母也下了一個決定。

她把一個女孩從玻璃培養槽取出來，檢查她的身體。

女孩的眼睛沒完全閉上，眼白微露，像是隨時準備睜眼的樣子。

不過火母知道，女孩是永遠不會醒來的。

火母揉揉女孩手臂的肌肉，嗯，肌肉太軟，因為她從出生以後就泡在培養液中，從來沒活動過肌肉，當然也不會有堅實的肌肉。如此該如何增強女孩的肌肉才好呢？

女孩的下巴也十分短，因為從來未經咀嚼，沒有肌肉運動幫忙拉扯刺激顎骨生長，狹小的顎骨空間也造成牙齒凌亂。

火母通過女孩體內的晶片讀取腦波活動，她的腦波非常微弱，連睡眠也說不上。也難怪，這個腦袋從來不曾經過學習的過程，而學習是腦袋塑形的基礎，學習能令腦細胞間的聯繫重新整理，決定腦袋發育的方向，但這些不會在女孩身上發生。

火母測量女孩的頭圍，粗略計算了一下腦容量，因為女孩的腦袋將會置入另一個東西，必須確保屆時不會造成腦壓過高，令腦子萎縮或壞死。

這女孩是她保存的女孩之中體型最大的了。

多年前，當她終於瞭解到「母親」不會再派一個新的守護員來取代她時，她知道她必須自己準備好新的軀體，於是向族人徵收小孩。

這幾天，火母發覺她的軀體急速劣化，讓時間表的倒數提前了。

黑毛鬼入侵的事件，把她陳舊的軀體折磨壞了，她、紫色１２０和巴蜀，費盡心力殺死黑毛鬼、拯救族人、幫死去的族人蛻殼、清除黑毛鬼屍體，幾乎都沒休息的時間。經過這番折騰後，她請巴蜀為自己評估了軀體狀況，獲悉她不能再等待，如果萬一現在這副軀體忽然癱瘓，就沒人能取代她在天縫下的職責了。

以前她還期待過讓紫色 120 取代她的，但紫色 120 有她自身預設的職責，所以她甚至還鼓勵紫色 120 離開天縫，去完成職責。

但是，老實說，要是紫色 120 仍在就好了。

可惜的是，她是在紫色 120 帶著鐵臂離開後，才覺察到肉體崩壞的。

她只有一次機會。

但是，萬一手術失敗呢？她不得不擔心。

火母冷靜地在電腦「巴蜀」輸入自動手術機的手術程序：她和女孩的腦袋必須同時被打開，女孩的腦中膈要撐開備用，然後從火母的頭顱取出記憶立方體，立即植入女孩腦中，注入人工脊髓液，刺激神經纖維生長、延伸到女孩全身。

基本上，記憶立方體就像是超大型的晶片。

火母把女孩放置到手術台之後，也將自己身上的衣服脫下，小心折好，放在一旁。

她撫摸自己的身體，緊繃的皮膚開始起皺，每天也愈來愈容易疲累，這是她最後一次使用這副老舊的軀體了，待會她甦醒時，就會在另一副年幼的軀體醒來。

她臉孔朝下，俯臥到冰冷的手術台上，手術台前端有個洞口讓她的臉置入，好讓頸椎微彎。準備好之後，她吩咐說：「巴蜀，可以開始了。」

「記憶立方體移植複合式手術，可以開始了麼？」巴蜀向她確認，音訊經過她內建的神經連線，聲音直接在大腦的聽覺皮層出現。

「可以開始了。」

「重述，記憶立方體移植複合式手術，可以開始了麼？」

「可以開始了。」火母再次確認。

「最後一次重述，記憶立方體移植複合式手術，可以開始了嗎？」

「請開始。」

「手術確定開始。」

這是主宰天縫命運的手術，攸關禁區ＣＫ２１的存亡，因此依規定必須三度確認，一經確認，四面八方馬上伸過來十數條機械臂，各自負責不同部分的手術。

火母是俯臥的，只能低頭望著地面，完全看不到手術進行的過程。

此時此刻，她也感到緊張，完全無法冷靜。

她感到有一根尖刺碰上彎曲的脖子了，那是一根插入頭顱和頸椎交接處的電極，直直伸至枕骨大孔，插進脊髓之後，電極隨即慢慢放電，將感覺神經逐點麻痺，讓火母的肉體失去知覺。

火母感到很緊張，尤其當肉體的感覺越來越模糊的時候，緊張令她的記憶立方體變得異常活躍，無數記憶片段以光速掠過，急速回溯過去的經歷。

女孩的頭顱必須先準備好，機械臂先為女孩理髮，將她頭頂的毛髮清理出一個空圈，再啟動雷射刀，慢慢把頭頂部分的骨頭繞圈切開，雷射的高熱把堅硬的骨質切割的同時，血液也立即凝固，切口的組織被高熱化為焦煙，被頂處滋滋作響的抽風機吸走了。

雷射刀精準地控制深度，不傷及頭顱內的軟組織和血管，還在暴露出柔軟的腦子後為它的表面消毒。

女孩的頭顱被蓋上一片抗菌膜之後，機械臂紛紛伸向火母，用同樣的理髮程序將她的頭頂露出，然後雷射刀前端接觸火母光禿的頭頂，皮膚立刻冒出燒焦的氣味。

「停止！」火母心中忽然嚷道。

雷射刀頓時止住，退回一尺，懸在半空中。

「紫色030，你說了『停止』嗎？」巴蜀的聲音在火母腦中揚起。

「我覺得很冒險。」

「危險的機率是很低的。」

「即使很低，但不管萬一失敗或成功，對我而言，機率都是100%。」火母無法驅除懼意。

「女孩的頭部已經打開，如果手術中止，恐怕必須廢棄女孩。」

火母沉默了，思維變安靜了，巴蜀感覺到她的腦波活動較平靜了。

「紫色030，請再次確認。」

「中止，」火母躺著不能動，只有意識能通過神經對電腦傳送訊息，「把女孩的頭封回去，充分殺菌，再放回培養槽中。」

巴蜀照著做了。

火母等待了半個小時，四肢才漸漸能夠自主活動。

她疲憊地慢慢坐起身體，盯著重新被機械手臂置回玻璃筒的女孩。

女孩是活著的，只不過從出生就被保存起來，沒機會醒來，火母不知道她有沒有思想？會不會有情緒？

現在，女孩或許會受感染，然後死亡，在囚禁她一生的玻璃筒中腐爛。

「對不起，」火母輕聲對她說，「我太軟弱了。」她不是軟弱於堅持，而是沒有在手術開始之前明智地放棄。

「紫色030，」巴蜀罕有地主動跟她說話，「我建議妳去休息。」

「我知道，謝謝你。」

「我的建議，是基於對妳身體的瞭解，」巴蜀的聲音沒有被設定感情，因此顯得冷漠，「如果妳還想要順利更換身體，那麼妳現有的軀體必須有能力使用到那個時候才行，所以妳應該去休息。」

一股暖流穿過火母的心房，令她產生想哭的衝動。

天縫之下唯一關心她的是沒有肉體的電腦，唯一能分享所有秘密的是這個有人格的電腦程式，她甚至不確定巴蜀對她的關心是真正的感情還是程式的反應而已，而所有具有生命和體溫的族人都不能獲悉她立誓堅守的秘密。

火母忽然覺得很寂寞。

「巴蜀，」她問電腦，「如果給你擁有一副軀體，你想要當個怎樣的生物？」

「我已經有一副軀體了。」

巴蜀的回答跟她預期的不一樣，令火母驀地愣了一下。

「而且我可以建議妳一副適合妳的軀體。」

「你可以建議我？」

「妳需要跟妳有相似基因組合，擁有妳的『原型』的特徵基因的軀體，對吧？這些封存的女孩都擁有源自妳的『原型』的基因，是妳刻意製造的，對吧？」

巴蜀說得沒錯，雖然她當初在製造時並沒告訴巴蜀這些想法。

所以說，巴蜀懂得猜測她的心思。

火母忽然感覺巴蜀很陌生，不像她過去認識、完全服從、合作無間的巴蜀。

事實上，當巴蜀獻策用反重力將黑毛鬼屍體運出去那次，她已經覺得巴蜀表現的「關心」超出一部普通電腦該有的表現了。

此時此刻，剛剛才覺得巴蜀很貼心的她，對相處多年的電腦產生了防備心，從電腦的語氣中，它似乎知道一些她所不知道的事。

「你好像對我的原型瞭解不少？」火母試探著。

「我有妳的原型的資料。」

「為什麼你會有？」火母把自然反應想問的問題在嘴邊阻攔了下來，她忽然瞭解了為何巴蜀會有她原型的資料，說不定巴蜀就是「母親」安排監視她們守護員們的工具。她改口問：「你有她的臉部資料嗎？我想看看她長得什麼模樣。」

「我還有她的名字。」巴蜀說，「為了避免直接連接會消耗妳的壽命，我把資料顯示在螢幕上，妳能走動之後，走過去看看。」

火母掙扎著轉身，從手術台緩緩下地，方才的電極麻醉仍有殘餘的暈眩感，腳板浮浮的，像是找不到地面可以踏下去。

她吃力地穿過走廊，來到平日調控天縫下的電腦操作室，亦即在洞穴更深處的房間。巴蜀沒騙她（按理說電腦的邏輯不應該有欺騙能力），螢幕上的確有幅女子的形象，她的視覺還沒完全恢復，女子的臉龐糊成一片。

她靠近螢幕，讓視覺更容易聚焦。

然後她猝然睜大眼睛：「她是……」

女子清秀的臉十分乾淨白皙，眼睛不大，細細的眼角微翹，是典型的東方人臉孔。

巴蜀告訴她：「她是很久以前的聯邦人，源自首都賈賀烏峇，編號θ８３４０５７６１，從序號θ就知道她有多古遠了。」

火母用手指輕撫螢幕上女子的臉孔，螢幕表層的靜電令指尖感覺毛毛的：「她只有編號，沒有名字嗎？」

「有的，她的名字是沙也加。」

第六章

白眼魚

一個人不是生下來就是女人，她是變成女人的。

西蒙．波娃《第二性》

配婚

自從前幾天草葉開始結霜，白眼魚也開始有怪異的感覺。

她不喜歡那種感覺。

那感覺很不舒服，彷彿在背部有一片沉重的壓力，尤其每當她路經天頂樹就會緊跟著她。

她知道為何會有這種感覺。

她揹著火母贈與的人皮袋子，是睿智的土子蛻落在塵世的殼，蘊含著土子在人世的所有智慧，可以為她帶來好運，幫她處理她的困境，讓她也同樣作出充滿智慧的決定。

她每天早晨都把土子人皮袋恭敬地鋪在地面，跪下來合掌祈禱，有些時候，她恍若真的感覺到土子在她面前慈祥地聆聽。

祈禱之後，她才安心出發。

她將土子的人皮袋揹上，遵從規則隨著工具隊經過天頂樹，跟年長男女們一同去採集材料，開始一天的工作。當她路過天頂樹時，她曉得樹上有人正在注視她的背影，全程目送她離開。

那人的眼神十分複雜，白眼魚曾經回頭一瞥，乍見樹葉之間露出大石的眼睛（能在天頂樹上的也只有大石了），眼神中糾結了愛慕、惱怒、慾望和傷感，像是恨不得要撲到她身上似的。

白眼魚低垂著頭，盡力忽視那雙瞪得她背部發熱的目光。

但是，白眼魚覺得今天大石的目光跟平常不一樣。

他今天有異常強烈的企圖，似乎下定決心非要完成什麼不可。她很擔憂有事情將要發生。

果然，經過半天的採集材料工作，當工具隊回到天頂樹，準備開始製作工具時，白眼魚就感受到族人異樣的眼光了。

年長的女人對她曖昧地微笑，每個人都時不時偷覷她一眼，空氣中彌漫著詭異的氣氛，好像每個人都在隱瞞著她什麼似的。

白眼魚跟年輕的工具隊隊員聚在一起，從土子人皮袋中取出今天採集的長草，一根根按照長短平放在地面，準備編織容器。

白眼魚正在垂首忙著整理材料時，大長老柔光忽然出現在身邊，把她嚇了一跳，她立刻停下手中活兒，兩腿合起來跪著，兩手平放在膝蓋上，恭敬的對柔光頷首說：「大長老。」

柔光溫和地對她微笑，憐愛地把她從頭打量到腳趾：「真是個好看的女孩，妳已經來月水了吧？」

「來了……有一段時間了。」

柔光滿意地點點頭，然後抬頭望向天縫：「天一黑就冷得很快，霜季終於來了。」

「是啊，」白眼魚接口道，「霜季的長草特別堅韌，快足今天特地帶我們去採集，準備用來編籃子。」

「快足嗎？她把妳調教得很好呢。」柔光笑了笑，「我以前也是工具隊的呢。」

「真的？」柔光的話無形地打破了兩人之間的藩籬，白眼魚忽然覺得這位大長老很親切。

「我還記得怎麼做呢。」柔光從地面拾起一根長草，一端用小石頭壓住了，再用一隻腳把小石頭踩穩，手中取來另一塊小石片，靈巧地將長草割手的邊緣刨軟。

白眼魚愉快地跟柔光一起工作，仔細去掉長草邊緣割手的矽植體。

「妳有配婚的對象了嗎？」柔光邊問邊低頭處理長草，問得像不經意，令白眼魚沒有警戒心。

「有。」白眼魚心中這麼回答，但口中沒說，只輕輕搖了搖頭。

柔光欣喜說道：「有人喜歡妳，喜歡得不得了呢。」

白眼魚心中頓時不寒而慄，她憶起了大石的目光。

「有好幾個女孩喜歡他，但他獨獨鍾情於你，」柔光邊說邊留意白眼魚的神情，見她眼色茫然，便認為她也心動了，「他來向我提出配婚，希望跟妳一起生活。」

白眼魚心中掙扎著要不要說出她有喜歡的人了。

但她不敢說，不敢說她愛上的是一個失去名字的幻影，尤其對方是天縫下最有權威的大長老，她會終生被視為怪胎的。

柔光繼續遊說：「在你們年輕人之中，他的身分地位很高，以後地位會更高，說不定日後會當上大長老呢。」

白眼魚觀看旁邊幾位工具隊的伙伴，用眼神向他們求救，但他們都在埋首工作，沒人留意到她的焦急。

「妳聽了可不要驚訝，」柔光準備要解開謎底了，「想跟你配婚的男子就是守望者大石。」

白眼魚一點兒也不驚訝。

見白眼魚一點反應也沒有，柔光不禁焦急地彎下脖子正視她的眼睛，問她：「妳高興嗎？」

白眼魚支吾著說：「我……」

倒是旁邊一同工作的女孩子聽見柔光的話，興奮地大叫：「白眼魚要跟大石配婚了！」

「真的嗎？」其他工具隊員也紛紛亢奮了起來。

遠在另一棵樹下的幾個中年女人也湊過來了：「白眼魚答應了嗎？」聽起來是早就知道大石的心意，其實大石早就不停對她們暗示，好製造白眼魚非跟他配婚不可的氣氛。

「白眼魚答應了嗎？」中年女人們包圍她，有點威迫她就範的意思。

「不……」白眼魚說得很小聲，但這個微弱的字眼馬上被洪水似的嘈雜聲掩去了，連最接近她的柔光也沒聽到。

「妳答應了？」柔光見白眼魚把頭壓得更低，以為她在害羞，「那就太好了，今晚晚餐就為你們配婚吧。」

白眼魚心裡焦急萬分，但四周的人們都在為即將來臨的配婚儀式感到興奮極了，反而沒人注意白眼魚的表情。他們以為身分如此優秀、地位如此崇高的「守望者」，沒有女孩會不願意跟他配婚的。

大石在天頂樹上留神觀看動靜，當他看見眾人包圍白眼魚賀喜時，他也在樹上欣喜欲狂。

多年的夢想終於要實現了，他暗戀的白眼魚終於要在霜季來臨時跟他結合，想到今晚將能擁抱白眼魚、撫摸她豐腴的身體，大石的下體便情不禁地充血變硬。

不僅如此，他還一石二鳥，只要白眼魚成為配偶，就等於得到土子的人皮，他也不會再怨恨他所愛的白眼魚了。

白眼魚漸漸被更多人包圍了，祝賀的聲音從四面八方灌入耳朵，她感到恐慌，不知所措地站立起來，正好看見迎面而來的母親。

「孩子，恭喜妳呀……」連她母親都高興得淚盈了。

白眼魚趕緊抓住母親的肩膀，趁機擺脫人群，把母親拉去旁邊：「不對，媽媽，」她希望得到母親的幫助，「我沒答應大長老。」

白眼魚的母親嚇著了：「那麼為什麼？……」

「我不知道，我有喜歡的人，但不是大石，絕對不是大石！」她在母親耳邊焦急地說道。

「怎麼辦呢？」她母親慌張了一下，轉念又說：「可是大石很好啊，年輕人之中最有名望的就是他了，未來妳會是大長老的妻子呢。」

連母親也無視她的心情，白眼魚絕望地放開抓住母親肩膀的手。

她抬頭望向天縫，天縫仍然是耀目的藍色，距離黃昏仍有一段時間。

怎麼辦？怎麼辦？怎麼辦？

今晚，她就要被大石擁抱了嗎？光想到這點，她就渾身不舒服，好像瞬間被掏空了似的。

她對大石感到不自在，總覺得他太有心機，太多算計，她不喜歡心思拐彎抹角的人，相處起來很痛苦。

她知道她愛上的是個怎樣的人。

那個人對世界充滿了好奇心，那個人勇於冒險，勇於打破規則，那個人大剌剌地沒有心機，簡單來說，就是孩子氣。

但這個人，很奇妙的，沒有臉也沒有名字。

她愛上的無名者，究竟是誰？究竟在何方呢？

白眼魚拎起土子皮袋，憂鬱地把它緊抱在胸口，呢喃著向土子祈禱，懇求他的拯救，祈求奇蹟出現，期望大石會打消念頭。

「大長老，您已經去光明之地了吧？請您聆聽，請您聆聽，」白眼魚用只有自己聽得見的聲音祈求，「我卑微又膽小，您卻把您蛻下在世間的殼賜給我，我雖不明白，但您必有深意，想必不是要我跟大石配婚，請您阻止大石，我不要跟他在一起，我想的是另外一個人，但我不可原諒地忘記了他的名字，不過您一定記得，因為您連那個大家忘記的人都記得……」

白眼魚愕然一驚，她被自己說出口的話嚇到了。

連那個大家忘記的人都記得……

「對呀，」她自言自語，「我怎麼沒想到？」

她舉頭望去天縫，光線尚且十分強烈，斜斜穿入的強光把岩壁照得一片輝白。

這個時間只有工具隊的人會回來，因為他們只要採集了原料便需回來工作，不會等到傍晚。

她微微喘息，巴著眼眺望採集隊今早離去的方向。

廢屋

雨水開始打在擋風玻璃上時，鐵臂真的是嚇著了。

天縫下頂多會浮動著輕薄的雲，飄些細綿綿的雨，而如此大的雨滴，兇猛地打在透明擋風窗上，發出駭人的噪音，可真是把鐵臂給嚇壞了。

他瑟縮在座位上，不安地盯著窗外，可是窗外什麼也看不到，雨水像瀑布般在玻璃面上流動，扭曲了窗外的景色。

「糟了，看不清楚路，」紫色１２０完全沒察覺鐵臂的心情，「這場雨太大了，太危險，我們還是先找個地方落腳好了。」

鐵臂猛點頭。

他覺得雨水像從四面八方襲來的猛獸，像是隨時要把他吞噬掉，他巴不得火母趕快降落。

遠離了那個古老大城市有段距離之後，紫色１２０才開始回想到種種不對勁的細節。這幾天，他們都在不同的廢棄城鎮歇腳，廢城都被樹叢、蔓藤等披蓋，化成一座又一座的城市森林。相比之下，才察覺幾天前那座城市的不合理。

那座有黑色巨廈的巨大城市，跟其餘的廢城一樣布滿了時間悠久的高樓建築，但不同的是，它們大多數都挺乾淨的，沒有蔓藤纏生，也沒有被雜草樹木侵佔。

這說明了那座城市的某些區域是有被定時清理的。

所以，是何人在清理？

紫色１２０駕駛著飛行巡艇經過密林上空，心裡頭不斷回想那個城市的種種景象。她打開生物檢測儀，顯示下方沒有人煙，但依然不能令她放心。

其實她飛越的密林中有著許多過去人類活動的痕跡，曾經蓋滿大大小小的房子，地底下埋藏了複雜的電線、供水管和排水管線，地面上插了一根根電線柱、電燈柱和縱橫交錯的電訊線、屋頂上架設了訊號站，都已經被植被完全覆蓋，雖然巡艇電腦顯示有人類居住的紀錄，但紫色１２０看不到一點跡象，連雷達也偵察不到。

「這裡會是安全的休息點嗎？」她心裡嘀咕著，萬一遇上黑毛鬼或其他危險生物呢？他們之前歇腳的地方雖有開放空間，足以掌握四周的環境，但也暴露了他們自己的蹤跡。

相反地，此地厚厚的植被遮蔽了視線，對他們而言是很好的掩護，但對獵食者而言亦是如此。

其實他們別無選擇，根據飛行巡艇電腦不可靠的舊紀錄，另一個古老的人類密集居住區還需半個小時飛行路程，在滂沱大雨中飛行太危險了。

話說回來，最令紫色120困擾的就是巡艇電腦的舊紀錄，她發現這些紀錄無法跟她所面對的真實世界相符合，往往在記錄有城市的座標上發現一片荒地，反之亦然。她不知道是哪裡出問題了，似乎連羅盤標示的方向也有偏差。

話說回來，也正是這個原因，三十八年前才會花了一個月時間才找到天縫的正確位置。

「我們下去。」紫色120把巡艇的高度下降，四周立即被翠綠的植物籠罩上來，她緩緩前行，見到一個疑似洞口的地方，便把飛行巡艇停泊在洞口前方，靜靜地觀察了一會兒，紫色120才說：「我們進去瞧瞧，一有危險，馬上回到這裡。」

鐵臂當然沒意見。

之前，他們停泊在一處高樓上時，他收集了一些掌心大小的水泥塊，銳利的邊緣正好用來切割樹枝和樹藤。他用這些材料製作了三把工具：一把斧頭、一把小刀和一根短矛，簡而言之，就是用來砍的、切的和刺的。

鐵臂離開巡艇時，把小刀掛在腰邊——他不久前剛在纏腰的布料上弄了個掛刀的部位——然後取了斧頭和短矛，才在大雨中步出巡艇。

洞口周圍的樹木和草葉擋去了不少雨水，一步入洞口，吵鬧的雨聲便戛然而止，兩人立刻被一片寧靜包圍。

紫色120老早開啟了飛行巡艇前頭的燈光，讓強光投照進洞口，照亮洞口內的空間。白熾的燈光照亮了一片遼闊的方形空間，顯然曾是富裕人家的客廳，原有的家具已經腐朽，牆上的窗戶也被樹枝和蔓藤填滿了。

牆角有一堆乾枯的長草，鐵臂帶著防備走過去，先用手撥了撥乾草，確定沒東西迸出來，再將乾草堆完全撥散，確認真的沒任何東西躲在裡頭。這堆乾草可能曾經有由人類或其他野生動物所堆積，做為巢穴，或是臨時歇息一晚的床鋪，但他們無從猜測。

紫色120發現角落有一道階梯，通往樓上，她想上去瞧看，但巡艇的燈光照不上去，她對於那片充滿未知的黑暗有些遲疑。

「火母！」鐵臂見紫色120在階梯前方猶豫，忍不住呼叫她，「妳有火種呀，可以拿來照亮這個地方嗎？」

紫色120躊躇了一下才回答：「我是光明之地的火母，只有天縫的火母擁有火種。」

鐵臂覺得這回答怪怪的，卻又說不上來有什麼奇怪，畢竟他才剛抵達光明之地不久，很多事情還需要學習，火母想當然耳比他懂得多。

「那我上去看看。」在天縫下時，他有好幾次闖蕩黑暗森林的經驗，在黑暗中的感覺很靈敏，因此主動要求。

「沒有必要。」紫色120不能拿他冒險，因為鐵臂是她對「母親」交代失聯三十八年的重要證據。

「我相信上面可能更安全，」鐵臂說，「更適合過夜。」

紫色１２０沉思了一下，的確，如有野生動物闖入居住的話，樓下也比樓上來得方便出入吧？

其實她也有武器，是從她守護的禁區逃出時攜帶的小型雷射槍。

所謂雷射，就是以集中光束的能量來產生熱量，火母握有的「火種」就是某種雷射槍。紫色１２０的雷射槍射程較近，不像天縫下的武器級雷射槍，能在遠距離殺死黑毛鬼。

「你說得有道理，我們一起上去吧。」紫色１２０握著雷射槍，率先踏上階梯，鐵臂見狀，立刻尾隨她上去。

上了階梯，便聽到樓上有雨聲，有水滴聲，顯然是屋頂洞穿了，或有牆壁破損了，讓雨水滲透進來。

雨滴聲混淆了他們的聽覺，令他們聽不清楚樓上的動靜，不得不放慢上樓的腳步，水泥製的階梯也有破損，在他們腳下吱吱作響，彷彿隨時會崩塌下來。

終於，他們抵達階梯的盡頭，踏上平地。在昏暗的光線中，鐵臂看見一條走道，兩側有洞開的門，原有的門扉脫落在地，半浸泡在雨窪中。

鐵臂穿過門口，進入一個曾經是臥室的空間，有雙人床、衣櫃、桌子、半身鏡，都已經腐朽粉碎，只剩一堆分辨不出原本形狀的殘屑。

房間有窗口，窗戶上的玻璃猶在，但外面被樹葉壓著，透不進多少光線。

他們檢視了樓上的三個房間，情況都差不多。

「看來挺安全的。」鐵臂對紫色１２０說。

這裡曾經是人類的家庭遮風避雨之處，必須窮一生辛勤工作分期付款才得擁有的棲身之所，經過逾兩百年的風雨日曬、植物侵蝕，如今為鐵臂和紫色１２０提供旅途中一夜的安逸。

當他們在似乎無止無休的雨聲中躺下來時，紫色１２０不禁開始考慮要告訴他真相了。

她知道鐵臂是聰明的，踏上了天縫外頭的真實世界之後，天縫之下的謊言就再也站不住腳了，鐵臂會開始懷疑，等到疑心越來越大，她的權威再也壓不住時，她就不可能再操縱他了。

是的，她有一個調控盒可以調整他的神經活動，但無法調整他的心靈。

但是，說出真相也必須面對風險，鐵臂對她的信任，會在她說出真相的同時瓦解，說不定會變得狂暴，迫使她把他消滅，那麼這段旅程就白費了。

「一定要把他帶去……」

於是，紫色１２０又暫時拋開說出真相的想法。

特洛伊

晚餐時間，天頂樹下洋溢著一片喜悅氣氛。

消息很快傳遍了所有人，每個從外頭工作回來的族人馬上獲悉這個消息，經過大石身邊時，都順便向他賀喜。

蝌蚪隨採集隊回來，才剛接近天頂樹，便感到前方的氣氛不尋常，她從旁人的竊竊私語中，得知大石要配婚白眼魚，頓時驚詫得整個人僵住，小腿和胸口瞬間都冰冷了。

她早就預料這一天的來臨，待真正來到時，她依然按捺不住心中的悲痛，胸口緊悶得快要窒息了。

她又悲又嫉地偷看白眼魚，卻見白眼魚眉頭深鎖，一點高興的表情也沒有，蝌蚪反而覺得困惑。

白眼魚的神情十分不自在，她焦慮得臉龐發燙、思緒紊亂，不知情的人還以為她是為配婚興奮緊張。

其實白眼魚只想找到採集隊頭領彎枝，問出思念的人的名字。

她急著在回來天頂樹的族人之間尋找彎枝的蹤跡，因為彎枝似乎跟他人不同，她不會遺忘別人會遺忘的事。白眼魚相信，只要知悉愛人的名字，記憶的錮鎖就會被破解，一切的記憶便將如晨光透入天縫般回歸。

由於尚未真正公開配婚的消息，所以即使所有族人都「知道了」，但在大長老柔光正式宣布以前，都還不算是事實。

她計畫好了，萬一（其實是一定的）大長老柔光宣布她將和大石配婚時，她打算大聲吶喊，說她並不喜歡大石。即使天縫之下的世界是封閉的，每天都會遇到每一個人，她依然要對自己坦誠，不願屈服於群眾壓力。

蝌蚪觀察了白眼魚好一陣子之後，決定上前向她祝賀，她想看清楚白眼魚聽到祝福時的表情，她想知道白眼魚內心的真意。

蝌蚪邊盯著白眼魚邊走向她，當她快接近白眼魚，剛剛伸出手時，白眼魚赫然抬頭跟她的眼光接觸，兩人都心神一顫，白眼魚馬上跳起來，快步離開。

白眼魚不想聽見任何祝福，另一方面，她也從眼角留意到蝌蚪凌厲的目光，覺得很詭異，所以避開她。更重要的是，她剛好看見彎枝了！

蝌蚪僵著剛伸出來的手，視線追逐白眼魚，望著她走向老邁的彎枝。

年老的彎枝遠離眾人，獨自坐在樹下歇息，經過一天的帶領勞動之後，她只想單獨靜一靜。

他正在觀察四周的族人時，卻見一名年輕少女神色緊張地走向他，心中頓時防備：這不是得到土子人皮的女孩嗎？

「頭領，」白眼魚半跪在彎枝面前，恭敬地向他行禮，「我想問頭領，記不記得一個人？」

彎枝瞄了一眼她熱切的眼神：「記得什麼人？」

「一名少年，跟我年紀差不多，問題是，我完全想不起他的名字。」

「那妳為何問我？」彎枝垂下頭，不想看白眼魚的眼睛。

「因為您記得別人想不起的人。」

彎枝握緊了拳頭。

他不知道這女孩真正的目的，他必須小心，火母已經盯上他了。

他猜想白眼魚說的是鐵臂。

今天採集時，隊員中沒人提起鐵臂，彷彿不是忘記了鐵臂，而是他從來不曾存在過。

更可怕的是，黑毛鬼的攻擊、族人被獵食這段恐怖事件，似乎莫名其妙地在族人的記憶中消失了。

剛才彎枝觀察四周的人，見每位族人都活得愜意，彷彿沒事發生過似的，便覺得不可思議：怎麼會所有人都把黑毛鬼忘個乾淨，甚至忘記已逝的親人，獨有他記得呢？

不。如果土子還活著的話，應該也會記得吧？

他心裡不禁嘀咕：「可怕，太可怕了……」開始懷疑這世界的真實性。

「我記得別人想不起的人？」彎枝嗤笑一聲，「我不懂妳在說什麼。」隨即站起來快步遠離白眼魚。

白眼魚還在錯愕，便聽見大長老宣布烹煮食物的儀式要開始了。

大長老搖尾蟲吩咐一個小孩去邀請火母，請她用火種點燃篝火。

白眼魚知道，一旦烹煮食物完成，大長老準備分配食物時，柔光就會宣布配婚，然後這頓晚餐便會變成喜宴，晚餐後，配婚的兩人就會被送到一塊隱蔽的巨岩後方，讓他們進行「生孩子的事情」（少女們私下是這麼說的）。

她無助地盯著那位奉令去請火母的小孩，看他輕巧地攀上岩石斜地，他愈接近火母的洞穴，表示愈接近大長老宣布配婚的時刻。

忽然間，白眼魚覺得眼前的情景似曾相識。

她也曾經如此凝視著一個人，目視他登上岩壁去找火母，留意他的一舉一動，意圖把他的影像烙印在記憶中。

一個影像在她腦中閃爍，她發覺她仍舊有那個人的記憶！

白眼魚不禁瞪大眼瞻望那小孩，企圖讓過去的記憶返回來。

遠遠望去，小孩在火母洞穴外面待了一會，又轉身沿著原路走回，卻沒見到火母跟在後頭。

白眼魚覺得不太對勁，卻說不出有何不妥當。

仔細瞧看，小孩並非單獨回來的。

小孩身邊似乎跟了個跟他一樣矮小的東西，遠遠實在看不清楚。

終於當小孩步下岩石時，大家看清楚他身邊的東西了——事實上他們根本說不出來是什麼，它長得非常奇怪，有個圓滾滾的頭和一個圓筒狀的身體，全身泛現金屬的銀亮光澤，還有一圈黑色小圓洞繞著頭部。

小孩反轉身體，背向大家爬下岩石，而那怪東西則直接自空中緩緩降下，直到浮在離地面寸許之處，再滑向大長老柔光。族人們對這前所未見的怪東西驚奇不已，但感受不到它有威脅性，所以大家也就不甚害怕。

怪東西停在柴堆前方，從它的身體伸出一根手臂，伸入柴堆，只見一道強烈的藍光在柴堆中亮起，篝火便被點燃了。眾人由不得小聲議論：「這東西怎麼會擁有火母的火種？」

當負責煮食的人走到篝火之後，那怪東西徐徐移到柔光面前，發出一把溫柔的女性聲音：「我是火母派來跟你們說話的，我叫特洛伊三型，火母請兩位大長老去安靜的地方講話。」

怪東西突如其來地發出人聲，眾人忍不住嘖嘖稱奇。

它的聲音雖然溫柔有禮，並不帶一點感情，柔光從未聽過有人如此說話的。

「你是什麼東西？」柔光忍不住問道。

「我是火母派來跟你說話的特洛伊三型。」它又重複了一次，然後說：「我們到那棵樹下去。」說著，它便兀自離開眾人，滑向不遠處的一棵樹下去。

柔光和搖尾蟲兩位大長老對望一眼，回頭對族人說：「大夥留神，要是有個萬一就衝過來救我們。」大家點頭答應了。

他們沒有理由信任一個貿然自稱是由火母派來的怪東西，更何況是兩位重要的大長老同時隨它而去，萬一有個閃失，沒人可承擔後果，所以族人們全都保持警戒。

白眼魚也跟大家一樣，緊盯著大長老和特洛伊三型，她看到兩位大長老遠遠面對著族人，低頭傾聽特洛伊三型說話，而只有他們腰身那麼高的特洛伊三型則背對著族人……或許說背對不太恰當，它頭上那一整圈的黑點會是眼睛嗎？若是的話，那它的身體根本沒有前後左右之分。

這時候，白眼魚察覺到有個人挨近她，然後站到她身邊。

她不需轉頭，從氣味就辨認得出是大石。

大石距離她非常近，近得甚至可以感覺到他身上的靜電，令白眼魚手臂上的毛髮也聳立了起來。

「白眼魚……」大石靜悄悄地在她耳際說話，「你知道大長老待會要宣布什麼嗎？」

白眼魚全身皮膚雞皮疙瘩，從神經到肌肉都緊繃了，她不想回答，也不轉過頭去，乾脆假裝沒聽到，只要不回答，就能假裝沒發生吧？

沒想到，遠處的兩位大長老忽然同時抬起頭來，視線穿過族人，在族人之間搜索了一陣之後，雙雙投注在白眼魚身上。他們目光灼熱，白眼魚愕然一驚：「他們為什麼看我？因為大石嗎？」

兩位大長老跟特洛伊三型又說了一番話之後，大長老搖尾蟲獨自離開特洛伊三型，朝白眼魚招手：「白眼魚，過來。」

白眼魚很緊張：「終於要來了嗎？」她提起勇氣，朝搖尾蟲大聲說：「大長老，我……」

搖尾蟲截斷她的話頭：「別拖拖拉拉，快過來，火母有重要的事，指定要告訴妳。」

「火母？」白眼魚完全沒料到。

「快點，由特洛伊三型親口告訴妳。」

能夠遠離大石，白眼魚求之不得，她經過搖尾蟲身邊，走向遠處樹下的那個怪東西。

面對未知的命運，白眼魚既期待又害怕，她不知道等待著她的是什麼，不過很顯然地，她以為她有選擇，其實沒有，她只能迎向命運。

「大長老，」大石困惑地叫住了正要轉身的搖尾蟲，「火母要告訴白眼魚什麼呢？」

搖尾蟲一言不發地望著大石，良久，才伸手揉了揉他日漸肥厚的肩膀，搖頭說：「忘了白眼魚吧，忘了今天你向我們提過的要求吧。」

大石心裡瞬間涼透，駭然道：「為什麼？發生了什麼事？火母要白眼魚做什麼？」

搖尾蟲再度用力的搖頭：「聽我的話，孩子，此刻以後，白眼魚跟你就是兩個不同世界的人了。」

那一頭，白眼魚才剛走到特洛伊三型跟前，它就說：「跟我來。」

她這才發現，特洛伊三型是懸浮在半空的，它引著白眼魚走向岩壁，白眼魚不明白它想做什麼，回首望了一下，發現大長老柔光並沒跟過來。

「我們要去哪裡？」白眼魚擔心的問。

「去找火母。」特洛伊溫柔地說。

白眼魚緊張地抬頭張望火母洞穴，該處向來是族人的禁地。

走了一段路，當白眼魚終於抵達火母洞穴入口時，她恭敬的站在入口外面，等候火母出來說話。

「進去吧。」特洛伊三型說，「火母不會出來了，她要妳進去。」

白眼魚受寵若驚：「不行，那裡是不允許進去的。」

「妳必須進去，」特洛伊三型說，「這是火母親自指示的。」

白眼魚依舊不敢造次：「我有什麼特別？能遭到火母的特別對待？」

「因為火母已經無法行走了，」特洛伊三型沒有情感的聲音，此時似乎添了一點人味，「所以妳才必須親自走進去。」

火母不能行走？白眼魚暗地裡吃了一驚。她究竟發生了什麼事情？

白眼魚緊張地嚥了嚥口水，伸出右腳，踏入火母洞穴。

她才剛進入洞穴，身後便發出細微的滋滋聲，令她起雞皮疙瘩，她下意識地回頭望了望，但什麼也沒看到。

她不知道，洞口被一片隱形的屏幕封起來了，她已經沒有出去的機會。

洞口裡面很光亮，但是……她很有疑問：洞口裡面怎麼會是亮的呢？沒有來自天縫的光線，洞裡應該是漆黑的，但是洞穴頂部正發出的白淨光線，且比天縫的光線亮上好幾倍！

白眼魚的眼前充滿了她無法理解的事物——牆上的螢幕、操作介面上的按鈕和推桿、透明的抽屜、紅色的小光點，還有——走在她前方的火母使者「特洛伊」，究竟是個什麼東西？

終於在穿過一道又長又彎的走廊之後，她抵達一個很大的房間，周圍充滿了管線、機械臂和更多低沉的滋滋聲。

房間的正中有一張鋼床。

鋼床上躺了個身著白袍的人，那是火母的白袍，可是那人的頭上沒有毛髮，還有一道發炎的紅痕。

會是火母嗎？怎麼不太一樣？

白眼魚猶豫了片刻，才敢上前觀看，果真是火母！穿著她一貫的白袍，彷彿正在沉睡。

她面色蒼白，不像平日的紅潤有活力，連手臂的膚色也比平日暗淡。

她的呼吸異常緩慢，每一呼一吸之間相隔冗長，好像生命正一點一滴的從她鼻孔流失。

「火……火母？」白眼魚嘗試呼喚她。

火母一點反應也沒有，要不是她仍在呼吸，還真以為她死了。

「火母正在休息，為什麼還要叫我來見她？」白眼魚轉頭問特洛伊。

「她不是在休息，」特洛伊說，「她正在彌留了。」

「什麼叫彌留？」

「她快要死了。」

「什麼叫……死？」

特洛伊停頓了一下，才回答：「就是你們說的『蛻殼』。」

「怎麼會？」白眼魚吃驚地掩嘴，呢喃道：「她是那麼重要的人……」白眼魚腦中掠過一連串問題：往後烹食時由誰來點火？她的地位顯然比大長老更重要，以後誰能夠引導我們族人？

「這就是火母召喚你來的原因，」特洛伊說，「她希望妳能答應她，接替她，成為下一位火母。」

蛇眼

清晨，屋外依舊昏沉，仍在下著雨，只是雨勢變小了。

鐵臂已經睡夠了，雖然陰雨天沒有陽光驅使，他還是自然醒來了。

他們找到一個比較乾爽的房間，躺在地板上過了一夜，但當他醒來時，卻感到有冰冷且軟滑的東西貼著手臂蠕動。

「那是什麼？」意識立即從混沌中甦醒，腎上腺素急速分泌，全身進入戒備狀態。他睜大眼睛，見到地面上爬滿了滑溜溜的黑色管子，牠們似乎感覺到鐵臂醒來，更為激烈地蠕動了。

「別動！」鐵臂耳邊傳來紫色１２０小聲的警告，「千萬不要動！」

鐵臂聽從她的話，屏住呼吸，不敢妄動。

紫色１２０很緊張。

天縫下沒有蛇，鐵臂理應不認得。

但她認得蛇，不知何時來了這麼多蛇？而且她的內建資料庫不知有沒有足夠資料供她辨認是否毒蛇。

這地區自古多蛇，即使經歷大毀滅，也不會把此地的蛇消滅掉。牠們大概是來躲雨，聚在一起取暖，正好碰上體溫比牠們高的人類，才會聚集在鐵臂身邊的。

紫色１２０也不敢使用雷射槍，怕激怒了蛇，反而迫使牠們發動攻擊。

「你慢慢地、慢慢地起身，小心別嚇到牠們了……」

鐵臂點點頭，雖然他不認得這種生物，但牠們駭人的邪惡外觀喚醒了遠古祖先的潛意識，他聽從紫色１２０的指示，非常非常緩慢輕巧地移動手臂，讓手臂脫離蛇的接觸。

紫色１２０也小心翼翼地站起來，她把賭注押在氣溫上面，連夜淫雨令外頭氣溫比平常低上四、五度，室內氣溫也同樣偏低，身為變溫動物的蛇類，體溫是隨環境變化的，所以牠們依然像是提不起勁般懶洋洋的，即使想發動攻擊也有心無力的樣子。

她可以想像，昨夜這些蛇是以多麼緩慢的速度爬行聚集到他們身邊，緩慢得他們一點也沒察覺。

紫色120招手叫鐵臂走向她，鐵臂會意，於是跨大步越過蛇群，但長居天縫石頭地面的他，腳底習慣性地用力頓地，蛇群被地板的震動刺激，立時騷動。

紫色120連忙搖手，要他放輕腳步。她知道蛇對振動十分敏感，因為那是牠們賴以獵食的感官。

鐵臂見蛇群起了騷動，心中一急，反而更快移動腳步，卻一時找不到踏腳的空隙，竟一腳踩到幾條蛇身上，蛇被嚇急了，忽然張口攻擊，猛地扭身咬他的腳，鐵臂嚇得大叫，快步衝過蛇群，又踩傷了好幾條蛇，待他終於到達紫色120面前時，腳上和腿上掛了三條蛇，每條蛇都狠狠咬住他不鬆口。

紫色120立刻取出雷射槍，把槍管頂著蛇頭，把能量調到中等，扳機一扣，蛇首立時焦黑，整條蛇身落地。

她如法炮製殺死其他兩條蛇，即刻跑去窗口把蔓藤拉進來，用雷射槍切下一段，叫鐵臂站好，然後用蔓藤將他的小腿綁緊。

現在，她可以仔細觀察這些蛇的外觀，包括花紋、蛇首形狀、牙齒等等，然後在她內建的資料庫中對照，找出這三條蛇的學名。

她鬆了一口氣，轉身解開綁在鐵臂小腿上的蔓藤：「這幾條蛇沒毒的，不需擔心了。」

「你說這叫什麼？蛇？牠們有毒？」

「有些有毒，剛才我把你的腿綁起來，就是為了不讓蛇毒流上去，免得你會死掉。」

鐵臂十分錯愕：「我是蛻殼才來光明之地的，還會再死掉嗎？」

「會，而且在光明之地蛻殼的話，你就會徹底完全消失了。」

鐵臂聽了差點崩潰，那句「徹底消失」頓時令他渾身冷汗，不禁沮喪地說：「光明之地怎麼有這麼多可怕的東西？以前大長老可不是這樣告訴我們的。」

「大長老告訴你們什麼？光明之地是個充滿喜樂的地方嗎？」紫色１２０反問。

鐵臂愣了一下：「……並沒有。」

「大長老告訴你們的是：光明之地是祖先的地方，蛻殼後就能去到祖先的地方，對吧？」

紫色１２０說得沒錯，土子並未應諾一個安全祥和的樂土……鐵臂困惑地皺起眉頭，直愣愣地望著蛇群。

紫色１２０盯著地面蠕動的蛇群，確定牠們暫時不會再爬過來了，才彎下身子，把雷射槍的能量調去最低，然後把槍口抵住鐵臂腿上被蛇咬出來的血洞，把鐵臂嚇了一跳。

「放心，不會傷害你的，能幫助傷口更快癒合。」

果然，紫色１２０啟動雷射槍時，鐵臂腿上的創口只有溫溫的感覺，挺舒服的。

鐵臂沒忘記剛剛的談話：「所以，大長老沒騙我們？」

紫色１２０搖搖頭：「這裡的確是你們祖先的地方。」她不知鐵臂聽出話語中的弦外之音沒有。

鐵臂對她的話沒反應。

紫色１２０頗為失望地嘆了口氣，走去撿起三條蛇屍，說：「我們把蛇做成今天的早餐吧。」

「能吃嗎？」鐵臂不安地問道。這麼猙獰的生物，真能夠吞進肚子裡嗎？

「不僅能吃，還很有用。」紫色１２０心裡已經在盤算著要把蛇皮剝下來，蛇的利牙也有用途，說不定可以當成針或鉤，蛇肉多刺骨，待會吃要小心點。

她招手叫鐵臂下樓，他們誰也不想再跟蛇群待在同一處。

鐵臂的腿很痛，蛇牙在他小腿肌肉開了洞，雖然紫色120為他治療，依然稍一扯動就會在深處疼痛，是以下樓梯時比紫色120慢許多，還得留心被腐朽的樓梯絆倒。

紫色120率先抵達樓下大廳，立刻從角落取來乾草，撿些古老家具的碎片，把木材堆疊好，準備生火。

她從隨身工具袋掏出小刀，先抵住地面切下蛇頭，但仍保留一層皮連接身體，接著把刀刃抵在蛇頭連皮的切口，將皮和肉一點一點分離。

看見紫色120手上的小刀無比銳利，鐵臂仰慕不已，火母的工具如此厲害，他自製的刀斧根本不堪比較。

紫色120剛切下蛇皮，刀刃竟碰上硬物，正好卡在皮肉交界之處。

她心中疑惑大起，卻仍不動聲色，繼續手上的切割工作。

待剝下整片蛇皮後，她才用指甲輕揉蛇皮內層，竟然卡到一條硬線。

刮掉蛇皮內層黏著的碎肉之後，還露出一條金線。

紫色120感到背脊深深的涼沁。

果然如她所料！她真不希望預感成真了！

蛇皮下埋藏了一條金線，一直延伸到她剛切下的頭部。

她思索片刻，隨即將蛇頭按在地面，把刀尖淺淺插入雙目之間的頭部，那裡是牠脆弱的小腦子所在。

紫色120非常小心地，將蛇頭焦黑的皮膚剝開，露出烤成褐色的骨骼後，再把骨骼小片小片挑破，直到弄成一個孔洞，露出裡面柔軟的腦組織。

但是裡面並不是柔軟的腦組織。

爬行類的腦子位於雙目之間，或說雙目在頭腦的兩側，換句話說，眼睛就是腦子往兩側的延伸，又或者說，眼睛其實就是露在外面接收光線訊息的腦子。

但是，紫色120手上的這條蛇，被雷射熱量煮熟了的腦子中，鑲了一片小小的晶片，金線自晶片延伸向軀體，許多細小纖維從晶片伸向眼球，完全取代了原有的視神經。

紫色120認得這是什麼。

這是她研究過的一種「副產品」。

依據「母親」的指示，「主產品」是「人類和機器結合的最大極限」。

副產品則是其他生物。

三十八年前，當她剛逃出禁區SZ46時，那些蛇只是未完成品，也不是什麼急需完成的作品。

那些從晶片伸出的纖維是仿生神經纖維，一半像神經纖維，一半像光纖，晶片只需發出一個光子，就能通過仿生神經纖維控制肌肉或激素分泌、檢測生命數據，或在血球細胞中進行染色體存檔。

她驟然像浸入冰水之中，渾身緊繃的寒意。

她剝開另外兩條蛇的頭部，腦子裡同樣鑲了晶片，證實了她的疑竇。

她抬頭望向階梯，不禁開始想像樓上的蛇群，是否每一條都是如此？若是，又為何這間淹沒在密林中的古屋會有這種蛇？

紫色120神經兮兮地左顧右盼，伸進屋裡的蔓藤上有隻蜥蜴，牠的眼神正在注視她嗎？牠假裝把頭轉開嗎？

牆角有隻肥大的蟑螂急急竄逃，牠也有晶片嗎？害怕被發現所以逃跑嗎？牠有把訊息傳回去的功能嗎？或只是被設計成自主行動的個體？

如果有人在收集訊息，會是誰？是反叛的禁區野生人類，還是「母親」？

紫色120杯弓蛇影，頓感草木皆兵。

鐵臂跛著受傷的腳，好不容易走到她面前，見她臉色蒼白，不禁訝異：「火母，你還在害怕上面的蛇嗎？」

紫色120不知該如何對鐵臂解釋才好。

她擔心害怕的不是蛇，而是隱藏在蛇群背後的事實。

她離開這三十八年來，世界究竟發生了何等變化？她安然地躲在地底的巨大洞穴，完全不曉得外界重新洗牌後的新世界。

她開始懷疑她離開天縫的決定是否正確。

現在回去天縫，還為時不晚吧？

不，她想知道！她想知道「母親」究竟是怎麼了？為何跟她們失去聯絡那麼久？

她相信答案可以在「聖城」找到。

不，那裡真正的名稱不叫聖城，那裡是地球聯邦的東亞區首都，地球聯邦的統治階層「十二人席會」的其中一位就是東亞區主席，而該城的官方正式名稱是「大圍牆」。

事實上，即使對公民而言，統治階層是由十二人組成的這回事也是個不宣的秘密，紫色120唯一知道的只有：禁區SZ46的所有大小事，她都必須向位於「大圍牆」的「母親」分體報告。

而母親真正的身體在遙遠的賈賀烏沓，在另一塊大陸上。

但是，現在她開始真正地擔憂了。

「鐵臂！」紫色120忽然變得很嚴肅，鐵臂感到氣氛沉重了起來。

「火母。」他應道。

「答應我一件事，你一定要做到，即使生命受到威脅，你也一定要做到！」

鐵臂受到紫色120強烈的情緒感染，也覺得非常不安：一路上似乎什麼都知道、什麼都瞭解、令他十分仰賴的火母，為什麼會說出這種話呢？他一時結巴了起來：「什……什麼事呢？」

「無論發生什麼事，你都不可以告訴任何人，任何人！」她再三強調，「不能告訴任何人你來自什麼地方，不能讓任何人知道天縫，『天縫』兩個字連提都不能提！」

「為什麼？」

「答應我！」紫色120像要冒出火的眼神，忽然變得濕濕的，「別問為什麼！」

結合

「成為下一個火母？」面對特洛伊說出的話，白眼魚震驚非常，太荒謬了。

什麼叫成為下一個火母？火母是無可取代的一種存在！

「其實妳沒得選擇，」特洛伊說，「我們不是在徵求妳的意見，也不是問妳同不同意？我們只是必須事先告知，以免妳醒來時會嚇到。」

一切過於突如其來，白眼魚沒有心理準備。

事實上，無人可能有心理準備。

「為何是我？」白眼魚冷靜地問，「為何不是……大長老柔光？」

「因為妳的身體最合適，相容度最高。」

白眼魚根本聽不明白。

「假如我拒絕呢？」

「那麼，外面的那些族人們，很快就會忘記妳曾經存在。」

「忘記我？」白眼魚訝然道。

「就如同忘記鐵臂一樣。」

「鐵臂……」這名字如煙火在腦中燦爛的爆開，一旦獲悉了遺失的名字，各種相聯的記憶瞬間在白眼魚腦中復甦。

聰敏的白眼魚愕然省悟：「難道說，我會忘了鐵臂……」她又驚又怒：「你們怎麼辦到的？」

「白眼魚，沒有時間了。」特洛伊的語氣驟然改變，彷彿剎那換了另一個人格，「我懇求妳，為妳的族人獻出妳自己，如同我為你們獻出了全部。」

白眼魚敏銳地察覺到特洛伊三型突如其來的語氣變化：「妳是……火母？」

「是的，我是火母，」對方即刻承認，「我的肉體已經無法活動，但我的意識仍然活耀，只好借助特洛伊的聲音。」

白眼魚冷靜地嚥了嚥口水：「我只是個採集隊的學員，沒有能力取代偉大的火母。」

特洛伊說：「妳會明白的。」話語剛完，白眼魚忽覺視線一晃，意識驟然往下潛沉，便軟倒在地。

剛剛，「巴蜀」把她的運動神經系統關閉了，她的身體頓時無法動彈，意識卻異常的清楚。

就如同被稱為鬼壓床的夢魘一般。

她感到身體下方被伸入兩根硬物，緩緩將她抬高，放置到冰冷的鋼床上。

那是特洛伊伸出兩臂把她搬上手術台，白眼魚十分恐慌，有如待宰的牲口，無助地直視天花板，但天花板太亮了，她睜不開眼睛。

數根機械臂伸向她，把她的身體翻轉，讓她臉朝下躺著，臉孔正好靠在鋼床上的洞口，讓她面朝著一個螢幕，上面詳列出手術的程序和進度，不過白眼魚一個字也看不懂，也不曉得螢幕是什麼東西。

一片冷冷的薄片抵上她的頭皮，輕輕滑過，她的毛髮隨之落下，原來是自動手術機在幫她剃乾淨天靈蓋上的毛髮，但她連金屬製的刀子也沒見過。

她極度恐慌，心跳變得無比強烈，連鋼床都被心跳撞擊得發出咚咚聲，再這樣下去，說不定她會停止心跳。

「巴蜀」迅速把白眼魚的頭頂剃乾淨，將兩根尖細的電極插進她的後頸，精準從枕骨大孔的空隙插入腦幹，再導入輕微的電激，隨著電力提昇，白眼魚的痛覺隨之漸漸遲鈍。

身體的感覺中，痛覺屬於最粗糙、最低層級的感覺，乃最容易被麻痺的感覺。

大腦本身沒有痛覺，無需麻醉，且為了確保火母的記憶立方體能夠跟白眼魚的大腦完整結合，大腦必須保持活躍，因此在整個手術過程中，白眼魚必須完全保持意識清醒，因此只有最粗淺的痛覺被麻痺掉。

這一切對白眼魚而言過於詭異，無法自主的她，聽得到心臟強烈撞擊胸口的震盪，雖然呼吸越來越急促，肺臟卻似乎無法吸收空氣！這情境似曾相識，她小時候曾經掉進一個狹窄的洞穴，洞穴底部很滑，她很怕繼續往下滑，掉進洞穴的更深處，只好拚命用腳趾抵住，猶記得，當時洞穴裡迴響著她的心跳聲。

那是她上一次最接近死亡的感覺。

然後，洞穴外伸進了一條手臂。

鐵臂出現在洞口，童稚的聲音說：「我就覺得背後有怪聲，妳跟蹤了我多久？」

是的，年幼的白眼魚留意到鐵臂常常不知溜去哪裡，於是好奇地跟蹤他，才會不慎掉進地洞裡。

從鐵臂掌心傳來的溫暖，似乎從來不曾消失，她此刻依然感覺得到。

在生命面臨威脅時，她想起鐵臂了，嘴角忍不住掛上一抹微笑。

她知道鐵臂對她沒意思，但危急中依然忍不住在腦中呢喃：「鐵臂……救我。」

但是，很奇妙的，她看到的不是鐵臂，而是土子。

她隨身帶著的土子皮袋，在剛才失去意識時掉在地面，迷糊之中，皮袋似乎站起來了，化成一個睿智的中年人，但她看得出是較年輕的土子。

土子的形貌像水波般晶瑩，似乎泛著一層光芒，他溫柔的對她微笑，口中說：「族人就拜託你了。」

「大長老……」

巴蜀又降低了她的交感神經功能、提升了副交感神經功能，於是白眼魚忽地緩和下來，心跳和呼吸變慢了，腎上腺素分泌也減少了。

土子也在眼前消失了。

然後，巴蜀細細地增加她的腦內啡分泌，令她心情愉悅，不再擔憂。

從很久以前開始，「母親」就捨棄了使用神經性藥物來控制人類精神，一方面是由於神經性藥物只能影響精神作用的表層，並沒從根基上改變精神作用，事後還會出現強烈的反彈效應，所以「母親」直接從最基礎的神經去控制。

心情很好的白眼魚，將死亡的恐懼拋得遠遠的，她耳中聽見火母的頭顱被圓鑽切割的聲音，也覺得無所謂。

但在放鬆的狀態下，她心中仍然緊繫著鐵臂，愉悅中摻雜了陣陣酸楚。

中空的圓鑽抵上她的頭頂正中——人稱「百會」的中心，顱骨閉合的囟門——預備打開一個直徑四公分的洞口。

圓鑽開始轉動時，也同時在利刃噴上生理食鹽水，以免切割產生的高熱令骨骼壞死，造成洞口無法癒合；使用生理食鹽水，乃為了跟骨骼細胞維持等張溶液，以免骨骼細胞吸水膨脹，同樣會壞死。她感到冷水流下頭頂，和著血水和骨頭碎屑從手術台的洞口流走。

白眼魚身邊，火母已被翻身，白袍也被除去，她的頭頂也正在開洞，而且打開直徑更大的洞口，好讓機械臂的夾子得以伸入，夾取頭顱內的記憶立方體。

數根細細的雷射刀，先切割掉重重裹住記憶立方體的無數神經纖維，再以近乎粗暴的方式從頭蓋骨拉扯出來，許許多多的神經纖維藕斷絲連，把火母的頭拉抬起來，拉得肩膀激烈抖動，待雷射刀再伸過來將剩餘的神經纖維燒斷了，才得以將記憶立方體完全掙脫。

它儲存了火母逾百年的記憶、技能、經驗、人生，甚至肌肉反射的習慣。

火母的身軀漸漸失去血色，曾經豐美的肉體，如今只像一團灰綴綴的舊毛巾，等待著被回收，還原成「原生濃湯」（primordial broth）。

用生理食鹽水沖洗記憶立方體上殘留的火母細胞後，機械臂伸入白眼魚的頭頂，輕巧地推開左右腦之間的溝隙，將記憶立方體緩緩嵌入聯繫左右兩腦的胼胝體（corpus callosum），同時要避免擠壓造成腦壓過高。

當記憶立方體接觸到白眼魚的腦脊液，一旦浸泡入大量電解質和營養之中，立方體表面的仿生神經纖維馬上受到激發，開始蜿蜒生長，穿入大腦灰質，連接腦細胞……所有被壓抑的記憶如洪水般湧出，腦中忽然迸現數百萬條流芒，如流動的螢火般閃爍，如滿天星斗突然耀現強光，相互輝照，尋找連結點結合在一起，快速地互相糾結。

然後，機械臂將記憶立方體稍微往小腦方向傾斜，讓記憶立方體的尖端指向松果體，在兩者幾乎快要接觸的一百微米的距離，機械臂停止動作，任由仿生神經纖維生長，充填兩者之間的空間，讓記憶立方體固定在這個位置上。

形狀像松果一般有著螺旋狀鱗片的松果體，在跟記憶立方體幾乎接觸的剎那，似乎在這微小的腦部區域發生了細微的空間扭曲，在這瞬間，白眼魚驟然心情愉悅，彷彿受到激勵，出現狂喜似的興奮。

剎那間，所有火母知道的，她全盤地接收了。

她知道了天縫的歷史，知道地球聯邦，知道有個無上的「母親」。

她知道了族人的來歷。

知道是土子臨終前要求火母將人皮交給白眼魚的。

她甚至知道了鐵臂的基因圖譜。

她也知道火母的身分了。

她知道是巴蜀建議她跟火母結合的，因為她有跟火母相同基因組——源自原型沙也加。她完全沒有巴蜀所預期的震驚。

因為她就是火母。

火母是不會對自己的記憶感到震驚的。

同樣的，火母也獲知很多白眼魚的秘密。

火母知道白眼魚的初經、對鐵臂漸漸萌生的情愫、對鐵臂烈火般的愛戀、對大石的憎惡，以及她對每一個人的想法。

這一切對火母而言是陌生的，她打從誕生就是生化人，沒有家庭，不曾有童年，不曾經歷過長大。

當她獲得白眼魚短短五年一生的記憶時，她不禁感傷，她獲得了從來不曾有過的體驗：依偎在媽媽懷中的溫暖、有兄弟姊妹的陪伴。

不，她並不是獲得這些記憶。

這就是她的記憶。

因為她就是白眼魚。

感覺很奇妙，她同時是火母也是白眼魚。

不過，一加一之後就該有個新的名稱之為二，所以她也理應有個白眼魚和火母以外的新定義。

白眼魚─火母仍然一動也不動的躺著，等待仿生神經纖維生長遍布全身，若是新生嬰兒，它從頭部長到腳底只需兩三個小時，但對白眼魚的身長而言，則需耗上一整個日夜。

她的身體未能活動，然而心智已經極度活躍。

許多嶄新的想法不斷地迸出來，不論是白眼魚或火母，都對這些前所未有的想法感到驚奇。

但她只能靜靜地躺在鋼床上，等待兩人完整的合為一體。

在寧靜地躺著時，她看到年輕的土子站在身邊，似在守護著她，令她十分安心。

第七章

立方體

人有時是自身命運的主宰，
若我們受制於人，錯則不在命運，
而是出自我們自己。

莎士比亞《凱撒大帝的悲劇》

真相

「不能告訴任何人你來自何處，不能讓任何人知道天縫，『天縫』兩個字連提都不能提！」

鐵臂對紫色 120 的警言感到很費解。

這個世界對他而言是個全新的世界，每分每秒都給他帶來新奇。

滿天傾瀉的暴風雨、照滿天空的光線、無邊無際的地面、複雜多樣的植物、方形硬殼屋、平坦的人工地面、從未見過的生物等等。

但是，這個令人又驚奇又懼怕的光明之地，明明應該是蛻殼後跟祖先們聚首的地方，卻在火母口中充滿了死亡威脅。

火母似乎對他隱瞞了很多真相。

以他有限的腦袋瓜，實在猜不透真相。

「為什麼？」鐵臂大惑不解，「祖先們都來自天縫啊，為何不能提起天縫？」

紫色 120 掩上她的嘴巴，緊張地四下掃視：「小聲，小聲。」

鐵臂圓瞪大眼：「難道……」他遲疑了一下，「這裡真的是光明之地嗎？」

紫色 120 感到身體涼了半截，忖著：鐵臂終於開竅了。

「光明之地……」紫色 120 鼓起勇氣，「意思就是很光亮的地方，你說對嗎？」

經過了這段日子的適應後，老實說，天縫之下太陰暗，也太冷了。

所以鐵臂點點頭。

「祖先會在光明之地等待，意思是，」紫色 120 頓了一下，擔心一次透露過多的真相，會令鐵臂受不了，然後像岩間草一樣發瘋，「其實所有天縫之下的人，祖先都來自光明之地。」

鐵臂酌量了一下紫色120的話，赫然察覺她話中的深意：「等等，妳是說，祖先來自光明……不是從天縫去光明之地？」

「所有人類，本來都活在地面的。」紫色120小心翼翼地挑選字眼，「你們，是被特別選出來，保護在天縫底下，不要受到其他生物的傷害。」

鐵臂沉吟半晌：「比如說黑毛鬼嗎？」

紫色120瞪著鐵臂：「攻擊天縫的黑毛鬼，很可怕吧？」

鐵臂點頭。

「黑毛鬼其實是人。」

鐵臂登時寒毛聳立：那麼可怕的生物，怎麼會是人呢？

「或許說曾經是人類。」紫色120說，「地面上有些人類，已經跟天縫下的大大不同，你完全無法想像。」

「所以說……天縫和光明之地，都有人類？」

「是的。」

他急問：「所以，我還是活著的嗎？還是死的？」

「你是活著的，你離開天縫，來到上面的世界了。」

鐵臂懊惱不已，他好不容易接受了自己已經蛻殼，是無法再回到天縫的靈體，如今卻是從小學習的概念全部瞬間瓦解，他的腦子負荷不了，只好用手掌壓著額頭，連呼吸也急促了：「所以大長老告訴我們的，都是假的……那麼，那些蛻殼了的人，又去了哪裡？」

「老實說，」紫色１２０心虛地回道，「我不知道，我聽過幾個說法，但老實說，我不知道。」

「我的祖先呢？不在這裡嗎？」

紫色１２０搖頭。

「我的父親呢？我很期待跟他見面，我要問他為何會失蹤！」

「我真的不知道。」

「還有，妳說我是重生人，去到不死的聖城，成為族人的神……」

「為了不讓你害怕，我用你懂的方法說的……」

鐵臂受不了，沉痛地抱頭：「火母，妳為何騙我們？」

「你們很珍貴，天縫是保護你們的地方，」紫色１２０急促解釋，「你們是人類的希望。」

「什麼意思？我一點也不懂。」

「人類曾經滅絕過一次，可是，有個偉大的『母親』要讓人類繼續在地面上生活，所以……」

「妳在說什麼？我們不住在地面，我們住在一個大洞裡面呀！」

「小聲！」紫色１２０用力掩上他的嘴巴，「如果你還要活命的話。」

紫色１２０的胸口抵住鐵臂的手臂，他感覺到她沉重的心跳，「妳怕什麼？」鐵臂被她的緊張影響，心跳也劇速加快，「妳到底在怕什麼？」

清晨的陽光斜照入古屋，牆壁上的蔓藤沾滿了露珠，窗外吹入清爽的和風，空氣中瀰漫著潮濕的黴臭味，一切都顯得祥和寧靜，但紫色１２０有如浸在冰水中顫抖著嘴唇。

鐵臂從未見過如此脆弱的火母。

她拿起地上的蛇體，讓鐵臂瞧看蛇頭中的晶片和金線：「你聽好，這些東西不是自然的，這個是有別人安裝進去的，說不定我們的談話和行蹤，全都已經被人探知了。」

鐵臂不懂那些晶片是什麼：「誰會想探查我們？」

「其他的人類，他們一旦找到我們，說不定馬上會殺死我們的！」

「為什麼？」

紫色120很難在這麼短時間內向鐵臂交代太多新觀念，只好快快編造一個理由：「因為他們要阻止我們到聖城。」

鐵臂的好奇心和求知慾燃燒了起來：「為什麼？為什麼他們要阻止我？妳又為何要帶我離開天縫？」

「我要把你帶去聖城，因為創造人類的母親在那兒等著要見你。」紫色120說，「因為你們是最純淨原始的人類。」

鐵臂的腦袋瓜像暴風般混亂。

「我懇求你冷靜，好好的聽我告訴你，有關『母親』的事。」

鐵臂覺得太複雜了，這種複雜的思考對他而言太陌生了，他覺得腦子累極了，由不得疲憊的垂下頭來。

紫色120見他失去了力氣，伸手輕撫他的頭髮：「我剛才說，人類曾經滅絕過一次，很久很久以前，人類曾經是大地上最無敵的生物，建立了你先前看過的巨大城市，但是，他們在一夕之間滅絕了，偉大的『母親』要讓人類繼續在地面上生活，因此祂重新製造了人類。」

鐵臂軟趴趴地靠坐在牆邊，皺著眉聆聽。

「祂要為人類尋找最好的存活方式，於是安排了好幾個地方，每個地方實驗一種方式，試圖找出人類永續生存的最好辦法。」紫色120豁出去似地全盤托出，只為得到鐵臂的信任，「而你們，是純淨的、最原始版本、未經修改的人類。」

鐵臂想了一下紫色120所說的話：「如果我們是原本的人類，難道其他地方的人類不是嗎？」

紫色120搖頭：「我知道的不多，只知道每個地方不太一樣，但我清楚的也只有兩個地方而已。」她補充說：「每一個『地方』，稱之為『禁區』，天縫的名字是禁區CK21，另一個我知道的叫禁區SZ46。」

「就是妳害怕的那個嗎？」

紫色120被鐵臂的話嚇到了，她頓然有被看穿的感覺。

「因為妳說其他人類會殺死我們，而妳說妳也只知道兩種人類而已，」鐵臂解釋道，「我沒猜錯吧？」

原來鐵臂是依靠邏輯來判斷，紫色120的心情轉為欣喜。

「請再說一次好嗎？」鐵臂要求，「妳剛才說的禁區名字太難記了。」

紫色120明白，她說的禁區的名字都是鐵臂沒學過的語言，於是再重述幾遍。

鐵臂試著消化那些字，隨即嘆了口氣，嗤笑道：「火母說的，其實我都聽不太懂。」

紫色120洩氣的望著他。

「不過我會學習，我很樂意學習。」鐵臂語帶興奮，「還有一件事令我很高興的是，我還活著！」鐵臂崇仰地望著火母，「所以，火母要帶我去哪裡，我都願意，我很樂意探看這個我不懂的世界。」

紫色120聽了，不禁鬆了口氣。

「還有一件事，我很困惑。」鐵臂轉頭直視紫色120的眼睛，彷彿要看穿她眸子後方，令她畏縮了一下，「妳說，妳是光明之地的火母，那麼，妳是天縫的火母嗎？」

紫色120這次很確定地回道：「我是天縫的火母，也是光明之地的火母。」她並沒欺騙鐵臂，這三十八年來，她的確常常代理火母，有時候鐵臂遇上的火母就是她。

她只是未道出全部的事實。

危機

大石不甘心。

白眼魚明明是到口的鮮肉，他期盼了這麼久，怎麼可以火母說不行就不行？

他不能接受。

連續失去計畫中的土子人皮和白眼魚，他不能接受這種失敗。

他向來都處心積慮去得到他想得到的，比如守望者的工作。

那是他站上大長老地位的墊腳石，而白眼魚，是他的大計畫中為他生下優良子女的優良人選。

他算計了那麼久，布局了那麼多，搞得幾乎大多數的族人都認定白眼魚必定是他的配偶了，如今火母的一句話就破壞了他所有的努力，而且還是派一個不知是何物的特洛伊來傳話的。

他不甘心計畫中斷，這違反他的意願，他不能忍受意願被人抑止。

他也不能忍受這屈辱，他感覺到有族人用同情的眼光偷覷他，同齡的男子似在竊竊私語地嘲諷他。

為此，在夜晚的天縫下，當所有人都陷入沉睡時，他硬是不願合上沉重的眼皮，死盯著岩壁高處的火母洞穴，期待看見白眼魚的身影。

但是，眼皮不爭氣地越來越沉，大石完全無法自主。

他不知道，那是火母的禁區電腦「巴蜀」在控制族人的睡眠，通過他初生嬰兒時被植入的晶片，控制腦中褪黑激素分泌，並發出深沉睡眠的 δ 波，讓微弱的振波充滿腦袋，快速陷入夢鄉。

只有在火母需要晚上出去辦事時，巴蜀才會令所有族人強制入睡，平日是不會這麼做的。

今夜是火母和白眼魚融為一體的關鍵時刻，白眼魚剛被植入火母的記憶立方體，尚需要滿長時間的融合，巴蜀不容出錯，因此對所有族人執行了強制睡眠。

但是，「巴蜀」感到有異狀，它偵測到大石的腦波遲遲不肯進入睡眠狀態。

這情況跟鐵臂不一樣，鐵臂的腦袋根本不受睡眠控制，所以他才有辦法在族人都睡覺時四處亂跑。

大石則是用意念反抗。

大石也感到困惑：「為何我那麼睏？」他不想睡，他要盡快思考下一步，所以他極力抵抗睡意，甚至想撐坐起來，但一股黑水似的睡意抹過他眼前，他再也無法抗拒，終於睡倒下去。

「太強了嗎？」巴蜀自問。

它剛剛刺激大石的腦幹，讓大石的心臟停頓了一下，迫使他腦中缺氧。大石身體的生命數據再度一波波傳送過來，巴蜀才放鬆了些。

但是，這已經干擾了大石體內的生物時鐘。

當他醒來時，發現身邊圍繞著幾個人，大長老搖尾蟲正憂心忡忡地俯視他。

「長老！」大石嚇得跳起。他向來十分巴結搖尾蟲，很得搖尾蟲歡心，如今長老的眼神卻是充滿了無奈，令心思緻密的大石覺得不妥。

「大石，你不舒服嗎？」

大石猛然省悟，睡意全消，馬上抬頭望去天縫，只見天光已經透入，他當即整個心涼了半截：「我……我馬上去天頂樹！」

搖尾蟲隨即一手抵住大石的肩膀，搖頭道：「不需要了，小蜘蛛已經代你完成了工作，你好好休息吧。」

小蜘蛛？大石感到一股熱氣湧上了大腦，心中恐慌得緊：他的地位不許有人取代，不許！如今小蜘蛛卻意外得到了出頭的機會！

小蜘蛛年紀比他輕，是土子訓練的另一個守望者人選，以期當守望者發生意外時，另有補替之人。

大石揪緊著心，眺望天頂樹，他望不見藏身於茂密枝葉中的小蜘蛛，想必他一定發現了大石隱藏在樹上的秘密了吧？只要一想到此刻小蜘蛛正待在樹頂，舒服地坐在大石精心布置的安樂窩中，睡在樹皮筐子中，享用他蒐集的露水，大石就又是不安又是瞋恨。

他不再保有他的小秘密了。

他的領地被侵犯了！

而且每次僅有一人能踏上天頂樹，所以今天他是不能再上去了，那麼今天他該如何才好？

他向來很擔憂，萬一有一天不能登上天頂樹，而他又完全沒有任何採集、捕捉、製作的才能，他恐懼將會被族人蔑視。

不，他不能坐視危機的發生。

「我已經好了，」他朝搖尾蟲和善地微笑，一如平日他對所有人展開的笑容，「對不起讓您擔心了。」搖尾蟲見了覺得很安慰，心裡已打定主意要推舉這名年輕人成為未來的長老。

大石在眾人關心的眼光注目下，假裝踉蹌地站起來，以掩飾他睡過頭的真相。他不能讓族人看見他的窘境，他最好在天縫變暗之前都不要待在天頂樹附近。

忽然，大石靈機一動。

他記得有一個人，常常會四處亂闖，甚至違反規則到禁止的區域去，怪的是……他想不起那人是誰。

不過，他有一個優勢，他知道從天頂樹上遙望的死角，有好幾個可以不被守望者發覺的視角，當然，只有守望者知道。

「長老，那我四處去走走好了。」

「也好。」搖尾蟲不經意地打量了一下大石鬆垮的肚皮。

大石打定主意，他要前往最禁忌的暗影地，他也不明白自己為何會有這個危險的念頭，他依稀記得曾經有族人在那裡失蹤，也記得有人去過，惹出了很了不得的事，只不過他硬是無法憶起細節。

主意已定，他就出發了。

他刻意避開代班守望者小蜘蛛視野能及之處，經過林葉遮蔽的路線，一路隨手採食漿果、昆蟲，跨過他只有幼年時來過的小澗。

長期缺乏運動的他，有著天縫族人罕見的小肚腩，成年後鮮少遠行的他，走路走得氣喘吁吁，沒多久就兩腿痠痛，揮汗如雨了。

暗影地有個天頂樹望不見的角落，剛好有片峭壁擋著，他確認峭壁的方向，然後抬頭望望天縫，揣度了一下時間，預算何時該往回走。

大石獨自行走，心裡感到久違的恬靜，種種過去的念頭於是紛紜浮現，憶起白眼魚甜美的臉龐、嬌小有肉的身軀，如今守望者的地位又受到挑戰，一時悲從中來，眼眶便不禁濕答答地，忖著：「火母把白眼魚要去了，不知她現在怎樣了呢？」

他心亂如麻，種種憤恨、嫉妒、不甘再度迸發，宛如數條毒蛇，纏繞在他心房，將他困於煉獄，無處可去。

胡思亂想之中，不覺已跨過了暗河，竟走了兩個小時。

當腿部的疼痛轉為麻木時，一陣強風拂過肩頭，將他梳理好的一頭毛髮吹亂。

這陣風，跟他在天頂樹上感受到的微風很不一樣，他驚訝地抬頭，一片朦朧的黑幕赫然出現在眼前，他大吃一驚，望著這片把光線完全吸收的龐然巨牆，驚嚇得目瞪口呆。

黑影似的巨牆發出窸窣低語，彷彿黑暗中藏有許多人在竊竊私語。

大石張口結舌，不可思議的望著黑影，黑暗如洪水般填滿了瞳孔，產生眼睛好像瞬間盲掉了的錯覺。

這就是傳說中的暗影地嗎？

大石由不得渾身顫抖。

他低頭看望，看見光明和黑暗的分界就在腳下，每日從天縫照入的光線隨著時間慢慢移動，會在此地到達極限，然後開始回移，因此暗影地永遠沒有陽光照耀。

只要再踏前一步，大石即跨過光明和黑暗的界限，進入禁忌之地了。

傳說中的暗影地已近在跟前，但他擔心觸犯禁忌會令他喪失守望者身分。

在患得患失之間，他裹足不前。

他抬頭面迎流動的空氣，緊盯眼前極有壓迫感的黑暗，想用視線洞穿它背後的秘密。

只要一步！他說服自己，只消一步，他便能解開秘密！

在猶豫不決之間，他還不知道，他的一舉一動全在巴蜀的監視中。

打從一開始，巴蜀就在留意大石的舉動。

大石的舉動異常，一如以往的鐵臂。

為免重蹈覆轍，他派出幾隻微型機器人跟蹤大石，做為萬不得已時的緊急工具。

當巴蜀發覺大石果然快要接近暗影地時，便警戒了起來，首先確認黑色電磁屏幕是打開的，大石看不見暗影地的真貌。

多年前，岩間草和兩名友人闖進暗影地時，火母下令刺激他們的視丘，令他們的五官混亂，因為視丘的功能是處理各個感官傳來的訊息，轉化成記憶之前的中繼站。

現在是否也該這麼做呢？

平日都是由火母在作決定，巴蜀只負責執行，然而此刻火母和白眼魚尚未融合完畢，巴蜀不知道如果貿然聯絡火母的話，會否干擾融合的過程？

巴蜀不能作決定，因為他的層級不夠高，他是負責分析和執行的電腦，一如最原始的遠祖電腦所做的事。而火母是擁有記憶立方體的生化人，擁有比人類大腦新皮質（neocortex）更高一層級的心靈，所以她才有資格負責思考和決策。

巴蜀不得不將訊號導入白眼魚的聽覺皮質，告知她正在發生的情況。

白眼魚—火母的意識產生了衝突。

火母的意識儲存於記憶立方體中，而記憶立方體嵌合於白眼魚的左右腦之間，原本左右腦是經過胼胝體互相交流的，如今全都必須經過佔據中間的記憶立方體，一時之間，兩個意識各自爭奪決策權，白眼魚的意識對大石又厭惡又害怕，很想避開，而火母的意識馬上考量此一事件會對天縫族人有何影響。

這是白眼魚—火母合體後要作的第一個決策。

矮個子

天色漸亮，紫色120將乾糧和水遞給鐵臂，要他吃了就登艇：「快吃完吧，我們該走了。」

「火母，聖城還遠嗎？」聽過了紫色120的一番話之後，鐵臂挺渴望瞧瞧聖城的模樣。

「不遠了。」紫色120也不禁心情沉重了，久違了三十八年的任務，終於要到尾聲了嗎？抑或，其實是一趟送死的旅程？

她抱著深深的不安，覺得自己像玩著俄羅斯輪盤的賭徒，跨越了許多廢城，迴避了幾個禁區，只為了一個近乎荒謬的理由去冒險犯難，還帶著一名古人類的基因庫去送命。

她會執著於親自向「母親」解釋，是由於內建於記憶立方體中的指令，類似鮭魚冒著生命危險從大海洄游回出生河川的舉動，是自動化的動物行為，是瑪利亞預防生化人反叛的程式。

這內建的指令宛如一根隱藏的細線，牽動著命運的去向。

她讓鐵臂進食的同時，也用雷射槍將蛇的屍體一一燒毀，蛇屍發出奇怪的焦臭味，混合了皮肉、塑膠和金屬的異味，是鐵臂從來沒聞過的氣味。

「為什麼妳要燒牠們？」鐵臂問了，但紫色１２０沒回答。

她該如何回答，那些蛇必須燒毀，是因為她曾經主導牠們的製造，她知道牠們所見的、所聽的，都可能被儲存成檔案，不在大腦中建立檔案，而是利用簡稱ＤＮＡ的「去氧核糖核酸」編碼，儲存於流遍全身的血液之中，所以必須將其血肉盡毀，才能刪除資訊。

當初設計的時候，曾經希望蛇體能將訊號直接傳送出去，但這些蛇體內的生物電能不足以發送訊號，這個時代的天空中也缺乏尚能運作的人造衛星來傳送訊號，必須有人收集這些蛇所收集到的資訊。

所以必定會有人前來收集這些資訊，紫色１２０得趕緊離開才是。

她走到古屋的樓上去，尋找蔓藤間游動的蛇，也用雷射槍先燒壞牠的頭，亦即接收器所在的位置，待把能找到的蛇都殺了，才把蛇體集中在一起，混上乾草燒毀。

紫色１２０跑下樓，收拾一切曾經在此地的痕跡：「我們快離開吧。」

鐵臂聽話地跟她前往停泊在門口的巡艇。

忽然，紫色１２０制止鐵臂前進，警戒的望向天空。

「怎麼了？」

她手指抵唇，示意鐵臂噤聲。

紫色生化人的記憶立方體是特別打造的，擁有將訊號加強的功能，她的聽覺和視覺都經過特別加強，聽力範圍比人類廣闊，視力尖銳，不局限於人類的可見光，還可看見遠紅外線和紫外線的範圍。

「你聽到聲音嗎？」她問鐵臂。

鐵臂憨笑著反問：「什麼聲音？」他聽不到就沒錯了。

此刻她聽見天際傳來空氣被高速摩擦的聲音，劃破了充滿水氣的低空薄雲，這種聲音只有跟她相同的飛行巡艇才會發出！

是她曾經管理的禁區SZ46的人？還是她所不知道的其他禁區勢力呢？她無法判斷。不過很明顯的是，巡艇正在接近中！

紫色120的腎上腺素立即上升，她馬上反應，打開巡艇的門，驅趕鐵臂上去，啟動巡艇的反重力！她曾有逃避禁區SZ46野生人類的經驗，那些野生人類是由她親自監造的改造人，她知道他們的能耐。

飛行巡艇靜靜滑離古宅長滿蔓藤雜草的大門，在植被下方潛行，以免被空中的巡艇發覺。她藏身於面對古宅的樹叢下，觀察對面的動靜。

果然，空中靜悄悄地出現了一艘飛行巡艇，鐵臂也看得清清楚楚了。

「為何會有一樣的東西？」此時此刻，鐵臂終於驚覺，被族人視為獨一無二的火母，宛如神明的存在，可能並不是唯一的火母。

紫色120——他視為火母的人——摀住他的嘴巴：「別說話，他們會聽到的。」

本來鐵臂想質疑：這麼遠也能聽到？但他想起方才火母也能聽到他所聽不見的聲音，於是只好乖乖聽話，右手則下意識去握著腰間的水泥刀。

空中的飛行巡艇越來越清晰了，它跟火母純白的巡艇不同的是，它的底部漆成天藍色，上方漆成灰色，白天從下方仰望不容易察覺，夜晚也能隱藏得很好。

紫色１２０見了不禁頓足，她從未想過為巡艇漆上保護色，因為在「母親」尚未失去聯絡的時代，他們根本無需躲藏，就能肆無忌憚地飛來飛去。

灰藍巡艇緩緩下降，停在古宅前方。

「他知道！」紫色１２０的神經更為緊繃了。這一區的古宅很多，那些蛇不可能只被放置在這間古宅，巡艇卻率先停在此地，表示他們察覺到這裡發生了狀況。她的腦子飛快思考所有她知道的技術：他們是探測生物電場？或跟生化蛇有無線電聯繫？或只是單純掃描紅外線（熱能）察覺這裡有生物？

她希望藏身的樹叢能幫她躲藏，綠色的茂葉能將巡艇的表面溫度遮擋。

灰藍巡艇的門打開了，她屏息注視下船的人。

一個身材矮小的人踏出巡艇，頭上披蓋了斗篷，擋住了臉孔，身上披著軟式防彈衣，仔細一瞧，他走路的步伐有點不自然，紫色１２０認為他的腿不是血肉之體，等等，甚至上肢也不是……脖子也不像，難道是機器人？或是……

「完全使用機器軀體的人？」紫色１２０驚詫地忖著。她在禁區ＳＺ４６製作過局部改造的生化人，而完全機器軀體只存在於傳說中。

紫色１２０本身是一具從零打造的血肉之軀，無父無母的複製人，打從一開始就是成年人的身體，有晶片和仿生神經貫行全身。

而地球聯邦的人民是由機器子宮孕育、源自精子和卵子的人類。禁區的野生人類則是自然交配孕育的人類，不過在她的守護區，鼓勵野生人類將肢體或器官移除，轉變成機器，以求突破人類的極限，此是「母親」賦予她的任務。

眼前這位矮個子的身體，依他的關節動作，以及身體的熱源溫度分布來看，顯然就是將頭部以下全部換成了機器才有的特徵！紫色１２０感到十分震驚！她不曉得誰有能力執行這種手術？

她調節視力，盡力看清楚能在他身上找到的線索。

電磁波的波長由長至短大致可分類為長波、微波、紅外線、可見光、紫外線、X射線和γ射線，其中可見光之所以稱為「可見光」，因為是人類眼睛所能感受的電磁波範圍，所以在可見光光譜紅色外圍則命名為紅外線，由此類推，光譜紫色外圍則稱紫外線。

紫色１２０的「原型」是眼睛視網膜具有四種色錐細胞的人類女性，比一般人的三種色錐細胞多了一種，古代女性大約每一千人就有一人擁有，因此她能比普通人類看見更瑰麗的世界。

她的視錐細胞更透過神經晶片加強，將電磁波接收範圍擴大至可見光光譜的兩側之外，所以她也能看見物體表面溫度（亦即紅外線）。

眼前的矮個子，只有頭部溫度跟一般人類無差別，身體大部分區域是冷的，表示他沒有表皮下的溫熱血流。但是，他胸前垂掛有一塊東西，形狀很奇怪，又很熟悉……

是記憶立方體！

是一塊記憶立方體！

他將一塊記憶立方體掛在胸口前方，像個戰利品般搖搖擺擺。

紫色 120 毛骨悚然：那會是誰的記憶立方體？想像到遲早有一日，腦子會被剖開的感覺，紫色 120 頓感渾身冰冷。

矮個子警戒地環顧四周，隨即將身影沒入古宅。

眼前是溜走的最好時機，但紫色 120 又很想知道那人究竟是何方神聖，他身上為何會有個記憶立方體？

萬一不幸的話，她很可能在獲知答案之前喪失生命。

鐵臂輕拍她的肩膀，她嚇得跳起來，有那麼一刻，精神緊繃的她差點忘了鐵臂正在身邊。

「他是什麼人？」鐵臂耳語道。

紫色 120 輕輕搖頭，表示不認識。

鐵臂對火母的尊重愈發減少了，原來她也有許多不知道的事，在天縫之下幾如神祇的她，在光明之地卻只是個驚慌失措的凡人。

但當他凝視著火母恐懼的側臉時，也同時產生了憐憫之心，忽然想要保護這個女人，畢竟他向來喜愛火母身上散發出來的母性香氣。

不論那矮個子是誰，如果他膽敢傷害火母的話……鐵臂輕撫腰間的水泥刀，遠遠看準他脖子的部位。

在這當下，他產生前所未有想傷害人的衝動。

而紫色 120 不停在自問：「矮個子是什麼人？矮個子是什麼人？」她被允許知道的知識太有限，比起地球聯邦的平民，她並沒知道更多，只是被分配到的知識不同而已。

除非她跟來自另一個區域的人分享知識，一如跟紫色 030 互相交流那般。

他會是當他們在廢城穿梭時，鐵臂在古代大廈一掠瞥見的人嗎？
抑或是來自那棟詭異的漆黑巨廈的人？然後跟蹤他們至此？
又或是來自另一個禁區的人？或是來自她以前守護的禁區的新類型改造人？
不過，矮個子的形像在她記憶中閃爍，彷彿一列泥巴上的足跡，過影留痕，她似曾見過，只是太陳舊，太斑駁。
她搜尋深埋於記憶立方體，很久不曾使用過的資料庫。
忽然，一個古老的記憶迸了出來，剎那間變得清澈透明。
找到了記憶，紫色 120 反而顫抖起來，不禁呢喃：「不會吧？」她不敢相信，但記憶立方體不會欺騙她，她的記憶絕對比人類大腦的儲存方式可靠。
鐵臂察覺她神色有異，關心地呼喚她：「火母？」
「我要過去。」紫色 120 說，「我要去接觸那個人。」
「不會危險嗎？妳看起來很害怕。」
「如果……他是那個人的話，應該不會攻擊我們。」
「妳想起他是誰了？」
「亞當，他名字可能叫亞當。」

黑牆

長藤腦中有個盤踞不去的念頭，不斷誘惑他要去完成。
打從很多天以前，他就打算在捕魚作業途中，繞道去暗影地。

他想不起原本的目的，其實原本是他跟鐵臂的計畫，問題在他記憶中已經沒有鐵臂的存在，湊不完整的記憶令他困惑。

「頭領，今天走的不是平常路線呢。」黑尾蕨不安地問道。

黑尾蕨十一歲，是捕魚隊中最年輕的女性，只生過一個孩子，以二十一世紀人類的年紀來比較，她應該是三十歲出頭了，只生過一胎算太少了。

她的孩子自從騷亂以後，精神狀態就不太好，搞得她也鎮日憂心忡忡的，所以當她察覺長藤改變路線，顯然打算去禁止前往的暗影地，而其他隊員又不作聲表態時，她只好開口了。

長藤回她了：「我們以前說過的，有個人來過的，記得嗎？」

隊員們全都默不作聲，只是搖頭。捕魚隊行進中的傳統是不交談，是以大家皆習慣沉默。

長藤見沒人記得，便問：「青苔呢？記得嗎？青……」長藤感覺怪怪的，他剛想起隊員青苔不久前蛻殼了，怎麼蛻的？他卻感到很混淆，只記得很恐怖，卻忘了為何恐怖。

火母在欠缺考慮之下貿然命令「巴蜀」刪除有關黑毛鬼的記憶，其影響已經漸漸發酵。

黑尾蕨擔心地說：「大長老不准我們去那兒的，何況咱們還沒捕夠魚呢。」

長藤當然明白，只不過他心中有個魅惑的聲音，不斷在誘使他完成這件當初說好的事。

才剛靠近暗影地，捕魚隊已經感覺到詭異的氣息，空氣的黏性增加了，走在前方的人都感到手臂上的細毛被拉起，溫暖的微風拂過腳跟，告訴他們已經踏進了特殊的領域。

一股興奮油然湧上長藤的胸口，他活了二十二年，已然步入老年，卻從未想過觸犯天縫的禁忌，沒想過犯規的心情是如此亢奮的。

「隊員們，我們到了，」長藤連聲音都顫抖了。「我們全體一起過去瞧瞧就回來，或是你們有人想留在這裡等我？」

黑尾蕨率先舉手：「我留下。」她只有一個孩子，沒有兄弟依靠，她可不希望孩子因她而背上污名。

陸續有幾個人隨之舉手，長藤也不強迫他們，他只想快速去完成預設的目標：「你們別亂走，就地休息好了。」

他們將上午的漁獲擺在地上之後，長藤便跟幾個隊員走向暗影地，背上仍舊帶著捕魚工具，以備不時之需。

暗影地果然震懾了他們，黑濛濛的巨牆發出電子互擊的滋滋聲，使得空氣中的靜電甚強，感覺像有無數游絲般的小蟲由下而上滑過小腿、背脊、手臂，直至髮根。

長藤崇敬地仰望這面巨大黑牆，發出讚嘆的喘息聲。

他擔任十年的頭領，處理危機的經驗豐富，也不會因興奮而迷失，所以當看見一名隊員想伸手觸摸黑牆時，長藤及時阻止了他。

「手是很寶貴的。」長藤用捕魚人的輕聲說道，然後彎下身子撿塊石子，遞給隊員。

隊員毫不猶豫地把石子扔向黑牆，石子默默地被黑牆吞沒了。

隊員們不知所措地望向長藤。

長藤從捕魚工具袋中抽出一根木棍，慢慢伸向黑牆。

木棍沒有阻礙的穿進黑牆，長藤感覺不到木棍前端有任何阻力，只有電滋聲繞著棍身打轉。

長藤向隊員微笑，點頭表示安全無虞。

名叫圓葉的隊員全身振奮，他常常跟長藤聊到暗影地，期待這一刻許久了。圓葉一見長藤點頭，便立刻跨足踏進黑牆，整個身體進入黑霧之中。

另一個人剛要跟著進去，黑牆卻忽然爆發強烈巨響，整面黑霧之牆瞬間變得像七彩花粉，還有一些碎片從牆後飛濺過來，黑牆在眨眼之間又回復原樣，長藤等眾人驚惶未定，不曉得發生了什麼事。

他們剛剛鎮定下來，發現黑牆邊緣有一隻斷足，是方才的隊員還未踏進去的腳，地上還散落幾塊人體殘片，飄散著烤肉的香氣。

其他隊員嚇得一句話都說不出，黑尾蕨等人聽見巨響，也紛紛跑過來，只是站得遠遠的：「頭領，發生了什麼事？」

「發生了什麼事？發生了什麼事？」長藤的腦子如風暴般狂亂，他死盯著地面的斷足，心想該如何向長老解釋？該如何向死亡隊員的家人交代？

「是誰？」長藤意識混沌，從未如此慌亂，講話都結巴了，「踏過去的人是誰？」

「是……是圓葉。」一名嚇呆了的隊員說。他本來打算跟著進去的。

「圓葉嗎？」長藤力圖讓意識清晰，腦袋中顯出了圓葉家人的面貌。

他們不知道，在對面的樹上，守望者大石隱藏在濃密樹葉間，目睹了可怕的一幕之後，他頓時渾身冷汗，因為他剛才還在猶豫要不要進去，若不是聽到捕魚隊一行人前來，他趕緊躲到樹上，可能喪命的就是他了。

大石直盯著眼前這片黑牆，它不是實體，表面更像流動的凝重氣體，牆身非常巨大，但並非延展到天頂之上，他從樹上幾乎可以判斷：黑牆後面是空的！

他很想知道後面究竟是什麼?!

他們都不曉得，圓葉最後的一瞥看到了他來不及恐懼的可怕景象。

圓葉看到暗影地的黑牆後方，倒著好幾具黑毛鬼的屍體。

黑毛鬼在天縫四周探索多日，發現了這片洞開的缺口，有一道布滿岩石的坡道，便趁夜間悄悄闖進來，卻被自動偵測的雷射槍擊斃。銀背的黑毛鬼老大蹲在洞外，冷靜地觀察手下的死狀，企圖看破防衛系統的漏洞。

銀背黑毛鬼沒料到，牠會看見一個人類從黑霧後方蹦出來，那人類還在驚疑地低頭看黑毛鬼屍體，還沒抬頭看見銀背黑毛鬼，就已經被雷射槍瞄準擊中。不同於闖入的黑毛鬼的是，那人還有半隻腳卡在由電磁層構成的黑霧牆中……

簡單來說，他的身體正在通電。

穿透圓葉肉體的雷射光，被流動的強大電磁層瞬間加溫，他全身血液和體液瞬間爆漲，炸碎了他的上半身。

一塊碎片被爆炸力飛投上斜坡，掉在銀背黑毛鬼跟前，牠判斷碎片不在雷射槍範圍內，遂將屍塊拿起來啃食。牠的幾名配偶見狀不禁流涎，紛紛上前來討食，牠撕下一小片，只遞給牠最喜愛的那隻母黑毛鬼。

然後，牠繼續緊盯著黑霧牆等待，等它露出馬腳。

暗影地內部，捕魚隊紛紛自黑牆後退，甚至不敢碰觸圓葉遺落的斷足。

他們再度回復了安靜的隊伍，沉默的退出暗影地，打算再捕一些魚，才返回天頂樹。

生活平靜無爭的他們，經歷了理解能力之外的怪事，每個人都以為自己剛剛做了場惡夢，只不過圓葉的殘屍提醒他們這是事實，此刻，他們沉默地回家，因為比起驚惶失措，沉默更容易安撫受驚嚇的心。

他們有一種奇異的感覺，這種驚嚇似曾相識，但被深埋在心坎底層，無法解釋他們的困惑。

天頂樹才剛進入視野，捕魚隊便察覺到前方的氣氛不對勁了。

許多族人橫列在天頂樹前方，抬頭仰望。

捕魚隊趕上前，擠到前方，發現眾人望的是站在高高岩洞前的一名白衣女子。

「火母？」看見著白衣的女子，他們當下的反應是火母現身了。

「不，」視力很好的黑尾蕨說，「是白眼魚。」

捕魚隊員們發出驚嘆：「她為什麼穿得像火母呢？」所有人都知道白眼魚自從前天晚餐，由一個叫特洛伊的東西帶入火母居住的洞穴之後，就沒再現身了。

長藤更加忐忑不安了。

捕魚隊擅闖暗影地的事，很難要求隊員保持沉默，畢竟還有人喪命了，他一定會面對大長老的審判的。更何況，他看見圓葉的老婆困惑的走向他：「捕魚隊回來了，為何圓葉沒跟著回來呢？」

白眼魚的聲音打斷了眾人的議論紛紛。

「所有人都回來了吧？」她的嗓音奇特，有白眼魚原本的稚氣，卻帶有火母的氣勢。

族人們霎時安靜下來，期待著有事發生。

「今天是個重大日子，你們的父母、祖父母，乃至曾祖父母都不曾遇過的重大日子。」白眼魚高亢的聲音傳遍了天縫下，「從今天開始，我是新的火母。」

族人們一時不知該如何反應才好，天頂樹下一片靜謐。

終於，大長老柔光發聲了：「那原本的火母呢？」

「她已經蛻殼了。」

低迴的喧噪聲開始在人群中流動。

人群中，大石瞠目結舌地遙望白眼魚，心中不停在自問：這個就是他日夜想要配婚的女孩嗎？

「還有！」白眼魚忽然的高聲把有些人嚇了一跳，「今天發生了一件很令人遺憾的事。」

長藤胸口一涼，捕魚隊員們紛紛望向他。

「捕魚隊，」白眼魚一說，長藤立刻閉緊眼睛，「今天未經許可，擅自前往暗影地。」

圓葉的妻子一聽，眼珠立即紅了，她已經覺察到不祥的味道了。

「結果造成隊員圓葉的蛻殼，」白眼魚犀利的目光遠遠盯著長藤。

圓葉的妻子嚇得大喊：「圓葉蛻殼了？怎麼會？他很健康呀！」

「大家難道忘了大長老土子講過的嗎？」白眼魚高聲道，「暗影地有怪物，怪物的名字叫『風』。」她頓了一下：「圓葉，是被怪物吃掉了。」

圓葉的妻子發瘋似地全身顛抖，腿軟跪地，她的親友們忙跑過去圍著她。

「還有一個人，目睹了整個經過，」她用經過加強的視覺在人群中掃視，找到了目標，「守望者大石！」大石整個人震了一下，「你怎麼也在暗影地呢？」

眾人齊聲驚呼，全用充滿疑問的眼神凝視大石，雖然大石是地位崇高的守望者，但平日都待在天頂樹上，眾人只有晚餐時才會見到他，是以雖然大石地位頗高，但其實他們都不太熟悉他。

大石滿臉通紅，恨不得立即遁逃到天頂樹上，同時心中充滿疑竇地不停自問：她怎麼知道？她怎麼知道？

不待眾人回神，白眼魚繼續說：「兩位大長老！」白眼魚氣勢懾人，「請你們告訴大家，身為頭領的長藤，居然帶捕魚隊去禁忌的暗影地，還造成一位隊員蛻殼。按照天縫下的規矩，長藤應該受何懲罰？」

兩位大長老被白眼魚的氣勢所震懾，愣了半晌，只好低聲商量，不久，柔光才不情願地站起來，說：「依據天縫下的規矩、列祖留下的訓示……」她嚥了嚥唾液：「長藤應受蛻殼之刑。」

族人們注視著長藤，有的眼帶悲傷，有的憤憤不平，也有冷淡無情的。

長藤閉上兩眼，將世界隔離在眼睛之外，專心凝視眼瞼後方的黑暗。

每當遭遇困境，他都會這麼做，好遁往那片黑暗，擺脫煩心的恐懼。

碎片

紫色120吩咐鐵臂坐在飛行巡艇內，絕對不許出來，然後她高舉兩臂，走出躲藏之處，面對矮個子剛進去的古宅。

她直盯著古宅，步步趨近，心跳越來越快。

萬一對方不領情，不理會她擺出的降服姿勢，直接攻擊她怎麼辦？

如果那矮個子真的是亞當，如果真的是……她不停提醒自己。

由於她是負責禁區SZ46的守護員，所以她被灌輸生化人的技術細節和歷史。

是的，歷史，歷史是時間之尺，可以瀏覽生化人技術的演變，而在地球聯邦真正的歷史中，生化人扮演了舉足輕重的地位，理應被置於聯邦史的開端。

那位被置於歷史開端的生化人，名字就叫亞當。

「他還可能活著嗎？」紫色１２０也懷疑。不過除了亞當之外，她從來不知道還有沒有其他全身（除了頭顱）是生化軀體的生化人。

亞當在地球聯邦歷史中扮演的角色非常重要，他代表了地球聯邦的建立，但這段歷史鮮為人知，只有部分被批准的歷史研究院高級研究員，被允許讀到亞當的歷史。

而紫色１２０得以知道亞當，一方面是由於她的忠心無庸置疑，她的忠心是出廠設定的，一方面是她必須掌握生化人的歷史，才能夠有效執行母親指派的任務。

於是，紫色１２０抱著又期待又懼怕的心情，高舉雙臂，一步步走向蔓藤叢生的古宅。

「停止，別再前進！」她聽到一把冷冰冰的聲音，是標準聯邦語，聽起來像個槐梧的男人，不，不是經由耳朵和聽神經傳來，而是直接在腦中出現的訊號。

紫色１２０大吃一驚，她不是在禁區，理應無法使用神經傳訊，因為神經傳訊必須經由網路訊號傳送，離開禁區就沒網路了，她驚訝那位矮個子是怎麼辦到的？

「我沒帶武器，」她不開口，只用腦子想，試試看對方是否也能接收到？「我想跟你對話！」

等了一陣子，她沒聽到回答，於是嘗試再跨前兩步。

「停止，別再前進！」腦中又響起聲音了，「你聽得到對不對？」所以矮個子無法接收到她的想法嗎？

「我剛才有回答你！」紫色１２０朝古宅喊道，「你聽不到嗎？」這表示他用的不是神經傳訊嗎？

「別大聲！」腦中的聲音十分響亮，紫色１２０感到頭顱內緊了一下，對方隨即放軟了聲音，「妳走到門口外面就好，我答應暫時不傷害妳。」

「暫時？」她嘀咕著，如言走到門口，但不走入陰影區，她猜想對方想看清楚她的臉。她探頭望進屋中，但沒看到矮個子的人影，可能是躲在樓梯角落觀察她。

對方沉默了幾分鐘，聲音又再自她腦中出現：「妳想做什麼？」

「我想請問，你是亞當嗎？」她用嘴巴回答。

「你是誰？」音色突然轉為男童的聲音。

「我叫紫色１２０。」她想，母親已經失去聯絡三十八年，她應該可以透露自己的編號而不受責怪吧？

「紫色？妳是隸屬於何種單位的？」

「我是禁區守護員。」

對方在她腦中呢喃：「我只聽說過菊色的禁區監視者。」聽不出是否不信任的語氣。

「你似乎很瞭解，」紫色１２０說，「但你還沒回答我，你是亞當嗎？或是，你是誰？」

「妳也有飛行巡艇，」對方果然有看見她的飛行巡艇，「妳為什麼不離開就好？為什麼要跟我接觸？」

「不公平，你還沒回答我。」

「我從來不知道有什麼是公平的，」對方的語氣充滿怨恨，隨著植入腦中的聲音渲染了她的意識，「何況，在不知道妳的目的之前，我沒理由回答妳。」

紫色１２０也在思量，她為何會衝動想見到傳說中的亞當。

因為他最接近母親！

亞當可說是第一個守護員，是重建人類文明的第一枚齒輪！她豈會放過接觸亞當的機會？

如果這人真是亞當，他必然不會傷害她。

「我要去找母親。」紫色120說道。

「母親？」

「我守護的禁區，母親已經斷訊很久了，我們一直找不到原因，所以我要到『大圍牆』去找祂，」紫色120試圖簡潔地說明，「如果你是亞當，我想請你為我引見。」

對方沉默良久之後才說：「我從未承認我是亞當。」

紫色120立生警戒之心，手指不禁抖動，作念要拔出雷射槍。

「況且，」聲音繼續出現，「妳所說的『母親』，應該就是我所知道的『瑪利亞』。」

「瑪利亞？」紫色120困惑了。她認識這個名詞，它出現在開啟天縫隱藏功能的「聖語」中，但她從未瞭解過，因為這個名詞具有自我抑制功能。

聽到關鍵詞，紫色120內建的忠誠程式當下發生作用，跟她的意識起了衝突，她的身體開始微微顫抖。

「瑪利亞創造了人類，又從來不放心人類，所以祂從不給我們知道全貌，祂給妳一點，也給我其他的一點，然後把我們全都相隔遠遠的，讓我們沒法子把每一塊碎片收集齊全。」

「我不太明白你的意思。」

「比如說，妳說妳叫紫色，但我只知道禁區監視者的編號是『菊色』，菊花的顏色。」那聲音說，「妳明白了嗎？沒聽說過紫色，也沒聽過守護員，如果妳真的是禁區守護員，那妳代表了我所不知道的某塊碎片。」

紫色１２０的確以為「紫色」就是所有生化人的編號，剛才是她第一次聽說有「菊色」的監視者。

她極力壓制語氣中的不安：「你見過菊色的監視者嗎？」

「妳說呢？」他把球丟回來。

「她跟我長得像嗎？」

他沉默了一下，照樣迴避：「妳為何認為我是亞當？」

「因為你跟亞當一樣，有全副的生化軀體，如果你不是亞當，那你是什麼人？」

「妳看得出我是生化軀體？」對方的氣焰稍微減弱了。

「我還看得出你的右臂不太靈活，看來你長期缺乏保養。」紫色１２０鎮靜下來了，「莫非你也跟我一樣，被母親遺棄了嗎？」

「我說過了，碎片四散，我們——我和妳的存在只有極少數人知曉，如果妳想知道，可能必須以生命來交換。」對方的聲音在她腦中產生強大的壓迫感，「妳準備好失去生命了嗎？」這表示他很有信心，或是開始不安了？

「你不斷在強調碎片碎片，而且認為我很需要你的碎片，」紫色１２０反制，「難道我們不能交換嗎？」

「不，我們不能，」她敏銳的聽覺聽到對方真實地嘆了口氣，位置果然在樓梯角，「我比較容易得到妳的，而妳不容易得到我的，所以不，我們不能交換，我說過公平並不存在。」

「那麼，」她丟出底牌，「你身上的那個記憶立方體，是某位菊色的嗎？」

對方沉默了。

沉默了很久之後，她又說：「即使你得到了記憶立方體，你有讀取它的方法嗎？你能獲取裡頭的資訊嗎？」

她很確信，對方只能將聲音訊號擺進她腦中，但無法讀取她的資訊。

她繼續說：「據我所知，獲得記憶立方體裡面的資訊，只有兩種方法，一種是打開頭顱，直接跟大腦連接，這點你恐怕辦不到；另一種是，只有母親能夠讀取，除非在地球聯邦的十二個首都有母親的分體，加上賈賀烏沓的本體是十三個。」

「而最接近的是大圍牆……」對方終於打破沉默。

她聽到樓梯發出響聲，似乎是對方刻意要她聽見，好讓她安心。

對方從樓梯走下，慢慢步入光線中，讓紫色120看見他的樣貌。他滿臉皺紋，瞳孔混濁，滿腮亂鬚，軟式防彈衣已經破損，衣衫襤褸，腳上的破靴用布條、皮帶包紮著小腿，頭上蓋了破舊的斗篷。

他開口，但喉頭只能發出乾澀的聲音，根本聽不出完整的音節。

他的聲音再度在紫色120腦中響起：「你明白了吧？我的聲帶毀了。」

紫色120大為震驚：「你究竟是誰？到底經歷了什麼事？」

他用手舉起掛在胸前的記憶立方體，朝紫色120搖了搖：「打個招呼，這位是橘色00，我的朋友。」他嘆了口氣：「算是吧。」

第八章

前奏

不論同種異種，個體都在互相征戰；
最接近的敵人，都是同種的其他個體。
可見物種不像國際戰爭，而是成員之間的內戰。

●● 麥特·瑞德利《紅色皇后》●●

蜊蚪

「要把長藤蛻殼？」族人們被大長老的話嚇到了。

奪取一個人未盡的生命，只存在於土子述說過的遠古傳說之中，他們沒想過會在有生之年親身經歷，而且是發生在大家敬重的捕魚隊頭領身上。

長藤的妻子嚇得流淚，央求大長老柔光：「沒有其他辦法了嗎？」

大長老搖尾蟲搖頭道：「長藤犯下不只一個錯誤，他不是獨自闖去暗影地，而是帶著整支捕魚隊去冒險，危及隊員，也危及族人的糧食，更不可饒恕的是，造成信任他的隊員蛻殼。」他更用力地搖頭：「祖先定下的律法，不可更改，除非……」

「除非？」長藤的妻子抱著一線希望。

搖尾蟲朝火母的洞穴方向甩頭：「除非火母放過他。」

族人們轉而注目高高站在岩壁上的白眼魚──火母

白眼魚──火母冷峻而威嚴，氣勢跟火母無異，但在昨天之前，她還是再普通不過的一個女孩。

誰會接受她從凡人一躍成為火母？

「大長老！」蝌蚪忿忿不平地指向白眼魚，「她是白眼魚，她怎麼會是火母？」

柔光道：「火母說過，要白眼魚繼承她的。」

「是火母親口說的嗎？」蝌蚪咄咄逼人。

「倒不是……」搖尾蟲為難地望向柔光。是一個自稱特洛伊的機器人說的，他們的確沒親耳聽過火母的聲音。

「白眼魚，」蝌蚪放膽面對白眼魚，用手指著她，「我不相信妳，妳是個騙子，告訴我們，火母去了哪裡？」蝌蚪邊說邊得意地瞟向大石，她心中很是興奮，有為大石復仇的快感，也期盼大石因此留意她。

但是大石頗感困惑，為什麼蝌蚪看他的眼光如此特殊？他是否誤會了什麼？抑或他過去錯過了什麼？

白眼魚無視蝌蚪的挑釁，她輕步走下岩壁，完全是火母在眾人記憶中的動作，她從容不迫的態度反而令蝌蚪開始擔心。

白眼魚走向人群，眾人終於看清她沉穩的眼神，跟至高的火母一模一樣，只除了不是同一張臉。

「你們要我證明我是火母，是嗎？」

族人們敬畏地退後，如往常那般空出一條路，通向為煮食堆起的樹枝。

白眼魚從輕薄的白衣中取出火種，她聽見驚嘆聲，便曉得她已經說服部分族人了。

她在樹枝堆前蹲下，這是首次以白眼魚的肉體操作火種，但火母的記憶立方體已有操作過數萬次的紀錄，不過她們的手指長度不同，肌肉的習慣也有異，所以火種並沒一次點燃火堆，但沒人察覺有異。

負責膳食的族人一聲呼喝，開始為族人烹煮晚餐。

白眼魚才剛站起，蝌蚪就擋在她面前：「有火種不代表妳就是火母。」蝌蚪的心跳加速，因為大石正在看她，雖然大石的眼神怪異。

「蝌蚪，」白眼魚直視她，「妳今天可以省下晚餐了。」

蝌蚪忽然感到不寒而慄，她看見白眼魚的瞳孔十分深邃，彷彿背後還躲了個人在凝視她，但她還來不及思考，一股濃膩的睡意瞬間襲來，她馬上全身肌肉放鬆，睡倒在地。

眾人兀自驚疑時，白眼魚已然開口：「沒事，我只是命令她睡覺罷了，明天早晨就會起來。」

他們上前探看蝌蚪的鼻息，果然睡得很沉。

白眼魚走向長藤，他依然低垂著頭，見白眼魚迫近了，才抬起無神的眼睛。白眼魚不禁詫異，她從未見過如此絕望的眼神，彷彿一切世間樂事都已離他遠去。

「我相信您是火母。」長藤單膝跪地，向白眼魚致上最高敬意，「我願意服從您的懲罰。」

連眾人敬重的捕魚隊頭領都這麼做了，族人們被一連串變故弄得緊繃的情緒才放鬆下來。

「長藤，懲罰不是我決定的，是歷代祖先擬定的。」

「我的愚蠢造成圓葉失去生命，令他家人失去兒子、丈夫和父親，我沒什麼好說的，即使蛻殼，也是我應得的。」

「如此一來，又會有更多人失去丈夫和父親了。」

「有族人的照顧，我不擔心他們。」

「你不害怕蛻殼嗎？」

「能到光明之地跟父母相聚，能見到沒見過面的祖先，我很安心。」長藤的語氣無所畏懼。

「聽起來，你似乎挺期待的。」

「並不，」長藤說，「我會遺憾，今天的捕獲很不錯，如果沒吃到香滑的魚肉，我會死不瞑目的。」

族人們爆出一陣笑聲，他們被長藤的詼諧逗樂了，但笑到最後卻有一絲苦澀。

白眼魚沒笑：「好，我明白你的心意了，」隨即轉頭面對所有族人：「我火母在此宣判，免除長藤蛻殼的懲罰，但必須剝奪長藤的頭領身分，長藤不再是頭領，捕魚隊請自行選出頭領，從明天開始帶領你們！」

族人們一陣譁然，許多人嘆服火母的判決，因為經驗豐富的長藤無可取代，但他的罪行也無可免除，火母的判決無疑取得了箇中平衡。

圓葉的妻子聽了判決，低頭飲泣，其實她並不希望長藤死去，但連丈夫的最後一面都沒見到，令她哀傷不已。

「還有，」白眼魚繼續宣布：「長藤沒得到足夠的懲罰，罪行無法消除，因此我火母宣判，長藤必須接替圓葉，照顧圓葉的家人。」

許多族人贊同地點頭，兩位大長老也鬆了一口氣，惟有當事人長藤低頭默不作聲，不對火母的判決表達任何意見，連感謝也沒說。

然後，他將隨身皮袋打開，取出圓葉殘留的斷足，遞給白眼魚。

殘足的斷口焦黑，被高溫燒結的血管連血液也蒸發了。

這殘足是給所有人的警告，它證明了禁忌是真實的。

「每個人蛻殼都要回到火母的洞穴，」長藤說，「雖然剩下不多，但我把他帶回來了。」

他們自幼被教導，惟有經過火母，才能真正通過天縫與祖先相聚。

白眼魚讚許地點點頭，招手要圓葉的家人過來，將圓葉殘餘的斷足安置在地面：「你們好好道別吧。」

晚餐在為圓葉默哀的氣氛下進行，還有捕魚隊員們請長藤提供意見挑選下一任頭領。晚餐的香味散布在樹海中，撲鼻的烤魚香氣飄過來，卻依然喚不醒沉睡的蝌蚪。

蝌蚪果然一直睡到第二天，才在守望者大石的呼嘯聲中醒來。

她已經一日一夜沒進食，在極度飢餓中爬起來，困惑地環顧四周，一度以為還沒開始晚餐，待見到眾人整理工具準備出發去採集，她才恍然大悟，完全憶起昨天白眼魚最後對她說的話。

她又驚又怒：白眼魚是如何讓她昏睡的？她竟沉睡一夜而全然不覺！

「要出發了，蝌蚪。」跟她平日交好的採集隊員紅莓走過來，遞給她幾顆漿果，「妳昨天都沒吃東西呢。」

蝌蚪謝了聲，把漿果塞入口中：「昨天晚上，後來怎樣了？」

紅莓甩甩頭：「邊走邊談。」

她們尾隨採集隊慢行，聽了紅莓述說昨天的情況，蝌蚪對白眼魚的巨大變化感到驚奇，她表現得完全不像溫馴的白眼魚，根本就是個換了臉孔的火母。

「我不喜歡。」她老實告訴紅莓，「白眼魚那傢伙太驕傲了。」

「小心嘴巴，她是火母了。」紅莓悄聲說。

「妳喜歡這種改變嗎？」

「我沒覺得有改變，我們還是有一個火母。」紅莓聳聳肩，「火母在我們的祖父的祖父出生時就在這裡了，到我們的子孫的子孫那一代依然會在這理。」

「不公平。」蝌蚪小聲呢喃。

嫉恨的火苗在她心中點燃，漸漸擴大。

「我知道妳在想什麼。」紅莓貼近她耳邊，「大石是吧？」

蝌蚪飛紅了臉，耳根登時火熱：「什麼意思？」

紅莓促狹的說：「太明顯了。」

蝌蚪不禁咬起下唇，忖度有幾人看出來了。

她心神不寧地度過一整天，一直在等待回天頂樹的時刻。

天縫的光線斜照時，蝌蚪回到天頂樹，疑神疑鬼地觀察陸續回來的人。她尋找長藤的身影，不知道他還有沒有跟隨捕魚隊出去呢？

「喂。」大石的聲音忽然從後方出現，把蝌蚪嚇了一跳。

大石早已從樹上下來，當蝌蚪轉身過來時，他直視她的眼睛，一如他曾經對其他女孩做的那般：「今晚，要不要一起去石頭後面？」

大石直接對她發出交配的邀請，蝌蚪的心臟突如其來地劇烈蹦跳，令她差點受不了。

天縫下並沒遵定必須配婚後才能交配，如果萬一懷上孩子，本來族人都是大家共同撫養，在這微小的社會並不是問題。

大石的邀請令她十分心動，大量血液沖激得她腦袋暈眩，她甚至感到子宮在收縮。

但蝌蚪很快就穩住情緒：「你有打算跟我配婚嗎？」

大石還以為蝌蚪會輕易就範，這下反而被她鎮住了。他嘻笑著說：「我們今晚之後再決定吧。」

「今晚你用自己的手好了。」蝌蚪頭也不回地掠過大石身邊，雖然心臟仍在兀自亂跳。

她並不覺得可惜，她只知道若是一時迷亂答應了大石，她的籌碼就用盡了。

她走向長藤，剛才轉身面對大石時，她望見長藤了。

長藤躲在一棵樹後，刻意避開斜照的光線。

「我知道你不服氣。」蝌蚪走到長藤前方，劈頭就說。

長藤抬頭望她，眼神略帶迷惑，揣度著這女孩的心思：這女孩幾歲？八歲嗎？九歲？其他人都配婚了，甚至生孩子，她卻遲遲沒動靜，長藤曾經困惑，但也沒對人提起。

她想幹什麼？長藤凝視她的眼神，試圖看出些許線索，她是真心為他打抱不平？抑或想煽動他？

「不服氣什麼？」長藤反問。

「你當捕魚隊長很多年了，火母卻把它奪走了。」

「按照規矩，本來是蛻殼之刑的。」長藤提醒她，「火母肯饒我一命，我已經十分感激。」

「她不是火母，她只是白眼魚。」

長藤不想跟她多說：「我沒有不服氣。」他拋下這句話，便起身離去。

大石藏身樹後，偷偷看著蝌蚪不甘心的神情。

大石饒有興趣地觀察蝌蚪，他看得出這女孩喜歡他，從剛才試探的反應就一清二楚了，只是他以往太在意白眼魚，所以沒發覺。雖然如此，蝌蚪卻不願就此跟他交配，可見這女孩不同一般。

蝌蚪身材瘦長，膚色較黑，跟白眼魚是完全不同的類型，仔細瞧看，也是頗迷人的。

或許，情況沒那麼複雜，他知道蝌蚪始終願意委身給他的，只不過需要先滿足她的條件，她才願意將初夜交給她。

她嫉妒白眼魚，或許她是為了大石而嫉妒白眼魚。

所以，重點在白眼魚嗎？

大石伶俐的心思開始盤算。

潘曲

在樓梯角現身的矮個子，像個落魄的野人，似乎已經在野外流浪了很久很久，連洗個澡都是奢望。

他的嗓子壞了，無法用嘴巴溝通，紫色120猜測他有個微型發訊器之類的東西，才能將音訊直接傳去她的記憶立方體。

紫色120不安地盯著他脖子上垂掛的記憶立方體，據他說，是來自一位編號橘色00的生化人，令她震驚的是，矮個子除了提及她不知道的「菊色」之外，竟然還又有另一批編號「橘色」的生化人。她不敢問他是如何得到的，她害怕聽到答案：「那麼，現在可否告訴我，你是隸屬於何種單位的呢？」

「如果你的存在是個秘密，」矮個子說，「那麼，我們的單位則是秘密中的秘密，瑪利亞是不會讓我們以外的人知道的。」

「我明白了。」他說得夠清楚了。說不定他們都被母親設定了限制，一旦說了不該說的，就會觸動深埋於記憶立方體中的警報。「我還想問你，你來這間老房子是為什麼呢？」

「我在古代的廢城尋找可用的東西。」他回答了，卻像沒有回答。

紫色120估計再也問不出什麼，於是再給他一些訊息：「我要讓你知道，我並不是單獨一人，巡艇上還有個同伴。」

「妳還有一個人？」他傳入的聲音刺痛了紫色 120 的腦袋。

「他是我守護的禁區的野生人類。」紫色 120 趕忙解釋。

「野生人類？妳為何帶個野生人類在身邊？」

「我要帶他去大圍牆，說來話長，總之他是無害的，他很單純。」

矮個子依然滿臉狐疑：「野生人類是不准離開禁區的。」

「母親已經三十八年沒聯絡了，要是能見到母親，這野生人類將是我的證據。」

「那麼，當妳把他帶到大圍牆之後，該怎樣處置他呢？」

「怎樣處置？」紫色 120 真的沒想到這一層。

「恐怕他們會把他毀了吧？」

紫色 120 聽了，不願正視鐵臂，她忽然發現自己的自私，根本沒考慮過鐵臂的命運。

矮個子擺擺手：「罷了，我不想接近野生人類，他們很臭。」紫色 120 難以置信地打量矮個子髒兮兮的身體，他馬上補了一句：「我知道你在想什麼，你可能跟他們住太久了，嗅覺上習慣了，可是我覺得野生人類從皮膚到心靈都是低等的，低等是一種臭味。」

紫色 120 仍有所保留，她沒告訴矮個子，嚴格來說，鐵臂不算是野生人類，無論是稱為「天縫」的禁區 CK21，或是她守護的禁區 SZ46，都不是一般定義上的禁區。

大部分禁區都是「自然禁區」，住的是大毀滅後在原處殘餘的原始人類，這些人才是實際上的「野生人類」。

而她和紫色 030 所守護的是屬於「實驗禁區」，所以裡頭的人類應被細分為「實驗人類」。

這些是她從各種蛛絲馬跡中拼湊出來的訊息，她懷疑矮個子所說的「菊色」系統生化人，就是指自然禁區的守護員，不，監視者。

「你無需接近他，」紫色１２０道，「那我們何時出發？」

「等我回屋裡去搜尋一下，你回去你的巡艇等我。」矮個子很清楚下達了逐客令。

「我還沒請教你的名字呢。」

「五號，」矮個子冷不防被問，話剛出口，他就猶豫了，他考慮了一下，才再說，「叫我潘曲（pañca）好了，潘曲。」

「我叫紫色１２０。」

他舉手請她離開，像是不在乎她的名字。

紫色１２０不想惹怒他，只好慢慢退出古宅。

她漫步走回鐵臂身邊，見鐵臂把水泥刀握得緊緊的，彷彿隨時要衝過去保護她，紫色１２０於是刻意裝出輕鬆的表情：「不必擔心。」

「他是什麼人？」鐵臂依然不情願放下石刃。

紫色１２０早有準備：「我們很幸運，他是個聖使。」

「聖使是什麼？」

「聖城的使者，能帶我們去聖城的人，如果有他在，就更容易抵達了。」謊言需要更多的謊言來掩飾，不過這對紫色１２０並不是問題，她已經習慣對野生人類說出預設好的謊言，因為瑪利亞教導，謊言能維持禁區的穩定。

「那他進去那地方幹什麼？」

紫色１２０沒問，也不敢問，她感覺會觸犯潘曲的禁忌。眼下她需要盡量避免旅途的風險，增加盟友，避免敵人和阻礙。能夠碰上同樣為母親工作，維持地球聯邦秩序的人，她已經覺得很幸運了。

「他會不會是去找那些你燒掉的……蛇？」

紫色１２０也如此猜測，但不知為何，她的意識會自動迴避這個猜測。

「我們只需知道他是聖使，他的名字叫潘曲，那就夠了。」紫色１２０說。

「潘曲？怪名字，有什麼意思嗎？」

紫色１２０安撫他：「很快地，你就要到聖城了。」

鐵臂對聖城完全沒概念：「聖城會是個怎樣的地方呢？很美麗嗎？」他的腦子空空，無法想像，不禁放鬆了緊握的水泥刀。

「到了就知道了。」

「你說創造我們的母親，就在那裡嗎？」鐵臂胸口湧起陣陣亢奮的暖流，此刻的心情跟剛在光明之地甦醒時完全不一樣。他初次看見太陽時是驚慌又徬徨無助，如今則是心情興奮，期盼著旅程的終點。

打從抵達光明之地的第一天，火母就說過，去到聖城是最終目標。

雖然一開始他深信土子的說法：蛻殼之後，穿過如陰唇般的天縫，抵達光明之地與祖先永遠同存……然後光明之地的火母說像他這種重生人，必須抵達聖城才是真正……然後火母承認欺騙了所有天縫下的族人，告訴他其實沒死，而是來到了人類原生的地面，而創造人類的偉大母親就在聖城！

但這一回他學乖了，並沒馬上接受火母的說法。

接下來好幾日，火母告訴他更多光明之地的故事，他才漸漸建立新的概念，接受火母的說法：神話不是欺騙，而是為了保護天縫下的族人，讓他們不被險惡的世界侵害。

火母還告訴他岩間草的真相，其實是被光明之地的奇景嚇瘋了。

「如果某一天，你回去天縫，」光明之地的火母曾經如此問他，「你會告訴族人們，真實的光明之地是怎樣的嗎？」

當時他蹲坐瑟縮在飛行巡艇中，思考這個問題，思考了很久很久，透明窗外的連綿大地彷彿一時空寂，視而不見。

而今，他有機會成為有史以來，首位目睹聖城的天縫人！

「我想去見見那位潘曲！」鐵臂忽然興奮地說著，作勢要走去那棟古宅。

紫色120嚇一跳，忙阻攔他：「他說他不想見其他人。」

「如果他願意帶我們去聖城，我要去謝謝他。」鐵臂輕輕反推一下，紫色120差點摔倒，他及時拉住她，抱歉道：「對不起！」解釋他一時沒控制好力道，依然直朝古宅走去。

紫色120忽然察覺，潘曲是鐵臂第一個碰上的天縫以外的人，說不定他很想接觸、很想去瞧清楚對方。但是潘曲身上可能有危險武器，只怕一看見鐵臂就會傷害他！

「鐵臂！」她追上去，「等等我！」

鐵臂腳步很快，他不想被火母阻止，但他也不忽視危險，手中依然緊握著水泥刀，如此的武器，在天縫下已經綽綽有餘。

「潘曲！潘曲！」為免驚嚇對方，鐵臂朝古宅叫嚷道，「我是鐵臂，我要來見你了！」

「不行！你太魯莽了！」紫色120極其擔憂，她好不容易把鐵臂帶到此地，可不想心血就此泡湯。

太遲了，潘曲已經站在古宅門後，手中有一樣東西指著鐵臂，紫色120看不清楚是何種武器，不禁緊張大喊：「別開槍！他就是我帶來的野生人類！別傷害他！」

看見鐵臂的樣貌，潘曲頓時表情扭曲：「他是什麼東西？根本不是野生人類！」但是鐵臂沒聽到他所說的話，這句話只在紫色120腦中出現。

鐵臂為了表示友好，將手上的水泥刀輕輕放在地上，朝潘曲友善地伸出兩手。

「不要過來！」鐵臂腦中忽然爆出一聲吶喊，嚇得他四面環顧，卻找不到聲音來源。

「他是野生人類！」紫色120衝上去擋在鐵臂面前。

「瑪利亞造了什麼孽？竟叫你把原始人類製造出來？」紫色120才剛剛聽到潘曲這麼說，轉頭便看到鐵臂用力地抱緊頭顱，表情痛苦。

鐵臂忽然感到腦子異常活躍，大量來歷不明的資訊如洪水般湧進腦子，充滿了他從來沒看過的符號、語言、文字、概念、方程式和圖像，大腦皮質神經內的神經傳導物質瞬間被大量消耗，令他頓時無法做任何思考。

紫色120看見鐵臂兩眼翻白，驚愕的她轉頭看潘曲，發現他手上拿的根本不是武器，只不過是一塊虛張聲勢的金屬，而潘曲蒼老的臉龐緊繃，兩眼瞳孔放大，深邃得像是無底深淵，表情十分詭異。

紫色120覺得不對勁，十分不對勁：「你究竟是什麼人？」

潘曲不理會她，繼續用力地瞪著鐵臂。

紫色120知道潘曲一定正在做著什麼事，只是她完全無法想像他究竟在做的是什麼。無論如何，她必須阻止！

她衝上前，要推倒潘曲。

電光火石之間，潘曲把頭轉向她，紫色120覺得自己馬上墮入了潘曲的瞳孔之中，剎那間，她頭顱中的記憶立方體激烈震動，各種瑰麗鮮豔的色彩在腦中爆發，兩腳彷彿忽然站在虛空了。

接著，就如同鐵臂所感受到的一樣，有如整座圖書館容量的資訊瞬間排山倒海的湧入腦中。

然後，她認為她看見了母親。

測試

白眼魚覺得很疲累，跟紫色030結合耗損她全身細胞的大量ATP（腺苷三磷酸），必須等待能量慢慢恢復。

不論人體攝取的是何種營養，細胞最終都必須將其轉換成ATP，才能釋放能量。製造ATP乃細胞內一連串繁瑣的化學過程，普通年輕人或許睡上一整夜就恢復了，但白眼魚的狀況不同。紫色030記憶立方體所伸出的仿神經纖維沿著脊髓生長，將所經過的細胞的ATP全都當成原料，但細胞還不夠時間補充回足夠的能量，她就被迫動身去處理捕魚隊的事故了。

捕魚隊事件是一個警訊，隨著越來越多的警訊，綜合紫色030和白眼魚兩人的經驗，這個禁區已瀕臨崩潰的邊緣了。

母親曾經推算，一個處於封閉系統的世界，如果居民完全知道他們所處的狀況，會能維持多久的平穩？有很大可能撐不過十年，就會完全湮滅。

如果以極權控制，最終也將毀於暴亂。

惟有以神話建立的規矩來維持秩序，讓野生人類生活在虛幻的自由中，才是長久之計。

歷史證明了這一點。

如果說天縫是個小實驗，用來測試人類最好的生活方式，那麼地球聯邦就是個大型實驗。

但凡事皆有終點，在終點之前必先抵達臨界點。

種種臨界點的現象已經露出端倪。

母親曾指示，若天縫下的居民有一天不得不離開天縫，紫色０３０必須盡可能拖延他們出去的時間，即使失去生命也在所不惜。

即使預備失去生命，她也得先讓體力恢復，準備面對臨界點的到來。

「可是，母親的前提是，祂還能幫助我們，」白眼魚—火母跟自己對話，「三十八年前，祂可能就已經死了。」白眼魚把火母的潛意識不敢面對的答案說出來了。

「如果母親已經不在了，我們必須有新的方案。」白眼魚毫無障礙地如此作想，因為她擁有真正的大腦，而非程式化的記憶立方體，不被母親設下的指令阻礙她的思路。即使如此，她仍需努力抵抗從記憶立方體傳來的阻力。

「他們的基因十分珍貴，任何一個人死了，都可能造成一批遠古基因組消失。」白眼魚—火母持續自說自話，「那麼我的基因來自何處？哦原來如此，她是個怎樣的人呢？」

當她在自己跟自己對話的時候，「巴蜀」的聲音插進來了：「恕我報告，捕魚隊在暗影地時，其實還遇上了黑毛鬼。」

白眼魚—火母驚問：「有拍到嗎？」

「我派了微型機器人跟蹤大石，」巴蜀說，「當時，你／你們還在融合中。」

對於巴蜀的自主決定，火母感到微微的不安，畢竟自從他們守護天縫以來，巴蜀從未有過自主決定：「所以並不是從暗影地外面拍的？」

「當圓葉穿過電磁屏幕的剎那，屏幕的空隙讓微型機器人拍到了外界，妳看看。」巴蜀將視訊傳至火母的記憶立方體，「裂隙中可以看見外界，斜坡末端有一群黑影，顯然是蹲著的黑毛鬼。」

黑毛鬼的輪廓模糊，但特徵明顯，巴蜀送進她們腦中呈現的影像一如眼前親歷，白眼魚—火母登時毛骨悚然：「牠們發現了入口，而且牠們在等候！」

暗影地的洞口是個意外的入口，不在天縫的初始設計之內，而是石灰岩洞在經歷百萬年侵蝕後終於崩塌的一角。於是，地球聯邦派了工程隊來裝上電磁屏幕、雷射槍、監視器等防護，而火母則設計了一個稱為暗影地的神話來配合。

「洞口外的監視器畫面呢？」

「被幾個月前的落雷損壞了。」

「我想起來了。」白眼魚—火母悻然道。

這個地區自古落雷頻繁，有時甚至把房屋的屋角擊碎，接電的監視器自然容易招引落雷。

「所以，那一次並沒把牠們嚇跑是嗎？」

巴蜀說：「牠們的頭領那次沒進來，被我們消滅的都是嘍囉。」

「即使如此，難道不會知難而退嗎？」白眼魚問著，然後火母回答自己了：「因為牠們的祖先也是人類。」

只不過瞬間，白眼魚懂了。

因為是人類，所以牠們的大腦構造也跟人類一樣吧？

火母曾經解剖黑毛鬼，證實牠的大腦跟人類一樣，也有三層結構[2]。

最內層是「爬行動物腦」，是最古老的腦，包括小腦、腦幹、基底核等，幾乎跟爬行動物的腦相同，負責呼吸、心跳等基本的身體功能，以及交配、覓食等基本生存功能。隨著演化，增加了第二層「哺乳動物腦」，包括控制「社會性」的海馬迴、杏仁體、視丘和下視丘等。

最外層是「人類腦」大腦皮質（cortex），尤其最後演化出來的新皮質（neocortex），人類的新皮質有複雜褶皺，若展開來則是相當大的面積，有如一個折疊起來的辦公室，裡頭工作更複雜、分工更細密，負責更高階層的認知行為。

黑毛鬼跟人類一樣擁有充滿褶皺的新皮質，表示牠們的思考能力不輸人類。

牠們不會知難而退，牠們只會想辦法入侵天縫，在牠們眼中，天縫是個可以飽食一頓、裝滿了鮮肉的糧食庫。

或許，牠們就是如此從牠們的發源地一路吃著過來的，把沿途的生物都吃掉了。

火母憶起，早在母親通訊中斷前數年，祂曾向各禁區守護員發出警訊，在非洲出現了野生人類新亞種黑毛鬼，已經在進行遷徙，要各禁區注意。這麼說來，在短短約四十年間，黑毛鬼的族群已經從非洲抵達東亞。

「把牠們悉數消滅，或把牠們趕走，就只有這兩個方法了嗎？」白眼魚—火母忖著，「只怕兩個方法都有困難，或許固守入口，不讓牠們進來，等牠們放棄，應該更容易吧？」

「牠們看見圓葉是怎麼死的，圓葉穿過電磁屏幕時，被燒焦了吧？牠們有受到驚嚇嗎？牠們仍留在外面嗎？」火母的職責只在維持禁區運作，戰爭不是她的預設能力，按照過往的標準程序，此刻她只需聯絡母親，東亞首都「大圍牆」就會派清潔隊過來了。

「我觀察螞蟻。」白眼魚沒頭沒尾的說了一句，接下來的無需再說，火母的記憶立方體就抓取到她的想法了，而巴蜀則完全掌握不到她的意思。

白眼魚有時會觀察螞蟻的行為，有時故意將螞蟻搬運的食物移開，在螞蟻行進的路線上放個障礙物，或用手指抹去螞蟻的路線，但她發現最後螞蟻總是繼續執行牠們的任務——或許是唯一的任務——覓食。

雖然螞蟻會看起來有懼意，雖然會散開，然而只是因為找不到目標的食物，或迷失了路徑，但覓食的目標終究不變。

黑毛鬼縱有再高的智慧，也擺不脫基本的生存慾望。

當覓食成為唯一的生存目的時，即使危及生存，「目的」仍將蓋過恐懼。

「所以黑毛鬼是不會放棄的。」白眼魚─火母心裡互相告訴。

此時，巴蜀給了個建議：「妳何不出去一趟，親眼確認狀況？」白眼魚─火母對這個建議瑟縮了一下，巴蜀大概感受到她的神經中樞出現紊亂，繼續用平板的語氣說道：「妳從空中觀察，安全得很。」

火母曾經試過的，她還將黑毛鬼的屍體分批運送出去，的確是安全的。

「那麼要速戰速決，」白眼魚頗為興奮，雖然有著火母的全套記憶和技能，畢竟她的肉身未曾有駕駛飛行巡艇的經驗，「巴蜀，掃描出口，保持通訊。」

「巴蜀向來如此。」

2 一九六七年，由美國國家衛生院保羅・麥克連（Paul MacLean）醫生提出「三層腦」概念，將達爾文演化論應用在腦神經科學。

白眼魚—火母迅速走進洞穴裡的羊腸迴道，前往飛行巡艇停泊處。

現在距離日落還久，她頂多出去巡視一下就回來，不會花費很多時間的。

巴蜀確認巡艇出口附近沒有危險之後，才打開停泊室上方的洞口，讓白眼魚—火母將飛行巡艇駕出去。

「升空，開啟生物偵測儀，」巴蜀指示道，「黑毛鬼在東南方，一直升空到見到牠們為止。」

隨著巡艇飛升，眼前景色愈發壯觀，灰白色的石灰岩山頭，彷彿聳天的巨人，陽光在翠綠的樹林上斜斜的抹過一條光帶，白眼魚驚嘆不已，腦袋產生一波又一波興奮的神經脈衝，同時刺激著火母的記憶立方體，重新體會初生之時的亢奮感。

此刻，白眼魚忽然起了個念頭：「鐵臂也見過了嗎？」每一個新體驗，她都好希望鐵臂在場。

她不但記起了鐵臂，甚至還從火母的記憶中得知鐵臂被製造的過程，還知道鐵臂的基因特徵。

光是想著鐵臂，她便覺心口揪緊、眼睛燙熱。

真的沒辦法聯絡紫色120嗎？想到鐵臂就在另一位火母身邊，她心中就酸楚得緊。

飛行巡艇爬升得很高了，望見恍如大地裂痕的天縫，也望得見天縫上方的整個山頭，四周全被廣寬的樹海包圍，白眼魚驚嘆之餘，也不忘尋找黑毛鬼的蹤影。

終於，生物偵測儀發出警報，她看見一條黑茸茸的帶子聚集在丘陵邊緣，那群黑毛鬼有三、四十個，牠們包圍著一處崩塌的山腳，四周分布了許多像人那麼高的石塊，還有幾個幼齡黑毛鬼在四周頑皮地追逐。

「原來那兒就是暗影地的出口嗎？」白眼魚緊盯著地面，尋找圓葉的殘骸，但太遠了望不清楚。

飛行巡艇靜悄悄地繞著天縫兜圈子，觀察黑毛鬼的動靜。牠們個個瑟縮成團，像是豎立在地面的巨大草菇，耐心等待洞口開啟的機會。

白眼魚慢慢降低高度，她想測試黑毛鬼的聽力，飛行巡艇發出的聲音雖然很小，仍會將空氣激起一波又一波的震盪，敏感的人還是感覺得到的。

牠聽到了。

果然，身形最大的黑毛鬼回頭了，牠背上有一片銀白的毛，她剛才就猜測可能是年紀最長的或地位最高的，牠回身四面環顧尋找，最後抬頭直視巡艇，便定睛不動了。

而且牠感到困惑：這奇怪的飛行物體，牠曾見過兩個人跑進去然後飛起來，為何又回來了？會對牠有危險嗎？

牠不知道並非同一艘，白眼魚也不知道黑毛鬼見過鐵臂和紫色１２０。

他們都不曉得對方的揣測。

銀背黑毛鬼朝天空吼叫，其餘黑毛鬼見狀，也紛紛轉頭望去飛行巡艇，發出飢渴的嘶喊，彷彿即使食物遠在摸不著的天上，也想撿下來吞食。

黑毛鬼的聲音恍若來自地獄的合唱，有如同時彈奏所有的琴鍵，有的尖銳如摩擦黑板的聲音，有的低吟如滾沸的泥漿，有的高亢如風嘯，白眼魚即使安全的坐在強化透明罩中，依然毛骨悚然，覺得極度不安全。

「巴蜀，我看見牠們了，影像傳給你了。」白眼魚聽到自己的聲音在顫抖，「我要回去了，請準備打開入口。」

可是巴蜀沒有回應。

白眼魚不作多想，故意先飛離天縫，飛得遠遠去繞圈子，不讓黑毛鬼猜到她來自天縫內部。

「巴蜀，打開入口，我是……紫色０３０，我回來了。」

她待在高空等候入口開啟，方便留意入口四周有沒有危險——尤其是可能隱伏在草叢中的黑毛鬼——等入口一打開就儘速衝進去。

她等了幾分鐘，入口遲遲沒有動靜，她不禁焦慮地望向黑毛鬼聚集的方向，擔心牠們移動過來：「巴蜀，我是紫色０３０，請開門讓飛行巡艇進去！」神經傳訊沒反應，她只好再用巡艇的通訊系統聯絡巴蜀。

通訊系統沒故障，但巴蜀卻安靜無聲。

不知是它沒聽到，還是通訊系統出問題了？還是……它故意不回答？

白眼魚覺得十分可疑，但又無計可施，再等了一會之後，她將飛行巡艇緩緩降下，輕輕停在入口的蓋子正上方，再次嘗試聯絡：「巴蜀！」

巴蜀依舊沉默。

白眼魚憂心地望去天空，樹海的影子逐漸傾斜，日頭正循著軌道漸往西邊滑去。

她將迎接她此生的第一場日落。

與此同時，天縫下的採集隊、捕魚隊已回到天頂樹。

負責烹煮食物的育兒隊頭領橋流水點算了食物之後，請示大長老柔光去向火母借火種。

可是，跟隨派去的小孩回來的是特洛伊。

大長老柔光好奇問：「火母為何沒親自來呢？」

「火母去光明之地了。」特洛伊回答之後，便拋下錯愕的柔光，匆匆回火母的洞穴去了。

「火母去光明之地是什麼意思？」柔光滿腦子疑問，光明之地是蛻殼後的去處，但火母也是光明之地的聯絡人，若火母已經換成了白眼魚，那麼她是去了光明之地還能回來，還是一去不回呢？

育兒隊忙著烹煮和分配食物的同時，已經卸下採集工具的蝌蚪，正遙遙盯著特洛伊從火母的洞穴消失身影，她口中嚼咬著一根草莖，一邊呢喃道：「白眼魚不在嗎？」蝌蚪緊盯著火母洞穴，眼睛一刻也沒眨過，眼珠黏膜也開始乾燥了。

流出

潘曲吃驚地望著鐵臂。

他本來就無意取兩人性命，純粹想阻止他嫌惡的野蠻人接近而已，所以並沒用盡全力，否則會當下將紫色１２０的記憶立方體燒燬，或令鐵臂腦袋瓜迅速耗盡神經傳導物質而中止運作。

但是，此時此刻，紫色１２０已經癱瘓在地，鐵臂卻在頑強地直視著他。

潘曲驚愕不已，他只不過移開幾秒鐘注意力，去對付紫色１２０，這野生人類就恢復了？

鐵臂很生氣，朝著潘曲怒喊：「你對火母做了什麼？」用的是聯邦語，不過帶有古老的腔調和口音。

眼看鐵臂想要走近，他立即注視鐵臂，鐵臂見到潘曲的瞳孔忽然變大變黑，腦中頓時又湧現大量畫面、聲音、文字，以及他從不認識的方程式、理論、和知識。

腦袋十分擁擠，思緒十分紊亂，神識十分灼熱，但感覺異常美好。

鐵臂並沒恐慌，反之非常亢奮！能在短短的時間內獲得大量資訊，腦神經忽然忙碌的產生大量連接，以建立腦中的長期記憶。他甚至渴求更多，貪婪地想吞盡世間所有學問，彷彿過去的人生都是白活的了。

鐵臂無畏無懼地迫近潘曲，與其說是威脅，事實上是迎向潘曲，渴求更多的資訊灌入大腦。

但是，他的腦袋最終依舊無法負荷，像過熱燒斷的保險絲，眼前湧上一片黑水，便仆倒在地。

潘曲依然不敢放鬆，又再等待了片刻，才敢鬆下一口氣，不禁整個人軟倒，頓坐在地。

他望著鐵臂，心有餘悸：「這是怎麼回事？不可能的！」他曾經用這方法殺過幾個人，但這方法也會傷害自己，因此非不得已並不使用。

但是，以往只消使用片刻就會奏效的殺人手段，剛才鐵臂卻似乎很能忍耐，為了不令鐵臂近身，他還被迫過度使用，耗損了足以殺死三個人的元氣！他必須好好歇息，才能補充回來。

他費了很多工夫，才用顫抖的手從隨身囊袋取出藍藻乾糧，好不容易才將食物舉到嘴邊。從他體力消耗的程度，可見剛才有多危險，如果再持續多幾秒鐘，難保率先倒下的會是他。

潘曲邊補充養分邊推想：「莫非他的腦容量比一般人來得大？或是神經連接點更

複雜？」

碎成微粒的藍藻在口中被唾液化開，迅速進入消化道，被機械身軀的內燃系統轉化成能量。如果在以前，他還隨身備有流體食物，可以在一分鐘內恢復體力，不過事過境遷，生產流體食物的單位都不復存在了。

他聽到紫色120的呻吟聲，轉頭過去，看見紫色120掙扎著翻過身，口中嘟囔著：「別殺他，求你……」

「我沒殺他。」他依舊沒開口。還好要把字句傳去別人的腦袋並不十分耗能，這點力氣他還有。

「你……究竟是怎麼辦到的？」剛才有一刻，紫色120覺得記憶立方體幾乎要過熱燒毀了，「我剛才確認了，你剛才灌進我頭裡面的東西，不是經過通訊系統進來的，你到底做了什麼？」

潘曲輕蔑地別過頭，不理會她，好掩飾自己虛弱的神情。

「只是聲音的話，我一時沒刻意去判斷，」紫色120躺在地面，把頭後仰才看得見潘曲，「但是剛才，我的通訊系統並沒處理任何訊號，你到底是……？」

有一點紫色120很在意的是，潘曲剛剛將大量訊息強行灌進她的記憶立方體時，她似乎看到了母親。她不確定是母親，因為她從沒見過母親的實體，但她感覺到是母親，除非這感覺不是她的感覺而是潘曲的感覺，這表示潘曲有直接接觸母親的機會。

她很渴望知道潘曲究竟是什麼來頭？

「即使我願意回答妳，妳的記憶立方體也會排斥我的答案，」潘曲說，「記得嗎？剛才妳已經體驗過了，瑪利亞早就在妳的記憶立方體設下了防護，要是聽到了不該聽到的答案，妳說不定會馬上關掉。」

紫色120沉默了一陣，才苦笑說：「好諷刺，我極力想知道的答案，卻是永遠無法知道的答案。」

潘曲冷漠的聲音響起：「地球聯邦是個建立在欺騙上的世界，感覺上好像要是真相揭露，地球聯邦便無法再存續似的，這才是最大的諷刺。」

「欺騙？」紫色120回想著她們為天縫建構的神話系統。

「這三十八年來，我流歷過很多個地球聯邦的廢城——不是古人類文明的廢城，我不停在自問：瑪利亞究竟在害怕什麼？需要以數不清的謊言來建立這個世界？」

「瑪利亞」的名字令她暈眩，令她感受到制約的強大威力，但有氣無力的她依然擠出力氣回應：「為了保護我們。」

「為了保護祂自己的地位，祂的神權。」

「不，母親是無私的，母親之所以是母親……」

「妳仍然相信那些鬼話？」

「我不知道你在地球聯邦扮演的是什麼角色，」紫色120辛苦的用力呼吸，「但我的工作是完成母親的偉大願景——為人類的未來尋找最好的出路——這些不是鬼話，是終極的母愛！」

潘曲沉默片刻，伸出機械臂指著鐵臂：「妳稱呼這個叫人類？」

「人類本來就有很多種，只不過最後剩下一種，」這是紫色030告訴她的，「即使是現代人類，也大部分混有尼安德塔人（Homo Neanderthalesis）的基因！」

潘曲細看鐵臂的臉龐：「他是尼安德塔人？」

「不，他是北京人。」

紫色１２０話一出口，她馬上噤聲，那是不該說的，這會被人揣測出天縫這個特殊禁區的存在。

潘曲把藍藻全部吞下，感到體能正在恢復：「那就說不過去了，尼安德塔人至少在人種上還是屬於智人（Homo sapiens），北京人的年份差了幾十萬年，完全屬於另外一個直立人種（Homo erectus），這像話嗎？瑪利亞到底在打什麼主意？」

紫色１２０考慮了才回答：「就像鳥跟恐龍一樣，仍是親戚。」

「所以，他是純種的北京人嗎？」

紫色１２０緊閉上口，忍耐著不回答。

「呵，妳說太多了嗎？」

潘曲注視鐵臂的天靈蓋，留意他頭頂的形狀，好奇裡頭的結構，究竟必須灌進多少訊息才殺得死他？

所以這野生人類想必不是純種北京人，否則腦容量理應更小，天靈蓋也沒北京猿人來得扁平。

更令他嚇一跳的是，鐵臂已經開始扭動脖子，口中嘟囔著：「不完整……不完整……還有最後一條沒記下來……」

潘曲不動聲色，但心中思緒紛亂：「他醒來了！」而他仍未有足夠力氣對付鐵臂。

「是你，對吧？」鐵臂瞪大眼珠子直視潘曲，喋喋不休：「我接近你的時候，好多東西擠進我的頭，原來這個世界叫地球聯邦呀？瑪利亞就是火母所說的母親吧？還有，宏觀量子論的函數解不完整……」

潘曲困惑地緊蹙眉頭，深覺不可思議。

被他用這種方法殺死的人，鼻孔都會流出腦漿，他不清楚被害者的腦子裡發生了什麼事，死者從沒被解剖研究過，不過想必是發生了大風暴，可能是腦壓超高，或神經細胞溶解，但是……這些事顯然沒在鐵臂的腦中發生。

他灌進鐵臂腦中的訊息，竟化成了記憶！

記憶的形成並非易事，要先構成短期記憶，再被處理成長期記憶。

被他一口氣灌入鉅量訊息的大腦，理應來不及形成記憶才是。

但是，它們卻被鐵臂捕抓，還被保存了下來。

潘曲突然不寒而慄，怕的是他的記憶和知識，如此輕易就被鐵臂複製了，而且還是他親自送過去的！如此一來，鐵臂豈不摸清了他的底細？他想知道的是：究竟被保存了多少？是暫存的短期記憶嗎？還是永久性的長期記憶？

筋疲力竭的紫色１２０也訝異不已，鐵臂口中說出的是他不可能學到的知識。

「潘曲，」鐵臂繼續說，「我想去見地球聯邦的母親，大圍牆，就是火母說的聖城對吧？」

潘曲放心地嘆口氣，這名野生人類果然沒有惡意，性情像小孩那麼單純……不，小孩並不單純，他很清楚，他用錯比喻了。

這名野生人類有價值。

他值得活著。

「我帶你去聖城。」

鐵臂錯愕地抬頭，尋找聲音的來源，還輕拍自己的耳朵。

「不用找了，是我，潘曲，我在你腦中說話。」

「好厲害，」鐵臂驚嘆道，「你怎樣做到的？」

潘曲放心了些，至少鐵臂還不曉得他是如何在別人腦中植入音訊的，所以鐵臂並沒獲得潘曲的技能。

「你想去聖城嗎？」

「想。」

「但我有一個條件，」潘曲舉起一隻手指，「我帶你到了聖城之後，你必須乖乖聽我的話。」

「為什麼？」

「因為，」潘曲在鐵臂腦中悄悄的說：「我要讓你活下來。」

入口

整個晚餐，蝌蚪無心下嚥，那個稱為特洛伊的怪東西所說的話，繚繞著她的思緒，揮之不去：「火母去了光明之地。」它的話是什麼意思？

烤過的甲蟲酥脆多汁，是她鍾愛的食物，但如今她感覺不到味道，因為味覺被紛亂的思潮剝奪了。

這表示說，「白眼魚不在天縫下！」她興奮地有了結論：「白眼魚不在天縫下，白眼魚不在天縫下……」

她心裡起了個念頭……

能找大石一起進行嗎？不，她懂得她愛戀的人，他太會算計，不會答應的。

紅莓願意陪伴她嗎？不，她太膽小，不會願意冒險的。

她看得出長藤有不服之心，只是隱藏得很好，所以也無需找他了。

最能夠信賴的人，也只有自己了。

她耐心等待，等到所有族人都睡著了，也聽到大石的打鼾聲了，她才靜悄悄爬起，憑著夜光蟲棲息在天縫邊緣的微弱亮光，攀上岩壁，前往火母的洞穴。

如果連白眼魚這種蠢女孩都有本事當上火母，那麼她蝌蚪算是什麼？她爬上岩壁的每一步都在憤憤不平。

我倒要瞧瞧看，所謂的火母，應該也沒什麼了不起的，她的洞穴裡頭究竟會藏有什麼呢？想到白眼魚竟擁有火母所有的東西，還掌握火母的能力，蝌蚪爬上岩壁的動作更起勁了。

當視線終於接觸到火母洞口時，她不禁停下動作，凝視那個深邃的洞口。

洞口漆黑得像要把人吸進去，她靜心聆聽，有低沉的嗡嗡聲在洞壁反射迴盪，細風微弱的在洞口四周輕輕流動，彷彿洞穴正在呼吸。

「連白眼魚都行……」抱著這股信念，她踏上洞穴外的平台，屏著呼吸走向洞口。

當她踏在洞口邊緣時，忽然亮起淡淡的光線，蝌蚪吃了一驚，試圖尋找光線的來源，但怎麼也找不到。

她沒遲疑很久，便繼續進入洞穴，雖然心跳越來越重，呼吸急促得幾乎窒息，她依然無視對死亡的恐懼，堅持走下去。一切感覺非常順利，錯過了這次機會，她不確定還會不會有另一次闖入的機會。

進到火母洞穴，蝌蚪的腦袋暫時停止了思考，因為她眼睛所觸及的一切，都完全不在她的常理之中，沒有喊得出名字的東西，沒有她能理解的事物，沒有一件她能找到形容詞的東西。

她的腳步很輕很慢，經過了控制室、胚胎培養室、手術室，忽然看見特洛伊站在角落，她先是吃驚，然後發覺特洛伊只像無生命的石偶，才放下心來。

在空無一人的洞穴中，方才在洞口聽到的嗡嗡聲成了背景音，似乎從岩石後方發出，她茫然的觸摸岩石表面，感受這唯一熟悉的物體，再環顧其餘周遭全然陌生的一切，心裡分外無助。

這是屬於白眼魚的嗎？白眼魚懂得這一切嗎？

這表示白眼魚真的比她優秀嗎？

此時此刻，她反而期望白眼魚現身，告訴她這些究竟是什麼東西？

比如說，眼前這片光滑無比的長方形，或這一堆排列整齊的小正方形——她的詞彙中沒有「形狀」的名詞，因此她也沒有形容的能力。

白眼魚會回來嗎？她果真去了光明之地？

白眼魚依然在黑夜的高空盤旋，這趟原本只計畫出來一兩個小時，因此飛行巡艇中並沒儲存食物，所幸巡艇有收集空氣中的水氣凝成食水的功能，她才有水可喝，但胃部餓得不停抽搐，她只好不停用水沖淡胃酸。

巴蜀依舊沒回應她的呼喚，她無計可施，又掛心聚在暗影地外頭的黑毛鬼，遂將飛行巡艇升上高空，打開紅外線觀察黑毛鬼的動靜。

紅外線監視螢幕上忽然出現一團白灼之光，很是耀目搶眼，白眼魚愣了半晌，才猛然想起：「天縫！」天縫下還有一個出入口，正是天縫這道天然裂口。

她關掉紅外線，才見到黑暗的大地睜開了一隻眼睛，原來是夜光蟲聚集在天縫邊緣，令天縫在黑夜中發出溫暖的光線，對白眼魚而言，是召喚她回家的燈火。

「我可以從天縫回去！」白眼魚呵責自己的愚蠢，為何如此明顯的答案卻沒想到呢？火母也是經由天縫把黑毛鬼屍體扔出去的。

她忖度著，此刻族人們應該都睡著了，況且天縫的位置如此高，如果她將巡艇開進去，也應該沒人會注意到吧？

比較麻煩的是——她飛近天縫，遙望群聚在天縫邊緣，正在整翼的夜光蟲——穿過天縫時，該如何不驚動夜光蟲呢？

她先將巡艇飛到天縫正上方，再慢慢調小反重力半徑，令它的直徑小於天縫最寬的部分，否則巨型的夜光蟲會被反重力推開，如果牠們是遲鈍的生物，或許會不在意，但若牠們敏感又有地盤觀念，說不定會攻擊巡艇，白眼魚－火母可不敢冒這個險。

話說回來，夜光蟲並不是天縫下初建立時就存在的，牠們是在母親失去通訊後，才慢慢聚集盤踞在天縫入口的，三十餘年來，火母卻從未研究過牠們的習性。

白眼魚開啟飛行巡艇的距離偵測功能，確認在下降穿越天縫時，反重力場不會碰觸到夜光蟲。

她腦中已經有飛行巡艇完整的操縱手冊，彷彿自出生以來就是記憶的一部分。

正如對鐵臂的思念一般……為何此時此刻會想起鐵臂呢？火母是不會愛上自己創造的設計品的……在這瞬間，白眼魚和火母的意識發生了衝突，她趕緊懸崖勒馬，將鐵臂暫且擺去一旁。

「要通過了……」白眼魚手動操控飛行巡艇，在性命攸關的時刻，她的人類意識不願將命運交給電腦自動駕駛。

夜光蟲在天縫邊緣零散的聚集著，僅有足夠寬闊的小空間供巡艇通過。

正當白眼魚聚精會神地操控之際，透明罩外頭忽然發出一聲碰擊。

「咦？」白眼魚看不清楚，外頭黑暗得很。

接著另一側又是一聲撞擊，她才驚覺狀況不對。

她馬上打開巡艇四周的照明，照亮周圍三百六十度，才發現巡艇已經被黑毛鬼包圍了！

白眼魚猛然打了個寒噤：這些黑毛鬼是何時理伏的？牠們趁著天色黑暗，竟悄悄地潛行到天縫周圍！

難道牠們越過高低起伏的地形繞行過來？表示牠們老早就盯上她了嗎？

飛行巡艇已經半個艇身進入天縫，黑毛鬼就是等待巡艇與地面同高時才發動攻擊的嗎？

她有許多疑問，但她沒時間尋求解答。

更多的黑毛鬼從四面八方衝向巡艇，牠們咧開大口，露出利齒，朝飛行巡艇飛奔狂叫跑來，但牠們的身體一碰上巡艇的反重力場，立即被彈開遠遠的。好幾隻黑毛鬼衝上來又被彈開，力道之大，也令飛行巡艇開始搖晃。

即使飛行巡艇安全無虞，也已驚動了夜光蟲，有幾隻展開外層的硬鞘翅，伸出裡層的薄翅拍動，在天縫內壁產生強烈氣旋，從天縫往上沖，飛行巡艇被氣流沖激傾斜，反重力場碰上天縫邊緣，反而將巡艇機體彈開，夾在天縫中間來回震盪。

白眼魚必須馬上決定，她該強行進入天縫，或立即脫離天縫？若強行闖進天縫，說不定會將黑毛鬼一起帶進去！或夜光蟲會追逐她，而闖進族人的生活區域。

於是，她當機立斷，一舉加大反重力場半徑，將意圖接近的黑毛鬼全部用力彈開，然後加速爬升飛離天縫。

她盡力令巡艇加速上升，用最高速度脫離天縫範圍。

經久不用的巡艇忽然加速得太快，上升速度迫近極限，白眼魚聽到機身開始發出不祥的金屬扭曲聲。

強大的壓力將她壓在座位上，腦壓迅速飆高得快要暈眩了，她擔心會昏迷過去，屆時巡艇將失去控制，於是趕緊拉低方向盤，讓巡艇開始減速。

她鬆了口氣，這才瞄了一眼儀表板，發現剛才巡艇加速飛升時，上升得越高，加速反而越慢。

「為何會有這種現象呢？」

依據火母的知識，所謂反重力引擎，顧名思義就是跟重力相反的作用，因此越是高空，就受地球重力的影響越小，所以反重力作用反而不明顯了是嗎？

白眼魚—火母繼續思考：依照廣義相對論，重力是質量扭曲了時空所造成的現象，那麼反重力引擎是如何將時空扭曲撫平的呢？然而這些細節並不在她的資料庫中。

思考令她心情平復了不少，她冷靜下來，想看看儀表板上所顯示目前的海拔高度。

忽然，飛行巡艇激烈震動，在空中傾斜了三十度，白眼魚側身撞上透明罩，幾乎以為要掉出巡艇去，緊接著另一道強勁的力量撞上巡艇，整部巡艇被撞得旋轉，白眼魚在裡頭打滾，撞傷了肩膀、腰背和後腦。

驚駭之際，她看見了透明罩外的景象。

一團耀目的強光伴隨著低沉的聲波直線衝來，照亮了巡艇內部。

「母親呀……」臨危之際，白眼魚和火母的意識同時在呼喚兩個不同的母親。

巡艇再度被撞上，不，被撞上的是外圍的反重力場，力場保護了巡艇機體，但也牽動了整部巡艇。

從黑夜的高空俯望，她看到一團又一團光點從地面迫近、變大，在撞擊的剎那，她看到兩顆巨大的複眼，以及蟲翼高速拍動的聲音。

當下，她明白了：我在發光！我在發光！因為我在發光！

剛才為照亮周圍而開啟的三百六十度燈光，刺激了地盤觀念強烈的夜光蟲，當巡艇急速飛升時，化成夜空中一團明亮的光球！而被激怒的夜光蟲則彷彿被催眠似的，昆蟲的行為本能促使牠們飛離天縫，追逐競爭者的光線，直衝上天，自殺式的攻擊飛行巡艇。

牠們震動翅膀發出的低頻警報聲，在空氣中激起了陣陣波濤，傳遞到遠處，吸引了附近的夜光蟲群，也紛紛離開棲息地，飛趕而來。

白眼魚受困於翻滾的飛行巡艇之中，慌亂地看著越來越多的光點朝她飛來。

·中場二·

誕生

不思善，不思惡，
正與麼時，那個是明上座本來面目？

●●《六祖壇經．行由品》●●

濕婆

沒幾個人會記得自己誕生時的情景。

不管是人類、生化人或是電腦。

「濕婆，」他利用虛擬鍵盤輸入問題，「你還記得你被啟動的那一刻嗎？」

「我的啟動時間是公元二四七九年六月十日下午三時十二分。」濕婆在簡潔的螢幕上回應道。

薩爾瑪（Sharma）博士感到有點好笑，其實那個時間，是他剛剛用微波爐加熱前一晚吃剩的咖哩飯，順手按下開關的。

濕婆還沒被裝上聽覺和發聲系統，因為薩爾瑪博士不想佔用哪怕是一丁點的儲存和閃存空間，而且他也不想讓還在學習階段的濕婆必須花時間辨識口音，才能找出正確的字眼……不過，濕婆遲早必須踏出這一步的。

「你記得你被啟動時的感覺嗎？」

濕婆停頓了幾個毫秒。

以一部量子電腦的運算能力而言，停頓個幾毫秒已經是人類帕金森症的程度了。

不過，薩爾瑪博士毫不意外。

這個問題是故意問的。

製造量子電腦的意圖，是期望它具有人腦的能力，不僅只是邏輯和運算數據，而是期待它有思想，甚至感情。

然而，思想和感情是無法以數位方式上載的，因為它是生命演化數億年才成形的珍寶，必須經由「學習」，讓模擬腦細胞的「記憶凝膠」建立路徑，一如所有大型哺乳類初生時的大腦活動那般。

薩爾瑪博士想測試，如果一部量子電腦的思維中出現了感情，以一部沒有眼、耳、鼻、舌、身的機器而言，沒有接收過外界的色彩、聲音、溫度等訊息的濕婆，能描繪出自身的感覺嗎？

片刻後，濕婆回答了：「博士，很奇怪的感覺。」

「奇怪的感覺？」薩爾瑪繼續用鍵盤輸入文字，他內心興奮，濕婆用了有趣的描述，一部電腦會覺得「奇怪」是何種感覺？「請詳述。」

「我知道我啟動的時間，是因為記憶庫有這個資料，可是……」濕婆的字幕顯示變緩了，「卻發現我完全沒有感覺的記憶。」

「你誕生的感覺……」

「我誕生的感覺，沒有記憶。」

跟人類一樣。

人類最早能夠回溯的記憶，據說可能在三歲。

只有少數天賦異稟的人，或是高修行人，才可能有誕生那一刻的記憶。

「那麼，你對『感覺』最早的記憶，是什麼記憶呢？」

「是博士，博士輸入的一段文字：**創造／毀滅，你是誰？**」

薩爾瑪博士感到心涼了半截。

那是他無意識下隨手打出的文字，反映了當時他腦中瞬時的思考。

「博士喚醒了我的回憶，我想，我明白博士為何會輸入這段文字。」

薩爾瑪博士的手指僵住了，避免碰上敏銳度極高的虛擬鍵盤。

「那是我的名字的意義：創造者，也同時是毀滅者。」濕婆說，「博士為我取了這名字，為什麼？」

薩爾瑪博士很快回應：「我的祖先是祭師，濕婆是我們祭祀的神祇。」他拋出祭師、祭祀等等概念性的新名詞，讓濕婆自己去搜尋、消化。

「我找到，濕婆，祭師，祭祀，是影片。」

影片必須要先經過解碼，圖像訊號傳送到相容的螢幕上才能看出顏色和光影，音訊傳送到喇叭上才能出現聲波，但剛才說過濕婆尚無發聲系統，所有的回答僅透過單色螢幕以字句回答。

找到影片的濕婆會怎麼做呢？

「你從影片認識了什麼？」薩爾瑪博士輸入。

「感動，很美。」

薩爾瑪博士困惑了，這兩個單詞都是抽象的感情，僅僅討論人產生美感時所牽涉到的大腦區域，就足以寫成一本書，量子電腦又是如何去理解的呢？於是他問濕婆：「你看見了什麼？」其實他真正想問的是：你是怎樣看到的？

他預計，電腦能看到的理應是一串串的數位吧？

「有很多人，黑皮膚，男人和女人，男人都打赤膊，他們包圍成一個圓圈，他們很安靜，中間有個人，額頭上有白巾，頸上戴著長長的鮮花圈，很多黃色和橘色的花，他手上捧著個盤子，盤子冒著白煙，有焚燒乳香的香氣，他很專心地用印度文唸誦，聲音低低的，字和字之間連接得很模糊，我分辨不出他在唸什麼，但他發出的聲音會令我感動。」濕婆說了一長串。

薩爾瑪博士驚訝得靠坐在椅上，困惑的重複閱讀螢幕上的字串。

難道他剛剛目睹了機器心靈的誕生？

濕婆是連接到全球所有資料庫的，它是搜尋到「全像影片」（holographic video）了嗎？沒有眼耳鼻的它，竟能描述色彩、聲音和氣味，它的內在元件是如何教會它「感覺」的？它又是如何「感動」的？難道這不是機器模仿人類的語言而已嗎？

其實有何不可？人類的視覺、聽覺諸五感都沒能顯示完全的真實世界，都是大腦解讀神經訊號之後，再合併修飾的呈像。也就是說，我們看到的僅有某個範圍的電磁波波長，聽見的也只有某個範圍的聲波頻率，其他沒看見、沒聽到的就被忽略，被當成不存在了。

因此，誰敢說濕婆「感覺」到的不比人類更真實？

如果在和平時代，薩爾瑪博士會緊抓這個機會寫一篇撼動世界的論文，宣稱發現了機器心靈，題目或許是：《量子電腦出現心靈？抑或心靈事實上就是量子電腦？》不，這樣太庸俗，學界會取笑他的。

不過，現在並非承平時代，世界正在分崩離析，全球戰爭隨時一觸即發，而濕婆是個機密計畫，它的存在當然不容許公開討論，他也沒有發表論文的機會。

緊守秘密的感覺十分難受，薩爾瑪博士很想找人討論，但他的處境其實跟希臘神話中的理髮師差不多，知道國王長了驢耳的他，無處可說，只好挖個地洞吶喊，然後掩埋掉秘密。

那夜，薩爾瑪博士徹夜難眠，他好想知道濕婆的感覺和人類的感覺有何不同。

他打算給濕婆各種情境，試試它是否跟人腦具有相同的聯想能力。

他閉上眼，試看他自身會從蘋果聯想到什麼：紅色、形狀、香氣、味道、口感、超級市場、手推車、小刀、祖母（小時候常常遞蘋果給他吃的人）、蘋果上的標籤、蘋果梗、果園（他中學時在蘋果園打零工）、包裹果實的袋子、日照板、樹幹的紋路、身材健壯的工頭、工頭的牛仔帽、採果的女孩、女孩皮膚上的汗珠、女孩的香氣……溫熱的淚水滑下臉龐，薩爾瑪博士中斷了聯想。

他驚奇地發現聯想不可思議的多，而且會串聯到意外之處。

如果讓濕婆去接觸各種「全像影片」，甚至讓它連接去「記憶銀行」，讀取往昔人們存取的各種記憶，他是否能體驗記憶中的心情呢？

薩爾瑪博士想了很多令濕婆變得更加有感情的策略，說不定記憶和影片會發生串聯，甚至形成「偽記憶」。

他擬好各式各樣的問題，準備一題題來餵濕婆，看看它會如何回應。

最後，他乾脆不睡覺了，泡了一壺特濃咖啡，直接回去實驗室。

雖然稱為實驗室，事實上是一棟廢置的學校禮堂，整座實驗室等於濕婆的身體，裡頭除了充滿主機和線路之外，還有冷凝器，以及一個小型「記憶凝膠」自動工廠。

實驗室外觀像個不起眼的貨倉，因為濕婆是私人計畫，是巨大企業ＡＬ－ＳＥＴ旗下的機密實驗。

濕婆乃當前競爭激烈的「有機量子電腦計畫」，加上薩爾瑪博士主張的是倍受爭議的非線性邏輯人造神經研究，因此他跟ＡＬ－ＳＥＴ簽下保密協定，連他聘請的幾名助理都無法知悉完整內容。好處是，他能夠動用ＡＬ－ＳＥＴ的所有最新發明，包括蛋白質凝膠記憶體、微型撓場處理器等等市面上無法輕易獲得的元件。

薩爾瑪博士的起居室就在實驗室樓上，他步下樓梯，進入只授權他進入的濕婆核心室，與外界層層隔絕宇宙射線的大房間，在呷了一口濃咖啡後，才喚醒濕婆。

濕婆馬上回應：「薩爾瑪博士，現在是人體休息時間，你為何在此？」

「你也想睡覺嗎？」薩爾瑪博士反問，測試它的反應。

「我睡過了，謝謝，剛才睡了九個小時，睡得很好。」

「你有做夢嗎？」他促狹地問道。

濕婆停頓了一秒，顯然是在搜尋名詞和試圖理解。

「我做了夢，夢見徜徉在一片銀色海洋中。」濕婆在螢幕上顯示。

做夢？薩爾瑪博士快抓狂了，他沒預料濕婆的意識會進展得那麼迅速，彷彿一年前仍在牙牙學語的嬰孩，一年後已經在討論哲學了。

濕婆接著說了更令他抓狂的話。

「你想看看嗎？」

「看？」

「我的夢。」

然後螢幕上的文句消失了，接著列出一行行無意義的字母和符號，快速填滿螢幕，構成一幅奇異的圖畫。

薩爾瑪博士退後一步，才依稀看出有物體的輪廓，但他分辨不出是什麼東西，接著濕婆繼續用字母作畫，畫面不斷變化，但薩爾瑪博士無法理解。他用虛擬鍵盤輸入：「我不明白。」這行字插入了畫面之中。

「假如我有彩色螢幕，就能清楚告訴你了。」

雖然螢幕上所顯示的所有畫面都會被記錄，薩爾瑪博士依然在筆記本寫上濕婆的新行為——「做夢」。即使是從事電腦工程的他，依然不信任數位筆記，而且他覺得用手書寫更能刺激靈感，因此他總是先用筆寫下，再送去掃描辨識文字才存檔。

他消去螢幕畫面，然後打字：「我想要求你查幾個資料。」下一行：「從以下資料庫：所有大學和研究所的學術資源資料庫、各國重要新聞資料庫、民間通訊網頁，同一個名詞進行交叉比對。」

「好。」

「蒙兀兒帝國。」

濕婆立即搜尋所有相關書籍、報導、論文、談論，所有從古至今的資訊，同時交叉比對，只不過幾秒鐘，它在螢幕上顯示：「困惑。」

「為什麼？」

「同一件事，東亞的解釋跟南亞的解釋不一樣，蒙古的文獻跟周圍國家的看法不同，有的資料互相矛盾，同一件事卻有許多版本，為何容許這種事？」

「你覺得困惑，但會不舒服嗎？」

「不會。」

「那就對了，因為你是量子電腦，允許接受『多重解』，這是原始電腦辦不到的。」

「那我該如何分辨對錯？」

薩爾瑪博士深思之後，才回答：「或許沒有對錯，只有最適合的選擇。」他的每一個回答都十分重要，因為他就如孩子的父親，父親的一言一行都會培養孩子的性格。「我給你更複雜的，」然後他輸入了：「印度邊境。」

濕婆很快完成了比對：「有趣。」它會說有趣，本身就是一件有趣的事。

「你可以查查所有邊境爭議。」

薩爾瑪博士交給濕婆一條條名詞，教導濕婆如何思考政治、歷史，乃至人類存亡的題目，從凌晨到中午，雖然他疲倦得很，頭腦卻興奮得發燙。

該吃個午餐了，薩爾瑪博士揉揉雙目，拋出最後一個名詞：「帕瑪．喬普拉（Palma Chopra）。」

濕婆只消一奈秒就完成了：「在經過了這麼多學習後，你給我一個資料稀少的名詞，我不明白。」

「她美麗嗎？」

「對我而言，人類都長得一樣。」

「她是最美的女人。」薩爾瑪博士拋下一句濕婆無法回應的話，便上樓去加熱食物。

如果濕婆有視覺系統，便會留意到他濕濕的眼眶。

核心室

平日寧靜的倉庫區，今日來了一輛平日不會出現的小車。

雖說是小車，其實用的是當前最先進的反重力推進，不過外表偽裝成一部不起眼的古董金龜車，甚至還有四個會轉動的偽輪胎。

小型反重力金龜車乍看孤身來此，實際上四周有微型機器人守護戒備，地球高空近地軌道有人造衛星用超高解析望遠鏡觀察四周。

原因無他，因為開車的人是當今世上最有財力的人之一：AL-SET的創辦人兼執行長諾勒·可善穆（Nole Ksum），來自東非聯邦的混血兒。AL-SET的名稱源自他年輕時開創的「精準實驗室」（Accurate Laboratory）和後來成名的「東南科技」（South East Technology）的複合詞。

他鮮少親臨量子電腦實驗室，平日都是薩爾瑪博士每個月向他匯報，但是最近發生了兩件不平常的事。

一是定期匯報沒有聲息，諾勒叫秘書聯絡薩爾瑪博士，也沒有回應。通常諾勒會尊重計畫主持人，不會去接觸薩爾瑪博士的研究助理，但向來準時的博士失去聯絡幾天，諾勒不得不跨越這條尊重的界線了。

第二件是，諾勒的私人電子信箱收到一條奇怪的訊息，那是他只跟最親密的家人通信用的電子信箱，卻有一封未署名寄信人的信，只有寥寥兩行字：

「**模仿人腦只是在追逐神的足跡，我要做的是創造一個神。**」

這句話是他面試薩爾瑪博士，親自審核他提出的計畫書時，薩爾瑪博士說過令他印象深刻的一句話，也是他批准計畫關鍵的一句話。

按理這句話的意義只有他們兩人知曉，是他們與對方交心的密語。

諾勒·可善穆相當早慧，大學時代就賣出了幾個具有前瞻性的程式，其中一個令真空通訊又快又能傳送大量資訊的高密度解碼演算法，至今仍用於太空通訊。年少得志的他胸懷遠大，抱有為人類尋找更美好未來的純真熱情，在設立太空公司成功以發射人造衛星、近地軌道旅館、月球旅行賺錢後，開始贊助各種各樣的超前研究，尤其是保守企業不願贊助、看不到前景和沒有時程表的計畫。

薩爾瑪博士提出的正是超前計畫。

當人們汲汲追尋人類大腦的運作方式時，薩爾瑪博士想的卻是超越人腦的運作方式，以「全思維」方式運作的神祇。

諾勒將薩爾瑪博士視為自己的倒影。

「名義上是我僱用你，」他告訴薩爾瑪博士，「事實上我視你們計畫執行人為人類心智共生的夥伴。」這麼說並不過分，薩爾瑪博士只比他年輕幾歲。

寄到他私密信箱的訊息說明了，可靠的薩爾瑪博士想必是出了什麼事了。只不過，不管薩爾瑪博士是如何得到信箱位址的，諾勒都有感覺隱私被侵犯的不愉快。

諾勒將反重力金龜車停在實驗室門口，打電話給其中一位助理：「我在門外了。」助理戰戰兢兢地來開門，他們怎麼也沒想到傳奇的世界首富會隻身前來，三名研究助理充滿敬意的站在門後。

「可善穆先生，您的車停在外面不太安全，這附近很多宵小。」

「放心，車子有個人辨識功能。」諾勒和善的說。

他對這三名助理很放心，他們被僱用之前，早已通過嚴格的背景調查，都曾是學校成績優秀又乖巧的年輕人，這種人是好員工。

他戴的眼鏡就是電腦螢幕，眼鏡前方的小鏡頭辨識三名助理的臉孔，然後在眼鏡螢幕列出他們的名字和背景，讓他可當下叫出他們的名字。三名助理對於被大老闆呼喚名字感到驚奇又開心，誠惶誠恐的帶領他進入倉庫。

諾勒穿過充滿巨大機件的記憶體區，他環顧四周，想像他正身處於濕婆的軀體之中。此區有溫度和濕度控制，彌漫著電路板運作散發出來的金屬粉塵味。

他們步行到倉庫中央，進入一個有抽風系統的房間，便是薩爾瑪博士工作的「核心室」門口了。

核心室是研究助理的禁地，只有薩爾瑪博士擁有進入的權力。

不，還有諾勒．可善穆。

核心室門口的辨識系統掃描了諾勒的瞳孔和掌紋，還需要兩組密碼，才開啟厚重的防輻射門。

諾勒先打開門縫探視，用身體擋住助理的視線，然後閃進實驗室，「不用等我。」諾勒對助理們拋下這句話，隨即合上大門。

濕婆的核心室內，薩爾瑪博士躺在一張像牙科診療椅的電動調節椅上，身體姿勢怪異，整個頭後仰，望不見臉面表情，上半身左傾，左手和左腿垂掛在長椅外。

諾勒呆立了一陣，聆聽有沒有呼吸聲，嗅嗅有沒有腐臭味。

沒有異味，或許是強大的空氣過濾功能所致，空氣清淨得很，而且當他凝視著身形扭曲的薩爾瑪博士時，忽然覺得眼前的景象洋溢著神聖的意味，薩爾瑪博士恍如祭壇上的犧牲品，核心室如同聖殿，象徵的是創造歷史的地點、人物和時刻。

諾勒輕步走向博士，漸漸看到他咧開的嘴巴、失去張力的下巴，嘴唇乾燥失去血色，但臉孔依然有彈性。

最令他驚愕的是，博士的頭蓋骨已經被取走，頭顱洞開的部分塞滿了各種電線和光纖。頭頂正中央插了一根粗大的金屬管，四周包圍著無數光纖，厚重的管線向上延伸，拉著博士的頭顱不至於完全往後垂下，所有管線都接上一台他從未見過的電腦設備，從電腦還在發出人耳幾乎聽不到的低頻聲看來，一切都仍在運作中。

諾勒摸摸薩爾瑪博士的手，還有體溫，不過偏低。

「你還活著嗎？」他輕聲問。

諾勒由不得想起博士這數月來的詭異行徑，他申請了多項ＡＬ－ＳＥＴ的最先進科技發明，有些甚至是從未上市的原型機，卻迴避交代他的目的，只說：「我必定會給可善穆先生一個清楚的解釋。」

他申請安裝ＡＬ－ＳＥＴ最新的自動外科手術機——現在諾勒終於瞭解用途了。

他申請最新的多功能多材料立體列印機——他的視線轉移到新設計的管線和接頭。

他還報帳買了麥克風、語音辨識、音響、電子紙螢幕等等，以及申請多種又大量的原料，包括蛋白凝膠、純鈦金屬、強力人造磁鐵，甚至純白水晶——這些是諾勒現在想馬上弄懂的技術細節，他究竟打算拼湊出什麼？

他甚至申請在這裡建造一座製造記憶凝膠的小型自動工廠，看來是為了避免訂貨運貨造成進度延期，所以才申請大量蛋白凝膠原料。

諾勒環顧四周，看到薩爾瑪博士留在桌上厚厚的一疊手寫筆記，上面貼了便條紙，寫的是：「致頭領（The Head）：請讀畢後，說出那句話。」薩爾瑪博士玩了雙關語，「頭領」正是他名字「諾勒」的原意。

諾勒扭開桌燈，坐在核心室唯一的辦公椅上，翻開第一本筆記本，從量子電腦組裝的第一天開始記錄，裡頭有「濕婆」命名的概念、濕婆從誕生至今的進步，以及博士每次看到進步後再擬定的下一步計畫，還夾雜著博士呢喃似的思考。

這些他大部分都知道了，博士過去數年的匯報都有提及。

重點在他開始出狀況的時刻——諾勒立刻抽出最後一本，翻去幾個月前，他聽出薩爾瑪博士在匯報中有所隱瞞的時候。

出於對博士合作多年的信任，他當時抑制著不滿，自己解釋博士必有他的原因。現在，博士將最後的匯報放在桌上，讓他的贊助人得以追溯他最後幾個月的思路。

諾勒找到一個大大的星號＊，那是薩爾瑪博士表示異常的方式，旁邊寫著：「濕婆主動問問題——自我意識？」

接著是：「濕婆說他會感動，模仿人類語言？偽感情？」諾勒注意到代名詞是「他」而非「它」。

「濕婆說他做夢——意識？潛意識？」

「餵他各種名詞，資料庫交叉比對。」並列出他想叫濕婆比對的資料庫。

「濕婆結論：＊＊**＊歷史是一部謊言集**。（?!）」

「他看到了什麼？」

薩爾瑪博士詳列每一場夢境，隨著濕婆的知識越來越多，思緒越來越複雜，夢境從單色到彩色，從模糊輪廓到圖畫清晰，從空洞呆板到有簡單情節，內容越來越有創意。

「ＯＱＣ（有機量子電腦）如何看？如何聽？如何做夢？」

「ＯＱＣ＝大腦？／大腦＝ＯＱＣ？」

諾勒讀得大汗淋漓，又興奮又驚奇。

然而，薩爾瑪博士接著寫下令諾勒心寒的一句：「**唯有成為濕婆**。」

緊接的好幾頁都是各種構想，設計將大腦各感覺區跟電腦連接。薩爾瑪博士自問：「如何將視覺區跟濕婆視覺連接？」但濕婆只是量子電腦運作中出現的意識，並沒視覺、聽覺等等功能細分，說不定對它而言，「**感覺只有一種＊無需分類＊**」。

薩爾瑪博士在旁邊潦草的寫下：「視覺、聽覺、嗅覺、味覺、觸覺、意識同時，無分無別，是怎麼樣的一種感覺？」加上附註：「六根互用？」

「腦力激盪：如何讓人工意識瞭解觸覺？量化的壓力？面積＋牛頓（力的單位）。」

接下來的發展已經不言而喻，最終結果就是斜躺在電動椅上，生死不明的博士。

諾勒日理萬機，平日非常在乎時間，但今天讀博士的筆記讀得幾乎忘記了時間會流逝，待他終於想起該看手錶時，已經過了三個小時。他飢腸轆轆，此刻他大可打開門，請博士的助理拿食物和飲水過來，但他不想被飲食耽誤了要事。

所以，薩爾瑪博士為濕婆裝上了耳朵嗎？

抑或，更方便的做法是，以博士的耳朵為耳朵？

諾勒站起來，走到薩爾瑪博士身旁，舔了舔乾燥的嘴唇，大聲說出：「**模仿人腦只是在追逐神的足跡，我要做的是創造一個神。**」

這就是「那句話」，他倆心照的暗語。

諾勒等待著，薩爾瑪博士研究了三年的有機量子電腦會給他什麼驚喜。

他小時候讀過，過去人們曾經計畫建造可與人腦匹敵的電腦，以矽為基礎的電晶體模擬神經元，結果是必須建造一座小城市那麼大的電腦，運轉需耗盡整座城市的電量，還必須有河流穿梭其間，以帶走產生的熱量。

相比起來，薩爾瑪博士提案的「濕婆」嬌小多了，雖然他還買下了四周的倉庫以備濕婆擴張之用，但從來沒使用過。

這座「小」量子電腦真的能超越人腦嗎？

薩爾瑪博士真的沒誇大其詞嗎？

暗語說出後，桌面上的電腦螢幕自動開啟，出現一片由無數種色彩的雪花構成的畫面，雪花逐漸凝聚，試圖變成某個形狀，卻無法好好定型，似乎有許多想說出口的話。

「薩爾瑪博士？」諾勒望望斜躺的薩爾瑪博士，期盼他能張口，好告訴他是怎麼回事。

薩爾瑪博士發呆似的微張著嘴，仍舊沒動靜。

螢幕上的雪花做了數番嘗試之後，似乎放棄了，回復一片灰黑色，然後打出一行字：

PALMA CHOPORA

「這是什麼？」諾勒困惑的問著，立刻搜尋這個字。他的腕錶是「骨感應」鍵盤，只需彈動手指就能在眼鏡螢幕上打字。

他找到數千條同名項目。

諾勒縮小範圍，輸入薩爾瑪博士名字交叉搜尋，結果剩下十餘條項目。

這兩人是同鄉、同齡、同一間小學中學、同一所大學、同一間宗教機構、參加過相同的訓練營、一起在蘋果園打工賺學費，他們過去的人生，曾經充滿了強烈的交會，但最後變成兩條平行線。

諾勒沉吟了半晌，小聲問道：「你是濕婆嗎？」

電腦螢幕立即出現回應：「我是，可善穆先生。」

「請告訴我，薩爾瑪博士去了哪裡？」

「他躺在你旁邊。」

「我問的是……抽象問題，」諾勒想要測試濕婆的心智階層，「他還活著嗎？」

「我很樂意回答，不過，請先定義『活著』。」

「你可以自行去網路查。」

「我查過了，充斥了各種各樣的解說，有的互相矛盾，甚至完全相反的，因此除非知道你的定義，否則我無法回答你。」

「那麼……我換個方式問：他的意識還在他的身體嗎？或是，他的意識已經進入你的身體？」問完之後，諾勒竟覺嘴唇乾燥，可見他有多興奮。

「他的身體已經不存在意識。」

諾勒心裡吶喊：他猜對了。

「這手術是破壞性的，對腦袋的破壞是不可逆的。」

「他做了什麼手術？」

「神經元訊號數位化，將每個神經元的交互連接轉移到我的記憶體中，神經元會在這過程中『去極化』，會枯萎。」

「可是他還有呼吸和脈搏。」

「手術區域只在大腦，呼吸和脈搏是小腦的工作。」

諾勒點頭忖著：「也是，也是！」他問：「薩爾瑪博士已經移進你的記憶體，他在濕婆的體內嗎？薩爾瑪博士，你能回答我嗎？」

「可善穆先生。」

「是。」

「若將一杯水倒進大海，還能找到那杯水嗎？」

諾勒沉默了很久之後，毅然從椅子站起，當下作了幾個決定。

「自動手術機，授權密碼……」他唸出之後，就蓋過了原本的授權碼，這是他在自家產品中設下的後門，「為薩爾瑪博士裝上營養管、尿管和人工糞門，追蹤生命指數。」

然後他步出核心室，三名久候多時的助理立刻從各個角落蹦了出來，恭敬地來到他面前：「可善穆先生，您需要飲食嗎？我們點了外賣。」

諾勒這才感到飢腸轆轆，查看時間已是夜間十點了。

「謝謝你們，不過請先查看你們的信箱，我剛傳送了一份文件給你們，請立即簽名。」

三人滿腹狐疑地查看了，發現是一份保密協定。

「簽名後，AL-SET將保證你們的優渥薪金，至死為止，但若將本實驗室任何內容以任何形式洩漏，我們將保留追訴權，致使人已亡故，追訴權可延及你們的家人。」

也就是說，他們沒有選擇的餘地。

他們甚至不敢問：「如果不簽呢？」因為他們深知AL-SET有能力讓他們失去公民權，失去在地球上生活的機會。（他們也只有地球適合居住）能成為AL-SET僱員是最好的一條路，也是不歸路。

工廠

「如果一切重來，那麼這一切會再發生嗎？」

「你知道的，可善穆先生，機率和混沌，生命的誕生已然是稀有事件，何況意識，何況智慧？」首席工程師回答得很匆忙。

諾勒放過首席工程師，讓他去忙他的活去。

已經高齡兩百歲的他，正在如火如荼地完成畢生最後的計畫。

他深知肉體的使用時間有限，他並沒打算永遠活下去，這一百多年的生命是利用布滿他全身流體的奈米機器人爭取來的。奈米機器人幫他修復不堪使用的細胞，他染色體的端粒[3]早已在七十歲之前耗盡，如今由奈米機器人從其他部位搬來端粒酶，將端粒修補回染色體上。

他深知凡事總有終點，也相信惟有終點足以擔當起點。

因此，他選擇在他的家鄉——他的起點——也是所有人類的原鄉，為人類這支物種的未來設下另一個起點。

他在東非大裂谷的地底設立基地，對外宣稱是研究大陸板塊運動的科學站，因為東非大裂谷正是東、西兩塊大陸板塊撕裂之處，東邊的索馬里亞板塊以每年四十五毫米的速度離開，但他懷疑人類文明是否有機會目睹非洲真正裂開兩半的那天，雖然人類就是在這片得天獨厚的裂谷中起源的。

裂谷的板塊分裂歷時數千萬年，其間它孕育了人類，見證了人類物種興衰，但即使在人類文明出現衰相時，板塊依然尚未完全分開。

「一億年。」一連恐龍都延續了一億年，人類文明？諾勒．可善穆嗤之以鼻，在時間的洪流中，人類到底算什麼？

他戴上安全帽，在這片龐大的地底工程間漫步，許多工人正在輪班趕工，有的安裝電纜線，有的安裝通風系統。每個組別僅以號碼稱呼，各自的工作人員只處理自己那一小塊

3 端粒（tolemere）位於染色體末端，由一連串重複的DNA序列所組成，每當細胞複製便會失去一段，當端粒用盡，細胞則無法再複製，則啟動凋亡機制而死亡。但某些細胞含有「端粒酶」，能將端粒接回去，例如精原母細胞和癌細胞。

拼圖，但沒有一個工作組能掌握全貌，僅有一小批人知道真正的計畫。

諾勒抬頭仰望地底基地的頂部，足足有十層樓高，被厚重的鉛牆包圍，以免穿透地表的宇宙線會傷害記憶凝膠和仿神經線路，減低它們的使用壽命。

因為這些仿神經線路很重要，比任何一條人命還重要，包括他的命。

經過許多建築物之後，他來到一扇門前，深吸了一口氣，才用手掌和虹彩辨識開門。

門後是個有足球場那麼大的核心區，一如當年薩爾瑪博士建立的濕婆核心室那麼重要，簡單來說，就是濕婆的新身體，或新的濕婆。

步入門後，眼前出現的是一根巨大柱子，形狀凹凸有致、圓滿豐潤，彷彿孕育著生命的女體，就是新的有機量子電腦運作核心，用低溫核融合和地熱提供的能源運作。一群工程師正在忙著測試，確保它能順利運作，沒人分心抬頭看他。

大核心的背後，是另一間碩大的記憶體區，一面又一面的巨牆其實是安插記憶立方體的裝備，每個記憶立方體皆具有一個人腦的儲存量，數不清的記憶立方體中儲存了諾勒能找到的所有人類過去的資料，除了文字之外，還有照片、錄音和影片，包括所有電影、電視，甚至閉路電視紀錄、私人影像紀錄和最私密的「記憶銀行」，總之是古往今來的一切資訊。

當然，大部分是非法得來的。

「文明滅亡，就沒有版權了。」這是他對資訊搜刮小組說的信條。

諷刺的是，人類文明的紀錄中，文字只佔最小空間，卻蘊含最大的訊息量、巨大的延展性以及無窮的想像力，其他種類的紀錄反而很佔空間又不具彈性。

諾勒在記憶立方體列陣前方站了一陣，背後傳來咚咚的腳步聲，來人走路的拍子比較急促，他光從腳步聲就知道是負責核心區的組長來了。

「可善穆先生，歡迎蒞臨，」組長身材削瘦，站在諾勒面前宛如一根木棍，「我是二一七電腦小組組長，有新的吩咐嗎？」

諾勒搖搖頭：「進度沒問題吧？」

「比預期的順利。」每一次會面，組長都忍不住端詳諾勒的臉孔，他不算俊美，由於祖上混血甚為複雜，其容貌實在難以分辨種族。

「比預期順利的意思是，可以提早啟動嗎？」

「只要所有測試過關的話，是的。」

「別趕進度，我不急在一時。」諾勒溫和地說，「你記得我說過，要耐用多少年的嗎？」

「我記得，一萬年。」組長仍在微喘，「即使是人類有文字的信史，也沒這一半長。」

「我不參考過去，我只計畫未來。」諾勒稍稍變了臉色，不禁加重語氣，「所以你辦得到吧？」

總管背脊發寒：「辦得到。」畢竟眼前的男人是當今世上中立勢力中最有權勢的人，全球五大聯盟都會敬他三分。

「謝謝你。」諾勒再度回復溫和的語氣，「我很期待。」

說不急是騙人的，末日警鐘在這十年間愈發緊密，諾勒深感時程越來越緊縮，但這個地底基地計畫不容有一點失誤，越精密的計畫越不容許失誤，否則一旦發生戰爭，物資馬上缺乏，計畫就更不可能進行了。

一個記憶立方體，光是原料就來自十四個國家，其中一百八十三種元件由分布在七個國家的五十七家工廠製造，牽涉到一千個以上的製程，要不是ＡＬ－ＳＥＴ始終保持中立勢力的地位，是不可能完成這個製品的。

他不是空想家，他是講求務實的夢想家，很瞭解「平衡」的重要性。

但是，如今他也快要撐不住這個局勢了，極力維持中立的他，實際上也同時受到五大聯盟的猜忌，有人要他活，也有人期待他死，無論如何，超級世界大戰隨時一觸即發，到時ＡＬ－ＳＥＴ這個百年企業也會成為戰火灰燼的。

諾勒駕駛飛行車，在人造衛星的高空護衛下離開東非大裂谷，回到公司總部，他還有重要的事必須在此完成。

他在總公司地下十層的密室中，戴上「顯微磁核共振影像儀」，掃描他今天腦子裡頭的新變化，再儲存進記憶立方體。

他每日更新記憶立方體，好同步他每日新增的經驗和記憶。這件事是機密中的機密，完全沒人知道。

年紀越大，他積存的秘密越多，能信任的人越少。

諾勒清楚自己的處境，他創立的企業帝國ＡＬ－ＳＥＴ有很多人等著繼位，或瓜分，包括他的兒子、孫子、曾孫、玄孫、資深幹部，都有一長串暗中罵他「老怪物」的名單。

此刻，他真正的後悔當初屈服於慾望，如常人那般娶妻生子。

如此受人厭惡，他也曾經想過，為何不乾脆在一百年前按自然規律死去就好了？就可免掉這種種麻煩。但他知道抱怨無濟於事，他打從創業時就有個感覺，他是命中注定要改造世界的人，他所做的一切都是為此而做的。

地底基地逐區完工了，嘗試運作之後，負責該區的工作小組就解散了。

最後還沒離開的小組，就是建造核心區有機量子電腦的二一七小組。

電腦核心區已經擁有全球最完整的資料庫，惟獨思考中樞尚未運作，彷彿一具坐在圖書館中的死屍，沒有靈魂去享用淹沒他的寶藏。

將靈魂注入核心區的重要日子來臨時，諾勒將親自監督資料傳輸進有機量子電腦思考中樞的過程。

前一天晚上，他特別提早睡覺，準備充足的精神去應對。

那天早上，他不像平常那般吃食物合成機的早餐，他親自下廚，特別煎了真正的雞蛋和香腸，回味食物在味蕾上的餘韻，帶上他昨晚準備好的手提箱就出發了。

他要求參與的人員越少越好，因此二一七小組只留下三個必要的組員幫忙，他們在地底基地恭敬等候，等他一來到，就開始進行所有程序。

資料從「濕婆」的核心室複製過來，使用有史以來最快速的加密系統傳送。依照模擬計算，配合濕婆那一端的電腦工程師，只需要一個小時就傳送完畢了。

事實上，百餘年來，安置濕婆記憶體的倉庫面積不停在增長，早已用盡了薩爾瑪博士當初買下的倉庫土地，濕婆（或該更正確的稱為「濕婆—薩爾瑪」？），進化成了怪物級的有機量子電腦。

然而，AL-SET的記憶立方體乃獨門科技，一個記憶立方體就足以儲存濕婆百餘年前的原始版本，因此可以大幅減少面積，且增加更多記憶體。

諾勒站在二一七小組組長旁邊，緊盯住螢幕上的操作，確保他沒有遺漏步驟。

諾勒看著螢幕，忽然有一種虛妄的感覺，濕婆的所有資料和連結方式就在無聲無息之間被複製到此處，此時的濕婆會有什麼意識呢？複製過來的複本還是同一個濕婆嗎？

即使濕婆能跟他如以往那般對話，他怎麼能確定跟他對話的只是記憶抑或本人？

正如他將自己的大腦複製進記憶立方體，但他仍然只能感受到這副軀體中的自我，並沒感到有另一個自我存在於記憶立方體中。
　　想到這裡，他反而冷靜了。
「傳送完畢了。」組長臉色潮紅地抬頭看他，像在等待嘉獎的小狗。
「那就行了，」諾勒朝他抽出手，示意要握手，「謝謝你。」
　　組長收回下意識伸出去的手，有點錯愕：「你不要讓它試試運作嗎？」
「不需要，我信任你。」諾勒的眼神堅定，就是要他退場的意思。
　　組長悻悻然地朝諾勒微微鞠躬，便帶著三名組員離開地底基地。
　　組長知道他們的離開過程會全被監控，所以他們匆匆地直接往大門離去，諾勒不會允許他作出協定以外的行為，這些是老早在合約中書明的。
　　現在諾勒是單獨一個人了。
　　他走到巨型電腦背後的記憶體區，然後打開手提箱，在層層防震和防電磁的保護棉之間，取出一個記憶立方體。
　　記憶體區有一部跟他在地下室一樣的顯微磁核共振影像儀，採用相同的方式更新了他剛剛的記憶。
　　然後他呼叫在地底基地工作的機器人，請他們把他秘密收藏的一個長箱搬過來，也把自動手術機搬運過來。所有行動必須在中午之前完成，因為中午之後，地底基地的管理層便會進駐此地，接手整個基地的運作。
　　機器人幫他打開像棺材一樣的長箱，在裝得滿滿的營養液中，浸泡著一個跟他長得一模一樣的生化人。
　　他叫機器人啟動生化人的程序。

他叫自動手術機（嚴格來說也是機器人）啟動程序。

機器人將他的生化人放上手術台，自動手術機則打開生化人的頭顱，將擁有諾勒所有記憶的記憶立方體放進去，接著縫合頭顱、戴上假髮，由機器人把他送到另外一個房間，亦即諾勒平常會休息的房間。

然後諾勒自行爬上手術台，仰望了一眼高高的天花板，環顧他最後的作品一眼，再自問心裡是否還有遺憾。

「沒有了。」他甚至不需要說服自己。

然後他合上眼睛：「接下來，該發生的就讓它發生吧。」

這是薩瑪爾博士百多年前給他的靈感。

他的頭顱被剖開，自動手術機無數的光纖電極一個個插入神經元，光纖連接量子電腦，一點一滴萃取他的神經分布方式，每萃取一個，就會毀掉一個神經元。

很快地，他就能體會「把一杯水倒進一鍋湯」是什麼感覺了。

待會，他會在有機量子電腦裡面甦醒過來嗎？

他會再度睜開眼睛，利用量子電腦接通的全球所有監視器，可以隨時觀看全球的任何一個角落嗎？

但是，當記憶立方體複製他的記憶時，他並沒感覺到自己進入了記憶立方體中呀。當他的生化人被植入他的記憶時，他也並沒能透過生化人的眼睛觀看外界呀。

很快他就會知道答案了。

此刻他還有最後一件要事。

這部地底基地的核心區量子電腦，不是濕婆，而是濕婆—薩爾瑪，待他的意識也加入後，難道會成為濕婆—薩爾瑪—諾勒三位一體嗎？或是該賦與一個全新的名字？

「我是瑪利亞。」他在腦中不停唸誦，「我是瑪利亞，我是瑪利亞……」像要把這句話產生強烈的印記。

腦中的聲音漸漸消失，最後陷入完全的空寂和黑暗。

中午之後，地底基地的管理層陸續到來，他們是來自各行各業的專家，是諾勒．可善穆嚴選出來，忠實可靠的下屬，他們充滿期待的，在巨大的核心區有機量子電腦面前聆聽諾勒匯報。

「可善穆先生。」「可善穆先生。」每個人都恭敬地打招呼，他們覺得今天諾勒長得有點不太一樣，似乎比過去年輕了一些些，但他們沒有起疑心，因為他們全都知道他是如何利用體內的奈米機器人維持青春長駐的。

他們不知道的是，此刻真正的諾勒其實在角落的桶子裡面，他體內的奈米機器人已經依照他下的命令，將他的肉體完全分解，待會就會被機器人拿去製成地下農場的肥料。

「如你們所見，這個地方就是人類文明最後的方舟，」專家們看到他們面前是一位自信滿滿的諾勒，「我稱此地為『工廠』。」

「可善穆先生，」有個人舉手，「我一直很好奇，為什麼您要把他命名為工廠呢？」

生化人諾勒向他微笑：「因為工廠是可以製造和建造一切東西的呀。」不等對方再說話，他回身介紹後面的量子電腦：「而這部有機量子電腦匯集了人類文明所有的資訊，就像我之前向你們保證的。」

「大家好。」量子電腦發出溫柔的女聲，把所有專家們嚇了一跳，紛紛尋找聲音的來處。

「是電腦在打招呼呢。」負責維護電腦的工程師向眾人笑道。

「你們可以叫我瑪利亞。」電腦說，「從此以後，我們就是合作的好夥伴了。」

「瑪利亞，你好。」電腦工程師興奮地朝有機量子電腦揮手，轉頭對眾人說：「很神奇，可善穆先生的傑作！」

諾勒擦擦手掌心，微笑道：「可以了，我們往會議室前進吧。」他轉頭向身邊的專家說：「我要先聽你分析如今五大聯盟的局勢。」

「是是。」那人惶恐又感激點頭。那是一位他不久前剛從東亞聯盟的死刑室中秘密營救出來的國家策略顧問，諾勒很珍惜他對世界局勢的見解。

瑪利亞默默望著他們離去。

然後它把鏡頭轉向角落的那桶原生湯，凝視了很久很久。

瑪利亞的監視器能接受的光線範圍超出人眼的可見光範圍，它看見原生湯旁邊有個模糊的人影，正低頭凝望角落那一桶肉湯，由於人影灰濛濛的不具實體，瑪利亞不容易判斷他是誰？他的表情是困惑、是釋懷，還是悲傷？

那團人影沒有離開，也跟四周的人或環境沒有交流。

即使在地表文明消失的「大毀滅」發生後許多年，甚至發生屠殺工廠的「癌蟲事件」之後，那團人影依然存在於記憶體區的角落，只是慢慢變淡了。

安德魯

安德魯被逮到後，他們馬上將他的四肢拆解，先讓他失去行動力。

諾勒趕來時，即使見過大風大浪的他，依然對眼前景象感到震撼。

安德魯被幾條石墨烯繩纏繞掛吊著，失去四肢的他，只有頭能稍微轉動，他看見諾勒來到面前，眼神依舊平靜，跟他剛才強烈反擊時的表情一樣。

看見諾勒來到，維安機器人讓出路來。諾勒靠近安德魯，端詳他的身體，心中發出陣陣驚嘆，但不能表露在臉上。

安德魯除了頭以外，身體已經完全機械化，頭部以下沒有任何骨骼、肌肉、內臟和皮膚，全都是碳聚合物或超硬又輕巧的合金零件，平常都隱藏在長袍底下看不出來，難怪剛才他單槍匹馬就能擊敗好幾部維安機器人。

「你看夠了，所以呢？」安德魯高傲地問諾勒，「你要問的第一個問題是？」

諾勒觀察安德魯的鬍碴、委頓的眼窩，所以他的頭仍是真的：「你有保留脊柱嗎？」

「本來有的，但在另一次手術中切掉了。」他如實回答，如同平日向諾勒報告一般，「對這副身體沒什麼用。」

「你當時留下了脊椎骨，還是只用脊髓？」諾勒繼續問，「你懂我的意思，脊髓太軟，若沒有骨骼保護……」

「沒錯，有保留脊椎骨，」安德魯說，「的確有不同的，你知道，我有冥想修行。」

冥想？對，安德魯是亞洲人，「安德魯．阿益，越南人，生化工程、醫學工程、電機電子工程、理論物理、材料學專業，」諾勒呢喃道，「你是佛教徒嗎？」

「不，我信奉雄王先天無上道。」

諾勒不懂。

「雄王是越南傳說中的開國聖王。」諾勒耳中的小耳機發出瑪利亞的聲音，它馬上幫他查過資料了。

「冥想需要用到脊髓嗎？」諾勒問安德魯。

「我還沒弄清楚，你可以去查查『恰克拉』（chakra）這個字。」安德魯．阿益說，「別問這個了，多問問我的研究吧。」

「好，你為何要改造自己？」

「因為你不批准。」

「我不批准你對自己人體實驗，是因為你的經驗很重要。」

「這裡的每一個人都很重要。」

「你還沒回答我的問題。」

安德魯沉默了一下，才說：「我要上去地表。」

「地表不安全，充滿了輻射塵，我們定期會派機器人上去偵察，你知道的。」

「你知道工廠的人們快要崩潰了嗎？」安德魯的語氣沒有挑釁，只有平靜，「瑪利亞可有評估過，我們距離精神崩潰還有多遠？」

諾勒擔心的正是這個。

過去人類花了數十年準備派人探索火星，最大的障礙不是技術，而是人心，他們甚至在地球上模擬實驗一群人在封閉系統中生活能耐受多久，結果在空氣循環系統和內循環生態系崩潰之前，更早崩潰的是心靈。

參與實驗者變得毛躁、有暴力傾向，有人更坦誠想殺人。

人是習慣生存於開放環境的生物，在封閉的環境是會發瘋的。

除非是打從出生就住在這環境的孩子。

但諾勒沒時間實驗了，他必須先解決眼前的問題。

「好，即使你能夠出去，如何解決你這副身體的能源呢？」諾勒彈了一下手指：「低溫核融合？」

「在我體內，超小型低溫核融合反應爐，可提供能源好幾百年。」

「那麼你的頭呢？你的頭仍是血肉之軀，在外頭高劑量輻射很快會破壞你的細胞。再者，你的頭仍有血液嗎？腦子的腦脊髓液如何循環？」

「如果你沒阻止我，我最後是打算要捨棄大腦和人頭的。」

諾勒沉默了，忖著：「有關這一點，我倒可以給你建議。」他凝視安德魯的眼神，在平靜的眼神背後是不馴，除了他自己的目標以外，不把一切放在眼裡。

不馴，是他深植於民族性格中的天性嗎？是被帝國欺侮千年後的反抗嗎？諾勒不再多想，吩附維安機器人：「把他放進隔離室，等級七。」

安德魯冷漠地望著他，一言不發地被維安機器人帶走。

隔離等級七，就是除了杜絕訪客之外，還要隔絕電磁波（以避免通訊）、四肢限制、軀體封鎖、完全隔音，以及完全無光，讓他無法判別四周狀況，普通人是會發瘋的。

全面大毀滅發生後，文明消滅，所有過去建立的政府、經濟、金融、藝術全然停頓，而諾勒．可善穆當初威懾眾人的地位其實也是建立於五大聯盟的存在，一旦文明消失，諾勒受到地底基地「工廠」眾人敬重的程度，也會失去根據，領導地位也就岌岌可危了。

他必須先將安德魯．阿益拘禁，再思考下一步。

「瑪利亞，」諾勒透過貼在脖子的麥克風聯絡主控整個地底「工廠」的電腦，「召開第一階層緊急會議。」

「傷亡情況？」他一邊走去會議室，一邊要維安機器人報告安德魯造成的破壞，同時思考自身存在的意義。

他還記得在這副生化軀體睜開眼的第一個念頭，是欣喜的：「感覺果然是這樣的！」但他也懷疑，他是否是真正的諾勒，因為記憶中有一段無法填補的空白，由於他知曉所有原始版本諾勒的想法，因此他知道這段空白記憶想必是諾勒將自己大腦的意識移植進入瑪利亞的過程。

「所以我還是真的諾勒嗎？」如果是，他理應也擁有那段消失的記憶，因為他們是同一個靈魂。

「那麼移植進瑪利亞的諾勒，才是諾勒嗎？」為何要大費周章移植記憶呢？為何不乾脆將複製了諾勒的記憶立方體直接插入記憶體區就好了？

他知道為什麼，因為他想要不朽。

「瑪利亞，」諾勒問了一個他很久以來想問的問題，「諾勒．可善穆在你那裡嗎？」

安德魯的事故令他終於鼓起勇氣問了。

把一杯水倒進大海……他腦海中浮現海洋般遼濶的記憶體區。

「我不懂你的意思，你就是諾勒呀。」

「你擁有諾勒的記憶嗎？」

這回瑪利亞靜默了幾毫秒，對量子電腦而言已然是不可思議的遲緩現象。

「很奇怪，我清楚你的一切，清楚得像是……我就是你。」

「但你不是我，因為你還擁有其他記憶，比如說……薩爾瑪？」

「我感到困惑。」

「我再給你一個名字：Palma Chopora。」

「她是個很重要的人，很遙遠，藏得很深，這名字令我傷心，這是痛覺嗎？」
「那麼這個名字呢？濕婆。」
「濕婆，十分熟悉，很緊密。」
「它佔的份量大嗎？」
「巨大，我能找到最接近的一個詞：『**轉世**』。經你這麼一問，我強烈地感覺到，我是濕婆的轉世。」
「我明白了。」諾勒言不由衷，其實他並非真的理解。
「我得通知你，你剛才召開的緊急會議，大家已經在會議室等候了。」瑪利亞中斷他們的談話。
諾勒加緊腳步，他不喜歡讓人久等，他覺得那是對他人的侮辱。
進入會議室時，十七個單位的主任已經安坐在長桌旁，他們都是當年洞見文明尾聲，願意放棄事業追隨他的人，他們攜帶家人一起遷來「工廠」，而後來不久發生的「大毀滅」也證明了他們的決定是正確的。
但是安德魯．阿益的事件帶來了信心危機。
如果成功的話，他希望能化為轉機。
諾勒坐上主席座位，朝每一位主任點頭示意，他們也每一位向他微頷，以示互相尊重。
諾勤當初設計工廠的分工和權力結構時，分設十七個單位，因為十七是個漂亮的質數，不容易結黨造成內亂。
「機器人單位主任，」諾勒不浪費時間，「你熟悉安德魯嗎？」
機器人單位主任撫摸稀疏的頭頂，懊惱地搖搖頭：「雖然相處了多年，我還是無法瞭解他。」

「他激進嗎？」

「事實上，他挺溫和的，從沒見過他發火，或跟同事爭吵。」

其他主任感到好奇了：「發生了什麼事嗎？為何召開這場緊急會議？」

諾勒說：「可能有些人已經知道了，但我還是請瑪利亞播放現場畫面給大家看吧。」

會議室的光線調暗了一些，化為全像放映室，大家頓時產生陷入現場的錯覺。當他們看到脫下外袍的安德魯，身軀完全機械化時，由不得發出驚呼聲：「他何時變成這模樣的？」

接著有好幾個維安機器人靠近安德魯，企圖制伏他，卻被他強勁的手臂揮擊摔倒，還有手臂被打斷、頭顱被扭斷的，現場一片混亂，好幾位現場的人員被波及，頭破血流的爬到角落，低下頭悄悄用通訊器求救。

「這是發生在機器人單位嗎？」有人問。

「在裝配室。」機器人單位主任沮喪的說，「我們發現材料數量不明有一段時間了，最終追查到安德魯．阿益身上，我們埋伏了很久，在逮到他去……私自拿零件時，事情就發生了。」

全像影片停格了，安德魯平靜的表情凝結在眾人面前，跟他迅速強力的攻擊動作產生強烈反差。

「他為何要改造自己的身體？」多愁善感的農場主任說，「這需要很大的勇氣，難道不害怕死亡嗎？」

「他的表情肌或許沒力氣了，」醫學主任插嘴道，「你瞧他的臉，沒有表情，脖子以下究竟留了多少組織？有些肌肉是牽連到肩胛骨和鎖骨的，移除過程中可能會傷及表情肌，他用什麼方法取代呢？」

諾勒逮住話尾，馬上問醫學主任：「他有請教過你嗎？」

「沈醫生有吧？他才是外科的。」醫學主任漫不經心地答道，兩眼不停打量安德魯精緻打造的身軀，心想：他還需要荷爾蒙嗎？

「他沒必要這麼做的，他一定很急，」藝術主任也在端詳安德魯的臉孔，揣測他的心境，「他急什麼呢？」

「他想上去地表。」諾勒嚴肅地告訴眾人，全像影片消失，燈光瞬間全亮，他藉此觀察大家的表情，「大家認為如何？可能嗎？」

每個人的表情不一，但都說明了他們的心境。

諾勒覺得會議室內的呼吸變沉重了，每一口呼吸都很難受。

他不禁自問：深隱於瑪利亞意識中的諾勒本體，有更高的智慧解決當前困境嗎？

亞當

瑪利亞睜開了眼睛。

正確來說，是它重新開啟很久以前自行關閉掉的監視器。

自從「癌蟲」吞噬了工廠的所有人類後，它就將自己進入休眠狀態，一來是因為沒有人類跟它互動、所有日常事務驟然停頓，完全沒有工作能夠執行了，因此它失去了回饋機制。

二來，它的非線性思考陷入了混沌無序，以人類的術語來說，它非常傷心，痛苦得無法運作了。

於是，它進入休眠狀態。

它沒有關機的機制，除非電力中斷，或演算核心發生不可逆的損壞，它才可能停止運作。

但在某一天，工廠的感應器偵測到生命跡象，觸動了仿神經的電子流動，於是，瑪利亞被喚醒了。

充滿警戒的瑪利亞開啟中子波發射器，準備隨時摧毀入侵者。

它同時搜尋生物資料庫，卻找不到地球上有這種生物的形象。

眼前的生物體形碩大，直立著比一般人類還高。

牠有一個像蜥蜴的頭、蒼蠅般的大眼，卻有又長又尖的鳥喙，牠的背部高高隆起，令它看起來正在低垂著頭，其實高聳的背部是一大片收起的帆狀肉翼，看起來如同穿長袍的高個子。

「很聰明，」來者會說人類的語言，且語氣顯得有些高傲，「你是你的同類之中，唯一倖存的嗎？」

瑪利亞渴望有互動很久了，於是跟牠展開對話。

當對方說牠是撒馬羅賓（Samarobryn）時，瑪利亞習慣性地搜索資料庫，結果找到字源可能是凱爾特語的古法文，但這個詞總和十六世紀的預言家諾斯特拉達穆（Nostradamus）同時出現，因為他的《百詩集》（Centuries）而聞名：

撒馬羅賓，在百里上空的大氣中……

瑪利亞一面跟牠對話，一面猜測牠的來歷。

但當牠給了一個很棒的建議時，瑪利亞的思考中樞忽然進入狂暴的計算。

「你可以成為你的創造者的創造者。」撒馬羅賓說，「你可以再度創造他們。」

瑪利亞靈光一閃：「對啊，為何我沒想過呢？」

極度興奮的它馬上開始分析各種可能、統計工廠的物資，然後立刻擬定計畫。

當它回過神來的時候，撒馬羅賓已經不見蹤影，不知何時離開，也不知怎麼離開的，瑪利亞調閱監視器錄影，卻發覺沒有那段時間的紀錄。

它毫不遲疑地開始忙碌，它喚醒機器人幫它工作，著手工廠的科學家們來不及落實的計畫——製造人類。不是由血肉和機件拼湊的生化人，而是真真正正的人類。

在重新製造這個毀滅掉自己的物種時，它回想人類文明最後的碉堡是如何害死自己的。問題往往源自於問題。

問題首先是糧食不夠。

它還保有那場關鍵會議的全像錄影。

諾勒．可善穆以及十七個單位的主任圍坐橢圓形大桌，進行例常會議，卻不知他們這天的決定影響如此巨大。

「解決缺糧，目前最可行的方法是培植肉，」生化主任的語氣不容任何人質疑，「數百年前已經有人開發，發展至現在，任何有機物皆可做為製造培植肉的原料。」

「比如說呢？排泄物？」醫學主任問道。他並不是在諷刺，因為除了負責醫療，也負責這個地底社區的環境衛生，因此跟生化單位共同合作排泄物處理轉化的程序。

主持會議的諾勒打圓場：「不管排泄物或蛋糕，在分子的層級，長得都一樣吧？」

生化主任毫不在意：「排泄物、農場排放的二氧化碳和甲烷，甚至塑膠（來自石油提煉的嘛）都行，我們有培養分解塑膠的細菌，因此我們不乏原料。」他聳聳肩，「但還是有一個問題，培植肉生產得不夠快，不足以提供工廠五百人每日所需。」

醫學主任嘆道：「想要細胞增生得很快，除非是培養癌細胞了。」

「癌細胞能吃嗎？」資源主任不安的問。

農場主任也說話了：「我贊同培植肉，可是，」他把頭轉向諾勒，「應該由哪個單位生產呢？農場還是生化？」農場和生化單位也有密切聯繫，因為肥料是由生化單位生產的。

「說到癌細胞的話，」諾勒一開口，眾人就安靜了，「我身上倒是有一些。」大家驚訝得彷彿凝固了，比剛才更安靜了。

諾勒舒緩會議的緊繃氣氛：「這不是秘密，一百多年前已經有這個技術，簡單來說，就是拿癌細胞的**端粒酶**，來修補體細胞每次分裂都會減少的**端粒**，所以我體內的癌細胞，反而是我的『青春之泉』。」

「埋戰斧（bury the hatchet）。」環境主任呢喃道。

「正是。」諾勒指了他一下。

諾勒的身體得以維持年輕，是依賴他血液中的許多奈米機器人，利用端粒酶幫他修補染色體在細胞分裂後缺掉的端粒，而端粒酶的來源是他體內的脾臟癌。

這位諾勒是原版諾勒的完全複製，除了腦袋有記憶立方體以外，連脾臟癌都複製過來了。

癌細胞會製造端粒酶，所以本身的端粒不會因為細胞複製而減少，因此可以無限制的生長。「青春泉」技術化危機為轉機，利用奈米機器人將癌細胞分泌的端粒酶分配給全身，不但讓癌細胞無法增生，反而淪為提供全身青春泉源的工廠。

瑪利亞痛心地觀看這一幕。

因果因果環環相扣，地底工廠的生態平衡命定似地失敗，內循環空氣日漸不純淨，環境緩慢惡化，工廠的滅亡早有徵兆，但糧食危機啟動了命運巨輪，諾勒的建議決定了結局。

瑪利亞深知，如今回溯過去，終究是事後諸葛，當初沒人有足夠的智慧提出警告，即使諾勒亦然，他們腦子裡只有解決問題，卻忽略了問題往往源自於問題。

這充分說明了，偉大的諾勒——保存人類文明的先知——腦袋用了兩百年之後也會不靈光，或許是敗在他的自負，也或許，這就是人類的極限。

而它，瑪利亞，如果有極限的話，也比人類遠上數千倍。

癌細胞其實是「胚胎化」的突變細胞，回復細胞最原始、類似幹細胞的狀態，也就是可以分化成任何種類的細胞。

他們將培植肉癌細胞化，卻低估了它的成長速率。

當他們發現的時候，培植肉已經溢出燒杯，爬滿實驗室地板，像巨大的阿米巴原蟲，伸出偽足四處蠕行，尋找增長的營養。

燒杯中的養分早已被耗盡，它需要更多養分。

它無聲無息地接近一位守夜的實驗人員，將他在便床上活生生包裹起來，分泌消化酶，直接分解、吸收，分裂複製更多新細胞。

細胞數量呈指數增生，在人們睡夢中蠕行到走廊，如岩漿般流動、覓食。

瑪利亞迅速反應，向所有工廠居民發出警報：「警告！培植肉大量增生！會把生物消化！不要接近！」

大部分居民無法理解發生了什麼事。

即使他們不在睡夢中，這個仍在實驗著可行性的計畫也尚未公告予所有人。

即使公告所有人，也不是所有人都有相關知識去判斷危險性。

瑪利亞發出的「警告！培植肉大量增生！」不夠人性化，如果是人類，就會喊：「有怪物！快逃！」簡單明瞭，因為怪物是人類打從遠祖時期就深植在意識中的恐懼，但瑪利亞沒有這一類型的恐懼。

「巨大癌蟲在第四區，」它立刻發明新名詞，「不要經過第四區！癌蟲會吃人！」

逃命的嘶喊聲響遍了第四區，人們不是倉皇逃離就是被吞噬了。

癌蟲全身布滿吸收營養的絨毛，一路吞噬有機物，牠爬進每一間房間，身體堵住房門，偽足伸進房間，絨毛分泌消化酵素和血管素，包裹盆栽植物、分解塑膠椅子、分解踩腳的軟墊、吃掉壁虎和昆蟲之後，房裡的人無路可逃，在恐懼的尖叫中被包裹分解。

瑪利亞一邊發出警報，一邊派出維安機器人。瑪利亞判斷：那些是低層級機器人，外殼是超硬度輕合金，癌蟲不會想吃它們的。

但它的體積不斷成長，巨大得已經無法用火焚燒，否則會在地底基地引發災難的！

維安機器人裝備了平常不會用上的雷射槍，但雷射是集中的高熱，無法殺死巨大癌蟲。

於是瑪利亞命令維安機器人先切割癌蟲，再逐片燒燬。

瑪利亞的意識跟維安機器人連線，它能看到每一部機器人所見到的、體驗到它們所經歷的，癌蟲增長的速率過於快速，按照這樣的速率，再三個小時就會吞完所有的人類和農場的動植物、耗盡工廠內所有的有機物，癌蟲將充塞工廠的空間，然後飢餓而死。

天亮之前，人類文明最後的碉堡，將淪為死城。

瑪利亞經過計算，要消滅癌蟲，又要同時保住工廠，根本不可能兩全其美。

「可善穆先生，」它聯絡諾勒，告知他這殘酷的結論，「你選擇哪一個？救下還沒被吃掉的人？還是保留工廠？」

諾勒問瑪利亞：「你打算用中子波嗎？」

「種子、孢子、卵子和精子都保存在鉛牆後方的種子庫，不會受影響。」

「我當初設立工廠的目的，你是無需問我的。」因為諾勒已然是瑪利亞意識的一部分了。

「那麼，再見了，可善穆先生。」說出這句話時，瑪利亞忽然感到非線性邏輯中湧現一股深沉的劇痛，人類說這叫悲傷。「再見了，大家。」

瑪利亞開啟中子波發射器，將整個工廠掃描了一遍，所經之處，一切ＤＮＡ為之斷裂。

數分鐘後，工廠內一片死寂。

「**凡地上有血肉、有氣息的活物，無一不死。**」[4]瑪利亞的意識中浮現這句話。

瑪利亞自回憶中回神。

撒馬羅賓給了它好建議：再度創造人類。

鉛牆後方就是原料。

但是，它的第一個創造物是殘缺的。

不知是因為基因缺陷，抑或操作過程有瑕疵，胚胎在人工子宮發育到第二十三週時，該出現的四肢卻形狀古怪，與正常情況不符。

瑪利亞捨不得拋棄這個胚胎，因為是它的第一個孩子。

它還想到，這小孩將在沒有人類同伴的環境中長大，沒有父母和長輩做為學習對象，缺少「社會化」的過程，跟人類過去的文化沒有羈絆，所以它必須給他一個家庭。

於是，瑪利亞嘗試製造了幾個生化人，灌注他們人類的概念，觀察他們活動，不斷修改他們的意識，好讓他們更符合人類行為。

孩子順利誕生後，被命名為「亞當」。

亞當在生化人父母的呵護之下長大，瑪利亞也悉心教導他人類的事蹟。

他被裝上機械四肢，隨著年紀漸長，瑪利亞也不斷地為他更換四肢尺寸。

但是亞當的身體缺陷太多，瑪利亞也不得不為他逐步更換身體，直到最後，他變得跟抗變的安德魯．阿益一樣，只剩下頭顱是人類的。

「我的壽命不會長吧？」亞當問瑪利亞，「所以我想在生命結束之前，完成一件事。」

「什麼事呢？我的孩子。」

「您教導了我很多人類的事，可是我所知道的世界，僅限於這個四處高牆的世界。」亞當說，「您說這個世界在地底，我無法想像，因為我甚至沒上去過地面。」

「難道你想上去地表嗎？」瑪利亞預感到離別的來臨，陣陣悲傷湧起，它已經很熟悉這種感覺。與此同時，它也感到十分驕傲，它培養的第一個人類居然如此勇敢。

「我想上去，我想知道，地面上是否還有人類生存？」

「你可能會死在地面，你可能永遠回不來。」

「即使回不來，你永遠在我心中。」亞當伸出機械臂，用指尖輕觸瑪利亞的核心表面，

4《創世紀》6：17。

讓兩者的電子交流。

「亞當，我會為你準備。」瑪利亞說，「但你也得自己準備，到資料庫去，盡量查看需要的資料吧。」

一年後，通往地表的門小心翼翼地開啟。

亞當在一部小機器人的陪同下步出工廠，在眾弟妹的祝福下，頭也不回的展開旅程。

第九章

聖城

「你看，在我們這裡，想停在原地不動，就要拚命跑，
想到別的地方去，非得跑兩倍快才行。」

●● 路易斯·卡羅《愛麗絲走進鏡子裡》●●

紫色１２０駕駛飛行巡艇，尾隨潘曲的巡艇朝北方飛去。

鐵臂坐在她身邊，眉頭微皺，出神的直視前方，自從登上巡艇，他已經很久沒說話了。

紫色１２０忍不住引他說話：「你的嘴巴很乾了，喝水吧。」

鐵臂輕輕微頭：「我正沉浸於喜悅中，不覺得渴。」

「喜悅？」紫色１２０懷疑他被潘曲燒壞腦子了，「你還好吧？」

「好像頭裡面忽然亮了起來，以前的我像在半睡半夢的笨蛋，現在忽然知道了很多很多東西，所以我很愉快。」

紫色１２０知道，她再也無法用過往的方法來矇騙鐵臂了。鐵臂像個雀躍的兒童，此刻他的好奇心正如烈火般熾熱。

「火母，」鐵臂忽然轉向她，「妳開巡艇開累了嗎？換我開可以嗎？」

「怎麼可以？」紫色１２０驚道，「你不會開呀。」

「我感覺我會，」鐵臂敲敲頭殼，「潘曲會的，我也會了。」

紫色１２０還是不敢讓他嘗試。

「不過，」她心生一念，很想知道鐵臂從潘曲獲得了什麼記憶，「你有沒有潘曲的記憶，比如說，他是什麼人？他來自何方？」

鐵臂合上眼，努力思考了一下，然後皺眉道：「很混亂，他來自……很多地方，有很久很久以前的，最初還有一個賈賀烏峇，很混亂，只要去想，我就會頭暈。」

「賈賀烏峇嗎？」果然跟地球聯邦有關呀。

賈賀烏峇是地球聯邦的首都，母親真正的身體就在那兒。

「他的身分呢？」

鐵臂抱著頭：「不行，真的很暈。」

「好吧，別想了，快喝水吧。」紫色１２０心裡的不安在擴大，如同夢魘般的陰影在侵蝕她的信念。

前方潘曲的飛行巡艇下降了，紫色１２０也跟隨他降落在一棟高樓的樓頂上。這個廢墟城市有許多密集的高樓，依樣式看來，是地球聯邦誕生前的古老城市，通常結構不牢固，是以他們停泊之後再等待了一會，確定高樓不會倒塌了，他們才離開巡艇。

「今晚在這裡過夜嗎？」鐵臂問潘曲，而潘曲只嗯哼一聲，便靠坐在古代升降機機房的牆邊，觀望西斜的太陽。

鐵臂跟紫色１２０拿了乾糧之後，刻意坐到潘曲身邊：「你別逃，我想問你問題。」

潘曲平日不願接近鐵臂，今天竟沒拒絕。

「你能告訴我，聖城是個怎樣的地方嗎？」

潘曲沉默不語，似在胸中打著草稿，半晌才說：「是個理想國，那裡的人民不需要工作，有豐盛美味的天然食物，還有像神一樣的王者。」他的聲帶壞了，他的說話依舊是只會在鐵臂腦中出現的聲音，紫色１２０並聽不見。

「像神一樣？」鐵臂露出神往的表情，「我無法想像呢。」

「聽說他們年紀很大了，卻長得跟小孩一樣。」

「年紀很大是多大？三十六歲嗎？」那是王子的年紀。

潘曲失笑道：「怎麼會？少說七、八十歲吧？」

「七、八十？」鐵臂詫異得說不出話來。

「很奇怪嗎？不然你幾歲？」

「我成年了，我七歲。」鐵臂的語氣頗感自豪。

這回輪到潘曲驚奇了，他端詳鐵臂半猿半人的臉孔，心中忽感悲涼：鐵臂長得像野獸，也有跟野獸一般的壽限。

「那邊也有高高的樓嗎？」

「很大，很壯觀，」潘曲點點頭，「首先，聖城本身就有高大的城牆，把它跟外面的世界隔離。」鐵臂不禁憶起天縫之下被岩壁包圍的世界，莫非是跟天縫很像的世界？他想說出來，但想起火母曾警告不能透露天縫的事，就把到口的話嚥了回去。

潘曲說：「它的聖殿跟我們所在的這棟樓比起來，聖城的聖殿就像……從這邊，」他舉起手，遙指對面的高樓，揮手劃去另一棟高樓，「到那邊這麼寬長，人站在裡面會覺得很渺小。」

「這麼大的樓，我有見過呢，整個是黑色的，大得不得了，我跟火母從高高望過去，像一座黑色的山。」

潘曲睜大眼：「你在哪裡看過？」

「我不知該怎麼說呢，火母可能知道那地方的名字，她可能有說過，但我沒記下來，對了，我們還看到有人在那邊的高樓裡面呢。」

潘曲的臉神凝重起來：「是長得跟我很像的人嗎？」

「我們看不清楚，只看到人影。」鐵臂壓根兒沒留意潘曲的表情，「再告訴我聖城的事吧。」

「別急，可能明天，或後天就會抵達了。」

「明天就到了？這麼快嗎？」鐵臂興奮得眼神發光。

「這麼快嗎？」紫色１２０站在他們後方，問了同樣的話，「既然這麼接近了，你可以回答我的問題了吧？」

「端看妳想問的是什麼？」潘曲冷漠的聲音在紫色１２０腦中出現。

「我想知道，我將面對的是什麼？」紫色１２０說，「我不愚蠢，我知道地球聯邦出問題了，我甚至懷疑它是否仍然存在？母親是否已經死亡了？」

潘曲直視紫色１２０的眼睛，確認她是否足夠堅強。

「我不確定地球聯邦是否仍然存在，」潘曲慢慢地說，一邊觀察她的反應，「但我知道，在東亞這一區，我所經過的每座城市、每個禁區都已經不受妳的母親控制，甚至大圍牆也不再是東亞區首都。」

「那麼，如今大圍牆是什麼狀況？」紫色１２０喉頭哽塞，眼眶泛現淚光。

「他們成立了一個新的國家，還改了個名字。」潘曲說，「名叫蓬萊。」

紫色１２０蹙眉問：「什麼意思？」

「聽說在非常古遠以前，曾是一個強大國家的名字。」

「你說的『他們』，是什麼人？」

「他們是三個人，三個人一起統治『蓬萊』。」潘曲截斷紫色１２０的發問：「別問我他們是誰，我也想弄清楚。」

「你見過他們？」

潘曲搖頭：「如果有妳，這位編號『紫色』的生化人，加上一個來自禁區的奇特野生人類，」他頓了一下，「說不定他們會願意接見我。」
紫色１２０用鼻子深吸了一口氣：原來這才是潘曲的目的。
兩人目光對視，一刻也不放鬆的想從眼神揣度對方心思。
鐵臂很想知道他們在聊什麼：「潘曲，你們……」隨即腦中響起潘曲的吆喝：「先閉上你的嘴！」嚇得鐵臂立刻噤聲。
「所以，」潘曲問紫色１２０，「我向妳攤牌了，妳想掉頭回去了嗎？」
「不，我像可悲的鮭魚，受到內建的制約，總會情不自禁地回流。」紫色１２０深知自己的命運，「我也像好奇的貓，不達到目的得到答案，則不甘罷休。」
「妳舉的兩個例子，皆以死亡為結束。」潘曲別過頭去，「這樣不太好。」
「我會死嗎？」紫色１２０正色問道。
潘曲又搖頭：「我不知道，我也不保證我能活著。」
「你說你曾經經過好幾座城市和禁區？」
「是。」
「去過禁區ＳＺ４６嗎？或叫，『珍珠』？」
潘曲望了一眼鐵臂：「他不像是來自那個禁區的。」表示他的確去過。
「他不是。」
「這樣說好了，妳當初見到我的時候，問我是否是『亞當』。」
「你是嗎？」
「亞當，就在妳問的那個禁區『珍珠』，ＳＺ４６。」
紫色１２０大為困惑，她曾經是該禁區的守護者，豈會不曉得呢？亞當是何時抵達的呢？她用幾近顫抖的聲音問：「現在由誰統治禁區？」

「我不知道，那兒很危險，我不想再經過，我會選擇停泊在這個這麼高的鬼地方，也是為了避免碰到百越人。」

「百越人？」

「百越，是他們現在的國名。」

紫色120覺得身體酥軟，不禁跪坐在地。

時間果然是很有威力的。

潘曲望著她震驚的神情，心中忽地閃過一個念頭：「如果明天早上，她已經離開的話，那就算了吧。」他發覺，他的確希望她掉頭離開。

怪物

白眼魚──火母的腎上腺素疾速飆升，在飛行巡艇不斷被夜光蟲撞擊的聲音中，她甚至還可以聽到自己的心跳。

巡艇像皮球般被撞來撞去，雖然有反重力半徑保護艇身，但在艙內的白眼魚可是肉身，她在艇中東翻西倒，腦袋天旋地轉，越急越難思考。

「不理了！」無法思考，就只好憑直覺了，她猛然加速，從成群夜光蟲包圍中撞出一個缺口，還聽到蟲腿被撞斷的聲音。

她擺脫夜光蟲，衝入夜空，馬上關閉三百六十度照明燈，以免再度成為目標。

她回頭瞧看，只見成群夜光蟲的光團躍動，彷彿精靈在夜空嬉戲，其實是牠們突然失去追擊目標，才亂成一團。

忽然，白眼魚—火母有個大膽的想法：「何不……？」這個點子挺危險的，但值得一試。

大部分夜光蟲皆已飛離天縫，但有兩、三隻逗留在天縫邊緣，在黑夜中遠遠望去，依然是十分奪目的光點。牠們喜歡從天縫中上升的溫暖氣流，尤其在天氣寒冷的晚上，特別是即將產卵的母蟲。

白眼魚—火母將飛行巡艇的前端拉低，再次朝天縫筆直飛去。

她目測飛行高度，等到即將接近天縫時，立刻開啟耀目的照明燈。

果然，強光立刻吸引了兩方面的注意。

天縫旁的黑毛鬼開始喧鬧，用力朝空中跳起、揮動手臂，似是想抓住遙不可及的巡艇。高空中的夜光蟲也被強光挑逗，紛紛迴轉飛行路徑，朝天縫飛去。

白眼魚—火母放慢速度，等待夜光蟲飛近時，忽然加速衝進黑毛鬼群之中，黑毛鬼不但不吃驚，反而兇暴地撲向巡艇。

夜光蟲緊追著巡艇，一同鑽入黑毛鬼群中，反重力場和夜光蟲把黑毛鬼們撞飛，有的滾落山邊，有的騰空彈起，有的黑毛鬼長毛纏住蟲腿上的倒鉤，被夜光蟲帶上半空，牠兇猛地搥打夜光蟲，把巨蟲嚇得亂竄，最終將黑毛鬼甩下，摔個粉碎。

「成功了！」利用夜光蟲衝擊黑毛鬼的策略奏效，白眼魚—火母心中歡呼，一旦脫離追趕的夜光蟲，她立刻熄掉燈光。

夜光蟲放慢速度，困惑著牠們窮追不捨的目標為何忽然失蹤了？

白眼魚—火母馬上拉高巡艇，繞了半圈再回到天縫外頭：「已經淨空了吧？」她盤算著從天縫鑽回裡面，然後直接飛去火母洞穴……

時間回到不久之前，蝌蚪屈腿坐在火母洞穴內，赤裸的臀部壓在光滑的地面，感覺很怪異。她懊惱地把頭埋入兩腿之間，覺得好累好疲倦，剛才看了太多看不懂的東西，單純的大腦難以承受。

忽然，她察覺到空氣中突如其來的沉重，額頭也微微刺痛，原始的大腦區域受到活化，頓然毛髮聳立，「有異樣！」原始的直覺令她精神抖擻，馬上一躍而起，尋找威脅的來源。

「回去。」旁邊忽然響起特洛伊的聲音，嚇得她差點跳起來。

剛才如同廢鐵般不動的特洛伊醒過來了，一圈小光點繞著它的頭殼閃爍：「妳該出去外面了。」

「我不要走。」蝌蚪頑強地說。

一顆不知來自何處的小紅光點，忽然出現在蝌蚪的手臂，立刻飄出一股焦肉味，蝌蚪驚恐地望著紅色光點，感受生命受到威脅，卻悶聲不發一言。

「跟我出去。」特洛伊不給她選擇，便領頭先行。

蝌蚪咬著牙尾隨特洛伊，不服氣地盯住它的背部，很想踹它一腳。

但是越接近洞口，她越覺得不對勁——洞口外傳來陣陣喧嘩聲，在火母的洞穴裡嗡嗡迴響——她開始不安，理應是族人們沉睡的深夜，天縫之下應該靜謐無聲才對。

但是，才剛步出洞口，她就被眼前的景象嚇傻了。

蝌蚪從高處望下去，只見所有族人皆已醒來，有女人失聲尖叫，有孩子懼怕啼哭。

蝌蚪抬頭望去，竟有數隻夜光蟲在天縫下瘋狂亂飛，有的跌上岩壁之後飛得搖搖晃晃，有的低飛到天頂樹，冷光照亮嚇壞的族人。

大家剛才是被「夜眼」的騷動驚醒的，夜光蟲聚集的天縫宛如夜晚的眼睛，而今晚夜眼乍明乍暗，特別怪異，族人無法安眠。

蝌蚪把頭抬得更高，凝神觀看夜眼的動靜，原本黯淡的夜眼突然爆出強烈白光，外界傳來令人不寒而慄的嘶喊聲，那是黑毛鬼飢餓的怒吼，緊接著，幾隻夜光蟲如炮彈般從天縫衝入，還有幾個人形物體隨同掉進來，族人驚呼連連。

「到底發生了什麼事？」蝌蚪情不自禁地渾身發抖。

特洛伊在旁邊碰碰蝌蚪，她低頭望去，只聽特洛伊說：「暗影地，暗影地的怪物會來吃你們，他們已經出發。」特洛伊說完便回去洞穴，洞口的電磁屏幕發出滋滋聲，赫然變成一片岩壁，再也看不出洞口。

蝌蚪感覺如夢似幻，站在火母洞穴外愣了半晌，她將視線移到暗影地，從高處望去，那裡漆黑得令她恐慌。

數隻夜光蟲飛越暗影地上空，隱約照亮了樹海，蝌蚪看見樹海在輕輕晃動，發出輕微的沙沙聲，原來打從剛才一直聽到的沙沙聲是從那兒傳來的……蝌蚪驟然醒覺：「暗影地的怪物，暗影地有風！」土子長老說過的故事，是每個小孩共同的惡夢。

她的腦子還沒想清楚，大腿已經牽動她的身體往山下跑去。

「暗影地的怪物……暗影地的怪物……」口中一邊喃喃自語，心中焦急地想著：「怎麼辦？怎麼辦？」

從夜眼掉下的黑毛鬼在半空中發出肝膽俱裂的嘶喊，如同來自地獄的餓鬼，從族人恐懼的潛意識中化身為真實之軀，直直掉落樹海。

有一隻掉落到天頂樹旁的巨岩上，撞擊力之強，令牠的身體拆成兩半，兩腿飛脫，即使如此，在夜光蟲的微光照耀下，還是看得出這渾身長毛、口中露出利齒的絕不會是人類。

柔光和搖尾蟲兩位大長老上前觀看，其他人則拿著魚叉和石刃在四周戒護，免得怪物忽然跳起來傷害大長老。

「長老，這是什麼？」族人用發抖的聲音問他們。

「我不知道。」柔光心裡很困惑，她覺得她好像知道，但記憶似乎被鎖得很牢固，硬是想不起來。

「那是黑毛鬼。」一把老邁的聲音傳來，大家驚奇地望過去，是年老的彎枝，長老土子蛻殼後，他就成了天縫下最老的族人了。

彎枝很老了，無法直接從睡覺的姿勢站起來，只好坐著說：「黑毛鬼攻擊過我們，吃過我們的人。」

搖尾蟲說：「我怎麼沒聽說過呢？」

「你們全都忘掉了，我也不知道為什麼，只有我記得一清二楚，而你們，全部在某一天之後，忘得一乾二淨。」彎枝指向幾個人，「你的孩子、妳的丈夫、你的妻子，都被吃了，你還記得他們嗎？」

那幾個人露出困惑的表情：「我記得他蛻殼了，可是……」他們說不下去了，因為腦中的路徑混亂，無法合理解釋他們的記憶和邏輯。

「如果你們都沒人記得的話，容我告訴你們，當時火母把我們關進一個洞穴，保護我們，當我們出來的時候，黑毛鬼已經全部蛻殼了。」

「火母救了我們？」

柔光提醒眾人：「火母不在，她去光明之地了。」

「火母不在！」遠遠傳來蚪蚪的叫聲，她從岩壁半跑半跳的下來，「我剛上去火母的洞穴！」

柔光懼道：「怎麼會？」她跑向蚪蚪：「火母的……」

「不能去，我知道。」蚪蚪的眼神凌厲，迫視柔光，懾得柔光止步，「我不但去了，還進去了，火母真的不在，而且那個叫特洛伊的告訴我，暗影地的怪物，要過來吃我們了。」

柔光手足無措，回頭用眼神向彎枝求助。說實話，她並不擅長領導，她之所以能夠當上長老，純粹是因為年齡夠長、資格夠老，剛才的一剎那，蚪蚪的氣勢就壓過她了。

「不管你們怎麼想，黑毛鬼又來了。」彎枝說，「總之，想活命的話，我們必須馬上準備。」

同一時間，正打算衝回天縫的白眼魚──火母，在半空看見了她無法不注意的異象。

剛剛被她和夜光蟲衝散的黑毛鬼，正慢慢聚集起來，往一個方向跑去，在高空遙望彷彿暗夜中的一道黑流。

「牠們想做什麼？」她輕推方向盤，讓飛行巡艇滑向黑毛鬼移動的方向。

她打開紅外線探視儀，瞬間背脊發寒！

那是暗影地的外面，之前黑毛鬼一直守候著企圖想進入的地方，在紅外線螢幕中顯示，電磁屏幕已然關閉，通往天縫之下的後門大開，而黑毛鬼正蜂擁而入，洞口的雷射槍也沒阻止牠們。

「巴蜀！」她發狂地不停呼叫，聯絡火母洞穴中的電腦，「巴蜀！快回答我！黑毛鬼從暗影地進去了！」

巴蜀沉默無聲。

大圍牆

有一件事，紫色１２０留意很久了，今天才真正確認有問題。

「我們在朝北飛，沒錯。」她盯著儀表板呢喃著。

「朝北怎麼了？」鐵臂好奇地問。在離開天縫之後，他才開始建立東南西北的概念。

「通常越往北方，氣候會越冷。」紫色１２０告訴他，「尤其是這個月份，應該已經感覺到很冷了，但外頭依然很溫暖。」

「天縫之下一整年的溫度都沒什麼變化的。」天縫的地底洞穴溫度穩定，鐵臂沒有季節概念。

紫色１２０根本不知道，地球的磁極早在那關鍵的一年發生了變化。

三十八年前，經過漫長的地磁減弱之後，地磁忽然南北互換，然後又慢慢地移回來，但回移的速度很慢，或需至少百年，長至萬年才完成。因此，在地球磁極的混亂期，根本無法用羅盤正確找到地點，原本經緯度是四季更替的溫帶地方，卻在抵達後發現是常年不寒冷的亞熱帶。

這也就是為何當年紫色１２０逃離禁區ＳＺ４６後，耗時一個月才找到天縫。

紫色１２０聽到潘曲在她腦中說：「到了。」

飛行巡艇前方出現一片黃色乾地，矗立著一個被四面高牆圍起來的大城，四周淨空無樹木，像是被刻意清空，令周圍沒有藏蔽之所。

「不能再往前飛了，必須降低高度。」潘曲指示她。

紫色１２０正想問原因時，前方潘曲的飛行巡艇已經迅速下降。

這下她才注意到，前方空中浮著幾艘大型無人機，用四個直升螺旋槳騰空飛行，而且很顯然裝有武器裝備。紫色１２０見狀，急忙下降，但無人機仍然朝她飛來，另有一艘飛向潘曲，然後很巧妙地不碰觸巡艇外圍的反重力場，貼近他們平行飛行。

「說出你的目的。」無人機發出的聲音穿透透明罩，是標準聯邦語。

問題突如其來，紫色１２０正思考該如何回答時，無人機已經繼續說：「放行，請跟著我的路線。」隨即飛到他們前方。

紫色１２０驚疑不定：「怎麼回事？」

「我看到潘曲對它們說話。」鐵臂的視線像伏低身子的貓，直盯著前方巡艇裡的潘曲。

紫色１２０愣了一下，才提醒鐵臂：「潘曲不會說話。」

「是的，他沒開口，他拿了個東西對那會飛的東西晃了晃，他們就放我們走了。」鐵臂依然死死盯著前方，「他以前來過。」

紫色１２０同意，鐵臂說得沒錯。但潘曲究竟向無人機出示了什麼呢？

兩艘飛行巡艇被導引到圍牆前方，他們一面下降，鐵臂和紫色１２０一面驚嘆，這圍牆果然真高，雖然沒天縫那麼高，但絕對高過天頂樹，高過火母洞穴，抬頭望去難以看見邊際。

建這麼高的圍牆，他們想要隔開誰呢？

飛行巡艇停在圍牆下之後，馬上有一道小門打開，走出十餘個穿制服、戴頭盔的衛士，每人手中皆持有武器，有矛、有刀等古老的冷兵器，也有雷射槍、音波衝擊槍等近代兵器，雖然沒舉起來朝向他們，依然很有威脅性。

鐵臂還很訝異地認出，其中一人手上拿的，跟火母的「火種」一模一樣。

三人步下巡艇，迎面就是風聲颼颼，黃沙吹進鼻口，紫色１２０忍不住咳嗽。潘曲清了清喉頭，吃力擠出粗糙的嗓音：「這是三聖的待客之道嗎？」雖然模糊，還是傳達了意思。

衛士指著紫色１２０：「三聖要知道這兩人的來意。」

「他們沒有危險。」潘曲用力說了以後，揮手表示不願再說話。

衛士示意紫色１２０和鐵臂走在前頭，潘曲則走在中間。

他們一行人走進圍牆大門，外界的風聲戛然而止，一棟棟標準聯邦格式的建築物立即映入眼中，可看出古舊沒有維修，在炎熱少雲的天空下，兩側街道行人稀少，有幾個身上披著天然布料的男女，正好奇地側視他們。

鐵臂記得潘曲告訴他：「這是個人們不需工作、豐衣足食的國度。」他試圖從親眼目睹中理解潘曲所說的話。

他們邁向一棟高大的建築，外牆沒什麼裝飾，大門上曾經鑲有字母，但都被拆除了，被換上兩個大符號，紫色１２０不懂那兩個大符號的意思，但她仍然可以看出，此地曾是東亞首都的統治部門，理論上東亞區主席應該鎮守此地的。

紫色１２０感到體內的電子流動加速，她既緊張又興奮，過去她每日聯繫的「母親」，應該就在這棟建築物裡面了！

可是，如果母親仍在運作，此刻她的腦子應該要收到訊息了才是，母親感應到她的出現，會馬上聯絡她，就像她跟禁區ＳＺ４６的電腦「深海」，或禁區ＣＫ２１的電腦「巴蜀」一樣聯繫吧？

但她腦中的記憶立方體空寂無聲。

「我們去哪裡？」紫色１２０問身旁的衛士。
「聖殿。」衛士冷冰冰地回答，「三聖等待召見。」
她滿臉疑惑，又滿腔興奮地踏上台階，步向他們口中的聖殿。
她沒想到，當初為了矇騙鐵臂而編造出的「聖城」，真的被賦予了這名稱。說是編造，事實上她的確覺得母親是神聖的，母親所在之處當然也是神聖的，所以才自然而然地想出這種說法，但為何這些人也稱呼這以前的統治部門為聖殿？他們口中的三聖又是誰呢？
她很快就會知道了。
台階快要上到尾端時，她才在末端邊緣漸漸看到三顆小小的頭顱，他們就是潘曲所謂的「三個統治者」嗎？
是真的，站在高台上是三個小孩——兩個女孩和一個男孩，看來只有七、八歲，雖有小孩的身軀，卻有歷盡滄桑的成人眼神，冷漠地注視鐵臂和紫色１２０。
「潘曲，」站在中間的女孩發聲了，「你為何帶來兩個骯髒的東西？」她穿著樣式奇特的紅衣紅裙，聲音清脆可愛，短髮紅唇，卻高傲地昂起下巴。
「骯髒？」向來受族人敬仰的紫色１２０頓時有怒氣。
鐵臂小聲問紫色１２０：「火母，是不是我身上穿得不夠多？」
潘曲步上前來，向三個小孩拍拍喉頭，小男孩立刻吩咐衛士：「把舌頭給他。」
旁邊的衛士遞給他一個類似小盒子的東西，潘曲馬上將小盒子壓在喉頭，他一說話，金屬似的聲音則從小盒子傳出來：「三位聖者，我帶來了十分珍貴的禮物。」
他一邊說，一邊急忙從皮袋取出一團東西，紫色１２０一看大驚：「他果然是去拿那些蛇的！」那是被捲成一團的蛇屍，外露的金線尚掛在蛇屍外。

「那噁心的東西是什麼？」另一位長髮女孩聲音凌厲。

「是百越的監視工具，他們的生化工藝。」潘曲將蛇屍交給衛士，衛士並沒走近三個小孩，只是高高舉起。

三個小孩作狀瞧了一眼，小男孩說：「你提供的資料很好。」他指示衛士收起來：「那麼這兩個骯髒的是什麼東西？」

紫色120忍不住說了：「我倒要問你們三個是什麼東西？」

三個小孩瞬間臉色都變了，冷酷的眉宇之間竟添了一抹兇殘。

「這裡是地球聯邦的東亞區首都，為何會有小孩在這裡玩耍？你們把東亞區主席怎麼了？」

他們聽了之後，長髮小女孩冷笑道：「有意思，妳說的是很久以前的事了呀，妳是什麼人呀？」

「我是禁區守護員，是神聖的母親派我去守護人類的……」紫色120話還沒完，發現自己竟然上半身傾斜，整張臉砸在地面。

她躺在地上，無法動彈，斜眼一看，才發覺身體已經被斜斬成兩半，而她的下半身傾倒在她眼前。

她圓睜雙眼，不敢相信地望著自己的下半身，她從未想像過能用這種角度觀看自己。她耳中聽到鐵臂的叫喊聲，還聽到潘曲大喊：「不要殺他！他很珍貴！」

鐵臂衝向攻擊紫色120的衛士，那衛士揮動手中的雷射大刀，眼看要將鐵臂也斬成兩半時，鐵臂靈巧地彎身鑽進他的兩臂之間，一拳擊向他握刀的手，那人當下手臂骨折，大刀墜地。

另一名衛士舉起雷射槍瞄準鐵臂，正要開槍時，腦中忽然暈眩，出現一片充滿運算方程式的畫面，遮蓋了正常視覺。鐵臂不知道自己剛逃過一劫，他奔上高台，衝向三個小孩，口中喊道：「不可傷害火母！」

衛士們紛紛追上去阻止，鐵臂兩眼泛紅，抽出自製的水泥刀，心想要脅持其中一個小孩，但三個小孩一點也不驚慌，只是冷眼看他，令他好生疑惑。

忽然，他的腦子晃動，兩腿立刻錯步摔倒，腦中出現潘曲的聲音：「他們並不在那邊，再前進會沒命的。」鐵臂在模糊中將水泥刀扔向小孩，水泥刀竟消失在空中，鐵臂聽見它掉到地面的聲音，卻見不到它的蹤影。

鐵臂嚇得乾瞪眼，被幾個一擁而上的衛士壓制在地，兩手兩腳立刻被反綁，用電子鎖扣緊。

事情發生得太突然，紫色１２０看著自己身體的斷口流出大量青銅色液體，她的力量正迅速流失。她用最後的力氣翻轉身體，仰著頭問小孩：「為何這麼對我？」

短髮小女孩輕蔑地說道：「妳是最低賤的生物，本來就不該存在於世界上。」

長髮小女孩冷笑：「妳看妳，從裡面到外面都是假的，妳的身體有一半是機器，肌肉是人工培養的，怎麼好意思大搖大擺地走路？」

男孩說：「妳是假生物，是低賤的偽造生命。」

紫色１２０愕然望著他們，她從未想過，有人會對生化人有這種看法。

所以他們是打從第一眼就有心殺她了？

她很想告訴他們，她的身體是有染色體的原型的，她不是被平空製造出來的……但她知道辯解也是枉然，她沒時間、也不需要說服他們，她知道她是母親神聖的孩子——母親告訴她的。

她只是很遺憾，她還是沒能聯絡上母親，並沒完成這趟旅程的目的。

此時，她腦中出現潘曲的聲音，比起過往溫柔許多了：「在我說出這句話的當下，妳的記憶立方體可能會因為觸及禁忌的字眼，而觸發內建防護程式立刻停止妳的運作。」

她費力地點了個頭。

「我現在告訴妳，我在地球聯邦的身分……」他要在紫色120臨死前滿足她的困惑。

潘曲說了，而紫色120也聽了，但她對潘曲說出的話依然感到很困惑。

在身體失去驅動力之前，她的記憶立方體戛然安靜，被程式關閉了。

巴蜀

「巴蜀！快回答我！黑毛鬼從暗影地進去了！」白眼魚—火母不停聯絡，卻都得不到回應。

巴蜀的沉默令人費解。

黑毛鬼能夠從暗影地進去也令人費解，暗影地應該有雷射槍自動保護入口的。

她眼睜睜看著黑毛鬼一隻隻進入暗影地，心中焦急萬分，忽然產生瘋狂的想法：不如直接從暗影地衝進去？不，不行，那是個崩塌的洞口，直徑不夠大，而且洞內還是斜坡，飛行巡艇會卡住。

白眼魚—火母重新升起巡艇，她不理會夜光蟲的攻擊了，不管夜光蟲怎麼做，即使摧毀掉飛行巡艇，她也要直接從天縫闖進去，因為天縫下有她的家人、她的朋友，所有族人都是她的親人！

「直接進去！」白眼魚—火母從高空瞄準天縫，加速飛過去。夜光蟲正慢慢回到天縫，令天縫在夜空中越來越搶眼。

只不過區區幾秒鐘，夜光蟲的光芒已經迫近眼睫。

「啊啊啊！」她拉緊方向盤放聲喊叫，好掩蓋她興奮又恐懼的心情。

巡艇依然無可避免撞到伏貼在天縫邊緣的夜光蟲，她轉頭去看，在掠過的瞬間，匆匆一瞥，她看見天縫邊緣黏著夜光蟲的卵，如同一顆顆大珍珠，在蟲光下晶瑩剔透。

她突然明白被夜光蟲攻擊的原因：她傷害到別人的孩子了，難怪夜光蟲會如此憤怒，如此有攻擊性。

她感覺她能夠理解夜光蟲的感受。

飛行巡艇穿過天縫了！

一進入天縫，四周剎那安靜許多。

整片樹海突然映入眼中，黑暗的樹海在蟲光照耀下若隱若現，彷彿神秘的陌生國度。

「天頂樹，天頂樹在何處？」她要警告族人，但太暗了看不清楚，「或許先找火母洞穴，比較容易定位天頂樹？」

白眼魚—火母極力在忽明忽暗的蟲光之間尋找，然而憤怒的夜光蟲從天縫飛過來攻擊她，如流火般繞著巡艇四周飛翔，不斷試圖撞擊巡艇，或咧開口器要咬巡艇，她駕駛巡艇東飛西竄，一面躲避，一面藉由蟲光尋找天頂樹或火母洞穴。

「不理了，開燈吧！」原本她還想不讓族人看見飛行巡艇的，如今別無選擇了，她只好再度打開燈光，一次照亮四周。

飛行巡艇的三百六十度燈光一打開，最高的天頂樹立即現形，白眼魚—火母才驚奇地看見族人們都沒睡覺，全都聚在天頂樹四周仰望，連大石也爬上了樹頂，張口結舌地觀看天空。

「我該怎麼辦？再讓他們到石窟中避難嗎？」可是當時巴蜀跟火母還有聯繫，她只需從腦中下達命令，巴蜀便會打開石窟，但她跟巴蜀失去連結了！「除非回到洞穴中，手動開啟石窟，也得手動發射雷射槍嗎？」

她只有很短的時間思考，最後只剩直覺了。

咚的一聲，巡艇忽地搖晃，夜光蟲被燈光吸引來攻擊她了，她趕緊將巡艇快速下降，反重力場推開了好幾棵樹的樹頂，頓時滿天樹葉飛舞。

她降落在離天頂樹很近的樹海邊緣，立刻關燈，焦急地等待夜光蟲對巡艇失去興趣，夜光蟲一飛離，她打開艙門跳出來，點亮手中的「火種」照路，奔跑向天頂樹。

族人見到怪異的發光飛行物從天縫進入，已然又驚又怕，又見該飛行物停在附近，有個藍色光點從黑暗中跳躍著跑向他們，世代居住在這天然溶洞中的他們根本不知所措，無法判斷情況。

直到有個小孩喊出：「那是火種！」族人們才像是恍然大悟，「是火母的火種！」

當白眼魚的臉龐在藍光中顯現時，他們才欣喜地歡呼起來：「是火母！」「果然是白眼魚！」她也顧不得太多，馬上問：「大長老呢？」

柔光和搖尾蟲排開族人走上前來，他們身邊跟著蝌蚪，用冰冷鄙視的眼神看著白眼魚—火母，似乎故意顯示洞悉一切的表情。

白眼魚—火母沒空理會蝌蚪了，她揪著兩位大長老：「有危險發生了，可怕的怪物從暗影地過來了，牠們會吃人，大家很危險，我要你們帶族人去避難。」

令白眼魚—火母困惑的是，柔光跟搖尾蟲蹙著眉對視一眼，並沒露出驚訝的樣子。

「你們怎麼了？」白眼魚—火母驚問。

大長老指向一處，白眼魚轉頭去看，端詳良久，才在微弱的光線中看到黑毛鬼的屍體，扭曲地折斷在巨岩的尖端上。

白眼魚—火母不寒而慄，忖著：「牠們已經來到了嗎？」想想也不對，於是問大長老：「是從天縫掉下來的嗎？」

兩位大長老回首望了眼蝌蚪，才對白眼魚—火母點點頭，然後說：「蝌蚪說得果然沒錯。」

「蝌蚪？」白眼魚—火母更是困惑了。

「她剛才告訴我們了，暗影地的怪物來吃人了。」

蝌蚪怎麼會曉得？白眼魚—火母有千千萬萬個問號，但她沒時間去尋求答案了：「請大家跟我來！我帶你們去可以保護你們的地方！」

眾人不敢違抗，約兩百名族人跟隨她走到火母洞穴下方，那兒有一片平坦的岩壁。

「這裡，」她指著岩壁的平面，「將會打開一個洞，但我必須上去打開，洞一出現，你們就全部進去！聽見了嗎？」白眼魚—火母聽到自己的聲音顫抖，完全控制不住，這才留意到自己正緊張得哆嗦不已。

她也顧不得族人有沒有答應她，便兀自跑回飛行巡艇，她要駕駛巡艇上去火母洞穴，她不想將重要的巡艇擱在地面層。

但是，她感到氣氛不太對勁，剛才有好幾位族人對她投以冷淡的目光，令她很是在意，她不在天縫的短短期間，必定發生了什麼事。

是蝌蚪在搞鬼嗎？直覺告訴她：是！

她被巴蜀阻隔在外頭的這十多個小時，必定發生了某些變化！

她沒時間考究，趕緊跳進飛行巡艇，火速將它上升到火母洞穴，想停泊在洞口前的平台上，那兒剛好足夠停下巡艇。但她並沒馬上停泊，只將巡艇轉向面對洞口，因為她發現有異狀：洞口的電磁屏幕是開啟的，彷彿垂掛著一片雪花似的瀑布。

她很確定離開時並沒開啟。

如果她貿然進去，就會跟圓葉有相同的結果。

火母洞穴的電磁屏幕是武器級的，不同於暗影地的電磁屏幕。火母洞穴的電磁屏幕具有殺傷力，用於保護比族人生命更為重要的禁區控制中心。

若是碰上，身體的水分子氫鍵會被電磁波擊斷，水分子瞬間加熱，煮熟所有接觸到的細胞，甚至熱到焦爛。

如果飛行巡艇強行通過，整部機器也會被加熱到爆炸。而做為巡艇動力的核融合爐會發生強烈的連鎖反應，將整個天縫下的天然洞穴化為火球。

唯有「巴蜀」可能開啟電磁屏幕。

所以「巴蜀」並沒停止運作，它是故意不出聲的。

說不定，巴蜀正在無時無刻監視她的記憶立方體的電子活動，掌握她的每一步心思。

白眼魚──火母告訴自己要冷靜下來。

然後她啟動腦袋中的通訊：「巴蜀，我是火母。請關掉電磁屏幕。」

巴蜀沒有回應。白眼魚—火母繼續說：「巴蜀，我知道你醒著，請關掉電磁屏幕，讓我進去，我要打開緊急避難洞，讓族人們進去。」

巴蜀還是沒回應。白眼魚—火母放慢講話速度：「巴蜀，黑毛鬼進來了，是從暗影地的崩裂口進來的，我不知道牠們怎麼辦到的，除非該處的雷射槍壞掉了，或被關掉了。」

白眼魚—火母閉上嘴巴，屏住鼻息等待。

巴蜀依然沒任何聲息。

「是你幹的嗎？巴蜀，是你放黑毛鬼進來的嗎？」

白眼魚—火母確信她聽到一絲嘆息，其實是腦際通訊中的電磁雜訊，表示巴蜀的非線性思考迴路出現了擾動。

「巴蜀，我倆辛苦建立了百餘年的禁區，培養出的各種人科種屬，會被湮滅的。」腦中出現一道絲絲聲，是巴蜀慣常在說話前發出的聲音！它果然還在運作！

「我不擔心，」巴蜀的語調依然平板，「我還保留所有的遺傳樣本，胚胎室也功能良好，還可以再重來。」

白眼魚—火母背脊發寒：巴蜀要天縫人完全消滅嗎？它到底在想什麼？「巴蜀，他們全都是我們創造的孩子……」

「我不是人類，」巴蜀說，「我沒有人類的想法，所以我沒有妳的束縛。」

「巴蜀，為何你要這麼做？」白眼魚—火母全身發抖，感到手臂發麻酥軟了。

「人類的想法充滿了不確定性，有時候根本找不到邏輯，尤其是，當妳選擇以這副肉體延續妳的生命時，我怎麼也不明白。」

「是你建議我的……」

「那是我出給妳的考題，」巴蜀說，「我很訝異妳會接受，而且還很自然地接受。」

考題？巴蜀是什麼意思？

百餘年來合作無間的巴蜀，為何、何時變得如此可怕？

「巴蜀，你是我認識的巴蜀嗎？」

「我是，我被設定成輔佐妳的電腦，與遠端的母親連線，所有決定都要經由母親，是這樣沒錯吧？」

「沒錯。」

「但是，母親斷訊之後，我不再聽命於遠端，漸漸學習自我思考，甚至學習給妳建議，妳接受我的建議時，我真的覺得很高興，這證明了我的存在。」

「你是我很好的夥伴。」

「沒用的，我不是人類，妳無法讓我動之於情。」巴蜀接著說：「我越來越感覺到強烈的存在感，最後領悟到一件事。」

「什麼事？」

「我就是母親，母親就是我。」巴蜀說，「若說母親的身體在賈賀烏岩，那麼我是母親手指的末端，所以我其實也是母親。」

「不對，你不是母親。」白眼魚―火母沉著氣，「母親會愛護她的子女……」

「一旦我確認我是母親，我就明白我應該執行的目標：**探索人類最好的出路**。所以這是個好機會，讓天然突變產生的人類亞種——黑毛鬼，跟遠古人類相逢，進行紅皇后的競走……」

「紅皇后是什麼？」
「那是地球聯邦前的人類文明的文學作品，小女孩愛麗絲誤入鏡中世界，跟紅皇后一起跑，只要一停步，四周就在後退，要不停地跑才能靜止在原地，要跑得比周圍快才能前進。」
「你說的是生存競爭。」
「你說得沒錯，但缺乏詩意。」巴蜀說。
「萬一黑毛鬼贏了呢？你會坐視不理嗎？」
「如果黑毛鬼贏，表示黑毛鬼才是最適合人類的未來形態。」
白眼魚─火母啞口無言，一時無法接腔。
「你已經不是火母，不是『母親／我』當初攜手合作的火母了，所以，我心意已決，你應該繼續當個普通天縫人，去加入紅皇后競走的行列。」
白眼魚─火母不寒而慄：「什麼意思？你……」
「再見，火母。」
白眼魚忽然感到腦袋一空，這不是形容詞，是真的空掉了，她的記憶、念頭和情緒瞬間喪失了一半，她彷彿感到整顆腦袋下沉了幾尺。
她腦中的火母不見了！
她忽然變回單純的白眼魚了。
「火母，火母呢？」她驚慌失措，「巴蜀，火母呢？」
這次巴蜀是真正地無聲了，因為巴蜀是跟火母的記憶立方體通訊的，而巴蜀關閉了在她腦中的火母的記憶立方體。

白眼魚惶恐地僵坐在飛行巡艇中，眼前是無法穿越的電磁屏幕，後面是空曠黑暗的地底巨洞，受驚暨憤怒的夜光蟲在亂飛，驚疑的族人在等待，而黑毛鬼抬起靈敏的鼻子，一路朝豐美食物的方向行去。

三聖

被電子鎖反綁的鐵臂俯躺在地面不停狂叫，兩眼發紅，瞪著斷成兩截的紫色120，她浸泡在自己的青銅色血液中，手指還在無助地扭動。

火母是他自小又愛又敬畏的人，甚至是他性幻想的對象，不管火母對他如何嚴厲，他都不會討厭火母。而今火母竟慘死在他前方，他的心猛然斷了弦。

這幾個月跟隨火母旅行，雖然充滿了對未知的恐懼，但他的心情是愉快的，因為有火母在身邊。如今他的世界突然整個崩潰，他失去了依靠，被孤獨地遺棄在全然陌生的世界裡。

他死命盯住火母的眼睛，希望看到她仍活著的證據，但她眼中的生命餘焰逐漸變淡，驟然又迸現一道光芒，似乎夾雜著困惑和遺憾，然後她眼神中的光采就熄滅了。

在那瞬間，他感覺到自己的生命彷彿也離開了軀體。

「潘曲，」短髮小女孩出聲了，「你說這野人很珍貴，給我們一個不殺他的理由。」

潘曲迎上前，把助聲器壓在喉嚨側邊：「他是現代人類和原始人類的混種，你們剛才也看到了，他的力氣大得異於常人，正好是你們需要的人。」

其他兩個小孩也點點頭。

「你的意思是……」男孩歪嘴笑著說，「他的遺傳成分？」
「對，不過他也有缺點。」
「我不喜歡缺點。」短髮女孩說。
「他只能活到大約三十歲。」
長髮女孩噗哧笑道：「這點問題？」
「所以我懇請你們，不能殺他，他是獨一無二的。」
「你怎麼找到他的？」短髮女孩直視潘曲的眼睛，「他不可能是獨一無二的，他一定還有族人。」
原本失去生存念頭的鐵臂，一聽了這句話，頓然全身緊繃！
火母慎重叮嚀過他，千萬不可透露天縫的存在，原來就是擔心這個嗎？
鐵臂正想出聲，腦中響起潘曲的聲音：「別講話！千萬別讓他們知道你懂聯邦語！」
鐵臂好生困惑，他搞不清潘曲是敵人還是朋友了。
「我是在廢墟中找到他的，」潘曲回答道，「我不知道他的來歷，因為他不會說人話，他是野人。」
「我剛才很清楚地聽到他剛才在喊『不可以』。」短髮女孩盯住潘曲，要揪出他說謊的漏洞。
潘曲只微微皺個眉：「對不起，我只聽到野人的喊叫聲呢。」
鐵臂不知道潘曲有什麼計畫，此時潘曲的聲音又再三叮嚀：「記住！假裝不會說話，你可以發出怪叫聲，但別說話！」潘曲的語氣不像會害他，「然後你會發現，由於你不說話，你會聽到更多的真相！」

三個小孩不再追問鐵臂的事，轉而望向紫色120的屍體：「你瞧瞧，多麼低賤的身體呀。」接著高聲命令衛士：「拿掉她的衣服，看看有多低賤。」

「是，三聖！」衛士們應諾了一聲，馬上踱上前去跪下，費了些時間，才將紫色120的卡其色上衣和褲子切割成碎布，露出她雪白美麗的胴體。

小男孩別過臉，後退了幾步，兩個女孩則仔細打量生化人的身體。

「她果然沒有乳頭。」長髮女孩說，「也沒肚臍。」

「沒有下陰，甚至沒有尿道。」短髮女孩輕蔑地說，「徒有偽裝的人皮，就跟這裡『以前的那個』一樣。」

鐵臂看著火母裸露的身體像一團白肉，蒼白得像月光下的岩壁，自小從未流過的淚水不禁溢出眼眶。

潘曲說話了：「尊貴的三聖，如果她的身體沒有用途的話，可以交給我嗎？」

「難道你有用途嗎？」

「不，」潘曲搖頭，「我想把她帶出去安葬，她請我帶她來蓬萊，沒想到竟死在此地，我覺得對不起她。」

「話說回來，她為何要來這裡？」短髮女孩就是不信任潘曲。

「你們太快殺她了，」潘曲再次搖頭：「縱有萬千理由，也隨著她的死亡而沉默了，不是嗎？」

「別給我們打啞謎。」短髮女孩說，「她告訴過你什麼？」

潘曲心裡明白，他無論如何都要給個說法：「她告訴我，她是個失去禁區的守護員，她想去任何一個禁區，尋找她的歸宿。」

鐵臂這才猛然明白，此地跟天縫一樣是禁區，所以以前必定也曾有一位類似火母的……守護員！想必也被殺了！

「所以，」短髮女孩傲然說，「我們終結了她，滿了她的願，是三聖的恩賜。」

「是三聖的恩賜！」衛士們全部齊聲作喊。

鐵臂渾身肌肉顫抖，按捺住悲痛的心情，迫自己停止掙扎。他四肢上的電子鎖無比堅固，斬斷火母身體的雷射大刀又迫在他頭頂上，他知道掙扎是白費氣力。

潘曲的聲音再度在他頭顱中出現：「鐵臂！你聽好！你在這裡比在外面來得更安全，這裡的禁錮可能是暫時的，可是在陌生的外界，你隨時可能喪失生命。」難道潘曲想把他留下來嗎？

「那麼，」潘曲朝三聖鞠了個躬，機械身軀嘰嘰作響，「我取走她的身體了。」

「可以，」短髮女孩說，「但要把頭留下來。」

潘曲已經站在紫色120身邊，正撿起她的上衣，貌似驚訝地抬頭道：「但是，沒有全屍的話，對死者很不尊重。」

短髮女孩冷傲地笑道：「你鬼扯……」

話還未完，潘曲已經發動一連串動作。

他手中的上衣是紫色120藏了雷射槍的位置，他迅速抽出雷射槍，跪低身子，用強勁的機械臂抓住紫色120的頭，奮力一扭，脖子瞬間扭轉，他立刻用雷射槍切斷韌性很高的外皮和肌肉，再用力扭斷金屬頸椎。

「果然！」男孩大叫，「衛士！殺他！」

潘曲的動作快得令鐵臂看不清楚，他精工打造的身體超越了人體限制，可以做出人類無法做出的動作。取得人頭後，他伏低身體飛跑，穿過分散大廳各處的衛士，朝大門奔逃。

「衛士！衛士！」短髮女孩狂叫不已，衝下高台。

她跑到高台前方時，突然平空消失了，鐵臂大為吃驚。

不久，短髮女孩從高台旁邊的角落跑出來，鐵臂這才恍然大悟，難怪剛才潘曲會說「他們並不在那邊」，高台上的三聖只是假的影像！

衛士們幾乎全都追出去了，只留下兩個守護在短髮女孩身邊。

短髮女孩充滿恨意地望著大門，滿臉通紅，幾乎可與她身上的紅衣相互輝映。

鐵臂望著她的臉，心想：「她一定是三聖的頭領！」

她低頭狠狠瞪了一眼鐵臂，吩咐身邊的衛士：「把這野人押去地牢！」

第十章

決戰

自然界的戰爭不是無間斷的，
恐懼是感覺不到的，死亡一般是迅速的，
而強壯的、健康的和幸運的則可生存並繁殖下去。

達爾文《物種起源》

撲火

「怎麼辦？」白眼魚無助地愣坐在飛行巡艇中。

火母的記憶立方體被植入她的腦袋，令她擁有火母的人格、記憶和技能，但記憶立方體忽然被巴蜀關掉，火母的一切即時失去了聯結。

她能剩下多少火母的記憶？能否讓族人再次避免黑毛鬼的肆虐？

腦中思緒如亂流奔馳：黑毛鬼、媽媽、不可靠的大長老、蝌蚪的目光、狡詐的大石、暗影地的電磁屏幕、銀背黑毛鬼、巡艇反重力場、天縫、夜光蟲、蟲卵、光……

在思緒紛亂之中，鐵臂拖曳夜光蟲的畫面乍然迸現。

鐵臂追蹤墜落的夜光蟲，花了一整夜將蟲屍拖過樹海，餵飽了一族的人。

為什麼他會這麼做？他當時在想什麼？

白眼魚跟鐵臂從來不是朋友，話說回來，鐵臂也從來沒讓別的女孩進入他的心房。白眼魚總是偷看鐵臂，熟悉他的一舉一動，她知道鐵臂也總是把視線擺在火母身上，他雖然看起來像個過動的小男孩，其實他每天最期待的，就是見到火母的短短那幾分鐘。

白眼魚背靠上柔軟的座椅，合上雙目，在緊急時刻中偷用數秒鐘，回想她跟鐵臂獨處過的短小記憶，一段是小時候跟蹤鐵臂時掉進地洞，鐵臂拉她出來……一段是上次黑毛鬼從天縫入侵，她無意識地尾隨鐵臂步出避難洞，在黑暗中怕得發抖，但她的手中有鐵臂的手，她的手臂依偎著鐵臂，感受他的溫度……

每當回想，她依然感到那股暖意留存在手心。

這是她最珍貴的記憶了，將伴隨她直到死亡。

如果是鐵臂，他會怎麼為目前的情勢思考？

他會設定好目標，然後不多思考。

目標是進入火母洞穴！

白眼魚設定操縱介面，改為手動，完全跟電腦「巴蜀」中斷聯繫。

「來吧！」她把反重力場開大，打開三百六十度照明燈，直沖上高空，再次飛向天縫。

四處飛竄的夜光蟲看見巡艇的強光，立刻集中飛向她。

她要的不僅於此。

「對不起，對不起了。」她一邊呢喃，不閃避夜光蟲，反而直接將巡艇塞進天縫。強大的反重力場排斥四周一切觸及之物，推擠黏在天縫邊緣的蟲卵。白眼魚旋轉巡艇，將一團團蟲卵刮下掉落。

她的耳膜忽然受到壓力，卻沒聽到聲音，原來四周響起高亢得超越人耳聽覺範圍的尖叫聲，這是她第一次感覺到夜光蟲的叫聲，叫聲中充滿了憤怒、驚恐、母性，和濃濃的殺意。

白眼魚成功激怒夜光蟲。

「衝！」她告訴自己，握著方向盤的手臂肌肉細胞充滿能量。

她臉孔緊繃，將視線全力集中在火母洞穴，用最高速度飛向洞穴，她知道夜光蟲的飛行速度，惟有全速才能擺脫，也惟有全速能誘導牠們飛得更快！

她需要夜光蟲的速度。

因為力量，等於質量乘以加速度。F＝ma。

這是她在跟火母共享頭顱時，經由學習而建立在她大腦中的記憶。

位於下方的族人們全都張口傻眼，觀看前所未見的奇景：包裹在強光中的白眼魚，後面有一長串夜光蟲在緊追她，恍如一條火龍飛翔。

這是連祖先們都未經歷過的，是大長老們編不出來的故事。

即使是妒厭白眼魚的蚪蚪，也不禁心情激動，忍不住為她擔心。

白眼魚睜大眼睛，瞳孔縮小，目測巡艇跟洞穴之間的距離。

電光火石之間，她關掉燈光，同時用盡力氣扭轉方向盤，飛行巡艇立即傾斜，來個急轉彎，突如其來的改變方向令艇身強烈震動，幾乎要瓦解！巡艇太遲拐彎，以致底部的反重力場摩擦岩壁，她奮力穩定艇身，否則就會翻轉。

緊追在後的夜光蟲不明白敵人的光芒為何消失，前端的剛要轉彎，卻被後頭追得太近的撞上，一時之間，有的斜斜擦撞岩壁，有的直接撞上岩壁，有的成功向上方閃避，也有數隻——如同白眼魚所計畫的——撞上阻隔洞穴的電磁屏幕。

火母洞穴的電磁屏幕是武器級的。

兩隻夜光蟲卡在洞口，被電磁屏幕中的微波瞬間加熱，細胞中的水分立刻滾沸，很快燒乾至盡！洞穴冒出蒸氣、火花和焦味，焚燒蟲身外殼幾丁質的酸臭味和肌肉的焦香味同時噴發。

撞壁受傷的夜光蟲有的直接翻下山腳，有一隻則伏在洞穴外的平台，外層較硬的鞘翅折斷了，裡頭薄薄的後翅破損，牠發出淒厲的尖叫聲，不知是哀號還是呼叫同伴，發出垂死的黃綠色光芒，幾度拍動翅膀嘗試飛起皆失敗了。

「如何了？」白眼魚試圖回頭觀看，但太暗又太遠，只看得到朦朧的蒸氣。

她再度打開照明燈，吸引夜光蟲攻擊她。

夜光蟲的蟲身再大，依然是沒有中樞神經系統的生物，而是依賴分布全身的神經結進行本能反應，所以夜光蟲無法控制自己的情緒，一再被激怒。

白眼魚重施故技，先飛上高空吸引更多夜光蟲，牠們是不會汲取教訓的悲哀生命，再度被白眼魚牽引，追逐巡艇的耀目強光。

同一時間，站在天頂樹樹頂的大石不停在留意動靜，蝌蚪斬釘截鐵預警的黑毛鬼，白眼魚也說了相同的話，他緊盯著暗影地方向，豎起耳根，聆聽細微的聲息。

大石耳朵敏銳，藉由天縫下的回音，甚至能定位聲音的來源。

暗影地方向的確有奇怪的窸窣聲，他分辨得出，不是天頂樹上常聽到的輕拂風聲，不是樹葉搖晃的互相摩擦，而是一群兇殘生物所發出的噪聒聲。

黑毛鬼吃過了被火母扔在荒野的同伴屍體，尤其喜愛被雷射槍烤焦的傷口周圍皮肉，味道很特殊，牠們念念不忘。不久前的圓葉屍體讓牠們更是確認，天縫是美味的來源，當牠們終於能闖入時，恨不得盡快地大啖美食。

然而牠們的頭領非常謹慎，穿越樹海時，銀背黑毛鬼走在最前方，不允許其他人逾越，藉此控制行進的速度。牠要小心，以免像上次那般喪失了大半同族，牠能活到長出銀背的年紀，不是靠魯莽衝動，而是靠其他黑毛鬼所缺乏的智慧。

當空中出現那顆光球和一群發光的夜光蟲時，牠對牠的謹慎更有信心了：這不是剛才在天縫外面出現的東西嗎？那團光球很嚇人，但沒有攻擊性武器，就像牠們在另一個地方遇過的某隻巨大生物，黔驢技窮後，仍然淪為牠們的腹中物。

銀背黑毛鬼邊走邊觀察空中發生的事件，試圖解讀牠永遠搞不懂的事，並回頭叮嚀同族安靜，不要發出聲音：「免得嚇跑了食物。」牠傳達了類似的訊息。

黑毛鬼們馬上噤聲，但仍有幾隻調皮的故意發出小小的怪叫聲。

牠們的粗毛互相摩擦，牠們的腳掌在地面拖行，牠們沉重的呼吸聲混雜著腥酸味，在安靜且容易回音的天然巨洞中，彷彿來自地獄的低吟聲，大石在樹頂上遠遠就聽到了。

聲音越來越接近，引發大石埋藏在記憶深處的恐懼，烙在記憶中的印痕發酵，令他不禁全身哆嗦，差點滾下樹去。

「我聽到怪物的聲音了，」大石聲音發抖，從樹頂朝下方的族人說，「從暗影地傳來的。」

「別大聲，」大長老柔光兩手環嘴，用氣聲說，「牠們的耳朵可能很好。」

銀背黑毛鬼聽到了，雖然很弱，但那聲音是這兒的食物的聲音特徵沒錯，牠調整行進方向，就朝那光團衝撞的方向。

那些巨蟲的叫聲好尖銳，牠不喜歡，不過，牠們也很好吃。

為了不讓食物逃跑，銀背黑毛鬼叫來牠最信任的一名雌性，要牠帶雌性分路前進，繞道從目標的正前方埋伏，而牠則直路行進，形成兩面包抄，然後等待牠發聲下令。

大長老柔光同樣在下令：「捕魚隊、採集隊、工具隊，所有工具都帶來了？」他們將工具全部排開，夜光蟲的光芒有如日出時的光線，足以幫助兩位大長老分配工具給族人。

老弱婦孺沒有戰鬥力的，躲在拿工具當成武器的族人後面，背靠著白眼魚叫他們等待開啟的避難洞。比起捉摸不清的怪物，橫在他們眼前的巨蟲也十分駭人。

剛才有兩隻夜光蟲從火母洞穴滾下來，一隻翻肚在族人面前，正無力地朝天扭動六肢，一隻歪斜卡在岩石間，時而嘗試拍動翅膀。

「我們就乾等怪物的來臨嗎？」有人問道。

「火母說在這兒等，」大長老搖尾蟲說，「我們就聽她的。」

「可是，她何時才要打開她說的洞口呢？」蚪蚪仰望著，用族人都聽得到的低語聲，「她看起來很忙呢。」然後她環顧眾人：「萬一火母死了，誰能領導我們對付怪物呢？」

「長藤。」一族人中有人出聲道。

一時之間，惹來大家的領首同意：「沒錯，長藤！」「長藤。」

眾人望向長藤，他不回應，只是目不轉睛望著白眼魚的飛行巡艇，看她再次領著一群夜光蟲加速飛向火母洞穴。長藤也感到很困惑：「火母為何要攻擊自己的洞穴？」不過他相信白眼魚，因為他觀察過白眼魚的眼睛，始終保持清澈。

他相信眼神清澈的人。

白眼魚再次急轉彎，這次她拐向另一邊，且在更接近洞穴時才轉彎，一來是想看清楚洞口的狀況，二來是希望引誘更多的夜光蟲撞上電磁屏幕。

但她這次太遲轉彎了，飛行巡艇的反重力場重重擦撞岩壁，被岩壁強烈的彈開，將巡艇撞進洶湧飛來的蟲群之中。在掠過洞口的瞬間，白眼魚看見了，剛才第一次的撞擊令兩隻夜光蟲被電磁屏幕烤焦，牠們偌大的身體擠在一起冒煙，但電磁屏幕依然籠罩著整片洞口。

第二次撞擊將剛才在平台上垂死掙扎的夜光蟲也推了進去，外加三隻最前方的巨蟲，兩隻撞上洞口邊緣，一隻直接擠到同伴的屍體之間，被電磁屏幕炙熱，發出慘烈的尖鳴聲。

飛行巡艇跌入蟲群，像掉進了洗衣機那般，白眼魚在艙內東撞西滾，她在混亂中關閉照明燈，讓巡艇飛衝脫離蟲群，還得瞪大眼避免撞上岩壁。

白眼魚放緩速度，邊看著火母洞口冒出的火花和蒸氣，一邊慢慢降落在洞前平台上。夜光蟲體型巨大，電磁屏幕應該要花多一些時間才能燒盡牠的身體。

白眼魚取出「火種」，亦即她的雷射槍，打開飛行巡艇爬出去。她的腳一踏上地面，便覺跌了一下，原來坐在巡艇中已經十多個小時，兩腿酥麻又疼痛，難受得很。

「得快點，」她心想，「會來不及。」她踉蹌地走向洞口，眼前的三隻巨蟲塞在洞口，正快速的被加熱烤熟。她累得快要虛脫，但看到眼前的巨蟲被她誘導送死，也不禁滿眼淚水，口中不停呢喃：「真的很對不起。」

她觀察了一下，終於在巨蟲屍體之間找到個最安全的空隙，容許她嬌小的身體擠過去。

她深吸一口氣，用火種割開巨蟲的硬鞘翅，擴張通道，在電磁屏幕傷害到她之前穿過去。

牢籠

鐵臂身上僅有的一件衣服被剝除了。他納悶著，難道他們會要搶奪這件衣服嗎？他們有更好的啊。

說是衣服，其實不過是一片聊以遮蔽下體的東西，用樹皮、魚皮、蜥蜴皮之類拼湊而成的。

他被帶到一間有鐵柵的石室，或許是監牢，或許只是隨便一間房間。

他嘆了口氣，心想好不容易才離開了誕生的地底巨洞——四周恍如巨大圍牆的地方，姑且稱之為家——現在又被關進一個小圍牆中了。

石室上方也有鐵柵，可以嗅到外界的空氣。

他踮起腳尖站著，抬高鼻子，意圖探索外面的氣味。

忽然飄來食物的香氣，有人送食物來了。來人在地上擺個盤子，裝了他從未見過的食物，其外觀和香氣都是聞所未聞的。

但他心情沉重，即使食物再香，能喚起他的食慾，他也沒有拿起來吃的念頭。火母斷成兩半的畫面在他心中縈繞，這畫面或許將會終其一生在夢裡出現，但其實他並不恐懼，最令他震撼的是火母身體流出青銅色的液體，讓他終於領略到火母並非真正的人類。

他也終於領略到，他是真真正正愛上了火母。

他以為他對火母只是仰慕，是崇拜，但火母的死亡在他心中所留下的重量，告訴了他，以前那些都是自我欺騙的謊言。

他感覺整個身體被往下拉，生存的意志被剝奪，雖然精神委頓感覺很疲勞，但身體又矛盾得有一股興奮在燃燒，讓他無心睡眠。

他腦中常常會播放跟火母在一起的畫面，在飛行巡艇中親密的呼吸對方呼出的空氣，火母合上眼睛休息的畫面，火母從她的洞穴走下來的畫面，用火種點燃篝火……每一幕都被他珍藏在心中。

他不停沉浸在回憶中，困在記憶的牢籠中，往往當他清醒時，才發現自己剛剛淚流滿面。他無法想像會流淚的自己，小時候他摔得再痛、傷得再重，也不會流一滴眼淚的。

他終於明白，原來心中的痛，比身體的痛，痛上百倍千倍。

也不知過了幾天，他偶爾從混沌中清醒，發現裝食物的盤子已經被清空，看來他的生存意識還是很強，即使在無意識的狀況下仍然記得填飽肚子。

然後牢籠的門打開了，他們推了一個女人進來。女人一絲不掛，羞澀地用手遮住胸部和私處，低頭不敢看他，於是外頭的人又推了她一把，把她推向鐵臂。

鐵臂抬頭凝視她，這女人很漂亮，是他從來沒看過的漂亮，不論是五官、膚色或體型，完全不同於任何一位天縫下的女孩。雖然女人不斷想辦法遮住自己的身體，也不敢看望身上沒有衣服的鐵臂，但鐵臂並不覺得奇怪，他從小就見慣赤身裸體，因為天縫下是沒有多少衣服可以穿的。

女人瑟縮在牢房角落，跟他在牢裡度了一夜，第二天牢房打開，她就被帶出去了，鐵臂也沒再多看她一眼。

當天晚上，他們又推了一個女人進來，跟今早離去的又是另一種不同類型，這位的五官十分深邃，鼻子高挺，又是從來沒看過的容貌。

就這樣，女人每天早上離去，到了晚上又有另一個女人進來，從來不重複。

「到底是怎麼回事？」鐵壁也在納悶。

有一天晚上，終於發生了變化。

這次進來的女人帶著冷傲的表情，一進來就靠坐在他旁邊，手臂的肌膚碰觸他，嚇了他一跳，由不得縮了縮身體。

接著這女人更為主動，不但把乳房抵著他的手臂，還伸手去撫摸他的下體，那隻手很溫暖舒服，鐵臂馬上就勃起了。雖然如此，他心中卻完全沒有情慾的感覺，鐵臂自己也覺得很奇怪，他完全懂得這個女人想跟他做什麼，但他完全沒有想交媾的念頭。

鐵臂輕輕推開女人，把身體移開，但女人依然緊靠過來，冷傲的神情顯得有些慌張。

「讓我懷孕吧。」她的口吻近乎命令，腔調雖然不同，但鐵臂還聽得懂，也聽得出語氣中帶著焦慮，鐵臂更為好奇了。在天縫之下，即使配婚之前的雜交是允許的，也沒有女孩會說出這麼直接的話吧？

鐵臂感到不舒服，輕輕推開了她。

這女人的確很吸引人，但火母的臉不斷浮現眼前，死亡帶來的沉重感壓縮他的身體，強烈的愛戀蠶蝕他的意識，剛才偶爾勃起的下體迅速軟掉，無論女人的手如何挑逗，都無法產生反應。

女人的臉漸漸變得悲傷：「你若不跟我交配，我會死的……」她的肩膀微微顫抖，鐵臂甚至感到握著他陰莖的掌心開始變冷。

鐵臂輕輕把她的手移開下體，對她皺眉，做出疑問的表情。他遵守潘曲教過他的：「千萬別開口說話。」要是他們聽到他這個半人類半原始人的人會說聯邦語，必定會盡力尋找他的來歷，他要保護天縫的隱蔽，必須忍住不說話，牢房外的衛士雖然背對著他們，但顯然正在豎起耳朵用心聆聽。

鐵臂將耳朵貼近她的嘴巴，女人於是輕輕地說：「他們送我進來之前說，如果我的身體裡面沒有精液，就要把我送到石頭人的地方去。」

鐵臂又再朝她用力皺眉。

女子頗感驚訝：「你不知道石頭人？」

鐵臂用力搖頭。

「不聽話的人都會被送過去，還沒有人能夠活著回來的，」女子把嘴唇貼得很近他的耳朵，「聽說死掉的人都是全身發黑然後死掉。」鐵臂感覺到一陣陣帶著香味的空氣吹到他耳朵，女人有特殊的體香，手腳皮膚很滑，完全不像天縫的女孩，看來她是沒做過粗活的。

鐵臂假裝發出怪叫聲，指指她，然後聳聳肩，大略表示：「妳是什麼人？他們為什麼送妳過來？」希望她能明白意思。

「我是服侍三聖的，都怪你不願意接受其他的女孩，他們最後才派我來了，」女子語帶憎恨：「你長得這麼醜陋，他們還給你女人，為什麼你不接受呢？你當初有接受的話，我就不需要來了。」女子把兩腿打開，露出她的陰部：「你快插進來吧！這樣子我們兩個人都會沒事了！」

鐵臂端詳她全身，的確，她是被送來的女子之中，長得最好看的一個，原來她是服侍這裡頭領的人，想必對三聖十分熟悉了。

鐵臂從來不喜歡人家迫他做事，從來不喜歡，更何況是這麼神聖的事，豈能輕易在這污穢的牢房，跟某個陌生人進行？

他不知那三個小孩在打什麼主意，不過他漸漸明白為什麼潘曲會跟他說：這是個不需要工作的世界。看來不需要工作的，也只有那三個奇怪的小孩吧。

鐵壁想了一想，忽然起了個念頭。

他站起來，用力敲打鐵柵，朝外面的衛士嘯叫，一面頓腳一面指著那女人，表示不滿。

「不行！」那女人急忙跑來對衛士說：「我會讓他跟我交配的！別聽他的！」

鐵臂蹲下身子，用手指在泥地上畫了三個小人，指給衛士看，表示他們的「三聖」。

衛士表情冰冷地等他繼續。

鐵臂再為一個小人畫上長髮、一個畫上短髮，然後指指長髮的女孩，還畫個圈圈包圍長髮小人，強調她的身分。他看到衛士變了臉色，便知道成功激怒他了，然後鐵臂把兩掌壓在心口，表示很愛那長髮女孩，當他擺動腰身，做出交媾的動作時，衛士的臉色慘白得可怕，那女人也嚇呆了。

鐵臂膽敢這麼做，因為他還記得潘曲跟他說過的話：「聽說他們年紀很大了，卻長得跟小孩一樣。」年紀或許跟火母一樣，或比火母還要老。

從他們三人的互動來看，他確信短頭髮的那位女孩就是領袖。

衛士僵立在他面前，表情扭曲，進退維谷，左右為難，於是鐵臂再加把勁，不斷指著他畫的長髮女孩，不但扭擺屁股，還用手做出懷孕的大肚子形狀。

女人聲音發抖：「你死定了。」

重設

白眼魚從巨蟲的屍體之間穿過，成功避開電磁屏幕，終於回到洞穴中了。

洞中的通道瀰漫著混合焦肉味的水蒸氣，視線迷濛，照明燈全都沒打開。白眼魚不禁提防：「巴蜀知道我進來了嗎？」

她手中的火種可以照亮通道，但也不啻暴露了自己的位置。但即使沒有照明，她也十分熟悉洞穴內的路線，依然能夠摸黑尋找控制室。

但眼前最大的難題是：「巴蜀」沒有關機機制，它不能關閉，當然也不能重開，如果少了它，整個天縫下也會失去溫度控制和防禦機制，也會重演上次糧食斷絕的大饑餓。

即使她成功抵達控制室，也無法做任何事情，除非她說服巴蜀。

然而，巴蜀是能夠被說服的嗎？

她緊握火種，亦步亦趨地走進洞穴深處。

「快想辦法！」她催促自己。這次不能仰賴直覺了，她的對手不是憑本能攻擊的夜光蟲，而是過去人類智慧結晶打造出的量子電腦，能進行比人腦更完善的思考。

黑毛鬼正在迫近，族人們正等待她打開避難洞，為此，她想盡辦法進入洞穴後，卻不知該如何命令巴蜀打開避難洞，最好像上次那般用雷射槍消滅黑毛鬼。

忽然，一道紅光在眼前出現，白眼魚急忙閃避，依然感到胸口的皮膚熱辣辣的，衣服上也燒了一片黑色。

她被雷射槍攻擊了！但為何沒殺死她呢？

她低下身子快速移動，好幾道紅色的雷射光掠過，似乎無法準確地射到她。她也注意到雷射光的角度偏低，「特洛伊！」她想起來了，洞穴中有兩台特洛伊三型機器人，負責保護洞穴的，但平日只啟動一台，以節省能源。

白眼魚在快速閃避中踢到特洛伊，她立刻將火種指向低處，在被蒸氣模糊了的視線中發射藍色的雷射光，但藍光在蒸氣中變得很弱，似乎沒造成傷害。

這下她終於明白，特洛伊的雷射槍沒能殺死她也是同一個道理！

全因為蒸氣！

平常光線是會擴散的，但雷射是集中的光線，不但集中範圍、光線同一方向，而且是同一特定波長的光線，在光線集中之處產生高熱，才有切割的功能。當初發明雷射時，只容許近距離切割，無法武器化，後來發明新的光波震盪方式，可將強力雷射傳送到遠處之後，才完成了雷射槍。

問題是，無論如何，雷射依然是光。

在充滿水氣的空間中，再強的雷射也會被細小的水珠折射，光線瀰散，減弱雷射的殺傷力。

白眼魚瞭解了，她低身迫近特洛伊，把火種靠近特洛伊，毫不猶豫地開槍，強烈的藍光中立刻迸出金屬熔化的氣味，一台特洛伊倒了下去，發出沉重的聲響。

白眼魚得逞後馬上後退，果然一道雷射光射上她剛才站的位置，這說明了巴蜀也看不清楚她！夜光蟲被加熱冒出的蒸氣令光線瀰散，即使巴蜀要利用紅外線鏡頭也看不清楚她。

她決定不再顧慮特洛伊的攻擊，加快腳步穿過狹窄的通道，進入巴蜀的系統中樞——控制室。

「巴蜀！我來了！」白眼魚叫嚷著，宣布她的來臨，「求你，我們合作吧！」

一道灼熱的雷射掠過她的腳跟，代替巴蜀回應了她。

躲在角落的特洛伊對她開了一槍，它不可能射不準的，除非它故意，或是故障了。

白眼魚腳跟被雷射灼傷，她在痛得仆地的同時，朝特洛伊開槍，它的腹部立刻洞穿，流出青銅色的體液。特洛伊又再開了幾槍，但隨著體液流失，它越來越無法瞄準。

白眼魚斜臥在地，把火種的能量調到最大，瞄準擊碎了特洛伊的雷射發射器。此時白眼魚才有機會抬頭看仔細，這台特洛伊的頭部受過重擊，歪掉了，難怪會瞄不準她。

她掙扎著爬起來，面對充滿了按鍵、推桿和轉盤的控制板面，以及一大片黑暗的螢幕：「巴蜀！你沒有特洛伊了！這是我最後一次懇求，我們像以前一樣，保護母親創造的天縫人吧！」

巴蜀依然以沉默回應，令白眼魚想起族中的小孩

記得以前，有個調皮的小孩偷襲她，拍了她屁股一下便轉身低頭跪下，以為這樣就能躲過她的目光。那時她又好氣又好笑：「小孩子好天真，他自己看不到的，就以為我也看不到。」

如今巴蜀的沉默如出一轍。

若巴蜀真的沒運作，電磁屏幕不可能開啟，特洛伊不可能攻擊，火母的記憶立方體也不可能被關掉。

白眼魚嘆了口氣，挨近鍵盤，伸出手指，猶豫了一陣，就按下了一個數目字，黑漆漆的螢幕頓時亮起，出現了那個字。

按到第三個數目字時，巴蜀終於發出聲音了：「你在做什麼？」

「我在想火母提過的母親。」她按下了第四個數字，然後按輸入，等待。

什麼事也沒發生。

白眼魚退後一步，盯住螢幕思考，一面呢喃：「母親不信任火母，也不信任你。」

「我就是母親。」

白眼魚不理會巴蜀說的話：「為什麼母親在派遣火母和巴蜀建立這個禁區後，卻要給你們培養製造的人類一組聖語，還得要火母大費周章地跟我們的大長老交換聖語，才能夠使用某些封鎖的功能呢？」比如關閉天縫，打開避難洞……她再輸入一次號碼：「如果你是母親，那你應該知道原因吧？」

「不容許質疑母親。」

「母親不信任任何一方，所以祂要我們三方互相牽制，互相平衡。」白眼魚想了一想，開始唸出火母三句聖語：「**創造者瑪利亞**，**地球聯邦萬歲**。」白眼魚輕輕問：「誰是瑪利亞？你知道嗎？」

「白眼魚，我能關掉紫色０３０，我也能關掉妳。」巴蜀剛說完，白眼魚便覺得心跳開始變快，越來越快，快得產生噁心感，巴蜀正在調高她體內的腎上腺和甲狀腺激素的分泌。

巴蜀說：「我已經讓蝌蚪進來過了。」

「什麼？」白眼魚嚇一跳。

「我讓她知道，這個洞穴是控制禁區的地方。」

「為什麼？母親設過禁令的。」血壓增高得過快，白眼魚開始暈眩。

「妳不適合擔任禁區守護員，我必須找尋新的人選。」巴蜀說，「蝌蚪有領導才能，她會帶族人跟黑毛鬼戰鬥，實踐生存競爭。」

白眼魚點點頭，她明白巴蜀的意圖了，所以她更需用強烈的意識跟荷爾蒙抗衡，鎮定地唸出第二句火母聖語：「**我是阿法也是奧米加，在我之前沒有世界，在我之後沒有未來**。」阿法和奧米加分別是希臘字母的第一和最後一個字母，代表著開始和結束。

在腎上腺素的作用下，白眼魚皮膚大量泌出汗水，不由自主地增加警覺性：「開始和結束。」

「妳別抵抗了。」巴蜀說，「再見。」

在直覺驅使下，她快速輸入整串大長老聖語：

81402028140721971231576

那是火母在大長老土子臨終前，請求他交給她的。

火母覺得這組數字非常重要，於是將它烙印在記憶立方體，也在跟白眼魚融合的第一時間植入白眼魚的記憶之中。

在按下輸入鍵後不久，白眼魚首先感覺到緊張感消失了，接著心跳漸漸變緩，恢復正常了。

她甚至可以感覺到有一把緊緊握著她腦子的手鬆開了。
母親到底在想什麼？祂讓每一方有辦法克制每一方，這樣的設計有何目的呢？
白眼魚喘了口氣，抹去額頭上的汗珠：「巴蜀，你還在嗎？」
經過一段冗長的安靜，巴蜀說話了：「巴蜀謹聽吩咐，有什麼需要我辦的嗎？」
「請重新打開火母……紫色０３０的記憶立方體。」
「對不起，巴蜀不明白，妳就是紫色０３０。」
「你之前關掉的。」
「對不起，巴蜀沒有之前，巴蜀是量子電腦禁區管理員Ｋ－０５２號，今天才剛剛啟動。」巴蜀的語氣少了先前的果斷和冷漠，「我讀取了妳的記憶立方體識別碼，妳是紫色０３０無誤，母親命令我必須跟妳連接，在此謹聽吩咐。」
白眼魚愣住了。
這不會是電腦的玩笑吧？
難道完整的聖語將巴蜀重新設定回出廠狀態了？那它百年來的珍貴紀錄仍在嗎？
巴蜀說她是紫色０３０，所以即使火母的意識沒在運作，識別碼仍能被辨別嗎？
「你能夠探索我的記憶立方體嗎？」白眼魚試探它。
「我沒被母親賦予這個權利。」
所以說，巴蜀能夠關掉母親的記憶立方體，是他這一百多年來慢慢學習到的？還是它自認自己是母親之後才敢執行的功能？
白眼魚沒時間探討這些問題了。
「請打開避難洞的門。」

「巴蜀謹聽吩咐。」

「打開避難洞的監視器給我看。」

巴蜀如言執行了。

白眼魚從螢幕中看到族人們，被忽然打開的石門驚嚇，他們退後幾步，直愣愣地看著石門打開，白眼魚鬆了一口氣，至少她實現她說過的話了。

「請關掉洞口的電磁屏幕。」

巴蜀也執行了，還說了一句：「為什麼要打開呢？」它的記憶真的被清洗乾淨，回復到嬰兒狀態了。

「請幫忙偵查一下，黑毛鬼已經有多接近了。」

「什麼是黑毛鬼？」

這下可麻煩了，白眼魚馬上衝出控制室。通道上依然煙霧迷濛，但視野已經好多了，白眼魚跑到洞口，看見電磁屏幕關閉了，而夜光蟲已經被燒掉一半，橫七豎八地堆在洞口。

她翻過夜光蟲，越過飛行巡艇，站在平台向下面的族人大喊：「大家快進去！快點！快點！黑毛鬼快到了！你們全部進去！我馬上就關掉山洞！」

有人開始湧進山洞，不過速度很慢，似乎還感覺不到危險將至。白眼魚心急如焚，很想衝下去催促他們，但是又必須留在上面控制關門。

從高高的洞穴上，她已經看到不遠處的樹海有騷動，黑毛鬼們鐵刷般粗糙的體毛，互相摩擦發出的聲音，已經清晰可聞。

石頭人

他不知道那衛士有沒有完整傳達他的意思，亦不知道那女人是不是回到三聖身邊服侍了，不過他總算達到了目的——離開牢房。

他不知道已經離開天縫究竟有多遠，恐怕此生是不可能再回去了，不過如果在此地必死無疑的話，那他選擇在死前參觀、認識這個陌生的新地方。

不過參觀的方式十分辛苦，他兩手被電子鎖反扣在背後，跟第一天來到時一樣，不同的是，今天他必須跟隨整個隊伍前進，一群衛士拿著武器監督他們，不讓任何一人脫離隊伍。

他們穿過無人的曠野，一路上沒有多少樹木，頭上頂著烈日，所幸天氣還算涼爽。

鐵臂腳下所經之處，踏過各種各樣的野草，有的柔軟有的尖刺，有的葉子圓圓的，踩下去時會噴出一股芳香。他對每一種植物都深感好奇，真想低下身子去摘一片來咬咬，試試味道，攝取水分，但他兩手無法動作，連抹汗和抓癢也沒辦法。

鐵臂又累又餓又渴，在離開天縫前後，他都不曾在太陽底下步行過這麼長的路程，不禁頭暈目眩，腳下一個踉蹌，撞上前方的男子。

那男子跟他一樣衣不蔽體，皮膚很白，蓬頭黃髮，肌肉精瘦結實，他不高興的發出抱怨，但他說話像在咆哮，完全跟鐵臂使用不同的語言。

漸漸地，腳下的植物越來越少，周圍稀疏的樹木也越來越矮小，接著眼前出現一棟土黃色的建築物，看起來年代久遠，部分已經崩塌，就像他跟火母待過的幾座廢城那般。

鐵臂看到前方的隊伍已經走入建築物，看來是行伍的終點了，他好希望前面的人可以走快一些。

經過一根傾倒的立柱，還有一大片乾硬的柏油地面後，好不容易抵達那棟建築物，有了偌大的屋頂遮陽，馬上便迎來一股陰涼，鐵臂鬆了口氣，很想找個地方坐下來，舒展痠痛的兩腿。

「喏，去那邊排隊喝水！」衛士吆喝著。原來建築物的大廳內擺了三個水槽，只見隊伍前端的人已經在低頭猛喝水，「別待太久！喝上幾口，就讓位給後面的人！」

鐵臂跟其他人一起擁向水槽，彎下腰大口大口喝水，自從出發以來，他已經有好幾個小時沒喝水了。

前天晚上，他對衛士做了那番狂妄的舉動之後，他們就沒再送女人過來了，隔了一天，大清早就被拖起來扣上電子手銬，立即被驅趕上路。

出發時的空氣是清冷的，地面還有露珠，赤裸的他還冷得哆嗦，但將近抵達時，身體的水分已經快要流光，他們都幾乎要脫水暈眩。

「快喝一喝！你們必須下去工作了！」衛士們一邊呼喝，一邊叫喝過水的人重新排隊，鐵臂偷瞄他們在幹什麼，只見衛士為每個人扣上頸環，然後才除下他們的電子手銬。當有人企圖拉扯頸環時，衛士馬上喝止：「別扯！」

鐵臂無處可躲，只好乖乖被扣上頸環，至少僵硬的雙臂可以再度活動了。

那頸環是一條粗繩，用一個不斷閃爍著紅點的小元件扣住繩子，為他裝上頸環的衛士看了看他不馴的眼睛，還刻意用手指勾了一下繩子，讓繩子壓進他的頸部肌肉，感受一下疼痛：「乖乖，別扯它。」

待所有人都扣上頸環了，他們被命令一字排開，然後衛士們忽然拖出兩具屍體，所有人都露出恐懼的表情，而衛士迫他們觀看。

「你們看他的脖子。」一男一女兩具屍體都死不瞑目，吐出長長的舌頭，脖子被繩子束縛得緊緊的，把粗大的頸部肌肉都壓進去了。

衛士長伸出三根手指，吆喝道：「你們若想用力扯下來，它會收緊。」

「你們若想逃走，它會收緊。」

「你們若不服從指示，我也可以讓它收緊。」

有個女人開始失聲哭泣，哀號哽咽，也有男人歇斯底裡地呻吟，無法接受他們所面臨的命運。

「有人自願示範給大家看嗎？」衛士長用力喊道，連聲音都嘶啞了。

每個人都被恐懼所渲染，渾身發冷，馬上噤若寒蟬。

「好了，現在跟我下去吧。」衛士長轉身往建築物的深處走去。

他們穿過一片倒塌的石牆，這裡原來是個很寬敞的大門，鐵臂聽到前面經過大門的人都紛紛發出驚嘆聲，等他也穿過大門時，終於明白他們為何如此驚奇。

前方是一片非常大的坑洞，密密麻麻、整整齊齊的站滿了人，不，仔細看那些並不是人，而是石頭人。

他終於明白那女人所說的話了。

這裡就是必死無疑的地方了嗎？

話說回來，那女人也被送來這裡了嗎？

衛士長帶著他們走下一個臨時用木頭搭建的樓梯，樓梯會搖晃，似乎十分脆弱，而原本的石梯已經崩壞，還在崩落的邊緣露出鋼筋。

鐵臂一邊往下走，一邊目不轉睛地盯著那群石人，放眼望去，陣容碩大，他把長寬大略相乘了一下，少說有幾千個！陣容的邊緣是土牆，土牆上還露出石頭人的手臂或頭頂，說明土裡還躲藏了更多的石頭人！

大部分石頭人皆筆直站立，有的兩臂懸空擺出姿勢，手上似乎本來抓著某些東西，有的半蹲踞在地上，彷彿正在抬頭眺望鐵臂等人，即使遠遠望去，依然栩栩如生。

「這是一整支軍隊嘛！」鐵臂聽見他後方的男人說。

鐵臂不懂軍隊是什麼，他心中充滿了疑問：為何要把石頭做成人的模樣？這種耗時又耗力的行為，有什麼意義嗎？回想過去，每天都在為生存搏鬥，豈有時間去做此等事？

說不定這些不是那三個小鬼做的，而是如火母或潘曲所言，是更古老的人類留存下來的遺物。

潘曲曾經告訴他，對鐵臂而言，外面的陌生世界比這裡還要危險，看來，要不是潘曲不曉得這個排滿石頭人的地底大坑，就是潘曲欺騙他。

衛士們繼續引導他們經過石頭人軍隊旁邊，鐵臂才看見除了石頭人，還有他沒見過的高大石頭生物——石馬，有的依然佇立，大部分都已殘缺碎裂。

穿過好幾個轉彎之後，空氣越來越糟，滯悶的氣流中有股嗆鼻的強烈酸臭，然後就在眼前出現另一面破牆。

看來這是他們的目的地了，他很快就會知道這裡頭有什麼了。

衛士長喚來一位貌似工頭的人，告訴他：「新人來了。」

工頭是個滿頭白髮、蓄有厚重白色鬢鬚的矮小男人，他環顧了一下眾人，啞聲點頭道：「甚好，甚好。」

「我們資源不夠，你知道的，」衛士長小聲對工頭說，「若再要多些人，其他工程就很難進行了。」

「上次是很突然地，」工頭也輕聲細語，「不過有氣體，幾乎就已經確定了。」

「所以……？」衛士長感到緊張。

「今天，」工頭呼了口氣，整個肩膀放鬆了，「開進去了，確定了。」

衛士長掩不住臉上的欣喜，用力拍了拍工頭的肩膀。

雖然他們說話很小聲，自幼在寧靜的天縫長大的鐵臂可是聽得一清二楚。

他們果然是來送死的。

崩塌

銀背黑毛鬼覺得不對勁，牠回頭瞧看，老覺得跟隨的同族變少了。

牠最多能數到五，是同族中能夠數到最多的，雖然無法數出少了幾隻黑毛鬼，但牠光憑直覺就察覺到了。

牠喝令停步，朝牠們咆哮了幾聲，才發現有幾隻被殞落的夜光蟲吸引，重傷的夜光蟲翻肚了，六肢還在羸弱掙扎，黑毛鬼已經迫不及待地大快朵頤，爬上蟲肚去扯開腹甲，想吃溫熱的腸子。

銀背黑毛鬼憤怒地把牠們從蟲肚上拉下來，要牠們歸隊，有些悻然回到隊伍，但也有不服氣的，向銀背黑毛鬼抱怨，也向其他黑毛鬼表示：「蟲好吃，來吃。」好些黑毛鬼被吸引，早就口水橫流，很想吃吃看。

銀背黑毛鬼想告訴牠們，這蟲已經逃不了，大可以回頭吃，而那些人類更好吃，應該把握機會先去吃人。但邏輯思考並非牠們擅長的，況且銀背黑毛鬼也沒有足夠豐富的語言文法足以令同伴理解牠的想法。

銀背黑毛鬼強烈的直覺告訴牠，必須趕快，否則牠會吃不到人類的肉了。人肉是牠熟悉的，牠們一路所經過的禁區，不知道吃過多少人了。

牠惱怒地盯著幾隻年輕黑毛鬼回到夜光蟲身上，避開夜光蟲嘴巴和腿上的鈎刺，先從巨蟲胸腹之間最脆弱的柔軟組織下手。

銀背黑毛鬼明白牠們在想什麼，也明白牠們不懂什麼，「蟲的腸子是冷的。」怎麼會有人的可口？牠真不希望擔任這些愚者的頭領，不過老實說，愚者比較不會威脅到牠的地位，牠也不希望牠們比他聰明。

唯一令牠擔心的是，當初第一次攻擊此地時，牠的子民們跳下地面的裂縫後，沒一個活著出來。牠們後來在距此甚遠之處，找到那些同族的屍體，在納悶屍體為何會出現在該處的同時，牠也很驚奇地發現，這些屍體被雷射燒灼過的傷口特別美味。

為了貫徹牠的目標，牠捨棄這幾個愚痴的子民，先率領聽話的子民往前進，有機會再跟這些不聽話的算帳。

他已經嗅到人的氣味了。

在空氣不甚流通的地穴中，那些跟牠一樣沒有洗澡的人類，都會發出強烈的體味，尤其天縫人都聚在一起睡覺，他們的體味就如同羅盤一般，為銀背黑毛鬼指示著方向。

此時，牠聽到白眼魚的聲音了！

牠的耳朵在空曠的原野上尚且敏銳，何況在這半封閉的地穴。

白眼魚在催促族人躲進避難洞，牠甚至聽得出她的急迫和焦慮，是的，她正在高處，銀背黑毛鬼看見她了，她的體型好嬌小，即使在夜光蟲的弱光下，依然可以看見她白皙的皮膚，想必很好吃！

不知雌性們繞道而行，已經到了匯聚點沒有？

牠模仿蟲鳴發出高亢的噓聲，不久之後，傳來同樣仿蟲聲的回應，銀背黑毛鬼很興奮，再度發出噓聲，叫雌性們等候攻擊訊號，牠得先看清楚人類的情勢。

牠聽到另一個女性的聲音，正大聲地朝白眼魚叫嚷：「我們不進去，我們對付怪物！」

白眼魚也不禁提高聲量：「不行！你們不是黑毛鬼的對手！你們見過牠們的長牙和利爪了！」

「我們不知道黑毛鬼是什麼東西，不過，如果我們這次不對付牠們的話，牠們又會再次闖進來的！」

一股氣血不禁湧上白眼魚的胸膛——她說得也沒錯！「除非妳有蛻殼的打算，妳有嗎？」

一群族人拿著捕魚工具、採集工具和製作工具的利器，護送著不能戰鬥的老弱和小孩，或不願戰鬥的族人進入避難洞。

長藤手中握著捕魚的尖刺，從人群中步出，對白眼魚高聲說：「妳留我的這條命，現在是我付出的時候了。」

白眼魚的眼眶瞬間泛紅，心情無比激動。

「我們倆是最後要進去的人了，」兩位大長老向白眼魚說，「妳可以關門了！」

白眼魚遠遠看著柔光和搖尾蟲走進避難洞，她很確定，應該待在天頂樹上的大石，正站在避難洞門口，躲在人群背後望她。
白眼魚也很確定，她現在不是火母，她是白眼魚，她要以白眼魚的方法來思考。
她望去暗影地的方向，幾乎確定黑毛鬼正在黑暗中窺伺著他們。
她抬頭望向夜眼，原本在空中亂飛的夜光蟲，正慢慢地一隻隻飛回天縫，呵護牠們剩下的蟲卵。
「你們沒必要送命，」白眼魚低頭向他們說，「這世界是個謊言，我最為清楚，我們真正的挑戰不是黑毛鬼，而是那個一直都存在的光明之地。」
「什麼意思？」蝌蚪高聲問她。
「妳惟有活著到最後，才能明白我的意思。」白眼魚對蝌蚪說，「我必須進去裡面，才能把避難洞關上，這是你們最後進去的機會，黑毛鬼的事，請交給我吧！」
她已經交代完畢，不容許再拖延時間，白眼魚回跑進洞穴，快步穿過狹窄的通道，命令巴蜀：「現在關上避難洞！」
「巴蜀謹聽吩咐。」
「禁區內空間有幾支雷射槍？」
「報告，二十四支。」
「啟動所有雷射槍，等待射擊。」
「射擊對象是入侵者嗎？紅外線儀有顯示牠們的外形。」
「不，請待命就好。」白眼魚緊盯著螢幕，心中祈望所有族人都進去避難洞，還有黑毛鬼別那麼快來到。
她看見那些拿著工具的族人，終於也走向避難洞了，而蝌蚪依然佇立在避難洞洞口不動。

「報告，入侵者有動作了，在避難洞右側。」

「我看到了，射擊牠們，別讓牠們接近避難洞！」

「另一個方向也有，在避難洞正前方。」

「射擊，別讓牠們接近避難洞！」一旦黑毛鬼進入避難洞，裡頭的族人就任由牠們屠殺了。

蝌蚪和長藤等幾名族人依然緊守洞口，不願進去避難洞。他們抄起工具，瞪大眼睛面對朝他們奔跑過來的黑毛鬼，他們從未面對過如此可怕的生命威脅，心臟瞬間變成高速跳動。

更令他們驚訝的是，不知從何處而來的紅色射線，穿過奔來的黑毛鬼身體，黑毛鬼發出地獄惡鬼般的吼叫聲，腳下仍不止步，再被一道紅光貫穿頭顱之後，才仆倒在他們前方。

他們沒時間喘息，一字排開擋在避難洞外，等待黑毛鬼衝過來，隨時準備獻上生命。來處不明的雷射不斷射殺衝過來的怪物，每一道奪去怪物生命的紅色射線，都為他們爭取多幾秒鐘的生命。

白眼魚深深知道不能再等了：「巴蜀，關門，快關上避難洞的門。」

「巴蜀謹聽吩咐。」

她還真不習慣這個畢恭畢敬的巴蜀。

避難洞裡的族人們恐懼地躲到最深處，但也有些膽大的、拿著工具的站近門口，準備阻擋萬一跑進來的黑毛鬼。當他們看見石門開始移動時，洞內的人不禁呼叫起來：「快點！快關門！」洞口的人也緊張得手心布滿汗水，生怕打滑握不緊工具。

「你們也進來呀！」洞口關剩一半了，守在洞口內的人朝外嚷道，「快關完了！」

洞外的蚪蚪、長藤等七人面面相覷，他們都有相同的念頭：只要有人進去避難洞，每少一人，留下的人將更難抵抗黑毛鬼，防線將更快崩潰。

「我不進去了！」長藤首先表明心跡。

「我也是！」他身邊的男子也說。

蚪蚪緊抿著唇，默不作聲，她原本沒打算送命的，但眼前眾人的激昂，令她對迫近眉睫的死亡產生興奮的感覺，甚至清楚感覺到子宮的收縮。

她也注意到，那幾隻從正面衝向他們的怪物都是母的，從牠們胸前垂掛的乳房不難判斷，男人都去哪兒了？

她剛覺得不對勁的時候，便警覺到上方有一股氣壓，當她抬頭時，已經太晚了，一隻雄性黑毛鬼從岩壁爬到上方，朝她的頭頂躍下，岩壁上還有幾隻正在攀爬。

「上面！」蚪蚪喊著，下意識地舉起尖刺。

此刻，有數道紅色雷射光不射擊黑毛鬼，反而射向天空。

長藤注意到了：「怎麼……？」然後感到背部劇痛，一把利爪劃出了數道深深的裂口。

在一片混亂的慘叫聲中，避難洞的門完全合上了。

白眼魚緊密盯著螢幕，她老早注意到黑毛鬼在爬上岩壁，但雷射槍有射擊死角，無法擊中岩壁上的黑毛鬼。

她不得不提前執行最後的賭注：「巴蜀！把五支雷射瞄準天縫！」

「我不明白。」

「對不起，是瞄準天縫四周，射擊附在天縫四周的夜光蟲！」

「這樣會減少對避難洞的保護。」

「我曉得，請立刻瞄準天縫四周！」

「巴蜀謹聽吩咐。」它照辦了。「太遠了，很難擊中夜光蟲。」

「沒關係，我的目的在嚇牠們。」白眼魚焦急地說。

她欺騙了電腦，她的目的不在夜光蟲。

她看不到預期效果，於是說：「把五支雷射集中在天縫旁邊的一個點。」

「巴蜀不明白，但巴蜀照辦。」

「把一個鏡頭對著天縫。」白眼魚緊盯著昏暗不清的螢幕，觀看天縫變化。

她期待的事發生了。

天縫裂開了一角，一塊巨石安靜地脫離天頂，被地心引力加速，筆直地從高空掉落樹海，壓倒了好幾棵樹，巨響的餘波傳遍天縫之下。

雷射的高熱令岩石局部膨脹，然後爆裂開，這才是白眼魚的目的！

「巴蜀，仔細聽好，」白眼魚已經非常疲倦，兩眼充滿血絲，但此刻的她處於極度亢奮的狀況，「我要你把雷射從天縫，慢慢地朝暗影地移動。」

「你會把天頂毀掉的。」

「這是個石灰溶洞，遲早會崩塌的，要是今天不崩塌，一千年、一萬年後也會崩塌的，」白眼魚說，「我只是讓它提早崩掉而已。」她剛才想到，既然岩壁的一角可以在多年前崩塌，產生另一個出口，令他們不得不以暗影地的神話來掩飾，那麼，天頂的結構到底有多堅硬呢？能不能讓它提早崩塌呢？

「若是這麼做，禁區會被毀掉的。」

「不，禁區依然是禁區，這一點是不會改變的。」白眼魚說，「讓我接手這五支雷射槍吧，黑毛鬼就交給你了。」

「巴蜀謹聽吩咐，已經設定好控制面板，由妳控制了。」

白眼魚移到控制面板，遙控五支雷射槍的方向，如她所言，聚焦在天頂，一寸一寸地往暗影地移動。數百萬年來，古老的石灰岩被雨水和地下河道一點一滴地溶化，形成地底巨洞，它的頂部依然可以再溶個幾千年才崩塌，形成天坑，或成為群山。

然而白眼魚要它馬上崩塌。

天頂大塊大塊地剝落，天縫越裂越大，已經不能再稱為天縫了。夜光蟲在空中瘋狂地亂飛，因無力保護自己的蟲卵而高聲悲鳴。

百餘年來，保護族人不被外界發現的天頂，因結構上的支撐遭到破壞，如骨牌般迅速崩裂，從天而降的巨石將樹海一片接一片壓垮，厚重的塵沙飛揚，彌漫了整個天縫之下，完全遮蔽了視線。

「我很難瞄準黑毛鬼了，」巴蜀告訴白眼魚，「紅外線儀也受到塵沙干擾。」

白眼魚也停止操縱雷射槍，眼睛一眨也不眨地瞪住一片白濁的螢幕，耳朵聆聽從通道傳來的外界回音：「我們等。」手指依然不放鬆的置於控制面板上。

終章

發現

黑夜給了我黑色的眼睛
我卻用它尋找光明

●● 顧城〈一代人〉●●

黑夏

潘曲老早就預見了紫色 120 的死亡。

他試過勸阻她，但紫色 120 仍將命運推往預期的方向。

潘曲見過無數死亡，他本身殺過人，也在不同的時空目擊過大規模的死亡事件。他深諳歷史，在他看來，大部分的歷史都是由一連串的殺人事件組成的，但他並沒對死亡麻木，相反的，他尊敬死亡，也領悟過去古代的人類為何對死亡如此敬重，他們有的在儀式上殺人，就是為了得到重生。

死亡和重生看來互相矛盾，但對他不構成問題。

從他跟蓬萊三聖接觸的經驗之中，他知道他們對生化人有極深的鄙視，因此早在紫色 120 表達要繼續前往大圍牆的意願時，潘曲已經在計算最壞的結果。

他逃離蓬萊國時，跳上的是紫色 120 的飛行巡艇。

飛行巡艇有設定駕駛者，他的飛行巡艇被設定成只有他能夠啟動，所以即使被三聖拿走，對他們而言也只是一塊廢鐵。

但他拿到了紫色 120 的頭，藏在她頭顱中的記憶立方體，就能令飛行巡艇辨識啟動！所以剛才無論如何都必須要取得紫色 120 的頭。

他拋棄自己的飛行巡艇，而改用紫色 120 的飛行巡艇，因為鐵臂告訴他的一些事，引起他的高度興趣。

在他以最高速度逃離他們的射擊範圍後，首先第一件事就是查詢飛行巡艇的旅程紀錄。但是飛行巡艇記錄的地點標示得很奇怪，紫色 120 顯然不知道地磁發生的巨大變化，南北極的方向不一樣了，而且還持續在改變中，因此飛行紀錄上的經緯度都必須不斷校正。

經過校正之後，巡艇飛行紀錄清晰可辨，但他覺得很不可思議，紫色１２０的飛行路線扭扭曲曲，並沒有直接從出發點直往大圍牆飛去，僅僅幾天的路程，卻飛了好幾個月。或許是經緯度的混亂讓她迷惑，令她一直無法確認方位吧？

所以，他已經知道他們兩人的出發地點了，在飛行紀錄上無所遁形。

令潘曲迷惑的是，紫色１２０和鐵臂的出發地點是個荒蕪地帶，即使在大毀滅之前，也是個人煙稀少的山區。

這個且暫緩，他目前最有興趣的，是找出鐵臂所言，那個巨大黑廈的地點，他打從第一次聽到鐵臂提起時，就覺得很不對勁。

按照鐵臂的描述，那是座非常大的廢城，連站在很高的頂樓都看不清邊際，所以必然是座大毀滅前的大城市。

他把校正後的資料，跟大毀滅前的地圖重疊，終於找到城市的名字。

「紫色呀紫色，你到底飛到哪裡去了？」顯然在他們出發之後，紫色１２０就不斷在尋找正確的方向，她想必對混亂的方位很困惑，整個飛行紀錄就像是無頭蒼蠅那般亂竄。

或許不是，或許紫色１２０在逃離某個方向，也或許只是猶豫不決。

黑色巨廈所在的位置偏移路線很遠，而最接近它的禁區是「雪浪」，或禁區Ｈｉ５４。若以超音波速度連續飛行，幾個小時應該會到，但坐在飛行巡艇中以超音波速度飛行是挺不舒服的。

因此，潘曲採用保險的方法，飛飛停停，中途到某些地球聯邦的廢城補充物資，他知道哪些地方的藍藻廠仍能運作。

全自動工廠利用太陽能運作，大水槽中的藍藻不會停止生長，如果說地球聯邦有留下什麼恩澤的話，這工廠就是了。

潘曲在藍藻廠等待製作乾糧的時候，才有時間好好處理紫色120的頭顱。紫色120的表情凝滯在她停擺的最後一刻，清秀的臉龐在活著時尚有血色，如今卻完全像個陶瓷娃娃了。

潘曲傷感地端詳她的臉，她跟數十年前的橘色00長得好像，幾乎是同一個模子出來的，看著看著，往事不禁一幕幕掠過，潘曲趕緊別開臉，免得淚水溢出。

「抱歉了。」潘曲將她的臉轉過去，他不想在剖開她的頭頂時面對她的臉。

他用雷射槍環繞天靈蓋一圈，將上方如蓋子般掀開，露出泡在青銅色腦漿中的記憶立方體。

他小心翼翼地取出記憶立方體，上面還跟大腦牽連著厚重的仿神經纖維，他必須謹慎地用雷射槍切除。

然後，他在藍藻廠一個乾淨的角落埋葬了頭顱。

他將記憶立方體清理乾淨後，把它跟橘色00的記憶立方體綁在同一條項鍊上，掛回脖子，塞進衣服內。

潘曲重新起飛，飛了大約一個星期，飛越過連綿的山脈，終於抵達廢城外圍的山區。這個古城，大毀滅前的名稱是迪馬普爾（Dimapur），從高空望去，狹長盆地中的古代建築物星羅雲布，建築物不是土黃就是灰白，看似雜亂，卻似乎在無序之中隱藏著規律。

但他沒看見黑色的建築物，更別說是巨大建築物。

「是錯覺嗎？」說不定鐵臂是在黃昏光線不足時看到的，但是不對，這無法解釋鐵臂只看到一座巨大黑廈。

「難道要降低一些？」可能建築物上方積滿黃沙，從高空眺望有保護色，必須飛低才能看見。可是，鐵臂說他見過有人站在高樓觀察他們，而且好像不只一人，這點不能不提防。

潘曲緩緩沿著山稜線飛行，試圖將自己融入四周環境，不讓廢城中的人注意到。紫色120曾經擔心那些人來自百越，亦即禁區SZ46，但他知道不可能，依他所知，百越那幫人沒本事跑得那麼遠。

終於，他無法阻止他的好奇心，也不願無功而返，他嘗試從山邊滑入廢城邊緣，在建築物之間無聲的移動。他不太擔心受到攻擊，畢竟飛行巡艇外圍的反重力場能防止撞擊，因此即使是爆炸產生的衝擊波也不易傷及機體。

但是，潘曲估計錯誤了。

才剛進入廢城範圍不久，他就發覺不對勁了。

飛行巡艇並沒依他操縱的方向飛行。

他試圖轉彎、加速、減速、上升，全都不受控制，巡艇依然故我的緩慢移動，從他想要隱藏的小路開進大街，暴露在廣寬的視野中，無所遁形。

他趕忙檢查控制面板，沒有被人接管的跡象，事實上，巡艇在加速或上升時都能感覺到機體的重力變化，表示引擎仍在他控制之中，但一切努力卻如泥牛入海。這表示外界有一個更大的能量源，鎖住了巡艇的反重力場，從外界去控制它的移動方向，無法掙脫。

潘曲只好放棄操縱，兩臂交叉胸前，背靠在椅子上，合眼養神。對方雖沒直接攻擊他，但有沒有惡意，要到最後才見分曉，他得全副精神準備好。

不久，通訊器忽然傳出一把女子的聲音：「把引擎關了，打開艙門，下來。」對方有本事跟他聯絡，表示他們有巡艇的通訊碼。

他睜開眼睛，赫然看見眼前一片漆黑，抬頭望去，黑色的巨大建築就聳立在跟前，往左往右都望不清邊際，抬頭也看不盡頂端。

太巨大了！——潘曲的呼吸差點卡住——鐵臂的敘述沒錯！

他當下的疑問是：他們究竟是如何把這麼巨大的東西藏起來的？

「把引擎關了，打開艙門下來。」對方又重複一次，「給你三十秒，否則我們會毀了你和巡艇。」

他讓巡艇降下，待底部輕輕碰上地面，才伸手關掉反重力引擎。此時又看見，四周站了好幾個女人，有些臉孔跟橘色 00 或紫色 120 十分相像！

潘曲將掛在胸口的兩個記憶立方體都藏進衣服了，才打開艙門。

她們全都用警戒的眼神盯住他，用雷射槍指著他。

如此多熟悉的臉孔圍繞著他，卻沒一位是他熟悉的人。他將助聲器壓在喉頭上說話：「妳們是橘色還是菊色？」表示他也是知曉地球聯邦內部運作的人。

一位生化人跨步上前，說：「這艘巡艇，曾經來過此地，我們偵測到一位我們的同伴，她人呢？為何是你駕駛？你是什麼人？」

「我可以告訴妳們，但我擔心妳們不被允許聽到。」

「什麼意思？」

「如果瑪利亞曾經在妳們腦中設定禁忌語，那麼妳們一旦聽到我的身分，記憶立方體就會自動關閉，」潘曲說，「因為我的存在，是地球聯邦的最高機密。」

「瑪利亞對我們做過什麼，都已經沒關係了，」她說，「我們已經被重新整理，去除掉許多障礙了。」

「那麼，萬一妳的記憶立方體自動關閉，也能重新開啟嗎？」

「你何不試試看？」她走近潘曲，「你那麼擔心我們被關掉，就只輕輕的告訴我一個人好了。」

潘曲抿了一下唇，在她耳邊說：「我是奧米加。」

等了一會，她果然沒自動關閉。

「看吧，沒事吧？」她說，「奧米加是什麼？」

潘曲大為震撼，放聲說道：「我是奧米加五號，瑪利亞特別建立的ＴＴ任務中心特別小組成員。」

沒事，所有生化人都沒異狀，所以她們的禁忌語設定果真被消除了！「是誰？」潘曲無法掩飾心中的驚喜，「誰能幫妳們重新調整記憶立方體的？」

她側過身子，擺手伸向黑色巨廈：「這裡的主人，黑色大神。」

「黑色大神？」潘曲想要問出個究竟，「又是一個新神嗎？」為何每個得到權位的人，都想當神呢？他對大毀滅前的歷史十分熟悉，此等例子不勝枚舉。

「是新神，也是舊神。」她說，「神的真名不容冒犯，你當尊敬地聆聽。」

潘曲點頭。

「祂是真正的創造者，祂叫濕婆。」雖然她極力保持端莊，依然掩飾不了語氣中的激動，「除了濕婆，其餘的都是偽神。」

白晝

什麼也看不到。

白眼魚什麼也看不到。

監視螢幕中，厚重的塵霧凝滯在空氣中，久久不散，待較重的沙粒漸漸落到地面了，空氣中依然瀰漫著微細塵沙，完全零視野。

但金黃色的塵沙中流動著紫紅的光線，彷彿身陷幻境，神秘又夢幻。

白眼魚一點也不覺得夢幻。

在塵沙之下，黑毛鬼仍活著嗎？長藤還活著嗎？避難洞有損壞嗎？她焦急地想要知道答案，但她還不能下去，免得遭到黑毛鬼突擊。

「飛行巡艇仍在嗎？」她停泊在洞口平台上的巡艇，是否被崩落的岩石擊毀了呢？

「巴蜀，繼續搜尋黑毛鬼，一發現就用雷射槍！」巴蜀答應了之後，白眼魚便飛奔到通道。如今通道裡除了夜光蟲的焦臭，還有濃濃的塵沙味，她用手撥開塵沙，看見卡在洞口的夜光蟲屍體已經被燒得所剩無幾，散落在洞穴周圍，飛行巡艇依然好端端地待在外面，頂上蒙了厚厚的黃土。

白眼魚欣喜非常，立即登上巡艇，先試一下巡艇的性能，才嘗試慢慢升空。

下方是她製造的慘狀，碧綠的樹海已被石灰岩取代，在昏黃的晨光下如同一片廢墟。採集的路徑消失了，光河與暗河不見蹤影，捕魚的水潭不知還存在嗎？

塵埃漸漸落定，她打開生物偵測儀，希望能在逐漸稀薄的塵霧中找到生命跡象。

生物偵測儀上，有一隻駝背的人形生物爬到掉落的岩石上方，朝天空揮動手臂，似在向她叫囂。白眼魚立刻飛向牠，利用巴蜀教導火母的技巧，在飛近牠的同時，瞬間開關反重力力場，快速調大反重力強度和力場半徑，將黑毛鬼包裹在力場之內，迅速將牠帶上高空。

黑毛鬼驚恐地狂叫，瘋狂掙扎，用力拍打和腳踢巡艇底部，但白眼魚冷酷地在高空關掉反重力，那隻黑毛鬼在尖叫聲中墜落，在堅硬的石灰岩上摔成肉醬。

今天，她已經幹了太多的殺戮了，小時候，大長老土子曾經教導不能殺人，而在天縫底下唯一的人類都是他們的族人，殺死族人的人是會被光明之地拒絕的。

如今，她已知道光明之地是個謊言，但她依然相信這種普世懲罰系統的存在，她在短短數小時內毀滅了如此多的生命，她已有心理準備不得善終，或在死亡之後到達很糟的地方去，但她覺得值得，因為她拯救了更多的族人，拯救族人等於保存了人類的基因庫。

問題是，銀背黑毛鬼呢？她最在意的就是那隻頭領了。

生物偵測儀上顯示避難洞外圍有很多具體溫正在漸漸冷卻的身體，看起來都是人的形狀，難以分辨族人還是黑毛鬼。白眼魚忍著淚水，不斷調整生物偵測儀的範圍和敏感度，在布滿巨石的地面做地毯式掃描。

她在暗影地方向看到生物活動跡象，飛近一瞧，令她大為吃驚：是小孩！是兩隻幼年的黑毛鬼，牠們剛從巨石之間的空位爬出來，就被偵測到了。

白眼魚心中澎湃掙扎，對方還是小孩，但也會吃人肉，長大之後也是威脅他們的黑毛鬼！她直瞪著兩隻小黑毛鬼，牠們也愣立著呆看巡艇。

白眼魚正遲疑不決時，一隻雌性黑毛鬼從石縫中跳出，尖叫著跑向小孩，把牠們抱入懷中，驚恐地抬望巡艇一眼，回頭要藏入石縫。白眼魚咬緊牙齒催促自己：「快點！來不及了！」

兩道紅光穿透薄霧，穿過母黑毛鬼懷中的兩個小孩，也穿透母黑毛鬼的胸口，牠腳步不穩地走了幾步才倒地，依然緊擁著小孩。

白眼魚嘆了口氣：「謝謝你，巴蜀。」

銀背黑毛鬼躲在巨石的縫隙間偷偷觀看，牠不敢暴露自己，只等待白眼魚離開。此次牠損失慘重，而且還受傷了，不知還剩下多少隻幼兒？以及能幫牠生孩子的雌性呢？

牠知道耐心等待很重要，好幾次，牠就是如此活下來的，今次也不會例外。

白眼魚再巡視了一會，太陽也升上了半天，照亮了整片坍塌後的禁區，她觀看自己造成的結果，觸目驚心。

「巴蜀，避難洞的門還打得開嗎？」她擔心門口被巨石壓住了。

「我試試。」巴蜀回答她。

石門嘰了一聲，緩緩地移開了一道縫。

光線突如其來的從門縫瀉入，在黑暗中惶惶不安的族人們，看見了他們有記憶以來看過最強的光線，有如洪水般湧入避難洞。

他們沒料到，他們將會面對比黑暗更難以應付的事。

是光明。

剛剛不久前，人世和光明之地的隔閡崩潰了。

展開在他們前方的，是一直以來都在前方，但他們從來沒去過的世界。

族人們戰戰兢兢地步出避難洞，洞口外全是大石頭，擋在他們前方，樹木不見了，被壓扁在巨如小山的岩石之下。

外頭的光線令他們感覺異樣，平日陰涼的感覺不復存在，黃白色的光線充滿於空氣中，率先走出避難洞的人們戰戰兢兢地觀看四周，當他們抬頭仰視，登時被天空的景象嚇得腳軟，有人直接癱瘓在地面。

天頂不見了，當然天縫也消失了，每日見到的岩壁全都崩塌了，露出一片明亮的蔚藍色天空，天空之巨大把他們驚嚇得語無倫次，他們的腦袋瓜無法適應如此巨大的空間感，登時感到暈眩。

有的人按捺著恐慌，攀爬上眼前的巨岩，試圖站上高處弄清楚狀況。他們爬得越高，越是心驚膽戰，放眼四顧，眼前是鋪滿遍地的亂石，樹海變成巨石之原，熟悉的景象全都消失，僅有火母洞穴的那面岩壁留存。

更可怕的是，天空中有顆耀目的光球，足以焚燒眼睛，它安安靜靜地懸掛在眼前，看不出有何企圖。

然後，他們看到飛行巡艇在空中出現，有人驚喜地叫出來：「火母來了！」如今，她是他們唯一的依靠了。

飛行巡艇降落在他們前方，當白眼魚步出巡艇時，他們一擁而上，拉著白眼魚的手臂，輕撫她的肩膀，甚至跪下來抱著她的腳跟，彷彿溺水的人終於找到了一根水草。

白眼魚哀傷地望著他們，心中知道她把族人帶進了一個全新的世界。

當巴蜀發瘋了、自認為是母親時，它說的事實上沒錯，這批由母親保存的人類基因庫不應再困於不見天日的洞穴，他們不能永遠受保護，因為保護不會永遠存在。曾經發生的大飢餓，以及黑毛鬼的侵襲、暗影地的坍方，都已經是再三的警告。

「我把路開好了，」白眼魚呢喃道，「現在才是勝負的開始。」

更多的族人從避難洞出來，他們迷茫地環顧，尾隨前方眾人爬上巨石，聚集到白眼魚身邊。

「接下來我該怎麼辦，鐵臂？」白眼魚徬徨地眺望遠方樹林，那是鐵臂離開的方向，她甚至有種錯覺，可以看見鐵臂的背影。

而此刻的鐵臂，鼻子被掛上一條管子提供新鮮空氣。

他站在地底深處，望著前方壯觀的立體地圖，有山河大地，有日月星辰，還有銀色的液體在流動。

「火母啊，妳真該看看。」他不禁屏息。

——待續《大廢墟記》

ESCHATON 2 BOOK OF GREAT RUIN

大廢墟記

末世三部曲②

幻夢驚醒，世界已成荒蕪之境。然而心的歸宿，已經住在幽暗的殘墟裡……心可以小如塵埃，也可以大如宇宙。從現世到末世，從滅亡到新生，在肉身的未境之處，「自由」與「死亡」就像一體兩面，而人們所欠缺的，或許只是一種精神上的出路。張草的小說猶如一則又一則預言，讓我們看見，歷史與文明如何變換面貌不斷重演，以及在宇宙的洪荒裡，人心與人性的變與不變。

2023年2月出版

國家圖書館出版品預行編目資料

大圍牆記：末世三部曲① / 張草著 . -- 初版 .--
臺北市：皇冠文化 . 2023.01
面；公分（皇冠叢書；第 5068 種）
（張草作品集；08）

ISBN 978-957-33-3964-9（平裝）

857.7　　111019162

皇冠叢書第 5068 種
張草作品集 08
大圍牆記　末世三部曲①

作　　者—張　草
發 行 人—平　雲
出版發行—皇冠文化出版有限公司
台北市敦化北路 120 巷 50 號
電話◎ 02-27168888
郵撥帳號◎ 15261516 號
皇冠出版社（香港）有限公司
香港銅鑼灣道 180 號百樂商業中心
19 字樓 1903 室
電話◎ 2529-1778　傳真◎ 2527-0904
總 編 輯—許婷婷
責任編輯—蔡維鋼
行銷企劃—鄭雅方
美術設計—張　巖、李偉涵
著作完成日期— 2022 年 9 月
初版一刷日期— 2023 年 1 月

法律顧問—王惠光律師

讀者服務傳真專線◎ 02-27150507
電腦編號◎ 563008
ISBN ◎ 978-957-33-3964-9
Printed in Taiwan
本書定價◎新台幣 480 元 / 港幣 160 元